HOTEL PASTIS

Peter Mayle est britannique. Ancien publicitaire, il fuit New York et Londres pour venir en France et écrire. Il s'installe en Provence avec sa femme, trois chiens, quelques maçons et un certain nombre d'amis qui passent toujours « par là ». Ses précédents romans, Une année en Provence *et* Provence toujours, *ont fait le tour du monde et ont connu en France un succès sans précédent.*

Peter Mayle

HOTEL PASTIS

ROMAN

Traduit de l'anglais
par Jean Rosenthal

NiL Éditions

TEXTE INTÉGRAL

TITRE ORIGINAL
Hôtel Pastis

ISBN : 2-02-030743-X
(ISBN : 2-84111-043-5, 1re publication)

1

– L'ennui avec tous ces divorces, dit Ernest en déposant le plateau de thé sur la caisse en bois, c'est qu'il faut remeubler. Regardez-moi ça. Nous n'en retrouverons pas un comme ça. Et chez elle, bien sûr, c'est du gâchis.

Simon Shaw leva les yeux et regarda un des déménageurs entourer le Hockney d'un épais emballage en plastique. En se penchant, l'homme exhiba l'emblème traditionnel du travailleur britannique, la raie des fesses révélée par l'écart entre le tricot de corps et le jean crasseux à taille basse. Ernest eut un petit reniflement hautain et regagna la cuisine, se frayant un chemin parmi les piles de somptueuses dépouilles destinées à la charmante maisonnette de l'ex-Mrs. Shaw, à Eaton Mews South.

Simon but une gorgée de thé, le mélange de Lapsang Souchong et d'Earl Grey qu'Ernest préparait avec un tel cérémonial. Puis il inspecta les lieux.

Tout le monde l'avait dit : la plus belle maison du centre de Londres, vaste, élégante, au bout d'une tranquille place de Kensington. Caroline avait consacré trois ans et Dieu sait quelles sommes astronomiques à la décorer jusqu'à l'amener à cet état de perfection qui rendait impensable le désordre d'une vie quotidienne normale. Des plafonds et des murs peints à l'éponge dans des couleurs fanées, des rideaux de soie ancienne qui tombaient en plis lourds sur le parquet, des cheminées XVIIIe qu'on avait fait venir de France, des coussins brodés à la main et, sur toutes les tables, des objets disposés avec soin. Une maison pour magazine de décoration.

Les amies de Caroline – de minces créatures sophistiquées qui se nourrissaient de salades en s'encanaillant parfois avec un verre de vin blanc sec – s'étaient extasiées sur la maison. Caroline et son équipe de décorateurs l'adoraient. Simon s'était toujours senti comme un intrus désordonné : il allait fumer en cachette dans son cabinet de travail lambrissé car elle ne supportait pas les relents de cigare dans le salon ou parce qu'une femme au visage de fouine faisait son travail de « styliste » dans les pièces principales en vue d'un reportage photo sur les demeures de rêve londoniennes.

Simon avait fini par vivre en visiteur chez lui. Il passait ses journées au bureau et ses soirées avec des clients tandis que Caroline recevait : elle déplorait en plaisantant, mais avec un rien d'acerbe dans le ton, qu'elle était maintenant une veuve de la publicité. S'il rentrait avant le départ des invités de sa femme, Caroline le présentait comme le pauvre chéri qui a eu une si rude journée. Mais quand ils étaient seuls, il y avait d'aigres échanges à propos de sa perpétuelle absence, de sa lassitude, de son obsession du travail, de la façon dont il la négligeait – parfaitement, il n'y avait pas d'autre mot. De là, il n'y avait qu'un pas pour en arriver à l'*autre femme* du bureau, la secrétaire de Simon, qui semblait être perpétuellement là quelle que fût l'heure tardive à laquelle Caroline téléphonait. Caroline savait tout des secrétaires. Elle l'avait elle-même été, apportant compassion et tasses de thé en minijupe, quand Simon avait divorcé de sa première femme. En ce temps-là, pas de doléances sur les heures de bureau interminables.

Simon n'avait pas la tranquillité nécessaire pour l'adultère. Sa vie était organisée par d'autres, jusqu'à son bain qu'Ernest lui faisait couler. La bataille du bain avait été perdue par Caroline, et depuis lors elle était en état de conflit ouvert avec Ernest. Il y avait quelque chose de bizarre dans les rapports entre les deux hommes, disait-elle toujours dans ses récriminations de fin de soirée. Quelque chose de malsain.

Ça faisait près de dix ans qu'Ernest travaillait pour Simon : il avait commencé comme chauffeur, à l'époque où la seule voiture de fonction de la société était une vieille Ford. Peu à peu, il s'était rendu indispensable comme administrateur de l'existence de Simon : tout à la fois valet de chambre, assistant, confident, ami, réglant tous les détails, et d'une inlassable efficacité. Mécanicien qualifié de chez Rolls-Royce, il avait l'art de disposer les fleurs et était bien meilleur cuisinier que Caroline n'avait jamais voulu l'être. Il désapprouvait l'extravagance de celle-ci, ses prétentions mondaines et son absence totale de talents domestiques. Elle le détestait parce qu'elle ne parvenait pas à le déloger. Simon avait passé des années sous ce feu croisé. Au moins, c'en était fini. Qu'avait donc dit Caroline en sortant du cabinet d'avocats une fois réglées les dispositions du divorce ? Quelque chose qui signifiait qu'il avait la garde d'Ernest.

– Excusez-moi, patron.

Deux déménageurs étaient plantés devant Simon, les bras chargés de housses :

– Si vous permettez, on va prendre le canapé maintenant. C'est pour Eaton Mews, s'pas, comme le reste ?

– Vous voulez la tasse et la soucoupe aussi ?

– On fait que notre boulot, patron. Que notre boulot.

– Ne m'appelez pas patron.

– Comme vous voudrez, mon vieux.

Simon abandonna le canapé et franchit la porte à deux battants qui donnait sur la salle à manger vide. Ernest s'affairait bruyamment dans la cuisine, en sifflotant, et Simon reconnut le début d'une ouverture de

Rossini. Caroline détestait la musique classique sous toutes ses formes : elle supportait Glyndebourne uniquement parce que c'était l'occasion de s'acheter une nouvelle robe.

La cuisine était la pièce que Simon préférait dans la maison, en partie – il en convenait aujourd'hui – parce que Caroline y mettait rarement les pieds. Ernest et lui l'avaient aménagée avec un véritable équipement de professionnels : cuisinière La Cornue de la taille d'un petit char d'assaut, casseroles en cuivre et de la fonte la plus lourde, couteaux et tranchoirs, billot en bois massif, plaque de marbre pour la pâtisserie, deux gigantesques réfrigérateurs en acier brossé, un office au fond de la longue pièce. Au milieu, sur la table de teck bien huilée, Ernest avait rassemblé les bouteilles et carafons du bar du salon. À l'entrée de Simon, il s'arrêta de siffler.

– Liz a appelé, dit-il. Il y a une réunion du comité exécutif à six heures et cet analyste boursier de chez Goodmans demande que vous l'appeliez à propos des projections du dernier trimestre. (Ernest jeta un coup d'œil au bloc posé près du téléphone.) Puis les agents veulent savoir s'ils peuvent faire visiter la maison à quelqu'un demain. Un musicien, paraît-il... Dieu sait ce que ça veut dire aujourd'hui.

– C'est sans doute le batteur remplaçant d'un groupe rock.

– Je sais, cher. Ça n'est pas vraiment ce qu'il nous faut, mais que voulez-vous ? Ce sont eux qui ont l'argent.

Simon prit une chaise et s'assit pesamment. Il avait mal au dos et sa chemise lui boudinait le ventre. Il était trop gros : trop de déjeuners, trop de réunions, pas assez d'exercice. Il regarda Ernest, qui avait quarante-huit ans, mais à qui on en aurait bien donné dix de moins : mince, un étroit visage lisse, des cheveux blonds taillés en brosse, impeccable dans son costume bleu marine et sa chemise blanche, pas de brioche, pas de bajoues. « Voilà le résultat d'années d'autodiscipline », songea Simon. Le bruit courait à l'agence qu'Ernest avait profité d'un de ses voyages exotiques pour se faire faire un lifting, mais Simon savait que c'était la crème hydratante du dermatologue de Harley Street – à cinquante livres le pot, et qui passait dans les frais généraux comme fourniture de bureau. C'était un des petits avantages dont bénéficiait Ernest.

– Voulez-vous que je vous appelle Liz ? proposa Ernest en décrochant le téléphone, un sourcil dressé, les lèvres légèrement pincées.

– Ern, je ne crois pas que je sois de taille à les affronter ce soir. Demandez à Liz si elle peut caser ça pour demain.

Ernest acquiesça et Simon prit le Laphroaig parmi les bouteilles posées sur la table. Les verres avaient tous été emballés. Il versa le whisky dans une tasse à thé en écoutant Ernest d'une oreille distraite.

– ... Eh bien, si Mr. Jordan est énervé, qu'il descende donc dans le jardin croquer quelques vers. Mr. Shaw a dû remettre le rendez-vous. Nous avons eu une journée épouvantable. On est en train de démonter toute la maison autour de nous et nous ne nous sentons pas l'humeur d'un capitaine d'industrie.

Ernest regarda Simon et leva les yeux au ciel en écoutant la réponse de Liz. Il l'interrompit :

– Je sais, je sais. Nous nous occuperons du petit bonhomme de chez Goodmans demain, quand nous nous sentirons mieux. Un peu de diplomatie, ma chère. Un petit mensonge innocent. Je sais que vous savez faire ça quand vous le voulez. Je vous ai entendue parler à votre petit ami.

La réponse fit tressaillir Ernest, qui écarta le combiné de son oreille :

– Vous de même, ma chère. À demain matin.

Il raccrocha l'appareil, jeta un coup d'œil à la tasse

de thé devant Simon et fronça les sourcils. Puis il ouvrit un carton, en tira un gobelet de cristal qu'il essuya avec sa pochette en soie et versa une bonne rasade de whisky.

– Là.

Il ôta la tasse pour la poser dans l'évier :

– Je sais que c'est une période éprouvante, mais il ne faut pas nous laisser aller. Un peu d'eau ?

– Qu'est-ce qu'elle a dit ?

– Oh, les habituels gémissements et grincements de dents, fit Ernest en haussant les épaules. Apparemment la réunion du comité exécutif a déjà été remise deux fois et ils vont tous être furieux. Surtout Mr. Jordan, mais il est vrai qu'il n'en faut pas beaucoup pour l'agacer, nous le savons bien.

Il n'avait pas tort. Jordan, dont le talent pour s'occuper des clients assommants n'avait d'égal que le sentiment aigu de sa propre importance, allait être froissé. Simon nota dans sa tête de lui passer la main dans le dos le lendemain matin et il but une gorgée de whisky. Il sentit le frisson descendre jusqu'à son estomac et se rappela qu'il n'avait rien mangé de toute la journée.

Pour une fois, il avait sa soirée libre. Il pourrait choisir un livre et retenir une table d'angle au *Connaught*, mais il n'avait pas envie de prendre un repas seul. Il pourrait bien téléphoner à des amis, mais dîner avec eux voudrait dire louvoyer pour ne pas aborder le sujet de Caroline et du divorce. Emmener au restaurant quelqu'un de l'agence, ce serait l'habituel assommant bavardage à propos des clients, des nouveaux contrats en perspective et des intrigues du bureau. Il regarda la table, plissant les paupières pour se protéger des aiguilles lumineuses du soleil qui se reflétait sur les bouteilles. Elle allait lui manquer, cette pièce.

– Ern, qu'est-ce que vous faites ce soir ?

Ernest s'éloigna à reculons d'un placard, les bras

chargés d'une pile d'assiettes. Il la reposa et se planta, une main sur la joue, l'autre se tenant le coude, dans une attitude gracieuse, légèrement théâtrale.

– Voyons un peu. Je n'arrive pas à me décider entre un bal masqué à Wimbledon et un curry de gala à l'*Étoile de l'Inde.*

– Et si on dînait ici, dans la cuisine ? Nous ne l'avons jamais fait et la maison pourrait bien être vendue d'ici la semaine prochaine.

– En fait, reprit Ernest, je pense que je pourrais me libérer. (Il sourit.) Oui, avec grand plaisir. Le dernier dîner. Qu'est-ce que vous aimeriez ?

– J'ai pris une bouteille de Petrus 1973 dans la cave avant qu'ils embarquent le reste du vin. Trouvez donc quelque chose pour aller avec ça.

Ernest consulta sa montre :

– Je serai de retour dans une heure. Pourquoi n'appelez-vous pas le petit bonhomme de chez Goodmans ? Vous en serez débarrassé.

Simon entendit la porte de la rue se refermer puis la grosse Mercedes qui démarrait. Il passa dans son cabinet de travail où les déménageurs avaient installé leur cantine provisoire. La pièce était vide à l'exception d'un téléphone posé par terre, du porte-documents de Simon dans un coin, et d'une caisse en bois renversée marquée des vestiges de nombreuses pauses-thé : tasses tachées, une vieille bouilloire électrique, des sachets de thé utilisés, une bouteille de lait ouverte, un exemplaire du *Sun* et un cendrier de cristal – faisant partie d'une paire que Simon avait achetée chez Asprey's – où s'entassaient des mégots de cigarettes. Ça empestait le lait renversé, la fumée et la sueur. Simon ouvrit une fenêtre et alluma un cigare pour se protéger de ces odeurs, s'assit par terre et décrocha le téléphone.

« Goodmans Brothers, Leving, Russell and Fine, j'écoute. » La standardiste semblait agacée, comme si on l'avait interrompue pendant qu'elle se faisait les ongles en lisant *Cosmopolitan.*

– Mr. Wilkinson, s'il vous plaît. Pour Simon Shaw.

– Je suis désolée, fit-elle d'un ton ravi. Mr. Wilkinson est en conférence. C'est de la part de qui ?

– Shaw, Simon Shaw. Du groupe Shaw. Ça fait quatre fois que je vous le dis. Je rappelle Mr. Wilkinson qui m'avait laissé un message. Il a dit que c'était important. Le nom est Shaw. Voulez-vous que je l'épelle ?

Simon entendit le soupir qu'il attendait.

– Je vais voir si on peut déranger Mr. Wilkinson.

Seigneur ! Une demeurée qui répondait au téléphone. Et voilà qu'il était obligé maintenant d'écouter le *Boléro* de Ravel pendant que Wilkinson décidait si on pouvait ou non le déranger. Simon se demanda – et ce n'était pas la première fois – si cette introduction en Bourse avait été une si bonne idée.

Ravel fut interrompu en plein crescendo et Simon entendit à l'autre bout du fil la voix légèrement condescendante de Wilkinson :

– Mr. Shaw ?

À qui d'autre s'attendait-il ?

– Bonjour, fit Simon. Vous vouliez me parler ?

– Absolument, Mr. Shaw. Nous sommes justement en conférence à étudier votre dernier trimestre. (Au ton de sa voix, on aurait cru entendre un médecin discutant d'une méchante crise d'hémorroïdes. Simon entendit un froissement de papier.) Ces projections que vous m'avez fait parvenir – reprenez-moi si je me trompe – représentent plus de 40 % de vos facturations annuelles.

– C'est exact.

– Je vois. Vous ne pensez pas que cela pourrait être un peu optimiste, étant donné la situation actuelle du marché de détail ? Pardonnez-moi de vous le dire, mais la City est un peu nerveuse en ce qui concerne le secteur de la publicité. Les institutionnels sont inquiets. Le rendement n'a pas été à la hauteur de ce qu'on attendait. Il serait peut-être judicieux d'être un peu plus réservé dans vos estimations, vous ne croyez pas ?

« Nous voilà repartis, se dit Simon. Retour à la case départ. »

– Mr. Wilkinson, dans la publicité, c'est au quatrième trimestre qu'on fait la plus grosse partie des bénéfices. Tous les ans, figurez-vous, Noël tombe en décembre. Les entreprises font de la publicité. Les consommateurs achètent. Tout le monde dépense de l'argent. Nous sommes maintenant à la fin septembre et tous les engagements de budgets sont pris. Les espaces ont été retenus dans la presse écrite et à la radio.

– Retenus ne veut pas nécessairement dire payés, Mr. Shaw. Nous le savons tous. Êtes-vous sûr de la stabilité de vos clients ? Pas de fusion imminente, pas d'OPA ? Pas de problème de liquidités ?

– Pas à ma connaissance, non.

– Pas à votre connaissance.

Un silence à la faveur duquel Wilkinson laissa percevoir son scepticisme. C'était un homme qui maniait le silence comme un seau d'eau froide.

Simon fit une nouvelle tentative :

– Mr. Wilkinson, sauf en cas de guerre nucléaire ou d'une épidémie de peste bubonique, nous atteindrons les chiffres qui figurent dans nos projections. En cas de guerre ou d'épidémie de peste, nous nous retrouverons tous sur le sable avec le reste de l'industrie britannique et peut-être même Goodmans Brothers.

– Sur le sable, Mr. Shaw ?

– En faillite, Mr. Wilkinson.

– Je vois. Vous ne souhaitez rien ajouter à ce commentaire assez peu constructif ?

– Tous les ans ces neuf dernières années, Mr. Wilkinson, comme vous le savez fort bien, l'agence a enregistré des facturations accrues et une augmentation des bénéfices. Jamais nous n'avons fait de meilleure année. Il reste un peu plus de quatre-vingt-dix jours à courir et je ne vois aucune raison de supposer un fléchissement dans nos chiffres prévus. Vous faut-il un communiqué de presse ? Si vous autres compreniez mieux le marché de la publicité, nous n'aurions pas à passer chaque mois par ce ridicule contre-interrogatoire.

Wilkinson prit un ton suffisant, cette suffisance que les gens des professions libérales utilisent comme refuge devant un argument.

– Je pense que la City se fait une idée très nette de la publicité. Davantage de prudence et moins de conjecture lui ferait le plus grand bien.

– Foutaises.

Simon raccrocha brutalement le téléphone, en faisant tomber sa cendre de cigare sur son pantalon. Il se leva et regarda par la fenêtre la place baignée d'une poussière dorée, tandis qu'à l'horizon le soleil du soir lançait ses derniers rayons sur les feuilles jaunissantes des arbres. Il essaya de se rappeler à quoi ressemblait la place au printemps et en été, et se rendit compte qu'il ne l'avait jamais remarqué. Il ne regardait plus par les fenêtres. Il passait sa vie à regarder des gens dans des salles de réunion, à dorloter son personnel, à caresser les clients dans le sens du poil, à supporter les Wilkinson, les comités exécutifs et les journalistes financiers. Pas étonnant que Caroline leur en ait voulu à tous. Du moins avait-elle eu le plaisir de dépenser l'argent.

Il avait réussi à ne pas trop penser à son mariage depuis qu'il s'était rendu compte que ç'avait été une erreur. Passer de l'état de secrétaire à celui d'épouse d'un homme riche avait transformé Caroline. Ou peut-être, sous cette apparence décorative, avait-elle toujours été une idiote sans intérêt. Bah, tout cela était fini maintenant, sauf la pension alimentaire, et, comme le lui avait fait remarquer Ernest dans un de ses moments les plus folâtres, voilà qu'il se retrouvait joyeux célibataire.

Simon traversa le vestibule pour aller finir son cigare dans le salon. Quelqu'un lui avait dit un jour que l'odeur d'un bon havane dans une maison vide pouvait ajouter quelques milliers de livres au prix de vente. De la publicité subliminale. Il laissa le mégot fumant encore dans l'âtre et retourna dans la cuisine.

Il trouva la bouteille de Petrus et la posa délicatement sur la table. Il aimait le cérémonial de l'ouverture d'une bouteille : bien découper la capsule d'étain et retirer le long bouchon d'une traction lente et régulière. Quel vin ! Mille livres la caisse si on avait la chance d'en trouver. Tiens, voilà qui serait une situation digne d'intérêt : propriétaire d'un grand vignoble. Pas de présentation aux clients, pas d'idiots de la City sur votre dos, pas de conseil d'administration : on n'avait qu'à s'occuper de quelques arpents de gravier et d'argile et du nectar à la fin de chaque année. Il leva la bouteille à la lumière et versa le liquide riche et dense dans une carafe jusqu'au moment où il vit les premières traces de dépôt teindre le col de la bouteille. Même à bout de bras, il en sentait le doux et puissant bouquet.

Il venait de replacer la carafe sur la table quand il entendit la porte de la rue s'ouvrir et la voix de ténor léger d'Ernest entonner *Le Pique-nique des ours en peluche*. Simon sourit. Le divorce convenait manifestement à Ernest : il était remarquablement plus heureux depuis que Caroline avait quitté la maison.

– Ah ! fit Ernest en posant par terre un sac à provisions, le rayon d'alimentation de chez Harrods n'est plus ce qu'il était. Un vrai zoo. Plein de gens en chaussures de tennis et en survêtement, c'est à peine si on entend parler anglais, et ces pauvres garçons derrière les comptoirs qu'on bouscule dans tous les sens. Où sont donc les temps de l'élégance et du loisir, je me le demande ? Peu importe. J'ai pu m'échapper de là avec de quoi faire un simple casse-croûte de paysan.

Il se débarrassa de sa veste, passa un long tablier de cuisinier et entreprit de sortir le contenu du sac :

– J'ai pensé, pour commencer, à une salade tiède avec des tranches de foie gras, et puis votre plat préféré.

Il exhiba un gigot dodu :

– Avec de l'ail et des flageolets. Et, pour finir... (il déballa deux paquets et les présenta)... du brillat-savarin et un petit cheddar qui ne m'a pas l'air mal.

– Ça me paraît parfait, dit Simon.

Il ouvrit le réfrigérateur et y prit une bouteille de champagne :

– Vous ferez bien une entorse à vos habitudes, n'est-ce pas ?

Ernest leva le nez des gousses d'ail qu'il était en train d'éplucher :

– Juste un doigt pour encourager le cuisinier.

Il reposa son couteau. Simon fit tourner le bouchon et emplit deux coupes.

– Santé, Ern. Merci de vous être occupé de tout ça.

Du geste il désignait les caisses entassées contre le mur.

– À des jours heureux, cher. Vous n'allez pas être trop navré de partir, n'est-ce pas ? Vous ne vous êtes jamais vraiment senti chez vous ici.

– Sans doute pas, en effet.

Les deux hommes burent une gorgée.

– Si je puis me permettre, reprit Ernest, l'état de notre pantalon n'est pas digne de ce qu'il devrait être pour cette soirée. Il n'est pas tout à fait à la hauteur du vin.

Simon baissa les yeux vers la tache grise de cendre de cigare et se mit à la frotter.

– Non, non, non. Vous faites pénétrer la cendre au lieu de la faire partir. Que dirait notre tailleur ? Montez vous changer pendant que je m'occupe ici. Laissez ce pantalon sorti, je le brosserai demain.

Simon prit son verre et gravit le large escalier pour déboucher dans ce que les décorateurs appelaient toujours les appartements de maître. Le parfum de Caroline était encore là, très faible, quand il passa devant l'alignement des penderies encastrées. Il ouvrit les portes coulissantes. On avait laissé tomber sur le plancher des cintres qui formaient un entassement hérissé auprès de sacs abandonnés de chez Joseph, Max Mara, Saint Laurent : souvenirs en papier glacé froissé de la moitié des boutiques de Knightsbridge. Une paire d'escarpins Chanel, beige et noir, aux semelles à peine éraillées, gisait dans un coin. Pourquoi les avait-elle laissés ? Simon les ramassa et remarqua une petite encoche dans le cuir d'un des talons : deux cent cinquante livres jetées à la poubelle à cause d'une marque à peine visible.

Il remit les chaussures où elles étaient, puis se déshabilla en posant ses vêtements sur le lit à colonnes : bien trop grand pour la nouvelle maison de Caroline. Il se demanda vaguement qui allait y dormir après lui. Il n'avait jamais aimé ce fichu lit. Avec ses plis, ses dentelles et ses rideaux bouillonnants, il lui donnait le sentiment d'être un intrus dans le boudoir d'un décorateur. Il est vrai que la maison tout entière lui faisait cette impression.

Il passa dans la salle de bains et se trouva confronté à son reflet dans le miroir en pied : un quadragénaire tout nu, un verre à la main. Dieu, il faisait plus que quarante-deux ans. Des yeux las, des rides profondes de chaque côté de la bouche, quelques fils gris à un sourcil, des reflets d'argent qui commençaient à apparaître dans ses cheveux noirs. Encore quelques années et il ressemblerait à Louis-Philippe s'il ne faisait pas un peu plus qu'une partie de tennis arrachée de temps en temps à un emploi du temps trop chargé. Il rentra son ventre, gonfla sa poitrine. Il fallait tenir comme ça pour les dix ans à venir, manger moins, boire moins – beaucoup moins –, faire de la gymnastique. Assommant. Il expira l'air de ses poumons, termina son champagne, plongea sous la douche sans plus regarder le miroir et passa un quart d'heure à laisser l'eau lui marteler la nuque.

Il finissait de se sécher quand le téléphone de la chambre sonna.

– « Chez nous » est ouvert, dit Ernest. Nous pouvons dîner dans une demi-heure.

Simon passa un vieux pantalon de coton et une chemise en soie effrangée que Caroline avait tenté de jeter à plusieurs reprises, puis il descendit pieds nus dans la cuisine. Le sol carrelé était lisse et frais et cela lui rappela de lointaines vacances dans des pays chauds.

Ernest avait dressé la table avec des bougies et un ravier plein de roses blanches. Une boîte de Partagas et un coupe-cigare étaient auprès de la place de Simon et les baffles installés dans le mur tout au bout de la pièce déversaient les accents d'un concerto pour piano de Mozart. Simon se sentait propre, détendu et affamé. Il alla prendre le champagne dans le frigo.

– Ern ? fit-il en brandissant la bouteille.

Pendant qu'on emplissait les verres, Ernest remarqua les pieds nus de Simon.

– Je vois que nous sommes d'humeur bohème ce soir, observa-t-il. Un vrai hippie, n'est-ce pas ?

– Caroline aurait piqué une crise, répondit Simon en souriant.

Ernest s'essuya les mains sur son tablier et prit sa coupe.

– Le malheur, dit-il, c'est que vous passez toute votre vie avec des fleurs sensibles sujettes à des crises. Le sacro-saint comité exécutif, les clients, ces petits bonshommes de la City, cet épouvantable adolescent attardé qui est censé diriger le département création – s'il s'imagine que personne ne le remarque quand il va toutes les demi-heures aux toilettes et qu'il en revient avec le nez qui coule... –, ils ne valent pas les ennuis qu'ils causent, si vous voulez mon avis.

Il parvint à boire une gorgée de champagne tout en conservant un air dédaigneux.

Ernest reposa son verre et prépara l'assaisonnement de la salade comme s'il en châtiait les ingrédients, battant l'huile d'olive et le vinaigre jusqu'à rendre le tout presque mousseux. Il trempa son petit doigt dans le bol et le lécha :

– Délicieux.

– C'est ça, les affaires, Ern. On ne peut pas s'attendre à aimer tous les gens avec qui on travaille.

Ernest découpa le bloc de foie gras en fines tranches rosées, et les disposa sur une poêle en fonte noircie qui chauffait doucement sur la plaque :

– Enfin, je ne vais pas les laisser gâcher notre dîner.

Il versa la vinaigrette sur la salade, la fatigua de quelques gestes précis et rapides, essuya ses doigts huileux et s'en alla inspecter la poêle :

– Le foie gras, vous savez, ça peut complètement disparaître si ça chauffe trop. Ça fond.

Il disposa la salade sur deux assiettes. Dès que les premières minuscules bulles apparurent à la périphérie du foie gras, il retira la poêle et fit glisser les tranches ramollies sur leur lit de laitue.

Simon prit sa première bouchée : la laitue était fraîche et craquante, le foie gras tiède et somptueux. De l'autre côté de la table, Ernest procédait à la dégustation du vin qu'il humait longuement, les paupières mi-closes.

– Ça ira ? demanda Simon. D'après les livres, nous devrions boire du sauternes avec ça.

Ernest garda un moment le vin en bouche avant de répondre.

– Absolument divin, déclara-t-il. Ne le renvoyons pas.

Ils dégustèrent en silence jusqu'à ce qu'ils eurent terminé. Simon sauça son assiette avec un morceau de pain et se renversa sur son siège :

– Ça fait des mois que je n'ai rien mangé d'aussi bon.

Il but lentement un peu de vin, en le faisant rouler dans sa bouche avant de l'avaler :

– Comment est la cuisine dans le nouvel appartement ?

– Épouvantable, répondit Ernest en s'attaquant au découpage du gigot. Minuscule. Tout en plastique. L'endroit idéal pour un nain sans goût qui a horreur de faire la cuisine. La femme de l'agence en était très fière. C'est fonctionnel, a-t-elle dit. Fonctionnel pour quoi ? lui ai-je demandé. Pour des dîners télé d'une personne ?

Simon avait loué un appartement à Rutland Gate, surtout parce que c'était à deux pas du bureau. C'était à peine s'il l'avait regardé : la voiture l'attendait pour le conduire à l'aéroport. Bah, ça n'était qu'un endroit où dormir en attendant de trouver quelque part où vivre.

– Ce ne sera pas pour longtemps, Ern. Dès que j'aurai un peu de temps, nous allons visiter des appartements.

Ernest servit le gigot rosé et ruisselant de jus.

– Oh, je ne vais pas retenir mon souffle en attendant. Je vous connais. Toutes les cinq minutes, vous partez pour New York, Paris ou Düsseldorf. Vite, vite, vite, décalage horaire et mauvaise humeur. Et quand vous êtes à Londres, c'est une assommante réunion après l'autre. (Il vida son verre et se resservit un peu de vin. En se penchant vers la bougie, il avait les joues un peu rouges.) Ils s'en fichent, vous savez, au bureau.

– De quoi parlez-vous ?

– Ils se fichent bien de vous. Tout ce qui les intéresse, c'est ce que vous pouvez faire pour eux. Leurs nouvelles voitures, leurs primes, leurs ridicules petites luttes de standing : on m'a raconté que Jordan avait eu des vapeurs pendant une demi-heure l'autre jour parce qu'un client occupait sa place de parking. On aurait dit que quelqu'un avait peloté sa secrétaire. « Si l'on n'agit pas tout de suite, il faudra que j'en parle à Simon. » Navrant. Enfin, vous savez tout ça mieux que moi. Ils sont comme des enfants.

– Je croyais que vous n'alliez pas les laisser gâcher notre dîner.

Ernest poursuivit comme s'il n'avait pas entendu :

– Encore une chose. Les vacances. Il y a trois cents personnes qui travaillent dans ce bureau et une seule n'a pas encore pris de vacances cette année. (Il tendit la main vers la carafe.) Un verre de vin si vous pouvez deviner qui c'est.

Simon tendit son verre :

– Moi.

– Vous. Pas étonnant que vous ayez l'air si éreinté.

Simon se rappela son reflet dans le miroir de la salle de bains. Quand avait-il pour la dernière fois pris quelques jours de congé ? Ça devait faire près de deux ans, quand Caroline et lui faisaient encore semblant d'être un couple. Il avait été ravi de retourner au bureau.

Ernest débarrassa, et posa le fromage sur la table :

– C'est peut-être le vin qui me fait parler, dit-il, et vous pouvez me traiter de vieux ronchon si vous voulez, mais ça m'est égal. Vous avez besoin de vacances.

Il s'affairait au-dessus du plateau de fromages :

– Un petit peu de chaque ?

– Je ne sais pas, Ern. J'ai beaucoup de choses en train pour le moment.

– Confiez donc ça à Jordan. Il serait aux anges. Il pourrait utiliser votre place de parking.

Ernest déposa le fromage devant Simon :

– Tenez. Grignotez donc un soupçon de brillat-savarin ; fermez les yeux et pensez à la France. Vous dites toujours à quel point vous aimez ce pays. Prenez donc une voiture et descendez dans le Midi.

Il pencha la tête de côté et regarda Simon en souriant :

– Vous savez ce qu'on dit des gens qui travaillent tout le temps et ne s'amusent jamais ?

– Oui, Ern. Ça fait de vous un homme riche.

Là-dessus, il prit une bouchée de fromage et se mit à penser au Midi. Au Midi chaud et séduisant, avec sa lumière qui filtrait entre les feuilles des platanes, la douceur de l'air et les ciels du soir couleur lavande. Et pas de comité exécutif.

– Je dois dire que c'est tentant, admit-il.

– Eh bien alors, conclut Ernest, détendez-vous et profitez-en. Il ne faut jamais résister à la tentation.

Simon reprit son verre :

– Vous avez peut-être raison.

Il sentait le vin rond et tiède en bouche, réconfortant et apaisant. Il regarda Ernest en souriant :

– Bon, je cède. Juste quelques jours. Pourquoi pas ?

2

Le petit homme sec et nerveux qu'on appelait Jojo était arrivé en avance : adossé à la pierre tiède du mur, il regardait la grande roue à eau moussue tourner lentement, dans l'éclat du soleil. Derrière la roue, il apercevait le bâtiment de la Caisse d'Épargne, une construction de carte postale avec ses fioritures architecturales et ses gros pots de géraniums sur les marches du perron : on aurait dit la villa d'un millionnaire plutôt qu'un établissement financier. Les gens prétendaient que c'était la banque la plus pittoresque de Provence, un édifice qui convenait parfaitement à la bourgade de L'Isle-sur-la-Sorgue. Selon les renseignements que détenait Jojo, elle n'était pas imprenable. Il y avait moyen d'y pénétrer. Il alluma une cigarette et se retourna, cherchant un visage familier dans la foule qui déambulait sur le marché du dimanche matin.

La saison touchait à son terme – fin septembre – mais le beau temps avait attiré des gens dehors : les ménagères robustes avec leurs paniers à provisions, les Arabes qui achetaient leur déjeuner vivant aux éventaires des volaillers, les touristes à la peau rougie et aux tenues de vacances colorées. Ils se déplaçaient lentement, encombrant le trottoir, débordant sur la chaussée. Les voitures qui tentaient la traversée de la ville en étaient réduites à se traîner au milieu des coups de klaxon exaspérés. « Voilà qui pourrait poser un problème », se dit Jojo. Il tira une dernière bouffée de sa cigarette, protégeant le mégot au creux de sa main : une vieille habitude de prison.

L'homme qu'il attendait traversa la route d'un pas tranquille, un croissant à demi dévoré à la main, sa bedaine plus ample que jamais. La vie avait dû bien le traiter depuis le bon vieux temps, même s'il n'avait jamais été maigre.

– Hé, Général !

L'autre brandit son croissant :

– Salut, Jojo. Ça va ?

Ils échangèrent une poignée de main et s'écartèrent en souriant pour s'inspecter mutuellement.

– Ça fait combien de temps ? Deux ans ?

– Plus. (Le gros homme se mit à rire.) Tu n'as pas beaucoup profité.

Il prit une bouchée de son croissant et, du revers de la main – une main, remarqua Jojo, qui n'avait pas fait de travaux manuels depuis des années, contrairement à ses doigts à lui, couturés de cicatrices, et à ses paumes calleuses –, balaya quelques débris de pâtisserie restés accrochés à sa moustache.

– Alors, on ne va pas rester plantés là toute la journée ?

Le Général donna une grande claque sur le dos de Jojo :

– Viens. Je te paie un verre.

– Deux secondes, fit Jojo. Laisse-moi d'abord te montrer quelque chose.

Il prit le Général par le bras et l'entraîna jusqu'au mur de pierre :

– Regarde là-bas.

De la tête il désignait l'eau qui s'écoulait à leurs pieds :

– De l'autre côté.

Sur la rive opposée, le faîte d'une arche de pierre dépassait de près d'un mètre la surface de l'eau. La pierre était sèche et propre : de toute évidence, l'eau n'avait pas atteint cette hauteur depuis des années.

Le Général jeta un coup d'œil à l'arche, puis lança dans l'eau les derniers bouts de croissant et regarda deux canards se les disputer.

– Et alors ? fit-il. Il y a cent ans, un con a posé la porte au mauvais endroit.

– Tu crois ça ?

Jojo eut un clin d'œil et se tapota l'aile du nez :

– Peut-être pas. C'est pour ça que je t'ai appelé. Bon. Allons le boire, ce verre.

Tout en cheminant vers le centre de la ville, chacun mit l'autre au courant des péripéties de son existence depuis leur sortie de la prison des Baumettes, à Marseille. Ils étaient très proches en ce temps-là, eux et une poignée d'autres, une bande de petits criminels qui n'avaient pas eu de chance au même moment. La femme de Jojo l'avait quitté pendant qu'il était à l'ombre : elle était partie quelque part dans le Nord avec un représentant de Pernod. Il vivait maintenant dans un deux-pièces à Cavaillon, et travaillait comme une bête pour un maçon spécialisé dans la restauration des vieilles maisons. C'était un travail de jeune homme et il n'était plus jeune : mais que pouvait-il faire d'autre qu'acheter sa grille de loto chaque semaine en priant le ciel pour que son dos ne le lâche pas ?

Le Général se montra compatissant : la compassion que vous inspire le soulagement de voir que d'autres sont moins bien lotis que vous. Le Général avait eu de la chance, lui : non seulement il avait gardé sa femme, mais il avait perdu sa belle-mère, et l'argent qu'elle avait laissé avait suffi pour acheter une petite pizzeria à Cheval-Blanc. Rien d'extraordinaire, mais c'était un revenu régulier, et on mangeait et on buvait aux frais de la maison. Le Général s'était mis à rire en disant cela et s'était tapoté le ventre. La vie pourrait être pire. C'était sa femme qui tenait les cordons de la bourse mais, à part ça, il ne pouvait pas se plaindre.

Ils trouvèrent une table à l'ombre des platanes à la terrasse du *Café de France*, en face de la vieille église.

– Qu'est-ce que tu bois ?

Le Général ôta ses lunettes de soleil et héla un garçon.

– Un pastis. N'importe quoi sauf du Pernod.

Jojo jeta un coup d'œil alentour et rapprocha sa chaise de celle du Général :

– Je vais te dire pourquoi je t'ai appelé.

Il parlait doucement, sans cesser de surveiller la foule, baissant la voix quand quelqu'un passait auprès de leur table :

– Mon patron a un vieil ami qui était flic autrefois, jusqu'au jour où il a eu des ennuis et où il s'est fait mettre à pied. Maintenant, il fait dans la sécurité : il vend des systèmes d'alarme à tous ces gens qui achètent des résidences secondaires dans la région. Ils ne manquent pas d'argent et ça les rend nerveux quand ils entendent des histoires de maisons vides cambriolées chaque hiver. Dans toutes les maisons où on travaille, le patron explique toujours au propriétaire que dans le Vaucluse il y a plus de cambrioleurs que de boulangers, et là-dessus il recommande son copain. Si le propriétaire installe un système d'alarme, le patron touche une enveloppe.

Jojo se frotta l'index contre le pouce.

Le serveur arriva avec leurs consommations. Jojo le regarda rentrer à l'intérieur du café avant de reprendre :

– L'autre jour, ce type – il s'appelle Jean-Louis – arrive au chantier, rigolant comme s'il venait d'entendre la meilleure plaisanterie de sa vie. Je travaillais sur le toit et ils discutaient juste au-dessous de moi. J'ai tout entendu.

– Ça n'était pas l'histoire du Parisien, du travelo et du facteur ?

Jojo alluma une cigarette et souffla un nuage de fumée sur un chien qui cherchait des morceaux de sucre sous la table.

– C'était drôle, mais ce n'était pas une plaisanterie. Écoute-moi ça : on vient d'installer un nouveau système de sécurité à la Caisse d'Épargne ; caméras de télé, palpeurs dans le plancher, détecteur de métaux à la porte, le grand jeu. C'est une des grosses boîtes de Lyon qui a installé ça. Des millions, que ça a coûté.

Le Général était étonné. C'était toujours un plaisir d'apprendre qu'une banque devait dépenser des millions de francs, mais il avait entendu à des enterrements des histoires qui l'avaient fait rire davantage.

– Qu'est-ce que ça a de si drôle ? La banque a payé avec un chèque sans provision ?

Jojo eut un grand sourire et agita son doigt :

– Mieux que ça. Ce qui s'est passé, c'est que, pour plus de sécurité, ils ont installé la chambre forte – tous les coffres-forts – juste au fond de la banque. Des barreaux d'acier de cinq centimètres sur la porte, triple serrure... (Jojo marqua une pause spectaculaire)... mais pas de caméra de télé. Pas une seule.

– Ah bon ?

– Non. Et pourquoi ? Parce que les clients qui vont à leurs coffres ne veulent pas passer à la télé dans le bureau du directeur pendant qu'ils comptent leur argent liquide.

Le Général haussa les épaules :

– C'est normal, non ?

– Mais la meilleure (Jojo but une gorgée de pastis et balaya du regard les autres tables avant de se pencher en avant)... la meilleure, c'est que la nouvelle chambre forte est située exactement au-dessus de l'ancien lit de la rivière. Mais alors, exactement.

– L'ancien lit de la rivière ?

– Cette arche qu'on regardait tout à l'heure. C'est là. Vingt, vingt-cinq mètres plus loin, et tu es sous le sol de la chambre forte. Un peu de plastic, et boum ! tu es dans la place.

– Formidable. Ensuite, tu peux danser sur les palpeurs jusqu'à l'arrivée des flics.

Jojo secoua la tête et eut de nouveau un large sourire. Il savourait ses explications.

– Non, et c'est ce qu'il y a de drôle aussi. Il n'y a pas de palpeurs. Pas d'installation électrique sous le carrelage. Ils ont estimé que la porte suffisait. Jean-Louis n'arrivait pas à y croire.

Le Général tira machinalement sur sa moustache, un tic dont sa femme disait que ça lui donnait l'air d'avoir le visage de travers. L'Isle-sur-la-Sorgue, il le savait, était une riche petite bourgade, pleine d'antiquaires qui traitaient la plupart de leurs affaires en liquide. Quelques heures passées à examiner le contenu de leurs coffres-forts ne seraient sûrement pas du temps perdu. Il ressentit les premiers frémissements d'intérêt. Plus que de l'intérêt, il devait en convenir. Ce vieux frémissement d'excitation qu'il éprouvait toujours quand il préparait un coup. C'était son grand talent, la préparation. C'est pourquoi les autres l'appelaient le Général : parce qu'il savait se servir de sa tête.

Jojo le regarda comme un coucou qui attend un ver de terre, l'œil sombre et brillant :

– Alors ? Qu'est-ce que tu en penses ?

– Comment savons-nous que c'est vrai ? Tout ça me semble louche.

Le Général chercha du regard un serveur :

– Mais que ça ne nous empêche pas de prendre un autre verre.

Jojo sourit. Il était comme ça, le Général. Un vrai pessimiste, toujours à chercher des problèmes. Mais il n'avait pas dit non.

La foule se dispersait. Les gens commençaient à rentrer chez eux pour déjeuner. Les deux hommes continuèrent à discuter. Le silence se fit sur la place, troublé seulement par l'horloge de l'église.

3

À huit heures et demie, Simon était au bureau. Les longs couloirs d'une désolation de bon goût étaient silencieux, déserts à l'exception des palmiers en pot et des figuiers si nombreux maintenant qu'il avait fallu engager un jardinier pour les soigner : un jeune homme élancé qui portait des gants de coton et passait ses journées à astiquer les feuilles. Ernest l'appelait le « directeur des frondaisons ».

Passant devant une porte ouverte, Simon vit un jeune chargé de budget penché sur son premier mémo de la journée. Le jeune homme leva les yeux, ravi qu'on eût remarqué son zèle. Simon lui fit bonjour de la tête en se demandant comment il s'appelait. Il y en avait tant maintenant, et la plupart se ressemblaient avec leurs costumes sombres et coupés à la dernière mode. Peut-être devrait-il leur faire porter des badges.

Liz avait laissé sur une petite table la paperasserie de la veille, soigneusement répartie en quatre piles : les messages, le courrier, les rapports de contacts et, la pile la plus impressionnante, les documents concernant la stratégie et les plans de marketing sous leurs reliures bleu marine, plusieurs heures d'intense ennui en perspective.

Simon examina la pile des messages tandis que le fax gazouillait dans le bureau voisin. Ziegler avait appelé de New York. Les avocats de Caroline. Quatre clients. Le directeur de la création, le directeur financier, deux contrôleurs de gestion et le chef du département télévision. Dieu, quelle façon de commencer la journée ! Là-dessus, Simon se rappela la décision qu'il avait prise la veille au soir et son humeur s'éclaira. Il allait partir en vacances.

Il prit le message de Jordan – « Dois vous voir d'urgence » – et griffonna en bas : « Quand vous voudrez. Huit heures. » Ce petit mensonge mettrait Jordan sur la défensive. Il n'arrivait jamais avant neuf heures et demie. Simon alla porter lui-même le message de l'autre côté du couloir et en profita pour se mettre au courant de la dernière passion de Jordan : on en voyait toujours des traces déployées, bien en vue dans son bureau. Ce devait être infernal pour lui, songea Simon, d'essayer de garder de l'avance sur la piétaille. Voilà longtemps qu'il avait abandonné le tennis, quand de jeunes chefs de service s'y étaient mis. Il y avait eu la période des fusils de chasse et des gibecières, quand Jordan avait acheté sa maison de campagne. Puis une phase nautique marquée par des bottes de marin et des cirés. Maintenant, c'était apparemment le polo.

Trois maillets étaient disposés contre le mur derrière le bureau de Jordan et un casque flambant neuf était accroché au-dessus, à côté du panneau de liège où le calendrier pour la saison du Ham Polo Club masquait en partie une invitation pour un cocktail au Reform Club. Le polo était manifestement le dernier passe-temps à la mode pour le jeune publicitaire ambitieux : des tenues ruineuses, qui faisaient haute société et, avec un peu de chance, l'occasion de pouvoir échanger des injures avec un membre de la famille royale. Simon sourit en se demandant dans combien de temps Jordan réclamerait une place de parking pour ses poneys et un hélicoptère de fonction pour l'emmener dare-dare à Windsor.

Entendant le claquement de hauts talons sur le sol carrelé, il laissa le message coincé dans le cadre d'une photographie représentant l'épouse fort jolie et, à en croire la rumeur, extrêmement riche, de Jordan.

Liz triait les fax arrivés d'Amérique pendant la nuit, sa silhouette se découpant contre la vitre, ses longs cheveux bruns tombant en cascade sur sa joue. Elle s'habillait avec une sévérité de femme d'affaires qui soulignait une paire de jambes spectaculaire. Simon se considérait comme un connaisseur en matière de jambes. C'étaient parmi les plus belles qu'il eût jamais vues, très longues du genou à la cheville. Malgré toutes ses bonnes intentions de n'engager que des vieilles filles sans beauté avec une mauvaise haleine et des pieds plats, il se retrouvait toujours avec de ravissantes secrétaires et prenait grand plaisir à les regarder. Le spectacle de Liz l'avait soutenu durant d'innombrables réunions.

– Bonjour, Elizabeth.

– Bonjour, Mr. Shaw. Comment allez-vous aujourd'hui ?

Elle lui sourit par-dessus son bouquet de fax. Quand il l'appelait Elizabeth, elle savait qu'il était de bonne humeur.

– Je vais très bien et avec une tasse de café j'irai encore mieux. Ensuite il va falloir chercher ma pelle, mon seau et mon chapeau de plage.

Liz s'arrêta à mi-chemin de la machine à café, haussant les sourcils. Il poursuivit :

– Je vais prendre quelques jours. Je me suis dit que j'allais traverser la France en voiture pour voir si tout ce qu'on raconte sur Saint-Tropez est vrai.

– Je pense que ça vous ferait du bien. Qu'est-ce qu'on dit de Saint-Tropez ?

– Là-bas, dit Simon, l'automne est totalement dépourvu de tentations. Il n'y aura que moi et les mouettes sur la plage et des soirées solitaires dans ma chambre monacale. Pourriez-vous envoyer un fax au Byblos, pour me faire une réservation ?

Liz se pencha pour noter quelque chose sur son bloc :

– Il vous faudra une place sur le ferry.
– Une nuit à Paris. Au Lancaster.
– Quand voulez-vous partir ?
– Demain. Passez un coup de fil à Philippe Murat pour voir s'il est libre pour dîner. Et, au nom du ciel, dites-lui bien qu'il s'agit d'affaires : sinon il amènera une de ses petites copines de *Elle* et il lui murmurera des douceurs à l'oreille toute la soirée. Vous savez comment il est : sous ce vernis de lotion après-rasage se dissimule un obsédé sexuel.

Liz prit un air pincé :
– Je trouve M. Murat tout à fait charmant.
– Eh bien, ne le laissez pas vous raccompagner seul en voiture, c'est tout.

Simon se sentait presque heureux, impatient de quitter le bureau. Ernest pourrait organiser l'appartement de Rutland Gate et Jordan allait être aux anges de jouer le rôle du grand directeur. Il ne pouvait pas arriver grand-chose en une semaine.

Liz revint avec le café :
– Est-ce que nous rappelons les gens qui ont téléphoné ?
– Uniquement les clients. Jordan pourra s'occuper des problèmes internes.
– Et les avocats de Mrs. Shaw ?
– Ah, ceux-là. Vous ne pensez pas que je pourrais leur envoyer une carte postale de Saint-Tropez ?
– J'ai eu hier au téléphone celui qui s'occupe du dossier. Il a dit que c'était urgent.

Simon but une gorgée de café.
– Elizabeth, vous saviez qu'il a un minuteur auprès de son téléphone ? Il se fait payer à l'heure. Si jamais, que Dieu me pardonne, vous étiez désespérée au point de l'appeler pour l'inviter à dîner, il vous compterait le temps de la communication. Une carte postale coûterait moins cher.
– Vous serez quand même obligé de lui parler quand vous rentrerez.

– Vous avez raison. Je sais bien que vous avez raison, fit Simon en soupirant. D'accord. Téléphonons à cette canaille avant qu'il me fasse citer pour outrage à avocat. Mais écoutez bien quand il prendra l'appareil. Vous pourrez entendre le minuteur. Le tic-tac. C'est un de ces appareils que vous utilisez pour les œufs à la coque.

La conversation fut brève et coûteuse. Caroline voulait une nouvelle voiture. Il lui en fallait une. Selon les termes de l'accord, elle avait droit à une nouvelle voiture. Simon dit oui à une BMW, mais il discuta à propos de la chaîne stéréo jusqu'au moment où il comprit qu'il aurait pu l'acheter pour le prix de cinq minutes de conversation. En raccrochant, il se demanda si on ne pourrait pas faire figurer le meurtre d'un avocat sous la rubrique « crime passionnel ».

Levant les yeux, il aperçut Jordan planté sur le pas de la porte, une tasse de café à la main. Tout dans sa tenue était l'antithèse de l'idée que la plupart des gens se font d'un publicitaire. Il faisait démodé et extrêmement respectable : c'était sans doute pour cela que les clients se sentaient en sécurité avec lui. Ernest jurait qu'il avait un jour entendu grincer le costume de Jordan.

Aujourd'hui il était déguisé en banquier d'affaires : costume trois pièces à fines rayures. Chemise à rayures. Cravate discrète. La chaîne d'or de sa montre de gousset disparaissait sous les plis de sa pochette en soie. Chaussures noires soigneusement cirées. Ses cheveux couleur souris étaient plaqués en arrière et formaient comme des ailettes au-dessus de ses oreilles. Simon remarqua qu'il entretenait sur ses pommettes de petites touffes de poils, dans le style des officiers de marine en retraite, comme des embryons de favoris. On ne pouvait être plus Britannique.

Simon ne le laissa pas ouvrir la bouche.

– Entrez, Nigel, entrez donc. Je suis désolé d'avoir

dû annuler la réunion d'hier soir, mais j'avais eu une journée horrible. Je ne me sentais pas le courage. Reprenez donc un peu de café. Un cigare. Dites-moi que vous me pardonnez.

Jordan replia son corps efflanqué sur un canapé. Il posa sa tasse de café pour pouvoir tirer sur ses manchettes et se lisser les cheveux.

– Ce n'est pas moi que ça gêne, Simon, dit-il. (Il parlait comme si son col de chemise était trop étroit.) Ce sont les autres. Ils commencent à se demander si le comité exécutif existe toujours. Trois réunions de suite annulées. Il y en a qui sont vexés, mon vieux, je peux vous le dire.

Simon devinait sans peine lequel l'était le plus.

– Quelqu'un en particulier ? Quelqu'un qu'à votre avis je devrais passer voir ?

Jordan exhiba un étui à cigarettes en or et prit son temps pour en choisir une. Il tira de sa poche de gousset un briquet en or. La lumière fit étinceler sa lourde chevalière en or et ses boutons de manchettes en or. « Ce type est une bijouterie ambulante », se dit Simon.

– Je crois que cette fois-ci je peux arranger ça, Simon. Un verre à la fin de la journée devrait faire l'affaire, quelques mots apaisants devant un whisky. Pourquoi ne pas me laisser faire ?

Simon essaya de prendre un air convenablement reconnaissant :

– Si vous êtes certain...

– N'y pensez plus.

Jordan lança vers le plafond une bouffée de fumée. Il avait une façon de fumer pleine d'affectation qui donnait toujours à Simon l'envie de lui offrir une cigarette explosive. Il ajouta :

– En fait, je suis probablement un peu plus en contact avec les troupes que vous pour le moment. Avec vos problèmes personnels et tout ça. Ça ne vous laisse pas beaucoup de temps pour penser à la gestion.

Jordan se plaisait à exposer longuement ses théories sur la direction d'une entreprise chaque fois qu'il se trouvait avec quelqu'un qu'il considérait comme son égal dans la hiérarchie de la société : Simon les avait entendues cent fois.

– C'est justement ce dont je voulais vous parler.

Jordan, flairant une révélation, se pencha en avant tandis que Simon prenait un ton confidentiel :

– À vrai dire, j'aurais vraiment besoin d'une coupure. Ces derniers mois ont été assez difficiles.

Jordan hocha la tête d'un air sagace :

– C'est éprouvant, un divorce.

– Oh, je m'en remettrai, mais je prendrais bien quelques jours loin de la ligne de feu, et je me demandais si vous pourriez me remplacer pour une huitaine de jours. Ça m'ennuie de vous demander ça. Dieu sait que vous avez déjà assez de travail, mais je ne me sentirais vraiment rassuré que si je savais qu'il n'y a aucun risque de catastrophe.

Jordan fit de son mieux pour ne pas faire la roue.

– J'aimerais partir demain, reprit Simon. Mais évidemment ça dépend de vous. Ça ne vous laisse pas beaucoup de temps pour vous retourner, je sais, mais, fatigué comme je suis, je crois que le plus tôt sera le mieux.

– Demain ?

Jordan fronça les sourcils en songeant aux charges de ses hautes fonctions :

– Il va falloir que je déplace quelques réunions. J'ai un carnet de rendez-vous assez chargé pour les quelques jours à venir.

Simon avait auparavant jeté un coup d'œil à l'agenda de Jordan. Une journée tout entière était barrée d'une ligne transversale avec, en haut de la page, un seul mot : « Cotswolds ». L'agence n'avait pas de clients dans cette région de la campagne anglaise. On y trouvait toutefois des chevaux en abondance.

– Écoutez, si c'est trop...
Jordan leva la main :
– Je m'arrangerai.
Son front de nouveau s'assombrit :
– Mais il faudra peut-être que je vous emprunte Liz. Susan est très bien, mais elle risque de se trouver débordée si j'ai deux casquettes à porter.
Simon eut une vision de Jordan présidant des réunions avec deux casques de polo en équilibre sur le crâne.
– Bien entendu.
Simon alors lui avança le gâteau :
– Je pense que ce ne serait pas mal que vous vous installiez ici. Ce serait peut-être plus facile.
Jordan fit semblant d'envisager l'énorme inconvénient de se déplacer trois mètres plus loin dans le couloir, puis il braqua sur Simon le regard sincère et les sourcils froncés qui faisaient toujours merveille auprès des clients :
– Ce serait peut-être mieux, mon vieux. Ce serait peut-être mieux. Ça rassurerait les troupes.
– Ça leur ferait comprendre que les rênes sont tenues d'une main ferme, renchérit Simon.
– C'est tout à fait mon avis. Vous n'avez jamais pensé à vous mettre à l'équitation, non ? C'est très amusant. Une magnifique créature, le cheval.
– Vous savez ce qu'Oscar Wilde disait des chevaux, n'est-ce pas ? « Dangereux aux deux extrémités et inconfortables au milieu. » Je suis assez d'accord avec lui.
– Vous ne savez pas ce que vous manquez, mon vieux.
Jordan se déplia, se remit sur ses pieds et lança successivement un crochet du gauche et un direct du droit avec ses manchettes avant de dire :
– Bon, il faut que j'y aille. On se verra ce soir avant votre départ.

Simon l'entendit parler à Liz dans le bureau d'à côté :

– ... prendre les choses en main en l'absence de Simon... assurer la liaison avec Susan... toutes les réunions ici, je pense.

« Allons, se dit Simon, voilà un homme heureux. » Il passa le reste de la journée au téléphone.

Le lendemain en fin d'après-midi, il était à Paris et il trouva un message qui l'attendait au Lancaster : M. Murat le retrouverait, chez *L'Ami Louis*, à huit heures. Bon début pour les vacances. C'était le restaurant préféré de Simon à Paris et il ne serait pas obligé de mettre une cravate. Il prit une douche, se changea et décida d'aller à pied jusqu'à Saint-Germain-des-Prés pour prendre un verre aux *Deux Magots*.

Il avait oublié quelle ville magnifique était Paris. Elle lui parut très propre après Londres : pas de sacs-poubelle sur les trottoirs, pas de panneaux « À vendre » sur les immeubles. Il s'arrêta sur le Pont-Neuf et se retourna pour regarder le Louvre sur l'autre rive. Le crépuscule avait des reflets bleutés, des lumières commençaient à briller aux fenêtres, les réverbères s'allumaient et, un instant, il regretta le dîner. Il aimait bien Murat, mais une soirée comme ça, il fallait la passer avec une jolie fille.

Il y avait toujours autant de monde aux *Deux-Magots*, les garçons étaient toujours aussi hautains et les clients aussi blasés. Cet automne, les femmes étaient de nouveau en noir, avec de longs cheveux emmêlés avec soin et le visage pâle, des blousons de cuir trop grands et des grosses chaussures plates que Simon avait en horreur : des souliers à semelles de crêpe de maquereau qui vous gâchaient même la plus belle paire de jambes. Pourquoi voulaient-elles toutes ressembler à des camionneuses ?

Simon alluma un cigare et commanda un kir. C'était

bon de se retrouver en France, d'entendre parler français. Il fut surpris de constater à quel point il comprenait. Ça faisait longtemps, plus de vingt ans, qu'il avait passé six mois à travailler comme garçon de café à Nice. Il parlait couramment alors, ou assez couramment du moins pour gagner sa vie, et il était content qu'il lui en restât quelque chose.

Il observait un couple japonais, dans un coin, qui essayait de passer une commande à un garçon qui jouait le jeu très populaire à Paris d'incompréhension totale devant l'étranger.

– Sosh ! (Le Japonais leva deux doigts.) Sosh.

– Comment ?

– Sosh.

Le serveur haussa les épaules. Le Japonais prit la petite carte et l'ouvrit en désignant le milieu de la page :

– Sosh.

Le garçon condescendit à regarder et poussa un soupir :

– Non, fit-il. Whisky.

– Hai, hai. Sosh-whisky.

– Deux ?

Le Japonais eut un grand sourire et acquiesça de la tête. Le serveur, content d'avoir établi sa supériorité, se faufila entre les tables jusqu'au comptoir.

Le kir avait aiguisé l'appétit de Simon : il se demanda si ce n'était pas trop tôt dans l'année pour les cèpes qui tous les ans faisaient une brève apparition au menu de *L'Ami Louis*. Il se rendit compte que de tout l'après-midi il n'avait pas pensé au bureau, qu'il n'avait même pas appelé Liz pour lui dire qu'il était arrivé. Il régla l'addition et traversa le boulevard Saint-Germain jusqu'à la station de taxis.

Le taxi le déposa dans l'étroite rue du Vertbois et il resta un moment planté devant le restaurant. Dieu merci, on n'avait pas modernisé la façade. Il poussa la porte et pénétra dans l'animation chaleureuse d'un des derniers grands bistrots de Paris.

Le style était début XXe siècle, un peu minable, avec de la peinture écaillée couleur de bon ragoût, le carrelage était usé au point qu'on en arrivait au ciment. À part une photographie du vieux patron, Antoine, avec ses favoris gris, et un ou deux miroirs piqués par les années, rien aux murs sinon un portemanteau qui courait sur toute la longueur de la salle. Rien ici n'avait beaucoup changé depuis plus d'un demi-siècle et, comme chaque fois qu'il venait, Simon avait l'impression de se retrouver dans la salle à manger un peu délabrée d'un vieil ami.

Murat avait réservé une table derrière l'antique poêle à bois et Simon s'installa pour l'attendre en examinant les gens autour de lui. On trouvait généralement là un intéressant mélange de gens connus, riches et célèbres : vedettes et metteurs en scène de cinéma, politiciens qui espéraient être reconnus et hommes d'État cherchant à garder l'incognito, jeunes fils de riches familles parisiennes, comédiennes escortées de leurs admirateurs, play-boys entre deux âges et, presque toujours, un groupe hésitant, dont c'était la première visite et qui ne savait pas très bien comment réagir à ce cadre patiné.

Deux couples d'Américains franchirent la porte : les femmes en manteaux de fourrure un peu précoces pour la saison, les cheveux laqués, les hommes encore en blazers d'été. Simon remarqua l'air inquiet des femmes quand le serveur attrapa négligemment pour plusieurs milliers de dollars de chinchilla de première qualité afin de l'accrocher au portemanteau au-dessus de leur table.

– Clayton, dit l'une d'elles à son mari, tu es sûr que c'est bien ici ?

Le mari tapota la banquette pour la faire asseoir.

– C'est un bistrot, mon chou. Qu'est-ce que tu attends, un voiturier ?

Le serveur de Simon arriva avec une bouteille de meursault et il en huma le bouquet qui lui fit aussitôt penser à des toiles d'araignée dans des caves sombres. Le vin était frais, pas trop froid pour éviter d'en casser le goût. Simon but une gorgée et acquiesça.

Le serveur emplit son verre :

– Pas terrible, hein ?

Il y eut un bruit sourd à la porte du restaurant et Murat entra d'une glissade, en retard, échevelé, costume noir froissé et longue écharpe rose, sourire étincelant sur son visage hâlé. Il se tourna vers Simon, ses cheveux longs lui donnant l'aspect d'un transfuge des années soixante. Simon n'avait jamais compris comment il réussissait à diriger le bureau de Paris, à garder son hâle et à mener une vie amoureuse complexe et active. Ils s'étaient rencontrés quand Simon était devenu majoritaire dans l'agence de Murat et les relations d'affaires s'étaient transformées en amitié.

– Philippe ! Content de vous voir.

– Simon ! Vous êtes en avance. Non ? C'est moi qui suis en retard. Merde. La réunion n'en finissait pas.

– *Qui* était-ce ?

Murat s'assit et déroula le bandage de cachemire rose qui lui entourait le cou en regardant Simon. Il le gratifia de ce sourire innocent et charmeur dont Simon était sûr qu'il le pratiquait chaque matin devant la glace.

– Mon ami, vous avez l'esprit mal tourné. Bon, je vais vous le dire. C'était la cliente du yogourt, vous savez ? C'est une femme d'un certain âge, et...

– Et vous vous êtes dévoué pour l'agence, dit Simon.

Murat se servit un peu de vin.

– Elle a signé la campagne pour l'année prochaine. Nous avons fêté ça en prenant un petit verre, et ensuite, ma foi...

Il haussa les épaules.

– Pas de détails déprimants. Qu'est-ce que vous allez commander ?

Tout en regardant le menu, ils entendaient des

bribes de la conversation à la table des Américains : « ... et vous savez ce que ça s'est révélé être au bout du compte ? Une hernie étranglée. Je vais prendre le poulet rôti. Alors, à sa sortie de l'hôpital, il les attaque pour faute professionnelle... »

Simon adressa un grand sourire à Murat :

– Je crois que je préfère encore vous entendre parler de votre vie sexuelle.

Il appela un serveur et ils commandèrent.

– Combien de temps restez-vous à Paris ? demanda Murat. Samedi il y a une soirée avec de jolies filles garanties. Personne de la publicité. Vous devriez venir.

Il fit un clin d'œil et lança :

– Ça vous laverait l'âme, vous savez ?

– Vous présentez ça de façon si romantique, dit Simon. Mais je ne peux pas. Je pars tôt demain matin : je descends pour quelques jours à Saint-Tropez.

Le garçon arriva avec des escalopes, grésillantes et dégageant une forte odeur d'ail, le foie gras auquel Simon ne pouvait jamais résister et une assiette où s'entassaient des tranches de baguette grillées. On déposa sur un côté de la table une bouteille encore poussiéreuse de bourgogne rouge. Simon ôta sa veste et regarda autour de lui. Toutes les tables étaient occupées maintenant, occupées et bruyantes. Ici, on entendait toujours des rires : c'était un endroit pour profiter de la vie. Les régimes étaient interdits et les portions énormes. Personne ne venait chez *L'Ami Louis* pour déguster en silence deux feuilles de laitue.

– Saint-Tropez ? fit Murat avec un petit geste écœuré. C'est fini maintenant. Toute la côte est finie, à moins que vous n'ayez envie de jouer au golf avec un tas de Parisiens coincés. C'est le domaine du B.C.B.G. et vous avez une amende si vous ne portez pas une chemise Lacoste.

– Imaginez que vous n'ayez pas de Lacoste ? Où allez-vous ?

Murat traqua ce qui restait de sauce dans son assiette avec sa dernière bouchée d'escalope :

– Vous n'êtes jamais allé dans le Luberon ? Entre Avignon et Aix. Ça devient un peu chichi, surtout en août, mais c'est superbe : de vieux villages, des montagnes, une lumière extraordinaire. J'y ai passé une semaine en juin avec Nathalie. C'était très romantique, jusqu'à l'arrivée de son mari.

Le serveur débarrassa la table. Simon n'était jamais allé dans le Luberon. Comme des centaines de milliers d'autres, il avait foncé droit jusqu'à la Côte d'Azur, s'était laissé frire sur la plage et était rentré directement chez lui. L'arrière-pays de Provence était un territoire inconnu, de vagues noms sur les panneaux de l'autoroute.

– Comment y va-t-on en voiture ?

– Sortez de l'autoroute à Cavaillon et prenez la direction d'Apt. Ce n'est rien, vingt minutes. Je peux vous dire où Nathalie et moi sommes descendus, un petit hôtel, un charme fou, une terrasse privée où vous pouvez tous les deux prendre des bains de soleil à poil.

– Philippe, je suis tout seul.

– Et alors ? Prenez des bains de soleil à poil tout seul. Vous aurez peut-être de la chance.

Murat se pencha sur la table.

– La femme de chambre arrive un matin pour faire votre lit – une de ces petites Provençales bien rondes de dix-sept ans avec la peau couleur d'olive et de grands yeux bruns... Voilà qu'elle découvre le milord anglais. Il est sur la terrasse, tout nu. Elle ne peut pas lui résister. Et voilà ! L'affaire est dans le sac.

La version selon Murat de vacances paisibles et sans complication fut interrompue par l'arrivée d'un gigantesque faisan rôti qu'ils partageaient, accompagné d'une pyramide de frites croustillantes. À la table des

Américains, on entendait s'exprimer la consternation devant la taille du poulet qu'une des femmes avait commandé : « Tout ça pour moi ? Mon Dieu ! »

Murat servit le vin rouge et leva son verre :

– Bonnes vacances, mon ami. Je suis sérieux à propos du Luberon : c'est assez spécial. Vous devriez essayer.

4

Chez *Mathilde*, la pizzeria sur la route menant à Cheval-Blanc, c'était fermé le dimanche. La femme du Général aimait passer la journée avec sa sœur à Orange et le Général était trop heureux qu'on le laisse jouer aux boules. Mais ce dimanche-là, ses boules restèrent dans leur étui, au garage. Le Général attendait des visiteurs.

Il avait tout préparé, dressé ses plans et annoncé la nouvelle : la vieille bande des Baumettes – ou la plupart d'entre eux, ceux qui avaient réussi à ne pas retourner en prison – allait venir écouter une proposition.

Le Général prit les chaises sur la grande table ronde où on les avait juchées après le ménage du samedi soir. Il sortit pastis, vin et verres, un bol d'olives et deux grandes pizzas. Elles étaient froides, mais encore bonnes. D'ailleurs, personne ne venait pour la nourriture. Il compta les chaises. Il avait espéré qu'ils seraient dix, mais Raoul et Jacques avaient été négligents une nuit. La police les avait surpris, lors d'un contrôle de routine pour les conducteurs en état d'ivresse, avec des armes et toute une cargaison de tapis volés. Ils n'iraient nulle part d'ici quelques années. À cette pensée, le Général secoua la tête. Il leur avait toujours dit d'éviter les armes : les armes, ça doublait la sentence.

Il entendit le crachotement d'une mobylette et se

dirigea vers la porte de derrière. Jojo, en T-shirt propre, rasé pour un dimanche, traversa le parking poussiéreux, hochant la tête et arborant un grand sourire.

– Salut !

Ils échangèrent une poignée de main. Jojo jeta un coup d'œil par-dessus l'épaule du Général :

– Et Mathilde ?

– Pas d'inquiétude, dit le Général. Elle est à Orange jusqu'à ce soir.

– Bon. Alors, c'est le grand jour ? Qu'est-ce que tu en penses ? Ça va marcher ?

Le Général lui donna une grande claque dans le dos et sentit le solide coussin de muscles acquis grâce à des journées de dix heures passées à porter des pierres et des sacs de ciment :

– S'ils sont tous en aussi bonne forme que toi, ça peut marcher.

Jojo connaissait assez le Général pour ne pas poser d'autres questions. Le Général aimait faire son numéro devant une salle pleine. Ils traversèrent l'étroit passage où s'entassaient les casiers de bière et gagnèrent le restaurant. Jojo examina les murs de plâtre brut, les appliques en fer forgé en forme de gondoles, les affiches touristiques de Venise et de Pise, le petit comptoir carrelé avec le rouleau de parchemin accroché derrière – « La maison ne fait pas crédit » – et la photographie encadrée de Mathilde et du Général posant, très raides, avec un homme en cravate.

– C'est sympa, ici.

Jojo désigna la photographie :

– Qui est-ce ?

– C'est le maire. Il adore la pizza. Son père était Italien.

Dehors on entendit un bruit de voitures et le Général se glissa devant Jojo :

– Sers-toi à boire.

Une fourgonnette Renault et une Peugeot d'un

blanc sale s'étaient garées à l'ombre. Les passagers attendaient en groupes bruyants tandis que l'un d'eux se soulageait contre un arbre. Le Général fit le compte : ils étaient tous là.

– Salut les copains !

Il s'avança à leur rencontre : des hommes qu'il n'avait pas vus depuis des années. En leur serrant la main, il les examina. Ils avaient tous l'air en bonne santé et, plein d'impatience, il les fit entrer dans le restaurant. C'était comme au bon vieux temps. C'est bien gentil, la vie respectable, mais au bout d'un moment, un homme a besoin d'un peu d'excitation.

– Allez ! Asseyez-vous, asseyez-vous.

Ils avancèrent des chaises, Jojo, en qualité de second, prenant soin de s'installer auprès du Général. On passa les bouteilles, on emplit les verres, on alluma des cigarettes. Le Général promena son regard autour de la table, souriant et tirant sur sa moustache :

– Ma foi, ça fait un bout de temps. Racontez-moi comment vous êtes tous devenus milliardaires.

Personne ne se précipitait pour être le premier.

– Alors ? Vous croyez qu'il y a un flic caché derrière le bar ? Dites-moi.

Il n'y avait pas que des histoires de réussite. Fernand le plastiqueur, deux doigts en moins et une joue couturée de cicatrices à la suite d'une explosion mal calculée, travaillait dans un garage. Bachir, avec son maigre visage d'Arabe et son goût pour les couteaux à cran d'arrêt, avait trouvé un travail moins dangereux comme serveur dans un café d'Avignon. Claude, toujours aussi grand, se servait de son large dos et de ses bras puissants pour travailler comme maçon avec Jojo. Les frères Borel, deux petits hommes trapus au visage boucané, avaient renoncé à voler des voitures et travaillaient pour un jardinier paysagiste des environs de Carpentras. D'eux tous, le seul à exercer encore son activité était Jean, le silencieux aux mains de fée qui vivait tant bien que mal en faisant le pickpocket dans les gares et les marchés.

Le Général écouta attentivement chacun d'eux. C'était bien ce qu'il avait espéré : tous étaient à l'affût d'une aubaine. On remplit les verres et il se mit à parler.

Tout d'abord, expliqua-t-il, quand Jojo était venu le trouver avec cette idée, il ne l'avait pas prise trop au sérieux. Mais, en souvenir du bon vieux temps et par curiosité, il avait passé quelques coups de fil, fait des recherches – tout cela sans insister, très discrètement – et, peu à peu, il avait commencé à croire que c'était faisable. Ça prendrait du temps, des mois, mais c'était faisable.

Les visages autour de la table exprimaient un intérêt prudent. Claude arrêta de se rouler une cigarette et posa la question que tous avaient envie de poser :

– Alors ? De quoi s'agit-il ?

– D'une banque, mon ami. D'une jolie petite banque.

– Merde, fit Bachir en secouant la tête. Et toi qui nous as toujours dit d'éviter les armes.

– Pas d'armes, dit le Général. Nous n'aurons même pas besoin de ta lime à ongles.

– Ah bon ? On entre, on leur dit qu'on est fauchés, c'est ça ?

– Ils ne seront pas là. Nous aurons la banque pour nous tout seuls pendant six, peut-être huit heures.

Le Général se carra sur sa chaise en souriant. Il but une gorgée, s'essuya soigneusement la moustache du revers de la main.

– Maintenant, reprit-il, imaginez que c'est samedi soir à L'Isle-sur-la-Sorgue, le week-end de la Foire des Antiquaires.

Il braqua un doigt sur leurs visages attentifs :

– Ça tombe chaque année autour du 14 juillet : la ville est en fête, des centaines d'antiquaires qui ont déposé leur argent pour la nuit à la Caisse d'Épargne.

Il marqua un temps.

– Un sacré paquet de fric, mes amis. Tout ça pour nous.

La carotte était sur la table. Les hommes restaient silencieux tandis que le Général leur expliquait comment ils pourraient s'en emparer.

Peu avant minuit le samedi, lorsque la ville serait en pleine festivité, ils se glisseraient dans la rivière et remonteraient les canalisations souterraines. Le temps de juillet serait idéal pour une brève partie de kayak. Fernand utiliserait son plastic pour ouvrir un trou dans le sol de la chambre forte. Au milieu des pétards et des feux d'artifice de la fête, personne ne prêterait attention au bruit. Ensuite, ils passeraient une nuit fort plaisante à trier le contenu des coffres après les avoir fait sauter comme des bouchons de champagne.

Fernand frotta la cicatrice qu'il avait sur la joue, une cicatrice qui le démangeait encore après toutes ces années :

– Et le système d'alarme ? Normalement, il devrait être relié à la gendarmerie.

Le Général était aux anges, il distillait les détails un par un.

– Ah oui, fit-il en haussant les épaules. C'est le cas. Mais ils n'ont pas fait de branchement sur le sol de la chambre forte. Rien que les deux portes. L'une donne sur la banque, l'autre derrière, dans un petit jardin.

Les hommes fumaient en pensant à l'argent. Le Général se coupa une part de pizza. Auprès de lui, Jojo se trémoussait d'impatience. Pénétrer dans la banque, c'était la partie qu'il connaissait : en sortir et filer, c'était le gros problème.

– Donc, reprit le Général, nous nous sommes amusés dans la chambre forte, nous avons vidé tous les coffres. On est maintenant dimanche matin et il y a le marché. La ville est pleine de monde, les voitures sont comme des noisettes dans du nougat. Mais, si agréable que ce soit dans la chambre forte, nous devons la quitter.

Le Général éloigna son ventre de la table, rota et, avec une allumette, délogea d'entre ses dents un fragment d'anchois.

– Il y a deux légers inconvénients, poursuivit-il en levant un doigt boudiné. Le premier, c'est qu'entre midi et une heure chaque dimanche, il y a un contrôle de sécurité. Je l'ai observé quatre dimanches de suite. Deux flics, simple routine, mais ils arrivent toujours au moment où le marché se termine, ils comptent les pots de fleurs sur les marches du perron et rentrent chez eux déjeuner. Bref, nous devons être sortis bien avant midi. Évidemment, nous ne pouvons pas repartir par où nous sommes entrés. Même en juillet, ça paraîtrait bizarre de voir des hommes sortir de la rivière en brandissant des liasses de billets de cinq cents francs. (Il marqua une pause pour boire une gorgée.) Non, la sortie se fera par-derrière, dans le jardin.

Jojo s'arrêta, le verre à mi-chemin de ses lèvres :

– Par la porte ?

– Bien sûr, par la porte.

Le Général leva deux doigts :

– Voilà le deuxième problème. Parce que, comme nous le savons, la porte est branchée sur le système d'alarme.

– Et l'alarme se déclenchera, dit Bachir. On se retrouvera au pissoir pour dix ans. Non, merci.

Le Général sourit :

– Tu n'as pas changé, mon vieux. Toujours le joyeux optimiste. Tu oublies une chose. Nous avons le temps de filer. Pas beaucoup, deux ou trois minutes – peut-être plus si la circulation est aussi difficile qu'elle l'est d'ordinaire un jour de marché.

Le visage lunaire de Claude se plissa sous l'effort de la réflexion :

– Mais si la circulation est aussi difficile...

– Elle le sera, dit le Général. Elle le sera pour une voiture. Mais nous n'utiliserons pas de voiture. Quelqu'un veut de la pizza ? Elle est excellente.

Jean, le pickpocket, fit son plus long discours de la matinée :

– Merde pour la pizza. Comment est-ce qu'on file ?

– C'est simple. À vélo.

Le Général frappa dans ses mains :

– En deux minutes, on sera au milieu des voitures et sortis de la ville pendant que les flics seront toujours coincés à s'escrimer sur leurs klaxons.

Il tira sur sa moustache d'un air satisfait :

– Ça marche.

Il leva les mains pour arrêter le flot de questions et donna quelques précisions supplémentaires. Chacun d'eux emporterait dans la chambre forte sa tenue de vélo : les chaussures, la culotte moulante, la casquette, les maillots multicolores aux nombreuses poches qu'arborent tous les cyclistes sérieux. Ils auraient les poches un peu gonflées, les poches d'un cycliste le sont souvent. Qui se douterait qu'elles étaient gonflées de billets de banque ? Qui se donnerait même la peine de regarder ? Avec des dizaines de cyclistes sur la route chaque dimanche, ils seraient anonymes. Ils disparaîtraient. C'était le déguisement parfait, un des spectacles les plus ordinaires de l'été. Et ça leur permettrait d'aller vite.

– Mais attention, fit le Général en agitant un doigt. Il y a un détail : vous devez être en forme, en assez bonne condition pour faire vingt ou trente kilomètres à fond de train sans rendre tripes et boyaux sur vos guidons. Simple question d'entraînement.

Il eut un geste désinvolte :

– Nous avons des mois pour ça. Cent kilomètres chaque dimanche et vous serez fin prêts pour le Tour de France.

On avait terminé le pastis. Le Général alla derrière le comptoir en chercher une autre bouteille.

– Général ? fit un des frères Borel avec un grand sourire. Quand avez-vous fait cent kilomètres pour la dernière fois ?

– L'autre jour. Comme je le fais toujours, en voiture. Dieu a conçu certains culs pour les selles, mais pas le mien. Laissez-moi vous poser une question. (Le Général dévissa la capsule et poussa la bouteille au milieu de la table.) Quand avez-vous eu un peu d'argent dans votre poche pour la dernière fois ? Vraiment de l'argent ?

– Une chiée de fric, fit Jojo.

Borel resta silencieux. Le Général tendit la main et lui tapota la joue.

– Bois, dit-il. Un jour, ce sera du champagne.

5

Simon quitta l'hôtel de bonne heure pour livrer bataille à la circulation parisienne à l'heure de pointe, avec, dans leur Renault 5, les pilotes kamikazes bourrés de caféine et bien décidés à affirmer la supériorité française sur quiconque serait assez fou pour conduire une voiture avec des plaques étrangères. Pour le voyage, il avait choisi la plus confortable de ses trois voitures, le cabriolet noir Congo Porsche, qui frôlait les 250 kilomètres à l'heure. Il le savait, c'était une machine ridicule pour Londres, où il dépassait rarement la seconde, un simple jouet de publicitaire. Mais là, sur l'autoroute, il pouvait lui lâcher la bride et, avec de la chance et le pied au plancher, il devrait être dans le Midi en six heures.

Il quitta Paris, laissant derrière lui les embouteillages du périphérique. Les voitures cédèrent la place aux camions et il poussa une pointe à 200 à l'heure. Le téléphone dont, à Londres, les bips n'auraient cessé d'annoncer une crise avec un client ou la remise d'un rendez-vous, restait silencieux. Il pressa le bouton pour voir s'il pouvait contacter Liz. « Hors service. » Rien d'autre à faire que de conduire et de réfléchir.

Sans attaches, en bonne santé et riche sur le papier d'actions de l'agence, il avait une position que bien des gens lui envieraient. Tant que les affaires marcheraient, il ne serait jamais à quelques centaines de milliers de livres près, malgré l'enthousiasme sans limites que déployait Caroline à dépenser l'argent.

Sa vie professionnelle n'était pourtant pas si simple. Le défi que constituait la création d'une agence était terminé. L'agence existait, et maintenant il fallait l'entretenir et l'alimenter sans cesse avec de nouveaux clients. Un budget de cinq millions de livres qui, les premiers temps, aurait donné lieu à des célébrations euphoriques, ne représentait guère maintenant qu'un os de plus à jeter aux banquiers de la City. L'excitation avait disparu pour être remplacée par une routine bien rémunérée.

Et puis il y avait New York et Ziegler. Quand Simon avait été contraint de suivre les Saatchi et autres Lowe en Amérique, il avait passé un accord d'échanges d'actions avec Global Resources, un conglomérat publicitaire extrêmement agressif, dirigé par un des hommes les plus déplaisants qu'il connût. Personne ne prétendait trouver Ziegler sympathique. Mais nul ne pouvait nier qu'il était efficace. Il semblait capable de pousser ses clients dans les bureaux de l'agence, de les accabler de promesses d'augmentation des ventes et de bénéfices plus importants. Simon l'avait vu opérer des douzaines de fois : brutal avec ses subordonnés et presque obsédé dans sa poursuite de clients. Au sein de l'agence, l'arme qu'il maniait était la peur : il surpayait puis terrorisait ses collaborateurs. Une autre forme de peur – la peur de perdre des parts de marché – était toujours à la base de ses présentations. Il pouvait débiter une tirade de soixante minutes sur son sujet favori, « La vente, c'est la guerre, et ces salopards sont décidés à avoir votre peau », ce qui réussissait en général à amener même ses clients les plus blasés à jeter un coup d'œil nerveux par-dessus leur épaule avant d'augmenter leur budget.

On avait dit que les relations entre Simon et Ziegler étaient celles de deux chiens partageant un chenil trop petit. Chacun était jaloux de son territoire. Chacun voulait tout le chenil pour lui tout seul : en l'occurrence, le monde. Leur antipathie réciproque se camouflait sous la politesse des grandes sociétés qui ne trompe personne, des mémos soigneusement formulés hérissés de piques et une camaraderie un peu guindée chaque fois qu'on les voyait ensemble en public. Le moment n'était pas encore venu d'un combat décisif, mais il arriverait. Simon le savait et cette perspective, qui jadis l'aurait stimulé, le fatiguait d'avance.

Comme beaucoup de publicitaires, il songeait souvent et vaguement à abandonner le métier. Mais pour faire quoi ? Il n'avait aucune envie de se lancer dans la politique ni de devenir un gentleman-farmer, et pas davantage de sauter la barrière pour devenir un client à la tête d'une société fabriquant de la bière ou de la lessive. D'ailleurs, qu'est-ce qui rapportait autant que la publicité ? Il suivait peut-être une ornière, mais c'était une ornière très luxueuse et d'où il était difficile de s'échapper sans une solution extrêmement séduisante. Il s'arrangeait donc de ces moments de mécontentement, comme beaucoup de ses collègues, en se trouvant une nouvelle distraction : une voiture plus rapide, une maison plus grande, un autre passe-temps ruineux. Bien vivre n'est pas seulement la meilleure des revanches, c'est la plus facile.

Il avait atteint les longues collines arrondies de la campagne bourguignonne et envisageait un arrêt à Chagny pour déjeuner chez Lameloise. Dangereux. Il préféra s'arrêter dans une station-service, prendre une tasse de café un peu âcre et consulter la carte. Il pourrait être en Avignon en milieu d'après-midi, assis à l'ombre d'un platane devant un pastis, en ayant effectué le plus gros du parcours. Il fit le plein de la Porsche et continua vers le Sud. À mesure que les noms défilaient – Vonnas, Vienne, Valence – la lumière devenait plus vive et le ciel semblait s'étendre, bleu et sans fin, la campagne se hérisser de rochers et de chênes rabougris. Dans les vignobles découpés au flanc des collines, de petits groupes de gens, le dos courbé sous le soleil, cueillaient les premières grappes de la récolte. C'était la région des côtes du Rhône, produisant un vin robuste pour des gens à qui la vie au grand air donne faim et soif. Simon avait hâte de déguster sa première bouteille.

Le panneau annonçant la sortie pour Avignon surgit et disparut alors qu'il essayait encore de décider s'il allait descendre jusqu'à la Côte comme il l'avait prévu ou suivre le conseil de Murat. Prochaine sortie : Cavaillon. Pourquoi pas ? Il pourrait toujours continuer demain si ça ne lui plaisait pas.

Il prit la sortie de Cavaillon et franchit le pont qui enjambe la Durance : un filet d'eau plutôt qu'un fleuve après la sécheresse de l'été. En arrivant en ville, il aperçut les tables des cafés sous les arbres, les visages hâlés, des verres emplis d'une bière fraîche et dorée. Il gara la Porsche, s'étira et se livra aux menues acrobaties nécessaires pour sortir de la voiture. Après les verres teintés et la climatisation de l'habitacle, ce fut un choc de retrouver la lumière éblouissante et la chaleur. Il sentit le soleil lui frapper le crâne avec une violence qui le fit tressaillir. À Paris, c'était l'automne : ici, on avait encore l'impression d'être en août.

Il aurait pu fermer les yeux et reconnaître à l'odeur qu'il était en France : tabac brun, café fort, arôme piquant de l'anis provenant des verres de pastis sur le comptoir. Des hommes qui jouaient aux cartes autour d'une table, pour la plupart en gilet sans manches au tissu fané et coiffés de casquettes informes, levèrent les yeux vers lui à travers la fumée de leurs cigarettes : il prit conscience de sa tenue soignée, déplacée.

– Une bière, s'il vous plaît.

– Bouteille ou pressiong ?

Le barman avait une voix rauque, un accent marqué. Ça avait la sonorité du français, mais pas le français de Paris, ni même de la Côte. Un français chantant.

Simon prit sa Kronenbourg et alla s'asseoir près de la fenêtre. Un véhicule sur deux qui passait semblait être un gros camion, se frayant un chemin dans le flot de la circulation, avec des rugissements de moteur et des chuintements de freins pneumatiques. Ils transportaient leurs chargements de fruits et de légumes que la Provence fournissait en abondance. Simon écoutait les voix autour de lui et se demandait comment son français allait s'adapter à ce tourbillon verbal. Il se rendit compte que, pour la première fois depuis des années, personne ne savait exactement où il était. Lui-même ne savait pas où il allait passer la nuit et il était enchanté à l'idée de n'être qu'un étranger anonyme de plus.

Un jeune garçon entra dans le café pour vendre des journaux et Simon acheta un exemplaire du *Provençal*. L'article de tête en première page concernait un tournoi de boules, le reste du journal était empli de nouvelles des villages de la région : une fête à Lourmarin, une dégustation de vin à Rognes, d'autres tournois de boules. Malgré sa maquette moderne et ses gros titres à sensation, Simon lui trouva un air démodé et presque endormi, comparé à la presse britannique.

Il termina sa bière. Où donc Murat lui avait-il conseillé d'aller ? Apt ? Toujours sous le regard des joueurs de cartes, il abandonna la fraîcheur du café et regagna la Porsche. Elle était en train d'être inspectée par trois garçons et il vit l'un d'eux caresser d'une main hésitante la courbure de l'aile, comme si la voiture risquait de mordre. Ils reculèrent en apercevant Simon et le regardèrent ouvrir la portière.

– Ça gaze, monsieur ?

Le plus brave d'entre eux allongea le cou pour regarder à l'intérieur de l'habitacle.

– Oui, fit Simon en désignant le compteur de vitesse. 240. Même plus.

Le petit garçon secoua sa main comme s'il venait de se brûler les doigts :

– Alors, ça boume.

Simon démarra et tous agitèrent la main dans sa direction, comme trois petits singes grimaçants. Il se glissa dans le flux de la circulation et suivit la route d'Apt qui passait sous le pont de chemin de fer. À sa droite, derrière la forêt de panneaux publicitaires qui jaillissait à la lisière de la plupart des villes de province françaises, il aperçut une forme d'un vert grisâtre qui s'élevait au loin, les premières pentes des monts du Luberon. Il coupa la climatisation et s'arrêta pour décapoter. Quatre heures et demie : le soleil était chaud sur ses épaules, il sentait la brise dans ses cheveux. Il allait dîner quelque part sur une terrasse tranquille. La vie s'améliorait.

Il quitta la Nationale 100 pour échapper aux pilotes locaux de Grands Prix bien décidés à doubler une Porsche et s'engagea sur une route étroite qui serpentait entre les collines. Loin au-dessus de lui, il apercevait les pierres délavées et les vieux toits de tuiles d'un village, et il rétrograda pour accélérer. Peut-être y aurait-il une petite auberge avec un cuisinier bedonnant et une terrasse donnant sur les montagnes.

Il prit un virage brusque et sans visibilité et dut écraser la pédale de frein pour ne pas emboutir le tracteur qui occupait le milieu de la chaussée. Le conducteur de l'engin regarda Simon du haut de son perchoir, son visage rouge brique impassible sous sa casquette. Du pouce il désigna le grand bac qu'il remorquait, empli à ras bords de raisins violacés. Il haussa ses puissantes épaules. Il n'allait pas faire marche arrière.

Simon recula dans un champ et entendit quelque chose frotter sous l'arrière de la voiture : un bruit que tout possesseur de Porsche connaît et redoute, un bruit coûteux. Merde. Le conducteur du tracteur leva la main et s'éloigna tandis que Simon descendait de la voiture.

Il contempla ce qui restait de son tuyau d'échappement, tordu et encore accroché à une entretoise, coincé contre une pierre à demi dissimulée dans l'herbe. Il monta prudemment la côte, en première, le tuyau d'échappement bringuebalant bruyamment contre la chaussée.

Le village de Brassière-les-Deux-Églises (population hivernale sept cent deux âmes, population estivale environ deux mille) se maintient dans un équilibre précaire sur la crête d'un contrefort, au pied du versant sud du mont Ventoux. Il possède deux églises, un seul café, une boucherie, une boulangerie, une mairie ouverte deux heures le mardi après-midi, une épicerie, un garage Citroën avec deux pompes et une vue superbe sur le Luberon vers le sud. À part le projet (dont on discute depuis quatre ans) d'installer des toilettes publiques, rien n'est prévu pour l'activité touristique. Ceux qui viennent régulièrement l'été ont leur propre maison dans le village restauré de fond en comble : mais elles restent vides et volets clos durant dix mois de l'année.

La Porsche se traîna jusqu'au garage et s'arrêta. Simon entendait les accents d'une radio venant du petit atelier. Il enjamba un gros berger allemand qui sommeillait au soleil et plongea son regard dans le fatras ténébreux du garage Duclos. On apercevait les chaussures de toile huileuses du propriétaire, qui s'agitaient au rythme de la musique. Le reste de sa personne disparaissait sous une camionnette Citroën. Simon frappa à la portière et Duclos apparut, allongé sur une planche à roulettes.

Il resta là, les yeux levés, une clé à molette dans une main noircie par le cambouis, un chiffon dans l'autre.

– Oui ?

– Bonjour, monsieur. J'ai un petit problème.

– Comme tout le monde.

Duclos se redressa sur son séant et s'essuya les mains :

– Alors, qu'est-ce que c'est ?
– Ma voiture...
Duclos se leva de sa planche à roulettes et tira de sa poche un paquet de Bastos tandis qu'ils se dirigeaient vers la Porsche. Simon se rendit compte que le mot désignant un tuyau d'échappement ne figurait pas dans son vocabulaire : il s'accroupit donc et montra du doigt. Duclos s'accroupit auprès de lui en tirant sur sa cigarette. Le chien s'ébroua et vint les rejoindre, se frayant un chemin entre eux pour renifler la roue arrière de la Porsche avant de lever la patte dessus d'un air songeur.
– Filou va-t'en !
D'une claque, Duclos éloigna le chien et se pencha pour examiner de plus près le tuyau tordu qui pendait dans le vide :
– Putain.
Il tendit la main, tapota le métal disloqué et secoua la tête :
– Il faut le remplacer.
D'un air méditatif, il tira encore une bouffée de sa cigarette :
– Ben oui. C'est foutu.
Mais, expliqua-t-il à Simon, une pièce détachée pour une voiture comme ça – une voiture allemande, on n'en voyait pas beaucoup dans ces régions –, ça prendrait du temps. Il faudrait commander un nouveau système d'échappement au concessionnaire d'Avignon, peut-être même le faire venir de Paris. Fallait compter, deux, trois jours. Et puis, il y avait la pose. Ce monsieur pourrait revenir à la fin de la semaine ? À ce moment-là, normalement, ce devrait être fait.

La première réaction de Simon fut de donner un coup de téléphone. Tous les problèmes dans la vie pouvaient se résoudre avec un coup de fil. Qui allait-il appeler et à quoi ça l'avancerait-il ? On était en fin d'après-midi et le village n'avait pas l'air du genre d'endroit où trouver un taxi. Il était bloqué là. Duclos le regarda et haussa les épaules. Simon lui sourit et fit de même. Après tout, il était en vacances.

Il prit ses bagages dans la Porsche et remonta vers la petite place du village. Quatre vieillards boucanés par le soleil jouaient aux boules devant le café – *Le Sporting*. Simon déposa ses sacs auprès d'une table métallique et entra dans le bar.

Il n'y trouva que les mouches bourdonnant au-dessus du congélateur cabossé où on entreposait les glaces. Les tables recouvertes de plastique et un assortiment de vieilles chaises étaient dispersées n'importe comment dans la salle. Derrière le long comptoir de zinc, un rideau confectionné avec ce qui ressemblait à des chenilles mortes pendait sur le seuil d'une porte. « Bah, se dit Simon, ça n'est pas le Ritz. » Il s'avança jusqu'à la grande baie vitrée au fond de la salle et sifflota en voyant le panorama. Plein sud, dominant une longue plaine qui s'achevait au pied du Luberon, à sept ou huit kilomètres. Le soleil du soir, tombant de l'ouest en oblique, creusait des ombres marquées dans les contreforts de la montagne : c'était un contraste frappant avec la brume légère, quelque part entre le violet et le gris, de la face rocheuse et du vert des pins et des chênes. Dans la plaine, l'alignement régulier des vignes n'était interrompu çà et là que par des bâtiments de ferme qu'on aurait crus peints sur le paysage tant ils étaient plats, précis et brillants. Un tracteur d'un jaune vif comme un jouet avançait sans bruit sur le ruban noir de la route. Tout le reste était immobile.

– Monsieur ?

Simon se retourna et vit une jeune fille derrière le comptoir. Il commanda un pastis et sourit en se rappelant ce que lui avait dit Murat. Elle était là, exactement comme il l'avait décrite : la jeune Provençale aux formes rondes avec les yeux bruns et la peau brune. Elle tendit la main pour lui emplir un verre à l'une des bouteilles fixées aux étagères et Simon regarda les muscles jouer sur ses bras nus. Murat, lui, serait déjà derrière le comptoir, une rose entre les dents.

– Merci, mademoiselle.

Simon ajouta de l'eau et sortit. C'était curieux comme il aimait le pastis dans la chaleur du Midi de la France alors qu'il n'en buvait jamais nulle part ailleurs. Il se souvint en avoir commandé un jour au *Connaught* : ça n'avait pas du tout le même goût. Celui-ci était parfait : doux, mordant et corsé. Il but une gorgée en songeant à la situation inhabituelle dans laquelle il se trouvait.

Il n'avait pas de voiture, pas de réservation d'hôtel – et d'ailleurs, à en juger par ce qu'il voyait du village, pas d'hôtel du tout –, pas de Liz, pas d'Ernest. Il était livré à lui-même, coupé du système de soutien qui assurait normalement les détails de son existence quotidienne. Mais il constata, non sans étonnement, qu'il appréciait la nouveauté de tout cela. Être seul au fond d'un pays étranger, sans rien pour l'empêcher de mourir de faim qu'un portefeuille bourré à éclater de billets de cinq cents francs. Ce n'était pas à proprement parler une catastrophe majeure. D'ailleurs, il semblait impossible de se sentir déprimé ici, quand on regardait tous ces vieux hommes rire et discuter, penchés sur leurs boules.

La fille sortit du café et avisa son verre vide. Elle s'approcha de la table, avec cette démarche souple et indolente des gens qui vivent au soleil :

– Un autre ?

– Merci.

Il lui sourit et la regarda s'éloigner, ses hanches roulant sous sa courte jupe de cotonnade, ses vieilles espadrilles claquant doucement contre le sol. Simon se demanda de quoi elle aurait l'air dans vingt ans, si la pêche deviendrait un pruneau.

Quand elle revint, il lui demanda s'il y avait un endroit dans les environs où il pourrait descendre pour la nuit.

Elle le gratifia de la classique grimace française : haussement de sourcils, lèvres retournées en avant.

– Ben non.

Il y avait bien le gîte rural de Mme Dufour, mais maintenant c'était fermé jusqu'à Pâques. Ou alors il y avait des hôtels à Gordes. Elle agita un bras bruni en direction de l'ouest, comme si Gordes se trouvait à la lisière même de la civilisation, à des centaines de kilomètres.

Le problème, précisa Simon, c'était qu'il n'avait aucun moyen de se rendre à Gordes.

– Ah bon.

La fille réfléchit un moment, ses petites dents blanches mordillant sa lèvre inférieure :

– Attendez. Je vais chercher maman.

Simon l'entendit appeler sa mère. Il y eut des accents retentissants d'une rapide conversation qu'il ne parvint pas à suivre. Maman apparut. Elle déferla dans sa robe à fleurs et ses pantoufles, sa fille sur ses talons.

Maman fit un grand sourire à Simon, des dents en or étincelant sous l'ombre légère d'une moustache :

– Ah, ce pauvre monsieur.

Elle s'abaissa jusqu'à ce qu'elle eût recouvert la chaise à côté de Simon et se pencha vers lui, respirant l'ail et la bonne volonté. Tout n'était pas perdu, déclara-t-elle. Monsieur n'allait pas être obligé de passer la nuit sous l'arbre de la place du village. Il y avait une chambre au-dessus du café : pas grand-chose, mais propre. Monsieur pouvait s'installer là et, comme il n'y avait pas de restaurant au village, il pourrait dîner avec eux, en famille. Trois cents francs, y compris l'usage de la douche familiale. Voilà. C'était réglé.

Simon prit ses bagages et grimpa derrière la jeune fille deux étages de l'étroit escalier en essayant vainement de ne pas se laisser fasciner par les hanches qui ondulaient à quelques centimètres de son visage. « Ferme les yeux et pense à la moustache de Maman », se dit-il. Ils débouchèrent sur un minuscule palier. La fille ouvrit une porte et le fit entrer dans une chambre à peine plus grande, une mansarde au plafond bas, sombre et brûlante comme un four.

– Ça chauffe, hein ?

Elle ouvrit la fenêtre, puis les volets, sur le panorama que Simon avait admiré un peu plus tôt. Il inspecta la pièce : un lit d'une personne, une ampoule nue qui pendait au-dessus, le sol recouvert d'un linoléum fatigué. La vue mise à part cela lui rappela le dortoir quand il était pensionnaire.

– Formidable, dit-il.

Il posa ses bagages et s'étira.

– C'est pas un grand lit, mais vous êtes seul, fit la fille en souriant.

– Malheureusement, oui.

Simon se surprit à hausser les épaules : un tic contagieux.

Elle passa aux détails pratiques. Dîner dans une heure, dans la cuisine. La salle de bains était à l'étage en dessous, la porte bleue. Si monsieur avait besoin d'autre chose, Maman et elle seraient en bas.

Simon pensa bien au téléphone mais décida de ne pas s'en préoccuper avant le lendemain. Il défit ses valises et partit en quête de la porte bleue et d'une douche.

Les installations sanitaires des Français, un peuple réputé pour son style et son ingéniosité, donnent souvent un choc aux étrangers habitués à des canalisations dissimulées dans la maçonnerie, à des chasses d'eau au déferlement discrètement assourdi et à des robinets solidement ancrés dans les murs. Simon passa quelques minutes à comprendre comment fonctionnait l'enchevêtrement précaire mais compliqué de tuyaux et de becs. Il parvint en fin de compte à se doucher par sections au moyen d'un instrument en caoutchouc qu'on tenait à la main et qui distribuait alternativement de l'eau glacée et bouillante avec un accompagnement de gargouillements en provenance des canalisations. Sur la porte de la salle de bains, une pancarte volée à un hôtel du lac d'Annecy attira son regard au moment où il sortait : « La direction accueille volontiers les chiens. Ils n'essuient jamais leurs chaussures sur les rideaux et ne font pas pipi dans le bidet. Nous prions notre aimable clientèle de suivre leur exemple. »

Il descendit, se guidant au bruit de la conversation provenant de la cuisine. Sur une longue table recouverte d'une toile cirée à carreaux, on avait mis le couvert pour quatre avec des bouteilles de vin et d'eau, une gigantesque baguette, une grande cuvette en plastique pleine de salade et, tout au bout, un téléviseur dont on avait baissé le son. Maman et la fille frottaient des steaks à l'huile d'olive et aux gousses d'ail. L'homme au visage brique que Simon avait vu pour la dernière fois conduisant un tracteur se lavait les mains au-dessus de l'évier. C'était Papa.

Il se retourna, les mains encore humides, et tendit son coude à Simon :

– Bonetto.

– Shaw. Simon Shaw.

– Bieng. Un verre ?

Il emplit de vin deux verres épais et fit signe à Simon de s'asseoir à la table. Maman posa entre eux un plat contenant des tranches de saucisson et des cornichons : ce fut pour Simon le début d'une longue et épuisante expérience de l'hospitalité provençale. Le saucisson fut suivi d'une pizza, puis d'un steak accompagné de poivrons rôtis, d'une salade, de fromages, et d'une tarte au citron maison. Trois litres du vin rouge jeune et fruité, le vin des propres vignes de Bonetto. Et, entre deux bouchées, un discours avec cet accent : partie français, partie soupe, avec des éclats de rire de Maman et des gloussements de sa fille devant les efforts désespérés de Simon pour suivre les roulements chantants de l'élocution de plus en plus rapide de Bonetto.

Des lueurs de compréhension jaillissaient comme des éclairs dans la brume. Bonetto n'était pas seulement le propriétaire du café et de plusieurs hectares de vigne. Il était aussi le maire de Brassière. C'était un socialiste, un chasseur, un vrai paysan du coin. Il n'était jamais allé plus loin que Marseille, à cent kilomètres de là. Et encore il avait pris son fusil car on savait bien que Marseille était entièrement peuplée de criminels. À Brassière, déclara-t-il fièrement, il n'y avait pas de crimes.

Simon hochait la tête en souriant et disait « Ah bon » chaque fois que cela semblait approprié. La boisson et la concentration le portaient à la somnolence. Quand Bonetto exhiba une bouteille de marc, d'un blanc jaunâtre et à la consistance visqueuse, il essaya de refuser. En vain. Dans la maison Bonetto, on ne laissait pas un invité aller au lit sur sa soif. Tandis que les femmes débarrassaient et faisaient la vaisselle, le niveau de la bouteille se mit donc à baisser régulièrement et Simon parvint à un état de plaisant engourdissement où peu importait, semblait-il, s'ils se comprenaient ou non. On finit par le laisser monter, après une grande claque d'adieu que Bonetto lui assena sur l'épaule et qui le fit presque tomber. Il dormit comme une souche.

C'était étrange d'être réveillé par le soleil sur son visage et, pendant quelques secondes, Simon ne sut plus très bien où il était. Il regarda par la fenêtre. La plaine était blanche sous la brume matinale, le ciel était d'un bleu immaculé et, à sa surprise, il n'avait pas la gueule de bois. Il déclina le sandwich au saucisson que Maman lui proposait pour son petit déjeuner et sortit sur la terrasse avec son bol de café. Il ne faisait pas encore chaud, l'air – l'air le plus pur de France, lui avait affirmé Bonetto comme s'il en était personnellement responsable – sentait le frais. Sur la place du village, deux femmes avaient posé leurs paniers à provisions afin de garder les mains libres pour la conversation. Un chien déboucha d'une ruelle, les vestiges d'une baguette dans la gueule. Simon décida d'explorer les lieux avant de descendre au garage. Il aurait bien le temps d'appeler le bureau plus tard.

Il descendit la rue la plus large, qui partait de la place. Il passa devant l'épicerie du coin, devant l'étroit bâtiment qui faisait office de mairie et s'arrêta en face d'une construction en ruine. Pas de fenêtres, pas de volets, pas de porte. Une affiche tachée par les intempéries et fixée au mur annonçait que c'était l'ancienne gendarmerie : elle énumérait des noms, des numéros de permis et précisait qu'on pouvait consulter sur demande le dossier. Simon regarda par la voûte du seuil et aperçut le Luberon, encadré comme sur une carte postale dans une ouverture à l'autre bout du bâtiment. Enjambant un amas de débris, il s'avança dans un long espace où gisaient en désordre vieilles poutres, sacs de plâtre, canettes de bière vides et dalles empilées. Des fils électriques serpentaient hors des murs et une bétonneuse était plantée dans un coin auprès d'un grand baril d'eau boueuse, au pied d'une large volée de marches de pierre. On avait pratiqué à intervalles réguliers des ouvertures sur toute la longueur d'un mur et le soleil s'engouffrait pour baigner la pièce d'une lumière intense.

Simon s'approcha et regarda par une des ouvertures. Sous ses pieds, le terrain descendait en terrasses abruptes. Il apercevait des marches menant jusqu'au grand trou rectangulaire d'un embryon de piscine qui en était encore au stade du ciment et des canalisations à nu : au-delà, le panorama. Simon se dit qu'il n'avait jamais vu cadre plus spectaculaire pour prendre un bain et il éprouva un instant d'envie pour le propriétaire. Mais qu'est-ce que ça allait être ? L'endroit était énorme, beaucoup trop grand pour une maison. Il jeta un dernier coup d'œil aux montagnes qui viraient maintenant à un violet fané tandis que le soleil s'élevait dans le ciel et il s'en alla voir comment avaient progressé les réparations sur sa Porsche accidentée.

Il trouva Duclos en train de pratiquer l'aérobic saccadé qui en Provence accompagne toute conversation : torsion des épaules, ondulation des bras, agitation des mains pour souligner tel propos, sourcils qui menaçaient de disparaître sous le rebord de sa casquette. La femme à qui il s'adressait ne semblait nullement impressionnée. Elle reniflait d'un air incrédule devant la feuille de papier qu'elle tenait à la main et Simon l'entendit couper court aux protestations de Duclos qui invoquait des efforts diligents et une rémunération honnête.

– Non, non et non. Pas possible. C'est trop.

– Mais, madame...

Duclos aperçut Simon planté auprès des pompes à essence et sauta sur cette occasion de s'échapper :

– Ah, monsieur, j'arrive, j'arrive. Excusez-moi, madame.

La dame alluma une cigarette et en tira des bouffées rageuses tout en arpentant la cour. À la voir, se dit Simon, ce n'était pas une indigène. Blonde et mince, la trentaine, elle aurait pu être une élégante réfugiée de la boutique Armani, place Vendôme : mais un Armani de campagne, avec chemisier de week-end en lourde soie, pantalon de gabardine pâle, mocassins et sac en bandoulière. Pas le genre de femme qu'on s'attendrait à voir discuter une facture de garage de quelques centaines de francs.

Duclos et Simon s'approchèrent de la Porsche et la femme interrompit ses allées et venues pour les observer. Comme le suggérait sa tenue, elle était originaire de Paris et, jusqu'au jour où la nouvelle conquête de son ex-mari avait commencé à puiser l'argent destiné à la pension alimentaire, elle était assez à l'aise. Mais maintenant, maintenant que les chèques arrivaient irrégulièrement ou pas du tout, elle avait des soucis financiers. Nicole Bouvier passait sa vie à jongler avec les fins de mois difficiles. Garder sa maison de Brassière et son petit appartement de la place des Vosges devenait un exercice financier de plus en plus délicat et cela n'arrangeait rien d'avoir un garagiste qui gonflait ses factures de façon si éhontée. Elle songeait à s'en aller en lui disant qu'elle le paierait la prochaine fois, mais la curiosité la retint. Une Porsche à Brassière, c'était rare, et le propriétaire de celle-ci ne manquait pas de charme : un peu chiffonné assurément, et pas rasé, mais un visage intéressant. Elle s'approcha des deux hommes pour pouvoir entendre leur conversation.

C'était bien ce que Duclos pensait. Il avait téléphoné – il mima le geste en portant à son oreille sa main gauche tachée de cambouis, le pouce et le petit doigt tendus – pour commander le nouveau pot d'échappement. Malheureusement, il n'arriverait pas avant au moins trois jours, peut-être une semaine. Mais c'est toujours comme ça avec les marques exotiques. Si monsieur avait conduit une voiture plus raisonnable, une voiture française, ce regrettable incident aurait pu s'arranger en vingt-quatre heures.

Simon réfléchit quelques instants. Duclos pourrait-il par hasard lui louer une voiture ?

Haussement d'épaules navré, claquement de la langue :

– Ben non. Il faut aller à Cavaillon.

Un taxi ?

Duclos se frotta le front du revers du poignet, laissant une traînée d'huile sur sa peau. Il y avait bien Pierrot, avec son ambulance, mais il devait être dans les vignes.

– Non.

Mme Bouvier regarda Simon, les mains dans ses poches de pantalon et qui se mordait la lèvre d'un air songeur. « Un visage plaisant, se dit-elle, et peut-être un homme plaisant. »

– Monsieur ? (Simon se tourna vers elle.) Je peux vous amener à Cavaillon. Ce n'est pas loin.

– Mais, madame, c'est...

– Ça n'est rien du tout.

Elle se dirigea vers sa voiture :

– Allons-y.

Sans laisser à Simon le temps de protester ni à Duclos celui de reprendre la discussion de sa facture, Mme Bouvier monta dans son automobile et se pencha pour ouvrir la portière du passager, révélant sous son chemisier de soie l'esquisse d'une poitrine parfaitement bronzée. Les adieux précipités de Simon et la réponse de Duclos flottaient encore dans l'air quand la voiture démarra en trombe.

« Comme les gens sont serviables par ici », se dit Simon en se tournant vers son ange gardien :

– Madame, c'est vraiment très gentil.

Elle rétrograda sèchement en dévalant la pente et changea de langue :

– Vous êtes Anglais, non ? Les plaques de votre voiture...

– C'est exact.

– J'ai passé trois ans en Angleterre, à Londres, pas loin de chez Harrods.

Elle avait un accent prononcé : Simon espérait que son propre accent en français avait le même charme.

– J'ai un bureau là-bas, à Knightsbridge.

– Ah bon ? Où êtes-vous descendu en Provence ?

– Dans la suite princière du café de Brassière.

Stupéfaite, Mme Bouvier lâcha le volant pour lever les deux mains et la voiture fit une embardée vers le fossé :

– Mais c'est pas vrai ! Vous ne pouvez pas rester là-bas.

Simon se cramponna au tableau de bord. Mme Bouvier reprit le contrôle de son véhicule et se réinstalla au milieu de la route.

– Je pensais, dit-il, trouver un autre endroit cet après-midi, après avoir trouvé une voiture.

– Bon.

Ses doigts pianotèrent sur le volant et elle accéléra avec décision :

– Je connais un petit hôtel : le Domaine de l'Enclos, juste au-dessus de Gordes. Très tranquille, et avec un bon restaurant. Je vais vous emmener là et ensuite nous irons à Cavaillon.

Simon préféra ne pas regarder la route, qui semblait se rétrécir à mesure que la vitesse de la voiture augmentait : il se tourna vers le délicat profil de Mme Bouvier sous sa crinière de cheveux blonds. Il aurait difficilement pu espérer un chauffeur plus charmant.

– Écoutez, j'abuse déjà de votre temps. Mais, si vous n'êtes pas trop occupée, permettez-moi de vous inviter à déjeuner. Sans vous, je serais encore à attendre que l'ami de Duclos passe me prendre avec son ambulance.

– Oh, ce petit voleur. Le garage le plus cher de Provence. Ils sont tout sourires ici, vous savez, et puis vous trouvez leurs mains dans votre poche. Tout le monde n'est pas honnête.

– Il y a des gens malhonnêtes partout. Mais au moins, ici, ils sourient.

Ils arrivaient à un carrefour, Mme Bouvier ralentit. « GORDES, 4 km. » Elle prit à droite, s'engageant sur une route goudronnée plus large, et jeta un coup d'œil au petit bracelet d'or à son poignet :

– Je serais ravie de déjeuner. Merci.

Ils montèrent la côte qui mène à Gordes, tournèrent à gauche juste avant le village, sur la route où un panneau indiquait l'abbaye de Sénanque. Partout ici il y avait des panneaux et le village avait l'air de poser pour une carte postale : il était beau, mais presque trop parfait. Simon préférait l'aspect moins soigné de Brassière-les-Deux-Églises.

Ils franchirent la porte du haut mur de pierres sèches qui protégeait du reste du monde le Domaine de l'Enclos et Simon eut soudain l'impression d'être débraillé. Ça n'était pas du tout le simple petit hôtel de campagne auquel il s'attendait : le parc était immaculé, les arbres soigneusement taillés, les petits cottages en pierre bien séparés les uns des autres et du bâtiment principal de l'hôtel. Il aurait aussi bien pu être à Hollywood plutôt qu'en pleine France rurale.

Mme Bouvier se gara dans le parking ombragé, entre une Mercedes avec des plaques suisses et une Jaguar immatriculée en Angleterre.

– Voilà. Je pense que vous serez mieux ici qu'au café.

– Je suis stupéfait qu'il existe un endroit pareil.

Ils descendirent sous les arbres jusqu'à l'entrée de l'hôtel.

– Ça marche bien ? Où trouvent-ils les clients ?

– Vous seriez surpris. Les gens viennent du Nord, de toute l'Europe, parfois d'Amérique. Et la saison est longue : de Pâques à Noël. La prochaine fois, il faudra que vous veniez en hélicoptère. (Elle désigna une brèche parmi les arbres.) Il y a une piste d'atterrissage là-bas.

« La prochaine fois, se dit Simon, je me raserai avant de venir et j'arriverai avec une valise. » C'était une drôle de façon de débarquer dans un hôtel élégant.

Mais la fille de la réception l'accueillit en souriant. Elle lui dit que oui, il y avait un cottage qu'il pourrait avoir pour une semaine et que oui, il y avait une table sur la terrasse pour déjeuner.

Simon se détendit et commença à se sentir affamé :

– Un bon hôtel vous donne toujours le bénéfice du doute, déclara-t-il.

Mme Bouvier fronça les sourcils :

– Du doute ? Que voulez-vous dire ?

– Eh bien, regardez-moi. (Il se frotta le menton.) Pas rasé, pas de bagages, j'arrive avec vous...

– Qu'est-ce qu'ils feraient en Angleterre ?

– Oh, ils me regarderaient de haut, on m'obligerait sans doute à avoir une veste et une cravate et on s'arrangerait pour me mettre mal à l'aise.

Mme Bouvier eut un petit ricanement désapprobateur.

– Ici, ça n'est pas si formel. Personne n'a de cravate. (Elle regarda Simon en souriant.) Mais parfois, les gens se rasent. Venez.

Elle l'entraîna sur la terrasse.

À mesure que le déjeuner avançait, en contemplant la vue qui au sud s'étendait jusqu'au Luberon, le formalisme peu à peu disparut. Au plat principal, ils s'appelaient Nicole et Simon, et quand arriva la seconde bouteille d'un nerveux petit rosé, ils en étaient à comparer leurs divorces respectifs. Simon trouvait sa compagnie naturelle et amusante. Quand il lui alluma sa cigarette et qu'elle lui effleura la main, il éprouva une brève bouffée de désir. Il fallait mettre un terme à cela : il payait encore sa dernière crise. Il commanda du café et orienta la conversation vers un terrain plus sûr.

– Cet endroit à Brassière, la grande baraque qu'ils sont en train de restaurer, qu'est-ce que ça va être ?

Nicole trempa un bout de sucre dans son café et le mordilla.

– L'ancienne gendarmerie ? Elle était inoccupée depuis cinq ans quand ils ont construit une nouvelle gendarmerie sur la N 100. Il n'y a pas beaucoup de criminalité à Brassière, à part ce petit voleur de garagiste. (Elle but une gorgée de café.) Bref, il y a eu un type d'Avignon, un entrepreneur, qui a acheté la gendarmerie pour une bouchée de pain...

– De pain ?

– Pour rien. Moins d'un million de francs, je crois, et c'est une grande baraque, sur deux niveaux... et en plus, vous avez les cellules en dessous. Bon. Il achète donc aussi un peu de terre derrière avec le projet de bâtir des appartements avec une piscine et, bien sûr, la vue.

– Bonne idée. Quand est-ce que ça doit être terminé ?

Nicole secoua la tête :

– Jamais. Il y a englouti son argent. C'est toujours comme ça avec les vieilles bâtisses : il y a toutes les petites inconnues qu'on n'imagine pas. On abat un mur et plouf ! le plafond s'effondre.

Elle prit une autre cigarette et se pencha vers l'allumette que lui proposait Simon. Un autre bouton de son corsage s'était on ne sait comment défait.

– Merci.

Elle se carra sur son fauteuil et renversa la tête en arrière pour souffler la fumée : Simon se surprit à contempler son cou, mince et lisse. Il s'affaira sur un cigare tandis que Nicole poursuivait :

– Il emprunte donc davantage d'argent, et davantage encore. Il lui faut refaire le toit. La piscine coûte le double du devis parce qu'il n'y a pas d'accès par camion et que tout le ciment, toutes les pierres, tout doit être porté à dos d'homme. Bref, il se trouve à court d'argent. (Elle passa un doigt en travers de sa gorge.) Il fait faillite. Ça arrive souvent par ici : les gens sont trop optimistes et ils croient le maçon quand il leur donne un prix. Une fois que le travail est commencé...

Nicole avec deux doigts mima une escalade et haussa les épaules.

– C'est la même chose en Angleterre, dit Simon. (Il se rappelait les factures pour la maison de Kensington, des factures qui lui avaient fait monter les larmes aux yeux.) Et les décorateurs, c'est encore pire.

Nicole éclata de rire :

– Quand j'étais à Londres, j'avais un petit jardin, pas plus grand qu'un lit. Je voulais y faire pousser du gazon – vous savez, le fameux gazon anglais. Alors, je regarde dans le dictionnaire et je trouve le mot « turf ».

Bon. Je vais dans une petite boutique de Chelsea, pleine d'hommes, et je demande six mètres de « turf » : ils me regardent tous comme si j'étais folle.

– Pourquoi ?

– J'étais dans l'officine d'un bookmaker.

Elle se remit à rire de son ignorance. « Un des plaisirs de la vie, songea Simon, c'est la façon dont les femmes deviennent de plus en plus jolies et de plus en plus drôles à mesure que le déjeuner se prolonge. »

Nicole le déposa à Cavaillon et il rentra lentement à Brassière au volant de sa voiture de location. Après avoir repris ses bagages, il retourna à l'hôtel, et se promena dans le parc, remettant à plus tard le coup de fil qu'il était de son devoir de donner à Londres. Il avait coupé tout contact depuis deux jours et il avait savouré chaque seconde de ce répit. De retour dans son bungalow, il contempla le téléphone, ce petit objet accroupi en matière plastique et à l'air accusateur. Il finit par se décider et composa le numéro qui allait le connecter à la réalité.

– Où êtes-vous ? fit Liz du ton d'une mère inquiète. Nous n'avons pas arrêté d'appeler le Byblos. Ensuite nous avons essayé M. Murat à Paris mais...

– Qu'est-ce qu'il a dit ?

– Oh, il a été horrible. Il a dit que vous étiez parti avec une fille du *Crazy Horse*. Il avait l'air de trouver ça très drôle. Vous allez bien ?

– Très bien. J'ai simplement changé d'avis en descendant et puis j'ai eu un pépin avec la voiture : rien de grave, mais il a fallu que je m'en occupe. Bref, je serai ici, à Gordes, jusqu'à ce que ce soit réparé.

Il donna à Liz le numéro de l'hôtel et l'entendit qui parlait à quelqu'un dans le bureau.

– Liz ?

– Une minute. Ernest veut vous parler. Mais ne raccrochez pas ensuite. Il y a un message urgent de Mr. Ziegler.

– Allô, allô, où que vous soyez, fit Ernest. Je ne peux pas vous dire quelles histoires il y a eu ici : branle-bas de combat, un homme à la mer, Liz se retrouvant du jour au lendemain avec des cheveux gris, nous le cherchons ici, nous le cherchons là...

– Ça ne fait que deux jours que je suis parti.

– Évidemment. « Laissez à ce pauvre homme le temps de déballer sa brosse à dents », ai-je dit, mais vous savez comment ils sont : ils ne peuvent pas vous laisser tranquille cinq minutes. Maintenant, aimeriez-vous entendre une bonne nouvelle ?

– Toujours.

– Le musicien qui est venu visiter la maison – un horrible petit personnage, littéralement emmailloté de cuir –, eh bien, il a fait une très bonne offre à condition de pouvoir emménager le mois prochain.

– Il peut emménager demain si son chèque est bon. Qu'est-ce qu'il offre ?

– Cent mille de moins que le prix demandé.

– Deux millions quatre ?

– Y compris le lit. Il a tout de suite adoré le lit. Je crois qu'il s'est imaginé...

– Je vois ça d'ici. Parfait. Dites aux agents de régler ça.

– Je m'en occupe tout de suite. Je vais vous repasser Liz. Elle me fait de grands signes. Amusez-vous bien. Ne faites rien que je ne ferais pas moi-même.

– Je crois malheureusement que ça ne va pas vous plaire, dit Liz, mais Mr. Ziegler vous demande de revenir d'urgence à Londres. Le président de la Morgan passe demain en rentrant à New York, et Mr. Ziegler pense...

– Je sais ce que Mr. Ziegler pense, dit Simon. Mr. Ziegler estime qu'il faudrait tenir la main du président.

– Exactement. Je suis désolée, mais il avait l'air assez agité quand il a appris que vous étiez absent.

Simon regarda par la fenêtre. Les rayons du soleil atteignaient le haut d'un bouquet d'oliviers, donnant aux feuilles des reflets d'argent. Au fond, la brume de chaleur adoucissait les contours du Luberon. Dans l'air calme du soir on entendit le bruit de quelqu'un qui plongeait dans la piscine.

– Liz, au risque de donner une crise cardiaque à Mr. Ziegler, j'ai l'intention de rester ici.

– Voulez-vous que je le lui dise ?

Simon soupira.

– Non, il vaut mieux que je l'appelle. Ne vous inquiétez pas. Je vous parlerai bientôt.

Il raccrocha et pour la première fois de la journée jeta un coup d'œil à sa montre. Maudit Ziegler. Un coup de pied pour se débarrasser de ses chaussures et il appela New York.

Il entendait la voix de Ziegler avec un faible écho et Simon devina qu'il avait branché son téléphone sur le haut-parleur. Il adorait marcher de long en large en rugissant, habitude que Simon trouvait extrêmement agaçante.

– Bob, dites-moi une chose. Est-ce que votre secrétaire est avec vous ?

– Bien sûr. Elle est ici. Pourquoi ?

– Vous essayez toujours de la sauter ?

– Seigneur !

Il y eut un silence, puis un déclic : Ziegler coupa le haut-parleur et décrocha le combiné. Sa voix semblait bien plus proche.

– C'est votre conception d'une bonne plaisanterie ?

– Maintenant, je vous entends mieux. Pourquoi cet affolement ?

– Un client à trente millions de dollars arrive à Londres et vous êtes à vous les rouler en France. C'est ce que vous appelez diriger une affaire ?

– J'appelle ça des vacances, Bob. Vous connaissez le mot ?

– Merde pour les vacances. Vous feriez mieux de faire vos valises.

– Je ne m'en vais nulle part. Tout ce qu'il veut, c'est dîner et qu'on le caresse dans le sens du poil. Jordan fera ça très bien.

– Je ne crois pas ce que j'entends. Trente millions de dollars, et vous ne pouvez pas vous priver d'un jour à rester assis sur vos fesses au soleil. Mon Dieu !

– Vous savez aussi bien que moi que l'agence est une affaire solide. Pas la peine de faire tout un cirque chaque fois qu'un client s'arrête à Londres. Je dirige une agence de publicité, pas un service d'escorte.

– Laissez-moi vous dire une chose : d'où vous êtes, vous ne dirigez rien du tout.

– Bob, je n'y vais pas.

– Alors, j'y vais.

On raccrocha et Simon éprouva un grand sentiment de satisfaction. Depuis des années il obéissait au réflexe du publicitaire de se mettre au garde-à-vous chaque fois qu'apparaissait un client, de s'efforcer de ce qu'on appelait si incorrectement le « distraire ». Il n'était pas question de distraction dans tout ça. Il s'agissait de travailler avec un couteau et une fourchette à la main en simulant l'intérêt. À une ou deux exceptions près, les hommes avec qui Simon passait le plus clair de sa vie l'ennuyaient. Pour certains, des tyrans de grosses sociétés qui utilisaient leurs budgets de publicité comme des armes offensives, il les méprisait. Et c'étaient eux qui le payaient. Il commençait à mépriser cela aussi. Était-ce de la fatigue et de l'amollissement, ou bien un premier pas vers la maturité ?

Il avait dîné seul sur la terrasse, profitant d'une vue qui s'étendait à quinze kilomètres, et il pensait avec plaisir à Ziegler coincé dans les embouteillages sur la route de JFK. Concorde jusqu'à Londres. Tapoter la main du gros client. Concorde pour rentrer à New York. Encore une brillante victoire dans les relations agence-clients. Une nouvelle défaite sur le plan digestif. Simon prit son cigare et revint à pas lents vers son bungalow. L'air était encore tiède, le ciel clair et constellé d'étoiles, des buissons montait le crissement insistant des cigales. Sa dernière pensée avant de s'endormir fut l'impatience d'être au lendemain.

Les jours étaient longs, mais passaient trop vite. Simon explora les villages, alla en voiture jusqu'aux crêtes blanches et dénudées du mont Ventoux, se promena dans les ruines du château du marquis de Sade à Lacoste, flâna aux terrasses des cafés. Chaque soir, quand il rentrait à l'hôtel, il trouvait des messages de Londres, des messages qui semblaient étrangement irréels quand il les lisait, assis pieds nus sur sa terrasse. Le contraste entre le calme de son environnement et les rapports sur les événements insignifiants survenus à l'agence, grossis pour en faire des crises, lui inspirait de plus en plus de réflexion. C'était la vie contre les affaires.

Il était temps de songer à rentrer. Duclos maintenant avait dû réparer la Porsche, même si, étrangement, il n'avait pas appelé. Simon décida d'aller le lendemain matin à Brassière et, peut-être après avoir repris la voiture, de déjeuner avec cette amorce de poitrine parfaitement bronzée. Il retrouva le numéro que Nicole avait inscrit sur une pochette d'allumettes.

– Nicole ? C'est Simon Shaw.

– Ah, l'Anglais disparu. Où étiez-vous ?

– Je suis désolé. Je comptais vous appeler, mais...

Nicole se mit à rire :

– C'est la maladie provençale... remettre au lendemain.

– Je me demandais si je pouvais vous emmener déjeuner demain. La voiture devrait être prête, elle est au garage depuis près d'une semaine.

– Ici, Simon, une semaine n'est rien. Mais pour le déjeuner, volontiers.

Ils convinrent de se retrouver au café et Simon passa une agréable demi-heure à potasser le Gault-Millau. Il aurait dû appeler Nicole plus tôt mais peut-être avait-il besoin de se libérer d'abord de Londres. Il se surprit une fois de plus à hausser les épaules. Il sourit.

Il arriva à Brassière le lendemain matin pour trouver Duclos dans la position où il l'avait vu la première fois, sous une voiture. Il aurait juré que c'était la même. Simon dit bonjour aux espadrilles pleines de cambouis et le corps apparut sur sa planche à roulettes.

– Ah, monsieur. C'est vous.

Duclos avait de bonnes nouvelles. La pièce arriverait la semaine prochaine – certain, garanti, pas de problème. Il comptait l'appeler, mais...

À Londres, Simon aurait été furieux. Mais ici, ça ne semblait pas avoir d'importance. La journée était superbe. Il allait déjeuner avec une jolie femme. Il pourrait toujours envoyer Ernest chercher la voiture quand elle serait prête. Il fut étonné de son attitude de philosophe : il commençait à hausser les épaules aussi bien mentalement que physiquement. Il remercia Duclos et se dirigea vers le café.

Le soleil transformait en une section de tunnel la rue qui partait de la place : moitié baignée d'une lumière aveuglante, moitié dans une ombre épaisse. Simon se trouva de nouveau attiré par l'ancienne gendarmerie. Il monta l'escalier. Le premier étage semblait encore plus grand que le rez-de-chaussée : un vaste espace dégagé et prêt pour l'étape suivante de la construction. Si c'était possible, de là-haut, la vue était encore plus belle : les vignes qui viraient maintenant au rouge et au brun, une colline couverte de pins avec des bâtiments de pierre qu'on apercevait parmi les arbres, des silhouettes qui se découpaient contre le soleil et, derrière tout cela, la montagne. L'air était si pur que Simon distinguait les contours des arbres sur la plus haute crête : minuscules mais nets. Il entendit des rires monter des terrasses à ses pieds et le bruit d'un tracteur qui démarrait. Midi : l'heure pour tout bon Provençal de quitter les champs et de rentrer déjeuner chez lui. Nicole était assise à une table en terrasse quand Simon arriva au café. Elle lui tendit tour à tour ses deux joues à embrasser et il sentit son parfum, frais et épicé.

– Comment ça se passe avec votre voiture ? J'espère que vous n'avez pas payé ce qu'il a demandé.

– Il attend toujours les pièces. Ça n'a pas d'importance. J'enverrai quelqu'un de Londres pour la reprendre.

Nicole fouilla dans son sac pour y chercher des cigarettes. Elle portait une robe de toile sans manches couleur mastic qui faisait ressortir le hâle régulier de ses bras et de ses jambes nus. Simon regretta de ne pas l'avoir appelée plus tôt.

– Alors, dit-elle, il faut que vous rentriez ?

– C'est ce qu'on me dit au bureau.

Simon commanda à boire à la fille qui étudiait avec un intérêt non dissimulé la toilette de Nicole. Elle adressa un sourire à Simon et repartit dans le café en se déhanchant.

– Jolie fille, dit Simon.

– Vous connaissez la mère ? fit Nicole en pouffant.

– Vous êtes une méchante femme jalouse. Tout ça parce que vous n'avez pas de moustache et que vous ne savez pas conduire un tracteur.

– C'est ça qui vous plaît ?

Nicole le regarda à travers la fumée de sa cigarette. « Non, se dit-il, ce qui me plaît, c'est ce qui est en face de moi. »

– J'adore les femmes à moustache, dit-il. Je crois que c'est parce que ça chatouille.

Nicole tira une mèche de cheveux en travers de son visage et la disposa sous son nez :

– C'est bon ?

Simon acquiesça de la tête :

– Formidable. Vous pouvez manger comme ça ?

Il avait choisi un restaurant à côté de Gordes, une ferme aménagée avec des tables disposées dans la cour et un chef que le Gault-Millau décrivait comme une des étoiles de l'avenir. Ce fut un déjeuner prolongé et agréable : ils rirent souvent et burent un peu trop de vin. Et puis, au café, Nicole lui demanda quel effet ça lui faisait de rentrer à Londres.

Simon suivit la fumée de son cigare qui montait en volutes jusqu'aux feuilles du platane qui les protégeaient du soleil : il se demanda ce qu'il trouverait le lendemain au déjeuner. Sans doute du Perrier et un client angoissé de trouver sa part de marché si petite.

– Je ne peux pas dire que je sois impatient de rentrer, avoua-t-il. Le problème, c'est que j'ai déjà tout vu : les clients ont toujours les mêmes problèmes, les gens avec qui je travaille m'assomment... (Il s'arrêta et souffla dans son cigare jusqu'à en faire rougeoyer l'extrémité sous le gris-bleu de la cendre.) Ça doit être ça : je m'ennuie. Autrefois j'aimais ça, plus maintenant.

– Mais vous continuez.

– J'ai un défaut : j'aime bien l'argent.

Avec un sourire mélancolique, il regarda sa montre et demanda l'addition :

– Je suis désolé. Il faut que j'y aille.

Ils gardèrent le silence pendant qu'il payait. Puis il prit une carte dans son portefeuille et la lui tendit à travers la table :

– Voici mon téléphone à Londres. Si jamais vous venez là-bas, prévenez-moi. Nous pourrions peut-être dîner.

Nicole resta silencieuse tout en remettant ses lunettes de soleil. Elle les laissa perchées au bout de son nez et le regarda :

– Je croyais que vous dîniez toujours avec des clients.

– Vous pourriez être une cliente éventuelle.

Elle haussa les sourcils et Simon eut un grand sourire :

– C'est ce qu'on dit dans la publicité quand on va à la pêche.

Il retourna à l'hôtel chercher ses bagages et Nicole rentra chez elle. Ils étaient tous les deux certains qu'ils se reverraient.

6

Simon tout d'un coup prenait Londres en horreur. Malgré les efforts d'Ernest qui avait mis des fleurs partout et quelques toiles sauvées de la maison, l'appartement était aussi triste et impersonnel qu'une suite d'hôtel. Le long et sinistre prélude à l'hiver britannique avait commencé. Le ciel était comme un plafond bas et gris, les gens dans les rues courbaient le dos sous la bruine et se débattaient contre leurs parapluies. Il n'y avait pas assez de lumière. La Provence n'était qu'un clair et lointain souvenir.

Le premier jour où il retourna au bureau ne fit rien pour mettre Simon de meilleure humeur. De toute évidence, Jordan avait adoré sa semaine de seigneur et maître. Il répugnait à abandonner le pouvoir et ne cessait d'entrer dans le bureau de Simon et d'en sortir pour prodiguer des conseils sur ce qu'il appelait des problèmes essentiels. Ce qui le préoccupait particulièrement, c'était un incident survenu le vendredi soir précédent et qu'il s'empressa de rapporter à Simon en tirant sur sa cigarette.

David Fry, le directeur de la création à l'agence, un homme qui ne cessait d'irriter Jordan en raison du mépris évident dans lequel il tenait ses patrons, avait été vu dans un restaurant à la mode où il se conduisait extrêmement mal.

– Qu'est-ce qu'il faisait ? demanda Simon.

– Complètement ivre pour commencer, dit Jordan.

Là-dessus, il a apparemment sorti de sa poche un sachet de cocaïne et s'est mis à en renifler à table. Il ne s'est même pas donné le mal d'aller aux toilettes. (Il eut une moue désapprobatrice.) Un de mes amis m'a appelé le samedi dans le Wiltshire. J'ai donc immédiatement contacté David en lui demandant ce qui lui avait pris. Ce genre d'histoires, on les retrouve dans *Private Eye*, ça indispose les clients et ça donne mauvaise réputation à toute l'agence.

Simon poussa un soupir. Jordan n'avait pas tort.

– Qu'est-ce qu'a répondu David ?

– Je lui ai passé un savon. Je lui ai dit que les directeurs de sociétés cotées en bourse ne pouvaient pas se comporter dans les lieux publics comme des voyous.

Jordan agita vigoureusement ses manchettes comme si elles essayaient de s'échapper des manches de son veston.

– Alors ? Qu'est-ce qu'il a dit ?

– Il m'a répondu d'aller me faire voir. J'ai failli sauter dans ma voiture pour aller lui administrer une correction. L'intolérable petit merdeux.

– Je lui parlerai quand la présentation sera au point. Où en est-on ?

– C'est la panique habituelle au département création pendant qu'ils font attendre toute l'agence. La secrétaire de David m'a annoncé sans que je puisse trop m'y fier qu'ils seront prêts demain à nous montrer les grandes lignes. Ils ont besoin d'être repris en main, ces gens. Ils ne savent pas ce que c'est que de respecter des délais.

Simon sentit que ce pourrait être le début d'une conférence sur les techniques de direction : il prit une pile de documents.

– Il vaudrait mieux que je regarde tout ça, dit-il. Je suis censé avoir d'ici jeudi une connaissance approfondie du marché de la contraception.

Jordan eut un sourire qui révéla de longues dents un

peu jaunes. « Il commence à ressembler à un de ses foutus chevaux », se dit Simon.

– J'aime mieux que ce soit vous que moi, mon vieux. J'ai toujours eu horreur de ces trucs-là. C'est comme si on buvait du bordeaux avec une paille.

Il eut un rire qui ressemblait à un hennissement et repartit sans hâte vers son bureau.

Le Groupe de Marketing du Préservatif, ou les « princes de la capote », comme on le surnommait officieusement à l'agence, avait demandé à voir les présentations pour son budget de cinq millions de livres. Simon savait que deux autres agences étaient en piste et il voulait ce contrat. Même si ça ne représentait pas une affaire énorme, ça vaudrait la peine de la décrocher pour les occasions créatrices qu'elle offrait. Le sexe et la responsabilité sociale – un sujet de rêve pour un concepteur – pourraient donner lieu à des créations spectaculaires et dignes d'attention qui contrasteraient de façon marquée avec les campagnes conçues par l'agence pour ses principaux clients. Et la City serait enchantée de voir quelques millions de plus venir grossir le chiffre d'affaires. Ce serait, comme on l'avait entendu dire à Jordan, un « joli coup à l'actif de la boîte ».

Simon parcourut les documents qu'on insérerait sous une couverture en papier glacé pour la présentation de jeudi : Recherche de comportement, Statistiques et stratégies de marketing, Stratégies créatrices, Plans médias : des pages et des pages de chiffres et de prudentes hypothèses, preuve que l'agence avait soigneusement préparé son dossier. Simon avait appris bien des années auparavant que toute idée publicitaire devait se vendre dans le cadre d'une argumentation logique et que plus une idée était insolite, plus la documentation qui la soutenait devait être poussée. Les clients avaient depuis longtemps renoncé à la dangereuse habitude de se fier au jugement créatif de leur agence et insistaient pour avoir des éléments noir sur blanc afin de les aider à prendre leur décision. Le Groupe de Marketing du Préservatif, qui rassemblait plusieurs fabricants indépendants, ne manquerait pas d'avoir l'attitude classique de tout comité : ces gens allaient tergiverser, critiquer, transiger et ménager autant que possible la chèvre et le chou. Simon se concentra.

Les « princes de la capote » étaient en retard. On avait fixé la présentation à quatorze heures trente. La réceptionniste avait caché son exemplaire de *Cosmopolitan*. On avait vérifié pour la vingtième fois les graphiques préparés dans la salle de réunion. On avait recommandé aux secrétaires d'avoir l'air affairées. Retiré de la salle du département artistique la cible du jeu de fléchettes. Remis des rouleaux de papier dans les toilettes de la salle de conférence. Bref, le groupe Shaw était fin prêt, prêt à un nouveau triomphe, et les membres de l'équipe de présentation, rassemblés dans le bureau de Simon, s'efforçaient d'avoir un air détendu d'une tranquille assurance.

Il était maintenant près de quinze heures. Les salauds étaient en retard et les hypothèses affolées fleurissaient de toutes parts : Ils étaient allés déjeuner avec une des autres agences. Ils lui avaient confié le budget et on arrosait ça. Les salauds. Tout ce travail pour rien. La moindre des politesses aurait été de téléphoner. Ils étaient probablement trop pintés, trop occupés à terminer leur troisième bouteille de xérès. Dans le bureau de Simon flottaient d'épaisses fumées de cigarettes et une atmosphère de noir pessimisme. Liz fronça le nez en passant la tête par l'entrebâillement de la porte :

– Ils sont ici. Ils sont sept. Ils en ont amené un de plus.

Merde. L'équipe de l'agence ne comprenait que six personnes et il n'était pas question d'être à court d'un homme, de laisser un client isolé au bout de la table de conférence. Les clients étaient très susceptibles sur ces petits détails : ils estimaient qu'on ne les respectait pas suffisamment.

Simon regarda autour de lui.

– Il nous faut un homme de plus. Qui serait le plus utile ?

Tandis que Simon se rendait à la réception, on élut à main levée et convoqua un jeune homme en costume sombre : un garçon des plans médias, grave et sûr.

En accueillant ses visiteurs, Simon eut l'impression de se trouver devant un petit congrès de vendeurs en porte-documents : sept porte-documents noirs qui avaient l'air en cuir, sept costumes discrets, sept visages graves. Simon prit son air le plus engageant en identifiant l'aîné des « princes de la capote » et en lui serrant la main.

– Désolé de vous avoir fait attendre. Un de ces interminables coups de fil. Comment allez-vous ?

– Je crois que c'est nous qui devrions présenter nos excuses, Mr. Shaw. Un de ces interminables déjeuners.

Le « prince de la capote » eut un sourire qui découvrit ses dents. Ses joues avaient la coloration que donnent trois verres de gin et Simon se demanda s'il allait tenir la réunion sans s'endormir.

Il précéda le groupe dans le couloir, passant devant des secrétaires consciencieusement penchées sur leurs claviers, les introduisit dans le luxe sombre de la grande salle de conférences, une pièce sans fenêtres, à la moquette épaisse et où l'on n'entendait que le ronron de la climatisation. Le troupeau des clients entra et l'équipe de l'agence se leva, autour de la grande table ovale. On échangea pour les oublier aussitôt dans le flux des présentations les noms et les titres, on ouvrit des porte-documents dans un bref crépitement de fermoirs, on disposa des blocs-notes, on prit les commandes de café, de thé et d'eau minérale. Le premier des « princes de la capote » accepta un cigare et

Simon se leva pour débiter le bla-bla préliminaire comme il l'avait déjà fait mille fois.

– Permettez-moi pour commencer de dire combien nous sommes ravis d'avoir l'occasion de procéder à cette présentation. (Le chef des « princes de la capote » examina son cigare tandis que ses collègues gardaient les yeux obstinément fixés sur leurs blocs vierges.) Je crois que vous savez déjà, grâce à la documentation que nous vous avons adressée, que l'agence a une tradition bien établie de proposer des campagnes efficaces et à haut degré de visibilité concernant une large gamme de produits et de services. Je dois préciser toutefois que votre affaire a pour nous tous un intérêt particulier. (Simon marqua un temps et regarda en souriant sept visages impassibles.) Après tout, reprit-il, ce n'est pas souvent que nous avons l'occasion de travailler sur un produit si proche du cœur de chaque homme.

Pas un frémissement sur les visages inexpressifs. Ç'allait être comme creuser un fossé avec une cuiller à café. Le chef des « princes de la capote » semblait fasciné par le plafond de la salle et les autres communiaient toujours avec leurs blocs-notes.

Simon reprit ses efforts pour injecter un peu d'enthousiasme dans son énumération des méthodes originales et spécialisées employées par l'agence pour l'analyse des problèmes. Ce faisant, il mesurait le degré d'attention accordée à ce qu'il disait. Des années d'expérience lui avaient appris à jauger l'humeur de son auditoire et on aurait dit que celui-ci avait pris un anesthésique au déjeuner. S'il leur fallait rester une heure assis à entendre parler de résultats d'enquêtes de marché et de plans médias, ils allaient se retrouver dans un état de calme si profond qu'il faudrait mettre le feu à leurs fonds de pantalon pour les réveiller. Il décida de modifier l'ordre prévu pour la présentation.

– Normalement, dit-il, nous passerions en revue avec vous les enquêtes et la réflexion qui ont abouti à nos recommandations créatrices. Mais aujourd'hui, nous n'allons pas procéder ainsi.

Le directeur des enquêtes de marché, un homme qui adorait dans ces occasions se trouver sous le feu des projecteurs, leva le nez de ses notes d'un air soucieux. Simon le vit entrouvrir la bouche et s'empressa de continuer :

– Aujourd'hui, nous allons passer directement à la campagne.

Le directeur de la création cessa de griffonner sur son bloc et adressa avec ses sourcils des messages frénétiques à Simon.

– Il y a à cela deux raisons. D'abord, de cette façon vous pourrez voir la campagne comme le consommateur la verra : pas de classement démographique, pas d'analyses statistiques, pas de prévisions marketing. Rien que la publicité. La seconde raison... (Simon braqua un regard vibrant de sincérité sur le chef des « princes de la capote » qui inclina gracieusement la tête)... la seconde raison c'est qu'à notre avis c'est une des campagnes les mieux ciblées et les plus excitantes que cette agence ait jamais conçues. Et, franchement, nous avons hâte de voir votre réaction.

Le regard de Simon balaya la table. Deux ou trois têtes se relevèrent brièvement. Dieu soit loué, ils ne s'étaient pas encore assoupis.

– Quand vous aurez vu notre travail, il y aura tout le temps pour poser des questions et nous avons évidemment résumé la présentation dans un document que vous pourrez emporter.

Simon tapota la pile de grosses brochures à reliures à spirales posées sur la table devant lui en espérant que le directeur de la création avait eu le temps de se remettre de sa surprise.

– J'aimerais donc maintenant demander à David Fry, notre directeur de la création, de vous montrer ce que nous croyons être une idée d'une extraordinaire puissance. David ?

Des fesses se calèrent sur des fauteuils et l'assistance tourna son attention sur la frêle silhouette vêtue d'un costume un peu large mais manifestement coûteux à l'autre bout de la table de conférence.

David Fry, qui était un peu trop vieux pour se coiffer en queue de cheval, courba les épaules en se penchant en avant, faisant monter le rembourrage de sa veste juste au-dessous du niveau des oreilles, le regard brillant d'enthousiasme et des effets résiduels d'un petit coup de reniflette précipitée dans les toilettes de la direction. Produit d'une éducation bourgeoise ordinaire et élevé dans des collèges privés, il avait passé des années à s'efforcer d'effacer toute trace du milieu aisé dont il était originaire pour cultiver ce qu'il se plaisait à appeler son côté « homme de la rue ». Il avait un penchant pour un argot souvent dépassé quand il en avait entendu les échos au Groucho Club : il parvenait néanmoins à donner l'impression d'être un enfant déshérité du sud de Londres qui avait réussi. Ses idoles, c'étaient les photographes, les acteurs cockneys, et Nigel Kennedy était son héros en matière de musique classique.

Il ajusta ses lunettes à monture d'acier et s'adressa aux « princes de la capote » :

– Il faut que je vous dise, commença-t-il, que ça n'a pas été commode. On se heurte ici à deux problèmes. Vous avez votre image de produit – distributeurs automatiques dans les toilettes, paquets de trois pour le week-end, ce genre de choses – et puis vous avez l'aspect pratique. L'utilisation du produit. (Il marqua un temps et haussa les épaulettes de sa veste.) Tous les clignotants sont au vert et puis il y a un petit temps mort pendant qu'on se prépare. Vous voyez ce que je veux dire ?

Simon inspecta la table. Les « princes de la capote » gardaient les yeux fixés sur leurs blocs. Fry se leva et détendit ses frêles épaules sous leur rembourrage.

– Il n'y a pas que de mauvaises nouvelles : nous

avons un certain nombre de choses qui sont à notre avantage.

Il prit un graphique sur la table et l'exhiba devant son auditoire. Les « princes de la capote » commencèrent à lui accorder quelque attention. Les graphiques, ils aimaient. Les graphiques, c'était sérieux.

– Tenez, dit Fry en désignant le premier article inscrit en grosses capitales rouge vif : RECOMMANDÉ PAR LE CORPS MÉDICAL. Les docteurs nous aiment, d'accord ?

Son doigt glissa jusqu'à l'article deux :

– ÊTRE SOCIALEMENT RESPONSABLE. Qu'est-ce que ça veut dire ? Ça veut dire que nous faisons ce que nous pouvons pour empêcher les adolescents de faire partie du club.

– Et – très important de nos jours – l'argument santé.

Le troisième article disait : UNE PROTECTION CONTRE LES MALADIES SEXUELLEMENT TRANSMISSIBLES.

– Nous connaissons tous cette vilaine expression. N'en disons pas plus là-dessus.

Il reposa le graphique et les clients reprirent l'étude de leurs blocs-notes.

Fry poursuivit, parlant rapidement et en se trémoussant sous son complet :

– Tout ça est bel et bon, mais ça ne suffit pas. Et vous savez pourquoi ?

Personne ne proposa de réponse. Fry hocha la tête comme s'ils avaient exactement la réaction à laquelle il s'attendait.

– C'est assommant. As-som-mant. C'est la sécurité, c'est faire ce que le docteur vous dit, c'est à peu près aussi séduisant qu'un laxatif.

Il marqua un temps et continua en séparant soigneusement chaque mot :

– Un-ennui-total.

Il secoua la tête et sa queue de cheval acquiesça avec lui.

– Ça n'a rien à voir avec ce que vous devriez vendre. Absolument rien.

Un bref silence pour laisser aux « princes de la capote » l'occasion de réfléchir sur cette critique de leur contribution à la société contemporaine.

– Ce que vous devriez vendre, reprit Fry, c'est le produit de base le plus populaire de l'histoire du monde.

Nouveau silence. Simon imaginait sans peine les pensées qui traversaient le cerveau collectif du client. Est-ce que ce dingue suggère que nous rééquipions nos usines, que nous annulions nos commandes de latex, que nous abandonnions nos impressionnants systèmes de contrôle de qualité, efficaces à 99,9 % sauf le vendredi après-midi ?

– Mais pas d'affolement. Nous ne vous conseillons pas de changer ceci. (Fry tira de sa poche un préservatif dans son emballage et le déposa, avec tout le respect approprié, sur la table.) Ce que nous vous proposons, c'est ceci : Changez-la façon-dont vous le vendez.

Les « princes de la capote » fixèrent le préservatif sur la table, comme s'ils s'attendaient à le voir s'animer. Fry se pencha en avant et appuya les mains de part et d'autre de l'objet :

– Le produit de base le plus populaire de l'histoire du monde, répéta-t-il. Vous savez ce que c'est ? C'est l'amour ! L'irrésistible désir d'être irrésistiblement désiré ! Le chatouillis cosmique ! Et ceci... (il prit le préservatif et le salua affectueusement de la tête)... en fait partie.

Il se tamponna le nez avec une pochette de soie. Ou bien c'était l'émotion du moment ou bien la cocaïne provoquait dans ses fosses nasales un problème d'engorgement.

– Ce que nous allons faire, poursuivit-il, c'est changer le positionnement du préservatif en terme d'usage du produit. Nous n'allons pas pinailler à propos de la santé et de la sécurité, ni des prescriptions du docteur : tous les gosses connaissent déjà ça, et ça ne marche pas avec eux. Non, nous allons faire du préservatif un élément fondamental, essentiel, très, très romantique – parfaitement, romantique – de la bonne vieille période d'échauffement.

Il remarqua une expression étonnée sur le visage d'un des clients les plus âgés.

– Vous savez, les caresses préliminaires...

– Ah, fit le client.

– Et voici, messieurs, comment nous allons nous y prendre. Mais, avant que je vous montre, essayez donc de vous représenter ce scénario.

Fry baissa la voix :

– Vous êtes au cinéma, d'accord. Auprès de vous, une délicieuse jeune personne sur laquelle vous avez des vues depuis des semaines. Ce soir, c'est votre grande chance. Vous l'avez prise par les épaules, vous êtes à portée de main de ses roberts. Ça-pourrait-être-l'instant.

Simon jeta un coup d'œil en coulisse au chef des « princes de la capote » en se demandant quand il s'était trouvé pour la dernière fois dans les circonstances que Fry évoquait avec une excitation aussi haletante.

D'un geste, Fry demanda qu'on baissât l'éclairage de la pièce.

– Vous êtes paré, dit-il dans la pénombre. Et là-dessus – vlan ! – voici ce qu'on peut voir à l'écran.

L'écran de projection, quatre fois la taille d'un écran de télé, devint d'un blanc éblouissant, la silhouette de Fry, queue de cheval frémissant d'impatience, se découpant sur le côté. Il y eut un discret sifflement de parasite et une image apparut sur l'écran : deux jeunes gens, tous deux apparemment nus, artistiquement éclairés, abondamment huilés, luisaient sur un lit. Des baffles dissimulés dans les murs autour de la salle sortirent les notes rauques d'une contrebasse et le hurlement d'une guitare. Puis, tandis que la silhouette de Fry s'agitait en mesure et que le couple huileux glissait sur les draps, on entendit monter un gémissement de juvénile concupiscence : « *Allons... mettons-le... oooooohhhh, mettons-le...* »

Le jeune couple à l'écran faisait de son mieux, dans les limites de la convenance des médias, pour simuler une passion spontanée. Le metteur en scène avait soigné ses panoramiques en glissade et son montage : il avait évité une exposition totale de la poitrine féminine – le terme de « seins », expliquait volontiers Fry, avait une charge négative –, pas le moindre soupçon, si fugitif soit-il, de toison pubienne.

« *... Si vous vous sentez d'humeur, laissez-moi vous affranchir, ça n'a rien de mal. Si vous croyez à l'amour...* »

Gros plan sur une main de femme extirpant délicatement un préservatif de son emballage décoré par le département artistique de l'agence du logo au graphisme attirant du Comité de Marketing du Préservatif.

« *... Allons allons allons* »... Plan rapproché sur des yeux fermés, des lèvres humides, une chair luisante. « *... Ne tournez pluuuus... autour du poooot...* »

L'ombre de Fry folâtrait au bord de l'écran, les genoux en plein réflexe rotulien, la queue de cheval s'agitant frénétiquement, cependant que le chanteur soupirait et poussait des *ooooohhh* et des *aaaaahhh* et que les deux jeunes gens poursuivaient leurs contorsions à la chorégraphie minutieusement réglée. Un ultime et long râle de passion apaisée : l'écran devint noir et un titre plein de bon goût, en noir et blanc, supplia le public de « le mettre », avec les compliments du Comité de Marketing du Préservatif.

On ralluma et l'équipe de l'agence guetta les réactions sur le visage du client : l'esquisse d'une approbation, un hochement de tête, un air choqué, n'importe quoi. Comme un seul homme, les sept « princes de la capote » baissèrent la tête et prirent des notes sur leurs blocs. À part ça, rien.

Fry plongea dans le vide du silence :

– La bande-son est formidable, n'est-ce pas ? Brillant. Bien sûr, c'est un classique. Mais, vous comprenez, ça colle si fantastiquement bien à notre époque et, au cinéma, avec le son Dolby, eh bien, ça va les laisser sur le cul. C'est ça votre marché : le cinéma et M.T.V. Avec tout l'accompagnement : affiches, présentoirs, radio, T-shirts. Perry, est-ce qu'on peut avoir les diapos, je vous prie ?

Pendant dix minutes, Fry montra à son auditoire muet le matériel d'accompagnement : depuis les spots radio jusqu'à des distributeurs redessinés pour les pubs, les stations-service et les T-shirts (« Vous allez en emporter chacun un »). Et puis, en montant le volume de deux crans, second passage du film publicitaire.

Fry se moucha et se rassit. Le silence retomba sur la salle de conférences. Simon se pencha vers le chef des « princes de la capote ».

– Alors, vos premières impressions ?

Le chef des « princes de la capote » tira longuement sur son cigare et regarda à l'autre bout de la table le plus jeune membre du Comité de Marketing du Préservatif : un jeune homme qui avait repris des mains de son père le sceptre de la Société de fournitures hygiéniques Basingstoke. Dans la vieille tradition de ce genre de cérémonies, on énonçait les commentaires suivant l'ordre inverse de la hiérarchie : de cette façon le grand patron pouvait évaluer l'humeur de ses subordonnés avant de se risquer à quoi que ce soit qui ressemble à une opinion.

– Bryan, voudriez-vous commencer ?

Bryan s'éclaircit la voix et tripota ses notes :

– Oui. Bien. Je dois dire que l'agence a trouvé une approche très, ah, très frappante. Très. Naturellement, j'ai une ou deux questions – même une ou deux réserves à formuler. Peut-être serait-il prématuré d'énoncer un jugement définitif sans avoir vu le contexte détaillé qui, à ce que j'ai cru comprendre, se trouve dans le document de présentation.

Il s'arrêta pour reprendre son souffle.

« Nous voilà repartis », se dit Simon. Pourquoi ces salauds ne disent-ils jamais ce qu'ils pensent vraiment ? Il garda un ton de voix vibrant d'entrain et de sympathie :

– Vous allez trouver, j'en suis certain, que nous avons couvert à peu près tous les angles, mais il serait tout à fait intéressant d'entendre vos réactions.

– Oui. Certes.

Bryan chercha fébrilement dans ses notes une conclusion qui assurerait sa position sans trop de risques. Pas question de jouer les originaux au moment où le comité prenait sa décision. L'équilibre, c'était l'essentiel, l'équilibre et une issue de secours au cas où le vote de la majorité se prononcerait contre l'agence. Les comités, c'était comme les bateaux, il ne fallait pas les secouer. Le consensus, voilà le mot clé. Les Fournitures hygiéniques Basingstoke devaient avoir l'esprit d'équipe.

– Eh bien, comme je le disais, une approche frappante, et je serais fasciné de voir dans la documentation comment l'agence y est arrivée.

Bryan ôta ses lunettes et se mit à en astiquer les verres avec des petits gestes brefs et résolus.

Cela se poursuivit ainsi en remontant la hiérarchie : plus de deux heures de claquettes, d'éloges lancés du bout des lèvres et assaisonnés de prudentes réserves. Simon dut faire un effort délibéré pour ne pas bâiller. Pourquoi était-ce toujours la même chose ? Un « non » immédiat vaudrait presque mieux que cet interminable rabâchage : au moins, les réunions seraient plus courtes. Mais il souriait, hochait la tête, semblait attentif et dit : « Naturellement », quand le chef des « princes de la capote » lui déclara que le comité devrait se retirer pour examiner en détail les propositions de l'agence – et quelles propositions intéressantes, d'ailleurs, qui mériteraient plus d'une réunion encore au « palais de la capote » – avant de prendre une décision de cette importance et, eh bien... voilà. Le même éternel bla-bla insipide et peu concluant.

Et la même vieille autopsie de la séance dans la salle de conférences une fois les clients raccompagnés jusqu'à la porte. Des récriminations du directeur des enquêtes qui s'était vu refuser son instant de gloire, David Fry en pleine dépression post-cocaïne devant l'absence de réaction en face de tout travail créatif, la déception générale du reste d'entre eux. Ce fut un soulagement quand Liz entra pour tendre un message à Simon. Mais un soulagement de courte durée :

– Mrs. Shaw est à la réception. Elle dit qu'elle doit absolument vous voir.

Simon arriva à la réception pour trouver son ex-femme battant des cils devant Jordan qui piaffait sur la moquette, se lissant les cheveux d'un air conquérant. Il était connu pour avoir la main baladeuse sous la table aux dîners, une habitude dont plaisantaient Caroline et Simon du temps où ils plaisantaient encore ensemble. Ils l'appelaient le « lierre des cuisses » et on évitait toujours de l'asseoir auprès de l'épouse d'un client.

– Bonjour, Caroline. Comment vas-tu ?

Les cils cessèrent de battre et le sourire disparut :

– Bonjour, Simon.

Jordan se rappela soudain un rendez-vous urgent.

– Content de vous avoir revue, ma vieille, dit-il. Il faut que je me sauve.

Il lança ses manchettes en avant dans un geste d'adieu et se dirigea d'un pas vif vers l'ascenseur.

– On va dans mon bureau ?

Simon suivit les longues jambes et la jupe courte dans le couloir, passant devant Liz qui détournait discrètement la tête. Il referma la porte derrière lui.

– Est-ce que tu veux un verre ?

Elle secoua la tête d'un air supérieur :

– C'est un peu tôt pour moi.

Simon haussa les épaules et s'approcha du petit bar dans le coin. Il hésita à prendre un whisky, soupira et se versa un verre de Perrier. Caroline se disposa tout au bout du canapé de cuir et se mit à tirer sur une cigarette : à courtes petites bouffées agacées, en renversant la tête en arrière pour exhaler la fumée.

– Quand t'es-tu mise à fumer ?

– J'ai eu une période terriblement éprouvante. Ces fichus entrepreneurs tous les jours.

D'un doigt à l'ongle bien rouge elle tapota la cendre de sa cigarette. Son vernis allait parfaitement avec son rouge à lèvres. Ses chaussures en crocodile étaient assorties à son sac en crocodile. Le tailleur de lainage havane foncé faisait ressortir ses cheveux châtain clair et le corsage en soie soulignait le bleu remarquablement pâle de ses yeux. Simon se dit qu'elle avait dû passer une rude matinée à se préparer pour un déjeuner de trois heures au *San Lorenzo* avant l'épuisante séance chez le coiffeur. Il fut surpris et assez content de ne plus du tout la trouver séduisante.

Il s'assit à l'autre extrémité du canapé.

– Alors ?

– J'ai pensé que c'était plus civilisé de venir te voir plutôt que de passer par nos avocats.

– Nous sommes déjà passés par les avocats. (Simon but une gorgée.) Tu te souviens ? Ou veux-tu voir leurs notes d'honoraires ?

Caroline soupira.

– Simon, j'essaie d'être raisonnable. Ça n'est pas la peine de me sauter à la gorge.

Elle le regarda et tira sur sa jupe jusqu'à ce qu'elle lui recouvrît presque les genoux. « Ne va pas t'imaginer que tu vas sauter ailleurs non plus. »

– D'accord, soyons raisonnables.

– Il s'agit de la maison. Ils n'ont absolument pas respecté les devis, tous autant qu'ils sont. Les rideaux, la peinture, la cuisine – Seigneur ! la cuisine –, ça a été un vrai cauchemar. Tu n'as pas idée.

– Oh, ça me rappelle la dernière fois.

Caroline écrasa sa cigarette.

– Ça n'est pas drôle. Le moindre petit détail a coûté plus cher que ce qu'ils avaient annoncé. Je veux dire : beaucoup plus cher. (Elle ouvrit de grands yeux en regardant Simon : signe certain, se souvenait-il, qu'elle allait annoncer quelque extravagance.) Maintenant, ils demandent tous à être payés.

– Bah, fit Simon, c'est une de ces agaçantes petites habitudes qu'ils ont.

Il se demanda combien de temps elle allait mettre à citer un chiffre, avant que le vernis de politesse forcée ne craque pour laisser la place aux menaces, aux larmes ou à la crise de nerfs. Il éprouvait un étrange détachement, et un certain ennui. Il avait déjà assisté à tout cela des douzaines de fois avant leur séparation.

Caroline prit son calme pour de l'acceptation et sourit. C'est vrai qu'elle avait de belles dents, se dit Simon, régulières et magnifiquement arrangées pour vingt-cinq mille dollars par un bandit de New York.

– Je savais bien qu'il valait mieux venir te voir, reprit-elle. Je savais que tu comprendrais.

– De combien parles-tu ?

– Oh, c'est difficile à dire exactement, parce qu'il y a encore une ou deux...

– À peu près.

– Oh... trente mille. Trente-cinq mille tout au plus.

Simon revint vers le bar et remplit son verre. Il regarda Caroline, qui allumait une autre cigarette :

– Trente-cinq mille tout au plus, déclara-t-il. Soyons clairs. Je t'ai acheté cette maison. Toi et tes avocats avez proposé un budget pour l'aménager. J'ai accepté ce budget. Tu as accepté ce budget. Pour l'instant, je ne me trompe pas ?

– C'était juste censé être...

– C'était censé être un budget. Tu sais ce qu'est un budget, n'est-ce pas ? C'est une somme d'argent précise.

Caroline massacra sa cigarette dans le cendrier :

– Inutile de me parler comme à un de tes assommants petits directeurs.

– Pourquoi pas ? Tu me parles bien comme si j'étais un distributeur de billets.

– Trente-cinq mille, ça n'est rien pour toi. Tu es riche. Mes avocats m'ont dit que tu t'en étais tiré à bon compte. Ils auraient pu...

– Tes avocats sont une bande de salopards cupides et malhonnêtes qui gonflent leurs factures et qui comptent sur moi pour payer les études de leurs gnards jusqu'à Eton.

Ils se dévisagèrent en silence. Caroline avait les traits tirés par l'hostilité. Ensuite, pour peu que Simon laissât la conversation se poursuivre, l'hostilité laisserait la place aux sanglots et, si ça ne marchait pas, ce serait les injures. Il regarda sa montre.

– Écoute, je suis désolé, mais j'ai une réunion.

Caroline répéta :

– J'ai une réunion.

Elle repoussa quelques mèches en arrière comme si cette déclaration l'exaspérait :

– Mon Dieu, tu as toujours eu des réunions. Tu as casé notre mariage entre deux réunions. Ce n'est pas toi que j'ai épousé : j'ai épousé une agence de publicité. (Elle renifla.) Si on pouvait appeler ça un mariage. Trop occupé pour prendre des vacances, trop fatigué pour sortir, trop épuisé pour...

– Caroline, nous avons déjà discuté de tout cela.

– Et maintenant, quand tout ce que je veux c'est un foyer, tu me le reproches.

– Je te reproche de gaspiller trente-cinq mille livres pour de foutus coussins.

Caroline se leva. En quelques gestes brefs et furieux, elle remit ses cigarettes dans son sac et lissa sa jupe.

– Bon, j'ai essayé. Je ne vais pas rester ici pour me faire injurier. Retourne donc à ta chère réunion.

Elle se dirigea vers la porte et l'ouvrit toute grande pour que Liz puisse entendre la dernière réplique :

– Mes avocats te contacteront.

Simon songea à retourner à la veillée funèbre qu'on célébrait dans la salle de réunion, mais décida de s'abstenir. À quoi bon ? Ou bien ils décrocheraient le contrat, ou bien pas et, dans l'humeur où il était, il s'en fichait éperdument. Il enfila sa veste, dit bonsoir à Liz et partit à pied dans la bousculade du début de soirée vers l'appartement de Rutland Gate.

Ernest sortit de la cuisine en s'essuyant les mains sur son tablier, haussant les sourcils avec une expression de surprise théâtrale :

– Je ne m'attendais guère à vous voir rentrer avant huit heures. Qu'est-ce qui s'est passé ? L'usine a brûlé ou bien est-ce que ces petits marchands de capotes ont crevé un pneu et ne sont pas venus ?

– Non, Ern. Ils sont venus et repartis. Tout comme Caroline.

– Ah, mon Dieu. Je vous trouvais bien l'air un peu agité. Je pense que vous aimeriez un verre.

Il mit des glaçons et du whisky dans un verre tout en continuant à parler :

– Qu'est-ce que c'était, cette fois-ci ? Une prime de risque pour habiter Belgravia ? On peut dire ce qu'on veut de cette jeune personne, elle n'est jamais à court d'idées.

Simon s'affala dans un fauteuil. Ernest lui tendit son verre puis se pencha pour lui déboutonner sa veste :

– Si nous nous asseyons comme ça avec notre veste boutonnée, nous allons ressembler à un accordéon.

– Oui, Ern. Santé.

– Ah, j'allais oublier. Il y a eu un message de l'étranger, une ressortissante française dit qu'elle a de bonnes nouvelles.

Ernest se creusa les joues et dévisagea Simon :

– Elle n'était pas disposée à me dire quoi que ce soit : j'imagine donc que c'est extrêmement personnel.

Il rôdait autour de Simon, comme un point d'interrogation ambulant.

Simon éclata de rire pour la première fois de la journée. Ce devait être Nicole.

– Il doit s'agir de mon tuyau d'échappement.

– Oh, loin de moi l'idée d'être indiscret, cher. Appelez ça comme vous voulez. Quoi qu'il en soit, elle a laissé un numéro.

Ernest disparut dans la cuisine et, sur un reniflement et en affichant un tact ostentatoire, il referma la porte derrière lui. Simon alluma un cigare et songea à ces quelques jours passés en Provence : la chaleur, la lumière, le décolleté parfaitement bronzé. Il se dirigea vers le téléphone.

– Oui ?

– Nicole, c'est Simon. Comment allez-vous ?

– Bien, merci. Votre voiture aussi. Le petit monstre a fini par la réparer. Espérons qu'il n'a pas volé la radio.

Elle se mit à rire, d'un rire un peu rauque et complice : Simon regretta de ne pas pouvoir la voir.

– J'aimerais bien descendre la chercher, mais je ne pense pas que ce soit possible. Il se passe trop de choses en ce moment au bureau. Il va falloir que j'envoie quelqu'un pour la rapporter.

– Votre valet de chambre ?

– Qui ça ?

– Celui qui a répondu au téléphone. Il semble très correct.

– Ah, Ernest. Oui, je vais l'envoyer. Il vous plaira.

Il y eut un silence. Simon entendit le craquement d'une allumette tandis que Nicole allumait une cigarette.

– J'ai une meilleure idée, déclara-t-elle. J'ai une copine, une amie que j'avais à Londres quand j'ai habité là. Elle me dit toujours de venir la voir. Pourquoi est-ce que je ne rapporterais pas votre voiture ? Ce serait drôle, non ?

– Ce serait merveilleux, mais je ne voudrais pas...

– Vous ne voulez pas me confier votre somptueuse automobile ?

– Je vous confierais la plus belle bicyclette de ma tante.

Elle se remit à rire.

– Alors c'est d'accord ?

– C'est d'accord.

Simon raccrocha et entra dans la cuisine en sifflotant. Ernest leva les yeux du saladier de moules qu'il était en train de nettoyer et but une gorgée d'un verre de vin blanc.

– Est-ce que je ne décèle pas une amélioration dans notre humeur ?

– Elle me rend service : elle va me rapporter la Porsche. C'est vraiment gentil de sa part.

– Je dois dire que, pour une garagiste, elle a une voix très cultivée.

Ernest lança un regard sceptique à Simon :

– Comme c'est rare de trouver une bonne fée dans ce monde cruel.

– Vous êtes bien placé pour le savoir, Ern.

– Mais oui, cher. Mais oui.

Nicole passa un manteau pour se protéger de la fraîcheur du soir et alla jusqu'au centre du village : traversant les rues désertes à l'exception d'un chien patiemment assis devant la boucherie, elle alla jusqu'à l'ancienne gendarmerie. Simon avait paru enchanté d'avoir de ses nouvelles. Quel dommage qu'il n'ait pas pu venir. Une idée se formait dans son esprit, mais ça dépendait : que pensait-il vraiment quand il disait qu'il en avait assez de la publicité ? Avec les Anglais, on ne pouvait jamais savoir. Ils riaient et se plaignaient en même temps.

Elle resta plantée à regarder par le seuil de la gendarmerie, puis elle s'avança sur le sol cimenté jusqu'aux ouvertures pratiquées dans le mur du fond. Au-dessus du Luberon, la lune jetait une lumière laiteuse sur la terrasse qui se trouvait en contrebas, sur les pâles entassements de pierres autour du trou sombre de la piscine inachevée. Nicole essayait d'imaginer comment ça pourrait être, avec le terrain aménagé et éclairé, de la musique et des rires autour d'elle au lieu du gémissement du vent et du claquement contre le mur des feuilles de plastique qui recouvraient les sacs de ciment.

Elle décida de se renseigner, peut-être d'aller voir le notaire avant de partir pour Londres. Les hommes d'affaires voulaient toujours des chiffres et des détails. S'il s'ennuyait autant qu'il le disait, c'était une idée intéressante. Ou bien cherchait-il un peu de compassion le temps d'un déjeuner ? Ils étaient si difficiles à comprendre parfois, ces Anglais avec leur étrange sens de l'humour et leur exaspérant sang-froid. Elle trouvait un peu curieux d'être aussi impatiente à l'idée de le revoir.

Elle tressaillit en sentant quelque chose lui toucher la cheville : elle aperçut un chat de village efflanqué qui se frottait contre sa jambe, la queue dressée et ondulante, la gueule ouverte dans un salut muet.

– Alors ? Qu'est-ce que tu en penses ? Tu crois que c'est quelque chose qui l'amuserait ?

7

Ç'avait été un coup de chance pour le Général de trouver la grange. Elle était en pleine cambrousse au nord de Joucas, assez grande pour cacher tout ce qu'on avait à y mettre, abritée de la route par une haute rangée de cyprès. Le propriétaire avait depuis des années renoncé à l'élevage pour aller s'installer à Apt. Il avait été ravi d'accepter cinq cents francs par mois et de croire qu'on utiliserait le local pour garer deux ou trois tracteurs. Il avait suffi au Général d'acheter un nouveau cadenas pour les lourdes portes de bois.

Dans la pénombre du bâtiment, on n'entendait que les premières toux matinales : on allumait les premières cigarettes de la journée tandis que les hommes inspectaient les bicyclettes appuyées contre le mur. Claude, sa masse gonflant à le faire craquer un survêtement usé jusqu'à la corde, s'approcha d'un pas lourd, en empoigna une par le cadre. Il poussa un grognement.

– Ne me dis pas que c'est lourd, fit le Général. Ce sont les vélos les plus légers de Provence, des vélos de pros. Dérailleur à dix vitesses, pneus de course, gourde d'eau, selle moulée, tout y est.

Nouveau grognement de Claude :

– Pas d'allume-cigarettes ?

Fernand enjamba son engin et essaya la selle. Il grimaça derrière la fumée de sa cigarette :

– Ouille. On a l'impression de se faire opérer.

Les autres cessèrent de rire quand ils essayèrent à leur tour leur selle.

– Des pros... Ils s'asseyent sur ces lames de rasoir pendant tout le Tour de France ?

Le Général essaya de faire preuve de patience :

– Écoutez. Je vous ai trouvé les meilleures bicyclettes. On ne les fait pas avec des fauteuils incorporés. Au bout d'une semaine ou deux, les selles se feront. Bon, vous aurez le derrière un peu endolori en attendant.

Il les regarda, gauchement juchés sur leurs vélos :

– Mais, mes amis, quand tout ça sera fini, vous serez assis sur un coussin. Un excellent et confortable coussin de billets.

Il y eut un silence : chacun pensait à sa part. Jojo se souvint de son rôle de fidèle lieutenant :

– Il a raison. Au fond, qu'est-ce qu'un cul endolori, hein ?

Le Général acquiesça :

– Ce que nous allons faire ce matin, c'est un peu d'échauffement. Juste pour vous habituer : vingt, trente kilomètres. Chaque dimanche, nous augmenterons la distance jusqu'au jour où vous serez capables de faire cent kilomètres sans tomber dans les pommes. Ensuite, nous ferons un peu d'entraînement en côte. Au printemps, vous aurez des mollets d'acier. Allez !

Ils sortirent leurs vélos de la grange dans le soleil automnal. Ils portaient les tenues les plus diverses, depuis le survêtement de Claude jusqu'au short de couleur vive des Borel en passant par la salopette bleue et tachée d'huile de Fernand. Le Général nota dans sa tête de leur acheter quelque chose qui conviendrait mieux à la bicyclette en hiver : ces épais collants noirs qui arrêtaient le vent et gardaient les muscles au chaud.

– Tournez à gauche au bout du sentier, dit-il. Je vais vous rattraper en voiture.

Il ferma les portes et remit le verrou. Maintenant

qu'ils avaient commencé, il se sentait alerte, plein d'optimisme et ravi de s'être réservé le rôle de chef d'équipe. Ces selles étaient vraiment des saloperies.

Personne n'aurait pu prendre leur petit groupe pour des cyclistes chevronnés. Ils vacillaient, sinuaient, juraient en tripotant maladroitement le dérailleur, deux ou trois d'entre eux n'avaient pas réussi à entrer leurs chaussures dans les cale-pieds et pédalaient à plat, comme de vieilles femmes se rendant au marché. La selle de Bachir était trop basse et il avait adopté un style disgracieux, jambes écartées, les genoux pointant de part et d'autre de la bicyclette. Jojo fumait. Le Général comprit qu'il leur fallait quelques instructions élémentaires. Il les rattrapa et leur fit signe de s'arrêter.

– C'est encore loin ? fit Jean en se frictionnant les fesses.

Il toussa et cracha par terre.

Le Général descendit de voiture :

– Très loin, dit-il, et à la façon dont vous montez, ça vous paraîtra deux fois plus long. Vous n'avez jamais fait de bicyclette ?

Il approcha de Jojo :

– Regardez-moi ça.

Il régla la hauteur de la selle :

– Vous devriez tout juste pouvoir toucher le sol de chaque côté avec la pointe du pied, d'accord ? Comme ça, dans le mouvement descendant, vous aurez la jambe tendue. Sans ça, vous donnerez l'impression d'avoir fait dans votre pantalon, comme notre ami.

Il regarda Bachir avec un grand sourire.

– Ensuite, il faut toujours pédaler avec la pointe du pied : ce qui signifie se servir des cale-pieds. Ils sont là pour empêcher vos pieds de glisser. S'ils glissent, croyez-moi, vous aurez les couilles en compote. Continuez à pédaler quand vous changez de vitesse : sinon, la chaîne va sauter.

Le Général tira sur sa moustache. Quoi d'autre ?

– Ah, oui.

Il braqua sur Jojo un doigt menaçant.

– On ne fume pas.

– Merde alors. Je ne peux pas m'arrêter de fumer. J'ai essayé.

– Je ne te demande pas de t'arrêter. Simplement, ne fume pas pendant que tu es à vélo. Ça la fout mal. Tu ne vois pas Indurain avec un clope au coin du bec, non ? Quand nous serons prêts à faire le coup, il faudra que vous ayez l'air de ne faire qu'un avec votre vélo. Vous comprenez ? Il faudra que vous ressembliez à tous ces autres acharnés de la pédale. C'est ce qui vous rendra invisibles.

Jojo hocha la tête.

– Tout à fait, dit-il. Invisibles.

– Et riches, ajouta le Général.

Ils repartirent. Cette fois on avait moins l'impression d'un numéro de cirque, et le Général roulait lentement derrière eux. Les premières sorties seraient les plus dures, songea-t-il : quand ils auraient les jambes en compote et les poumons en feu. C'était à ce moment-là que les plus faibles envisageraient de renoncer. Jojo était bien, déterminé et en forme. Jean, le pickpocket, n'avait pas dit grand-chose pour l'instant, mais c'est vrai qu'il n'était pas bavard. Claude grognerait mais continuerait. Les frères Borel, qui pédalaient maintenant épaule contre épaule, s'encourageraient sans doute mutuellement, et Fernand était une coriace petite brute. Bachir... ah, Bachir aurait besoin de constants encouragements. Il avait l'habitude du travail vite fait : deux minutes avec un couteau et on dévalait une ruelle. Aurait-il l'énergie, la patience ? Neuf mois d'entraînement, d'attente et de préparatifs, ça n'était pas son style. Oui, il faudrait un petit traitement spécial pour Bachir : peut-être un soir un bon dîner au couscous et une petite conversation en tête à tête.

Le Général entreprit de les doubler et examina les

visages au passage. Tous donnaient des signes d'effort, mais aucun encore n'avait été pris de vomissements et Jojo alla même jusqu'à faire un clin d'œil quand la voiture arriva à sa hauteur. Encore dix kilomètres. Le Général les entraîna sur une petite route avec une légère descente : il les regarda dans son rétroviseur descendre en roue libre derrière lui, se redressant pour se dégourdir le dos. C'étaient de braves gars. Ça allait marcher. Il était sûr que ça allait marcher.

Il avait dérivé vers le milieu de la chaussée et il dut se rabattre sur le bas-côté pour éviter la Porsche noire qui arrivait en sens inverse, conduite par une inconnue à la crinière blonde. « Putain, se dit-il, quelle voiture ! » Un demi-million de francs, minimum, et quelques millions de plus pour l'option aux cheveux blonds. Il y avait quand même des hommes qui avaient toutes les chances.

Nicole monta la côte et rejoignit la route qui menait à Cavaillon et à l'autoroute. Ce fut à peine si elle remarqua le groupe de cyclistes bizarrement vêtus. Elle était encore agacée après sa conversation au garage avec Duclos, qui avait refusé de la laisser prendre la voiture à moins de payer sur-le-champ les réparations. Et quelle facture ! Une facture à encadrer, s'était-elle dit en remplissant un chèque qui resterait à n'en pas douter impayé à moins qu'elle n'appelle M. Gilles au Crédit Agricole quand elle arriverait lundi à Londres.

Nicole maintint la Porsche à une confortable vitesse de croisière. Elle savoura le confort du siège baquet qui lui enveloppait les hanches, l'odeur du cuir et la façon dont la voiture prenait les longues courbes. Quel plaisir c'était après avoir conduit son petit tas de ferraille qui, à en croire Duclos, aurait besoin de pneus neufs et de Dieu sait quoi d'autre. Ajouté aux travaux à faire sur la maison de Brassière et à la taxe d'habitation à payer en novembre, galère ! Elle passait sa vie à tirer le maximum de sa pension alimentaire et même ça, c'était risqué, depuis que son ex-mari était allé s'installer à New York. Les ex-maris avaient la fâcheuse habitude de disparaître en Amérique. C'était arrivé à deux de ses amies.

Elle avait essayé de gagner un peu d'argent. Il y avait eu ce travail dans une boutique d'Avignon, et puis quand l'affaire avait fait faillite, elle avait travaillé pour un agent immobilier jusqu'au jour où il l'avait pelotée une fois de trop. Elle avait réussi à louer la maison une ou deux fois dans la saison, elle s'était un peu occupée de relations publiques pour un promoteur immobilier, mais tout cela était bien aléatoire, et elle en était fatiguée. Fatiguée et, avec la trentaine qui passait, elle commençait à éprouver une certaine appréhension. Le minuscule appartement de Paris était surhypothéqué et l'année prochaine, il faudrait s'en débarrasser ou bien vendre la maison. Peut-être vaudrait-il mieux se réinstaller à Paris. Elle n'en avait aucune envie mais du moins elle pourrait rencontrer quelqu'un là-bas. Les célibataires étaient une denrée rare en Provence.

Elle appuya sur l'accélérateur pour doubler une grosse Renault. Le bond en avant était grisant et son humeur changea. C'étaient des idées morbides que de s'imaginer en vieux croûton vivant à Paris avec un caniche. Quelque chose allait se présenter. Après tout, elle allait bien retrouver à Londres un homme sans attaches. Un homme sans attaches et plein de promesses.

Elle avait cherché des traces de sa présence dans la voiture – une paire de lunettes de soleil, un chandail, une boîte de cigares, un livre –, mais il n'y avait rien. C'était un véhicule parfaitement entretenu, à peine utilisé, impersonnel. Le joujou d'un homme riche. Quand elle lui avait parlé, on aurait presque dit qu'il avait oublié que cette Porsche était à lui. Il avait paru ravi de bavarder avec elle pourtant : il s'était montré chaleureux et prêt à rire, comme quand ils avaient déjeuné ensemble. Un Français aurait été ou bien très formel ou trop complice, mais lui s'était montré... comment disait-on si souvent pour les Anglais... charmant. Très charmant. Elle décida de ne pas s'arrêter à Paris pour la nuit mais de rouler jusqu'à Calais pour pouvoir arriver à Londres au milieu de la journée.

Le temps à Douvres s'efforçait de tourner à la pluie. Nicole descendit du ferry et rejoignit la file d'attente pour passer la douane et le contrôle de police. Elle prit son passeport et alluma une cigarette tandis que les voitures avançaient les unes après les autres.

Les deux douaniers plantés à l'abri du bâtiment examinèrent la Porsche, noire et brillante, entre les limousines familiales crottées par le voyage, et inspectèrent la blonde conductrice. Ç'avait été une matinée calme : une jeune femme voyageant seule dans une voiture de luxe. Ça pourrait bien être une mule, non ? Classique. Quelques kilos de came dans les panneaux de la portière. Ça valait la peine d'y jeter un coup d'œil. Ça en valait vraiment la peine. Un des douaniers s'approcha nonchalamment de la voiture et vint taper la vitre de Nicole :

– Bonjour, madame. Je peux voir votre passeport ?

La jeune femme le lui tendit par la vitre ouverte.

« Française. J'aurais dû m'en douter d'après le parfum. Et si tôt le matin en plus. »

– D'où venez-vous, madame ?

– De Provence.

– De Provence ?

– Dans le Midi de la France.

– Voyons, où exactement ? Nice ? Marseille ? Par là ?

– Oui. À environ une heure de Marseille.

– Je vois. À environ une heure de Marseille.

Le douanier lui rendit son passeport, vint se planter devant la voiture, regarda la plaque d'immatriculation et revint sur ses pas :

– C’est votre voiture, madame ?

– Non. Je la rapporte pour un ami qui est à Londres.

– Un ami. Je vois.

Il se pencha jusqu’au moment où son visage, avec son demi-sourire courtois de fonctionnaire, se trouva au niveau de celui de Nicole :

– Ça vous ennuierait d’avancer la voiture par là, madame ?

Il désigna le passage marqué en rouge qui était vide. Nicole sentit les passagers des autres voitures se retourner pour la regarder.

– Mais je...

– Je vous remercie, madame.

Il se redressa et suivit la Porsche jusqu’au passage rouge. On n’est jamais trop prudent de nos jours : ce que les gens peuvent inventer... D’ailleurs, il avait deux heures à tuer avant de terminer son service et il n’aimait pas vraiment les Français. Tous des snobinards. Quelle idée de vouloir un foutu tunnel sous la Manche ? Il regarda Nicole descendre de la voiture : talons hauts, jambes soyeuses, belle pièce, sans doute chère. La mule classique, à n’en pas douter.

Ils emmenèrent la voiture et installèrent Nicole dans une petite pièce sinistre qui sentait les relents d’un millier de vieux mégots. Elle contempla l’affiche sur la rage collée au mur et regarda par la fenêtre les dernières voitures du ferry s’éloigner dans la brume. Bienvenue en Angleterre. Elle frissonna et se sentit déraisonnablement coupable. En France, elle aurait discuté, exigé des explications. Mais ici, une étrangère, elle n’était pas assez sûre d’elle ni de son anglais pour se plaindre à l’homme au visage rougeaud et au regard hostile. Elle rêvait d’une tasse de café.

Une heure passa, puis la porte s’ouvrit.

– Tout semble être en ordre, madame. Voici vos clés. Désolé de vous avoir retenue.

– Qu’est-ce que vous cherchiez ?

– Des substances illégales, madame. Des substances illégales.

Il la regarda se lever, s'écarta pour la laisser franchir la porte, resta sur le seuil à l'observer tandis qu'elle actionnait le démarreur, calait et recommençait. Dommage. Il aurait juré que c'était une mule.

Nicole dut faire un effort pour démarrer lentement. C'était stupide de s'énerver pour un rien. Elle remercia le ciel du panneau lui rappelant de rouler à gauche et s'engagea dans le flot des voitures en direction de Londres. Il était près de onze heures un quart et elle aurait de la chance d'arriver là-bas à temps pour le déjeuner. Son amie, Emma, allait se demander ce qui lui était arrivé. Merde.

Ce ne fut qu'en jetant un coup d'œil pour chercher ses cigarettes qu'elle remarqua le téléphone de voiture. La voix bien élevée et légèrement étranglée d'Emma lui parvint au milieu du crépitement des parasites :

– Chérie, comment vas-tu ? Où es-tu ?

– Je viens juste de quitter Douvres. La douane m'a arrêtée.

– Quelle malchance, ma chérie. Ils ont trouvé quelque chose ? Ces horribles petits hommes. Ils adorent fouiller dans les sous-vêtements. J'espère que tu les as obligés à mettre des gants.

– Non, je n'avais rien. Ils ont examiné la voiture, c'est tout.

– Allons, ne t'inquiète pas. Arrive quand tu pourras et nous grignoterons quelque chose dans l'appartement. Julian est en voyage, comme d'habitude, alors nous pourrons fouiller dans ses bourgognes. Je vais mettre du montrachet au frigo et nous aurons une bonne petite conversation. Ne va pas tirer la langue à un *policeman*. À tout à l'heure, chérie. Adieu.

Nicole sourit en raccrochant le téléphone. Emma était adorable avec elle, elle l'avait toujours été depuis le divorce : toujours gaie, passionnée de potins, gentille et heureusement mariée à un homme plus âgé qui avait un poste important à Bruxelles. Ça faisait si longtemps qu'elles ne s'étaient vues.

L'appartement d'Emma était dans un croissant de bâtiments en brique rouge derrière Harrods, massifs et présomptueux comme les victoriens qui les avaient bâtis. Nicole trouva une place entre deux Range Rover et se demanda pourquoi quelqu'un qui habitait le centre de Londres pouvait avoir besoin d'une voiture conçue pour partir à l'assaut des déserts. Elle monta les marches de marbre avec ses bagages et pressa le bouton de sonnette auprès de la porte d'acajou. Elle sursauta en entendant le hurlement de bienvenue qui jaillissait de l'interphone.

Emma l'attendait à la porte de l'appartement : une petite femme soignée comme une couverture de magazine avec de redoutables boucles d'oreilles. La couleur de ses cheveux changeait souvent : aujourd'hui ils étaient fauves avec des reflets blonds. Les deux femmes se bécotèrent les joues avec enthousiasme.

– Comme je suis contente de te voir, ma chérie... et encore bronzée. Mon Dieu, j'ai l'impression d'être une anguille.

Elles se tenaient l'une l'autre à bout de bras pour l'évaluation réciproque qu'imposait une séparation de trois ans.

– Tu es merveilleuse, Emma. J'adore tes cheveux.

– Je suis allée chez Bruno, à Beauchamp Place – un véritable amour et d'une indiscrétion terrible. Ils repèrent toutes les traces de lifting, tu sais, les coiffeurs. Tu ne croirais pas qui s'en est fait faire. Entre donc.

L'appartement était clair, haut de plafond, décoré et meublé dans un style qui sentait la prospérité. « Je ne sais pas ce que fait Julian à Bruxelles, songea Nicole, mais assurément ça paie bien. »

– Comment va Julian ? demanda-t-elle.

Emma préparait deux verres de vin :

– Il trouve la Communauté européenne désespérément ennuyeuse. Il est assez agacé par les Français, en fait, qui ont l'air de passer tout leur temps soit à se montrer difficiles, soit à déjeuner. Je serais si heureuse qu'il y renonce. Mais, évidemment, nous avons besoin de sous. C'est bien assommant. Tiens, chérie.

Elles s'assirent l'une en face de l'autre dans des fauteuils rebondis tapissés de chintz fané.

– Maintenant, dit Emma, je veux tout savoir du nouvel homme de ta vie. Est-ce qu'il a l'œil qui pétille ?

Nicole sourit et haussa les épaules :

– Oh, peut-être. Je ne sais pas. Je ne l'ai vu que deux fois. Ça m'a paru un tel coup de chance, cette histoire de voiture... l'occasion de venir te voir.

Emma pencha la tête de côté :

– C'est gentil de ta part, ma chérie, mais je n'en crois pas un mot. Quand est-ce que tu le vois ?

– Il faut que je l'appelle à son bureau.

Elle chercha dans son sac la carte que Simon lui avait donnée :

– Quelque part à Knightsbridge.

– Tu vas t'installer là-bas et l'appeler, chérie, et je ferai semblant de ne pas écouter.

Nicole eut au bout du fil Liz, qui lui dit que Mr. Shaw, malheureusement, déjeunait avec un client. Mais il avait laissé un message. Est-ce que Nicole serait libre pour le retrouver à Rutland Gate, prendre un verre et dîner ensuite ? Oui ? Parfait, il sera ravi. Il est terriblement reconnaissant pour la voiture. Alors, vers six heures et demie ?

Emma regarda le visage de Nicole qui revenait s'asseoir :

– J'ai l'impression que je vais me retrouver toute seule ce soir à grignoter mes bâtonnets de poisson.

Nicole essaya de prendre un air navré :

– Je suis désolée de te laisser tomber le premier soir.

– Allons donc, chérie, tu frémis déjà d'impatience, je le sens. Voyons, qu'est-ce que tu vas te mettre ? Veux-tu m'emprunter des boucles d'oreilles ?

Il fallut cinq minutes à Nicole pour arriver à Rutland Gate et vingt minutes pour trouver une place. Elle regarda sa montre et suivit le trottoir, rendu glissant par les feuilles mortes et où il fallait éviter les dangereuses offrandes abandonnées là par les chiens du quartier. Dieu ! les Anglais et leurs chiens... Elle se demanda si Simon en avait un. Il était juste dix-neuf heures passées quand elle pressa le bouton de sonnette et repoussa ses cheveux en arrière, non sans une plaisante nervosité.

Ce fut Ernest qui vint lui ouvrir la porte, impeccable en costume gris foncé et chemise rose, haussant les sourcils comme s'il était surpris de trouver quelqu'un sur le pas de la porte.

– Bonsoir, dit-il. Vous devez être Mme Bouvier.

Nicole sourit et acquiesça.

– Je vous en prie.

Ernest recula pour lui laisser le passage et la suivit dans le vestibule. Elle sentait que tout en continuant à parler, Ernest l'examinait.

– Mr. Shaw n'est lui-même rentré que depuis quelques minutes, mais il en a juste pour un instant. Si vous voulez bien vous installer sur cet abominable canapé – il est impossible, je sais –, je vais vous chercher une coupe de champagne.

Il jeta un coup d'œil par-dessus son épaule avant de disparaître dans la cuisine :

– Nous sommes en location, vous comprenez, en attendant de trouver quelque chose qui nous convienne mieux.

Nicole l'entendit renifler bruyamment, puis il y eut le bruit étouffé d'un bouchon de champagne qui sautait. La tête d'Ernest apparut soudain par la porte de la cuisine :

– Je manque à tous mes devoirs. Vous préfériez peut-être du scotch, du sherry ?

– Le champagne, c'est très bien. Je vous remercie.

Ernest apporta un petit plateau d'argent avec une flûte de champagne, une coupe de noix de cajou et une petite serviette et disposa artistement le tout sur la table basse devant Nicole.

– Voilà, fit-il en français.

– Vous parlez français ?

– Comme un très mauvais élève. Mais je possède le haussement d'épaules le plus expressif qui soit, même si c'est moi qui le dis.

Il lui en fit la démonstration, une main sur la hanche :

– Très gaulois, vous ne trouvez pas ?

Nicole se mit à rire et leva son verre dans sa direction :

– Santé.

On entendit des pas précipités sur le parquet et Simon déboucha dans la pièce, les cheveux encore humides de la douche, sa cravate à pois légèrement de travers :

– Je suis désolé.

Il regarda Nicole d'un air d'excuse et fit un grand sourire :

– Vous me parlez encore ?

Il se pencha pour l'embrasser. Ses lèvres touchèrent la peau parfumée de la joue de Nicole et il regretta de ne pas s'être rasé en rentrant. Leurs regards se croisèrent deux secondes de plus que ne l'exigeait l'étiquette.

– Bonjour, Simon.

– Une coupe de champagne, Mr. Shaw ?

– Oui, merci, Ernest.

Simon fit un pas en arrière, prit son verre et le brandit devant Nicole :

– Au chauffeur. C'était très gentil de votre part. J'espère que ça n'a pas été trop assommant.

Nicole avait envie de lui rectifier son nœud de cravate.

– Non, vraiment...

Ernest eut une petite toux discrète mais significative :

– Eh bien, je m'en vais m'en aller vers les vertes prairies de Wimbledon.

Il regarda Simon :

– À moins que vous ayez besoin de moi.

– Je ne pense pas, Ern, merci. À demain.

Ernest inclina la tête vers Nicole :

– Bon appétit, madame.

– Merci, Ernest.

– Ah, Ernest, répéta-t-il. Ça sonne bien, n'est-ce pas ? Tellement mieux que Ern. Bonsoir.

La porte du palier se referma derrière lui et Nicole éclata de rire :

– C'est un original, n'est-ce pas ? Je l'aime bien. Depuis combien de temps est-il avec vous ?

Simon lui parla d'Ernest et des premiers jours de l'agence, quand c'était drôle : il lui raconta la fois où Ernest avait fait semblant d'être un client pour impressionner un directeur de banque en visite, il lui parla de ses guerres contre les ex-épouses et secrétaires de son patron, de son mépris pour la politique de bureau, de sa fidélité constante et peu exigeante.

– Vous êtes très proche de lui, non ?

Simon hocha la tête :

– Je lui fais confiance. C'est à peu près la seule personne.

Puis il consulta sa montre :

– Nous devrions y aller. J'ai réservé dans un restaurant italien... j'espère que ça vous va. J'ai pensé que vous aimeriez quelque chose qui vous change de la cuisine française.

Comme Simon s'écartait devant la porte pour laisser passer Nicole, elle s'arrêta :

– Pardonnez-moi. Je ne peux pas résister.

Il la regarda et sentit sa gorge se serrer tandis qu'elle rajustait son nœud de cravate.

– J'imagine que c'est Ernest qui fait ça en général, non ?

– Je crois que ça fait longtemps qu'il me considère comme un cas désespéré.

Ils traversèrent Hyde Park en direction de Kensington. Il était conscient de sa présence toute proche et il se rendit compte que ça faisait des mois qu'il n'était pas sorti avec une femme à Londres. Tandis qu'il parlait, Nicole observait son profil : le nez droit, la mâchoire énergique, les cheveux bruns trop longs, le côté formel de la cravate et du costume. « Il avait l'air plus détendu en Provence », songea-t-elle.

Le restaurant choisi par Simon était encore fréquenté par ce petit noyau de Londoniens apparemment épargnés par la récession qui considèrent le dîner comme un spectacle sportif. Pendant six mois, peut-être un an, ils se battent pour avoir telle ou telle table, cherchent à se gagner les bonnes grâces du maître d'hôtel et se font les uns aux autres de grands signes par-dessus des plats qu'ils remarquent à peine. Le restaurant devient formidablement à la mode. Le propriétaire rêve d'une retraite anticipée en Toscane ou à Ischia pendant que les serveurs brandissent leurs poivriers, leur parmesan râpé et leur huile d'olive – « *Extra virgine, signorina* » – avec une familiarité croissante. Et puis, tout d'un coup, le noyau s'en va ailleurs pour être remplacé par des couples de provinciaux raisonnables disposés à supporter le bruit et les prix parce qu'ils ont entendu dire que c'était le nouveau temple de la célébrité, orné de truffes blanches, de tomates séchées au soleil et d'un ou deux membres mineurs de l'aristocratie des médias.

Simon connaissait Gino, le directeur, depuis leurs difficiles débuts communs, bien des années et bien des restaurants plus tôt. Il accueillit Nicole et Simon avec un sourire sincère, les accompagna jusqu'à une table de coin, en disposant avec un plaisir manifeste la serviette de Nicole sur ses genoux.

– Un peu de tenue, Gino.

– Hé, fit Gino, rayonnant. C'est naturel. Je suis Italien. *Signorina*, un verre ?

Nicole regarda Simon.

– Je ne sais pas. Un peu de vin blanc ?

Gino claqua des doigts pour appeler un garçon :

– Une bouteille de Pino Grigio pour la *signorina*.

Il leur tendit les menus, se baisa le bout des doigts et trottina jusqu'à l'entrée du restaurant, le sourire prêt à jaillir, pour accueillir un groupe de jeunes gens et de jeunes femmes en tenue noire et lunettes de soleil.

– Alors, fit Nicole en promenant son regard sur la salle tout en miroirs et en marbre rose et noir où s'entassaient les clients, c'est ici que dînent les gens chics à Londres. Vous venez souvent ?

– Non, pas vraiment. Le soir, je suis en général avec des clients et ils préfèrent les endroits plus formels : le *Gavroche* ou le *Connaught*. Ici, ils n'auraient pas l'impression d'être assez importants. (Il haussa les épaules.) La plupart d'entre eux ne sont pas les gens les plus amusants du monde. (Il goûta le vin et fit au serveur un signe de tête approbateur.) Il est vrai que je ne vaux pas mieux moi-même pour le moment. Ça fait des mois que je n'ai pas terminé un livre, que je n'ai pas vu un film. Si je ne suis pas à l'agence, je suis dans un avion...

Il s'arrêta brusquement et sourit :

– Pardonnez-moi. C'est très ennuyeux. Qu'est-ce qui vous ferait plaisir ?

Ils regardèrent le menu, sans se douter qu'ils faisaient l'objet d'innombrables hypothèses à une table à l'autre bout du restaurant, où un groupe d'amis de Caroline examinait Nicole.

– Simon a l'air de se remettre du divorce, à ce que je vois.

– Qui est-ce ? Une de ses clientes ?

– Ne sois pas ridicule, Rupert. Les clientes ne s'habillent pas comme ça. Je vais me repoudrer.

La femme se leva et navigua entre les tables, feignant de s'intéresser au contenu de son sac à main, jusqu'au moment où elle fut assez près pour fondre sur sa proie :

– Simon, chéri ! Quelle bonne surprise ! Ça fait plaisir de te voir !

Simon détourna son regard du menu et se leva, plantant consciencieusement dans le vide un baiser à quelques centimètres de la joue tendue :

– Bonjour, Sophie. Comment vas-tu ?

– Très bien, chéri. (Son regard derrière Simon allait jusqu'à Nicole.) Ça fait une éternité.

Simon s'exécuta avec le minimum de politesse :

– Nicole, je vous présente Sophie Lawson.

Les deux femmes échangèrent un petit salut et un grand sourire qui manquait totalement de sincérité.

– Nicole... ?

– Bouvier, fit Nicole. Enchantée.

– Quel accent charmant. Allons, il ne faut pas que je vous retienne. Téléphone, Simon, on dînera ensemble. On ne te voit jamais ces temps-ci. Je ne sais pas où tu t'es caché.

– As-tu essayé de voir au bureau ?

– Ah, oui. Le bureau.

Avec un sourire un peu crispé et un ultime regard en coulisse vers Nicole, elle poursuivit son chemin, mission accomplie.

Nicole éclata de rire :

– Vous n'avez pas été très aimable avec elle.

– Je ne supporte pas cette femme. Une des venimeuses amies de Caroline. Elle va passer toute la soirée à nous surveiller et dès demain matin elle sera au téléphone pour tout raconter à mon ex-femme.

Ils passèrent leur commande et Simon s'efforça d'oublier qu'on les observait :

– Parlez-moi de la Provence, dit-il. Comment est-ce en hiver ?

– Très calme, parfois très froid. On fait de grands feux, on boit trop de vin rouge, on lit et puis il y a le ski. Je me dis parfois que je préfère ça à l'été.

Elle prit son verre et Simon remarqua qu'elle portait toujours son alliance.

– « On » ?

– Les gens qui vivent toute l'année dans le Luberon.

– Ça m'a beaucoup plu. C'est très beau.

– Vous devriez revenir. Mais, la prochaine fois, ne faites pas du tout-terrain avec votre voiture.

Ils se mirent à rire tous les deux et le groupe à la table de l'autre côté de la salle trouva qu'ils commençaient à avoir l'air très bien ensemble. Pauvre Caroline. Sophie avait hâte de lui raconter.

Nicole dîna de bon appétit : pâtes et osso-buco. Et beaucoup de pain. Voilà, songea Simon, qui le changeait agréablement de regarder Caroline pousser une feuille de salade dans son assiette. Il s'aperçut à quel point ça lui plaisait de regarder une femme qui aimait manger : le petit air concentré avec lequel elle regardait découper la viande, un bout de langue rose qui apparaissait parfois aux commissures des lèvres, de petits murmures admiratifs.

– Vous mangez comme un chat, dit-il.

– Non, plutôt comme un routier, je crois.

Nicole s'essuya les lèvres avec sa serviette, but une gorgée de vin et prit ses cigarettes. Simon lui tendit du feu et elle lui effleura la main en se penchant vers la flamme. Sophie Lawson jeta un coup d'œil à sa montre et se demanda s'il était trop tard pour téléphoner à Caroline.

Le restaurant devenait plus calme. Simon commanda le café et alluma un cigare :

– Qu'est-ce que vous allez faire pendant votre séjour à Londres ?

– Rien de spécial. Je vais passer quelque temps avec Emma, mais il faut que je sois rentrée pour le week-end. J'ai une amie qui arrive de Paris. D'ailleurs, je n'aime plus maintenant rester trop longtemps dans une ville. La campagne me réussit mieux.

Simon pensa à son week-end : Samedi au bureau. Dimanche effondré sur les journaux ou devant la télévision, à attendre lundi matin où tout recommencerait. Comme la plupart des publicitaires, il songeait souvent à s'arrêter et, comme la plupart des publicitaires, il trouvait des raisons de continuer. Que ferait-il d'autre ?

– Vous avez de la chance, dit-il. Vous aimez l'endroit où vous vivez. Ça n'est pas le cas de tout le monde.

– Vous parlez de vous ?

Simon secoua la tête :

– Je vis dans un bureau.

– Vous y êtes obligé ?

– Je crois que je ferais mieux de prendre un verre avant de répondre à cette question. Voudriez-vous une coupe de champagne ?

Nicole sourit et acquiesça de la tête. Simon fit signe à un serveur, qui passa la commande au barman.

– Eh bien ! fit Sophie Lawson en se levant pour partir. Tu as entendu ça ? Du champagne, mon cher. Tu crois qu'il va le boire dans son escarpin ?

Elle agita les doigts en direction de Simon à travers la salle :

– Téléphone, c'est promis, chéri ?

Simon lui fit au revoir de la tête avec un sentiment de soulagement et se renversa dans son fauteuil en songeant à la question de Nicole. Elle gardait le silence, le menton appuyé sur une main, en le dévisageant : un visage fatigué, se dit-elle, avec des rides au front, des fils gris sur un sourcil et l'air triste.

– Alors dites-moi, reprit-elle, pourquoi faut-il que vous viviez dans un bureau si vous n'en avez pas envie ?

– Oh, je suppose que je n'y suis pas obligé vraiment. C'est une habitude, c'est ma façon de vivre depuis des années.

– Et maintenant, ça ne vous amuse plus.

– Il y a longtemps que ça a cessé de m'amuser.

Simon fixa sa coupe et haussa les épaules :

– Je ne sais pas. Ça paie la pension alimentaire. J'ai souvent pensé à faire autre chose... un jour j'ai failli acheter des parts dans un vignoble... mais il y a toujours une crise ou une autre à l'agence, alors il faut la régler, et puis surgit la suivante, et alors vous vous rendez compte tout d'un coup que six mois ont passé et que vous n'avez rien fait d'autre que...

– Que gagner de l'argent ?

– Exactement. Alors vous achetez une nouvelle voiture, ou une nouvelle maison et vous vous dites que vivre confortablement est la meilleure revanche : c'est comme un prix de consolation pour s'ennuyer, devoir travailler pendant les week-ends et ne pas aimer beaucoup ce que vous faites.

Simon tira sur son cigare et fronça les sourcils :

– À m'entendre, ça n'a pas l'air très séduisant, n'est-ce pas ? Le pauvre vieux publicitaire, qui souffre dans le luxe, et se traîne du Concorde à la Mercedes et de la Mercedes au restaurant. (Il sourit.) C'est à vous briser le cœur, n'est-ce pas ?

Ils restèrent tous deux silencieux à étudier le problème du riche insatisfait, problème que Nicole avait quelque mal à prendre au sérieux. Elle se demanda si c'était le moment de parler à Simon de l'idée qu'elle avait eue. Mais elle décida de n'en rien faire. Elle n'en savait pas encore assez, elle ne savait même pas si ce serait possible. Avant de quitter Brassière, elle aurait dû se renseigner auprès du notaire pour savoir si la propriété était toujours à vendre.

Elle le surprit à la regarder et elle esquissa un sourire de feinte compassion.

– Pauvre petit richard, dit-elle. Quelle existence terrible, avec les cigares, le champagne et l'Ernest pour s'occuper de vous. Quelle tristesse !

Elle leva les yeux au ciel et éclata de rire.

Simon secoua la tête :

– Vous avez parfaitement raison. C'est pitoyable. Je devrais faire quelque chose. (Il termina son champagne et demanda l'addition.) Mais quoi ?

Nicole décida d'appeler le notaire dès le lendemain.

– Pensez à quelque chose que vous aimeriez faire.

– Dînons ensemble demain. Ce serait déjà un début.

Ils quittèrent le restaurant dans un état d'hésitante excitation. Tous deux regrettaient de voir la soirée se terminer et chacun se demandait si l'autre éprouvait les mêmes sentiments. Nicole glissa son bras sous celui de Simon et il en éprouva du plaisir comme si c'était une caresse.

Il déverrouilla la voiture et ouvrit la portière côté passager : on entendit le bip du téléphone. Il décrocha machinalement et regretta aussitôt son geste. C'était Liz.

– Je suis désolée de vous appeler si tard, mais je ne voulais pas donner à Mr. Ziegler le numéro du restaurant.

– Dieu soit loué. (Simon regarda Nicole avec un sourire d'excuse.) Qu'est-ce qu'il veut qui ne peut pas attendre demain ?

– Eh bien, malheureusement, il aimerait que vous soyez à New York demain. Il dit que c'est absolument vital.

Simon entendait un froissement de papier : Liz consultait ses notes. Elle précisa :

– Global Parker Foods, trois cents millions de dollars. Mr. Parker a rendez-vous à l'agence demain après-midi. Apparemment, il veut se décider rapidement.

Simon regarda dans le vide par le pare-brise. « Et nous voilà repartis, sauter dans le cerceau comme une otarie bien payée. » Sacré Ziegler. On pouvait dire qu'il choisissait bien ses moments.

– Mr. Shaw ?

– Oui, Liz. Pardon.

– Je vous ai pris une place sur le Concorde. Vous devriez être là-bas largement à temps. Mr. Ziegler aimerait que vous l'appeliez ce soir. Il sera au bureau jusqu'à huit heures et ensuite au *Lutèce*. Voulez-vous le numéro là-bas ?

– Non, ça va. Je le joindrai avant qu'il parte. À demain matin.

– Bonsoir, Mr. Shaw. N'oubliez pas votre passeport, surtout.

Simon raccrocha le téléphone : disparue l'ambiance de ces dernières heures. Il était furieux contre lui-même. Pourquoi n'avait-il pas tout simplement dit non ?

– Vous avez l'air triste. Une mauvaise nouvelle ?

Nicole avait le visage à moitié dans l'ombre. Simon aurait voulu lui toucher la pommette dont la lueur rouge d'un feu de circulation soulignait le relief.

– Non, pas mauvaise, juste assommante. Il faut que j'aille à New York demain.

– Vous employez beaucoup le mot assommant.

– C'est vrai ? Oui, sans doute. Pardon.

– Vous dites beaucoup pardon aussi.

Le feu passa au vert. Un taxi derrière eux donna un coup de klaxon. Simon démarra et tourna dans Knightsbridge, passant devant Harrods pour arriver à la petite place où habitait l'amie de Nicole. Elle regarda les fenêtres allumées de l'appartement. Emma devait l'attendre : elle voulait tout savoir de la soirée.

Simon coupa le contact.

– Mon Dieu, j'allais oublier. La facture du garage et les billets... vous n'avez qu'à appeler Liz. Je lui en parlerai demain matin avant de partir. Si vous avez envie de vous servir de la voiture pendant que vous êtes à Londres, gardez les clés. Je rentrerai à pied.

– Emma a une voiture, je vous remercie.

Elle se pencha et posa un baiser sur la joue de Simon :

– C'était bien. Bon voyage à New York.

Simon la regarda s'avancer jusqu'à la porte et entrer sans se retourner. Une fois la crise passée, il se promit un autre voyage en Provence. Une fois réglée l'affaire de New York, alors il commencerait à mettre un peu d'ordre dans sa vie. Il y réfléchirait dans l'avion. Sacré Ziegler. Il ferait mieux de rentrer pour lui téléphoner.

Nicole entendit la Porsche démarrer au moment où elle montait l'escalier, et elle essaya de prendre un air joyeux pour Emma.

Les deux femmes avaient envoyé leurs chaussures à l'autre bout de la pièce. Les jambes confortablement repliées sous elles, elles partageaient les coussins profonds du canapé en sirotant le plus vieux cognac de Julian, l'absent.

Emma ôta ses boucles d'oreilles et se massa les lobes :

– Alors, chérie. Raconte-moi tout. Est-ce que c'est le Prince Charmant ou encore un abominable vieil homme d'affaires ?

Nicole éclata de rire :

– Je l'aime bien. Il est gentil, pas pompeux le moins du monde. Tu sais, j'avais tout le temps envie de le recoiffer, de lui arranger sa cravate. Nous avons passé un moment charmant, sauf qu'il y avait une femme qui le connaissait, dévorée de curiosité à notre égard. Sophie machin, une des amies de son ex-femme. Sophie Lawson.

– Oh, mon Dieu, fit Emma en levant les yeux au

ciel. Je l'ai rencontrée au tournoi de Queen's l'été dernier. Une grosse vache qui ne devrait pas porter ces ridicules petites jupes. Elle a des jambes comme celles de Boris Becker, ma chère. Tu vois : une walkyrie.

Emma examina d'un air satisfait ses genoux élégamment osseux, puis reprit son interrogatoire :

– Alors, de quoi avez-vous parlé ?

– Oh, surtout de lui. Il en a assez de son affaire, mais il ne sait pas quoi faire d'autre. Au fond, je le plains. Je ne crois pas qu'il s'amuse beaucoup dans la vie.

Emma hésita avant de boire une gorgée de cognac, puis tourna vers Nicole son regard vif et inquisiteur :

– Tu présentes tous les symptômes, chérie : tu veux le recoiffer, tu le plains. Est-ce que tu as envie de coucher avec lui ?

– Emma !

– Oh, tu sais, il y a des hommes et des femmes qui le font.

Nicole sentit la chaleur lui monter au visage en se rendant compte que vouloir le recoiffer n'était qu'une excuse. Elle avait envie de le toucher et de le voir sourire. Elle avait envie qu'il la touche.

– Oh, Emma, fit-elle, je ne sais pas.

– Tu es devenue toute rose, ma chérie. Je pense que c'est le cognac.

8

Jojo prenait au sérieux son rôle de second du Général et il savourait l'expérience – nouvelle pour lui – d'utiliser son cerveau tandis que son corps se livrait aux efforts ardus du travail sur le chantier. C'était pratiquement terminé : encore une ferme en ruine retapée, et son patron cherchait déjà le boulot suivant.

Ce qui inquiétait Jojo, en fidèle lieutenant, c'était la condition physique de deux membres de son équipe. Claude et les frères Borel, même Fernand au garage où il faisait de la démolition et de la tôlerie, avaient un travail dont les exigences les maintenaient raisonnablement en forme. Mais Bachir passait ses journées à fumer en cachette des cigarettes derrière le comptoir et à servir des tasses de café. Quant à Jean... ah, Jean était une catastrophe ambulante. Soulever quoi que ce soit de plus lourd que le portefeuille de quelqu'un d'autre le mettait en nage. Jojo les avait observés tous les deux durant les promenades d'entraînement. Ils finissaient invariablement derniers, et avec d'évidentes difficultés. Un trajet par semaine ne suffisait pas. S'ils voulaient se maintenir au niveau des autres, ils allaient devoir s'entraîner dur. Jojo décida de s'en ouvrir à Claude.

Un soir, après le travail, ils allèrent dans un bar de Bonnieux que Jojo aimait bien parce qu'on y refusait de se plier au règlement antitabac et que la patronne servait pour cinquante francs un excellent rumsteck aux frites. Ils s'installèrent à une table dans un coin et burent leur premier pastis sans échanger un mot. Jojo poussa un soupir de soulagement et d'un signe de tête en commanda deux autres.

– Un vrai lait maternel, hein ?

Claude fit tourner les glaçons dans son verre vide.

– Tu sais une chose ? J'aime mieux ça que le champagne.

– Je t'en ferai livrer une caisse quand on aura fait le coup. Tu pourras le ranger dans le coffre de ta Mercedes au cas où tu aurais soif en allant chez le coiffeur.

Le grand gaillard repoussa ses cheveux en arrière, faisant voler la fine poussière qui s'y était rassemblée pendant qu'il taillait la pierre cet après-midi-là. Comme celles de Jojo, ses mains étaient calleuses et couturées, les doigts épaissis par des années de labeur, les ongles rognés et fendus.

– Il me faudrait sans doute une manucure aussi, dit-il.

La patronne arriva devant leur table avec la seconde tournée de pastis :

– Vous mangez quelque chose, les garçons ?

Jojo acquiesça et elle se mit à réciter :

– « Double frite, steak à point, n'oubliez pas la moutarde et un litre de rouge », c'est bien ça ?

– Vous êtes une vraie princesse, fit Jojo.

– Dites ça à mon mari.

Elle retourna derrière le comptoir et d'une voix sonore passa la commande à la cuisine.

Jojo alluma une cigarette et se pencha vers Claude :

– Écoute, il faut qu'on réfléchisse un peu.

Claude prit un air grave au-dessus de son pastis.

– C'est Bachir et Jean. Je les ai vus après l'entraînement : ils sont complètement crevés.

Jojo tira sur sa cigarette et souffla un nuage de fumée sur une mouche qui menaçait son verre :

– Pour le reste d'entre nous, ça ira. On travaille, tu comprends ? On est forts. Mais ces deux-là, ils glandent toute la journée. Ils ne sont pas en condition, ils n'ont pas d'endurance.

Claude acquiesça :

– Bachir a dégueulé dimanche dernier, tu te souviens ? Sur sa roue avant. Et Jean était si blanc qu'il avait l'air d'un morceau de veau.

– Voilà. (Jojo se carra sur sa chaise, content de voir que Claude avait compris la nature du problème.) Faut qu'on trouve un moyen de les mettre en forme, sinon il va falloir les remorquer.

Les deux hommes restèrent silencieux, regardant fixement leurs verres pour y trouver l'inspiration.

– Je ne sais pas, dit Claude. Peut-être qu'ils pourraient travailler avec nous sur le prochain chantier. Creuser, trimballer des sacs. Fonzi a toujours besoin d'une paire de baudets. Hein ?

Il haussa les épaules :

– C'est une idée, comme ça.

Un sourire s'épanouit sur le visage de Jojo quand il vit l'air anxieux de Claude :

– C'est pas con, fit-il. C'est pas con du tout.

Il donna une claque sur l'épaule du maçon, faisant voler un petit nuage de poussière de plâtre :

– Mon ami, il y a des jours où je t'embrasserais bien.

– Vous voulez qu'on vous laisse tranquilles, les garçons, ou vous êtes prêts à manger ?

La patronne déposa sur leur table son plateau : les steaks encore grésillants, un plat où s'entassait un monceau de pommes frites, un litre de vin rouge sans étiquette, un panier de pain, un pot d'Amora.

– Ensuite, il y a du fromage ou de la crème caramel. Vous voulez de l'eau ? Question idiote.

Elle repoussa de son front en sueur une mèche de cheveux et débarrassa les verres de pastis vides :

– Allez. Bon appétit.

Le dimanche suivant, Jojo prit le Général à part pour lui parler, de lieutenant à commandant des troupes. Le Général tira sur sa moustache et regarda Jojo d'un air approbateur. Il aimait ça quand quelqu'un d'autre se servait de sa tête.

– Tu crois que Fonzi va les engager ?

– Si le prochain chantier est assez important, pourquoi pas ? Il peut toujours utiliser des dos à bon compte. Je pourrais lui parler.

– Bon, fit le Général en hochant la tête. Je vais leur annoncer la mauvaise nouvelle. On ferait mieux d'acheter un bandage herniaire pour Jean. Oh, et Jojo ? (il fit un clin d'œil et se frappa le front)... bien joué.

Le petit homme s'éloigna d'un air important pour aller reprendre sa bicyclette.

À la fin de la course matinale, le Général les rassembla. Les cris des autres firent taire les bruyantes protestations de Jean et de Bachir qui n'étaient pas disposés à abandonner leur travail sédentaire. C'était ça, la démocratie, déclara le Général. Il fit semblant de ne pas entendre la suggestion de Bachir sur ce qu'il pourrait en faire.

– Il y a encore une chose, dit le Général, un détail très important.

Il brandit un doigt autoritaire :

– Ne commencez pas à parler entre vous de ce que vous allez faire de l'argent, d'accord ? Même quand il n'y a personne d'autre à proximité.

Jojo secoua la tête d'un air sagace. Il y avait vraiment des gens à qui il fallait tout expliquer.

– Je vais vous dire pourquoi, reprit le Général. Ça devient une habitude : vous commencez à plaisanter là-dessus, vous ne vous rendez même pas compte que vous en parlez et puis un jour un petit merdeux aux longues oreilles surprendra quelque chose et alors... (le Général passa son doigt en travers de sa gorge)... foutu. Alors, bouclez-la.

Les bureaux de Global Communication, Inc. occupaient les cinq derniers étages d'un monument d'acier, de verre et de granit poli sur la Sixième Avenue, au cœur de Manhattan. À en croire les bruits qui couraient dans les milieux de la publicité, les employés étaient les hommes et les femmes les mieux payés et les plus paranoïaques de toute la profession. Cinq ans chez Global, ça suffisait à rendre fou n'importe qui de normal, racontait-on. Mais au moins on avait assez d'argent pour s'acheter son asile personnel. C'était une réputation que le président-directeur général, Bob Ziegler (trois millions et demi de dollars par an, plus les stock-options et les primes), appréciait et encourageait. C'était la plus grosse carotte et le plus gros bâton de New York, voilà comment il expliquait cela à ses collaborateurs. Enrichissez-vous ou foutez le camp.

Simon prit l'ascenseur express qui allait directement au quarante-deuxième étage. Il passa devant la paire assortie de secrétaires de direction, on le fit entrer dans le bureau d'angle qui avait exactement deux fois la taille de n'importe quel autre bureau de l'immeuble. Ziegler était renversé dans son fauteuil de cuir, le téléphone collé à son oreille, un vieux cireur de chaussures à ses pieds. Derrière lui, sur le panneau en bois de teck, était accrochée une grande photo en noir et blanc où on le voyait échangeant une poignée de main avec l'ancien Président Bush. Ziegler avait beaucoup de photographies comme ça, où on le voyait en compagnie d'éminents politiciens des deux partis, et on les changeait selon le client du jour. Parker, de Parker Foods, était manifestement républicain.

Le cireur donna un ultime coup de chiffon et tapota le bord de la chaussure noire étincelante de Ziegler pour signifier qu'il avait terminé. Il se releva avec raideur, remercia Ziegler qui venait de lui fourrer un billet de cinq dollars dans la main et lança un regard interrogateur à Simon qui secoua la tête. Le vieil homme sortit d'un pas traînant pour aller s'occuper des chaussures d'autres directeurs de Global. Simon se demanda ce qu'il devait penser des conversations roulant sur plusieurs millions de dollars qu'il surprenait tous les jours.

Ziegler, satisfait d'avoir fait attendre assez longtemps Simon, termina sa conversation et se leva en lissant les revers de son costume de soie gris, par-dessus les larges bretelles rouges qu'il portait depuis quelque temps. Avec dix centimètres de plus et dix kilos de moins, il aurait pu sembler bien habillé. Simon observa qu'il avait renoncé à se laisser pousser des favoris et que ses cheveux roux et clairsemés étaient presque taillés en brosse. Le regard froid de ses yeux gris était fixé sur lui. Le reste de son visage esquissait l'apparence d'un sourire.

– Alors, vous êtes arrivé. Comment était le vol?

– Pas mal. Rapide, en tout cas.

– Il le faut. Foutue boîte à sardines. Bon, assez de mondanités. Parker va être ici dans deux heures et il faut que je vous mette au courant.

Ziegler se mit à marcher de long en large devant son bureau :

– L'affaire est dans le sac à 99 %. D'après les renseignements que nous avons, dès l'instant qu'il est content en ce qui concerne l'Europe, c'est fait : trois cents millions de dollars, peut-être plus si on peut le décider à ne pas lâcher Heinz. C'est à ce niveau-là.

– Comment est-il, ce Parker?

– Je ne l'ai jamais rencontré. On s'est parlé au téléphone, mais j'ai toujours discuté avec ses types du marketing. À ce qu'on raconte, il n'aime pas passer trop de temps avec les gens des agences. Je vais y venir dans une minute.

Ziegler s'interrompit pour s'emparer d'un épais dossier qu'il laissa retomber sur le bureau :

– Vous avez lu le document d'informations, hein? Vous savez donc qu'il a commencé dans un petit bistrot du Texas il y a quarante ans, et qu'aujourd'hui il est sur la liste de *Fortune* des cinq cents hommes les plus riches du monde ; et il monte de quelques places chaque année. Il est futé. Au téléphone, on a l'impression d'un brave type débarqué de sa province, il doit porter un de ces cordons en guise de cravate et un de ces chapeaux à la con, mais il s'est lancé dans quelques OPA coriaces, et il n'a jamais perdu. Maintenant, petit cours de psychologie, d'accord ?

Simon alluma un cigare et vit l'expression écœurée de Ziegler. Ziegler se levait chaque matin à six heures pour faire des poids et haltères dans sa salle de gymnastique, la seule chose qui l'empêchait d'être bedonnant. Il aimait vous faire tâter ses biceps et il était fermement persuadé qu'on pouvait attraper un cancer du poumon de seconde main à six pieds de distance.

– Seigneur, je ne comprends pas comment vous pouvez fumer cette saloperie. Vous savez ce que ça vous fait ? Tâchez seulement de ne pas mourir cet après-midi, c'est tout ce que je vous demande.

– Bob, votre sollicitude me touche. Et la psychologie ?

– Ah oui, c'est important. D'après ce qu'on m'a dit, Parker aime à se considérer comme un type simple, rien d'extraordinaire. Plus le fait qu'il n'est pas seulement Américain : il est Texan. Vous entendez ce que je dis ?

– Comment ça ?

Ziegler poussa un grand soupir.

– Je vais vous mettre les points sur les *i*. Tel que je le vois, il estime que la plupart des gens dans la publicité sont des danseurs de ballet déguisés et que l'Europe est un petit village peuplé de barjos.

Simon imagina Ziegler en collant et s'étrangla sur une bouffée de fumée.

Ziegler secoua la tête.

– Voilà, vos poumons... Bref, vous comprenez ? Pas de foutaises européennes à la noix sur la différence des valeurs culturelles, hein ? La ligne à suivre, c'est la ligne des MacDonald's : la qualité américaine, la valeur américaine, l'efficacité américaine, le...

Ziegler chercha un autre mot qui viendrait compléter ce catalogue de vertus.

– L'argent ?

– Je pense bien : l'argent. Vous vous rendez compte de ce que ça va nous faire en facturation ? Au cours de l'action ? À votre fortune personnelle ? Vous pourriez vous acheter des havanes de merde et fumer jusqu'à vous envoyer dans la tombe.

– Vous savez, Bob ? Je discerne parfois un côté doux et généreux dans votre personnalité.

Ziegler tourna vers Simon ses yeux aux paupières plissées et au regard inamical.

– Ne faites pas le mariolle, Simon. Ça fait des mois que je travaille sur ce coup-là et je n'ai pas envie de le voir foutu en l'air par vos plaisanteries. Gardez vos blagues pour la prochaine fois où vous prendrez le thé avec la reine.

Ziegler se remit à marcher de long en large tout en expliquant comment à son avis il fallait mener la réunion : la petite silhouette trapue et agressive se découpait sur la vitre occupant tout un panneau, avec vue sur la Sixième Avenue et le bas de Manhattan. Simon regarda sa montre : sept heures du soir, heure anglaise. Il aurait bien pris un verre. S'il avait été à Londres, il se préparerait à dîner avec Nicole dans un endroit tranquille, de préférence quelque chose comme l'appartement où il pourrait la déshabiller ensuite. Il se secoua et s'efforça de concentrer son attention sur Ziegler qui arrivait au terme de son numéro :

– ... alors rappelez-vous bien ça, d'accord ? Nous lui proposons une campagne à tout casser à l'échelle mondiale : on ne va pas lésiner sur une petite merde de marché spécial. Le monde a faim : nous allons le nourrir.

Ziegler s'arrêta et braqua un doigt sur Simon :

– Eh, ça n'est pas une mauvaise formule, vous savez ? Pourquoi payer ces foutus rédacteurs ?

Simon avait décliné l'offre du repas gastronomique passé au micro-ondes de l'avion et n'avait rien mangé de toute la journée :

– Ça a marché avec moi, Bob. Je meurs de faim.

Ziegler pencha la tête de côté d'un air méfiant. Il ne savait jamais très bien quand Simon était sérieux et quand il lançait une de ces remarques snobs qui passaient pour le sens de l'humour britannique. Pour sauvegarder l'harmonie dans la société, il lui laissa le bénéfice du doute.

– Mais oui. On va commander. Parker pourrait être en avance.

Mais il était d'une ponctualité d'horloge. Il arriva, suivi d'un trio de grands gaillards souriants, des directeurs aux voix retentissantes et à la poignée de main de force dix. Après les remarques de Ziegler sur Parker, Simon s'attendait un peu à des jambes arquées et à un Stetson : il fut surpris de voir un homme tiré à quatre épingles dans ce qui ressemblait fort à un costume venant de Saville Row. Un nœud papillon pas trop serré, un visage mince, hâlé et ridé par le soleil, des yeux aux paupières lourdes. Simon pensa à un lézard.

– Hampton Parker. Ravi de vous rencontrer, Mr. Shaw. (Il avait une voix sèche de fumeur, adoucie par un agréable soupçon d'accent texan.) Il paraît que vous êtes venu de Londres pour notre petite réunion.

– C'est exact. Je suis arrivé ce matin par avion.

Ils s'assirent. Simon remarqua que c'était vrai : les Texans portaient vraiment des bottes avec leur costume croisé.

– Dites-moi, Mr. Shaw, dit Parker, est-ce que vous allez souvent à l'opéra là-bas ? C'est une chose qui manque chez moi.

Simon vit le sourire de Ziegler se figer un peu plus.

– Pas autant que j'aimerais. J'essaie d'y aller chaque fois que Pavarotti est à Londres.

Parker hocha la tête :
– Une sacrée voix.
Il prit un paquet de Chesterfields sans filtre et se renversa dans son fauteuil :
– Bon, les enfants. Au travail.
La « petite réunion », comme l'avait appelée Parker, se transforma en deux jours d'inquisition d'une telle minutie que, quand ce fut terminé, aussi bien Simon que Ziegler étaient épuisés. Au matin du troisième jour, ils prenaient le café en réfléchissant à leurs chances : l'assurance de Ziegler tempérée par la fatigue, Simon ayant épuisé toute son adrénaline et ayant hâte de rentrer à Londres. Les fax qu'il avait reçus du bureau lui avaient apporté la litanie habituelle de problèmes.
Une des secrétaires passa la tête par la porte :
– Un paquet pour vous, Mr. Ziegler.
Un coursier apparut, poussant un chariot, la tête à peine visible derrière un gigantesque carton qu'il déposa avec précaution sur le sol.
Ziegler cria à sa secrétaire :
– Enlevez-moi ça d'ici, voulez-vous ? Mon Dieu, ça n'est pas un entrepôt.
– Je suis désolée, Mr. Ziegler. C'était pour vous personnellement.
– Merde.
Ziegler se leva et déchiqueta avec un coupe-papier le gros ruban qui fermait le carton avant d'en arracher le couvercle. Le carton était bourré de boîtes, de tubes et d'étuis, tous portant le logo des produits Parker avec l'étoile rouge. Au beau milieu de tout cela, une enveloppe.
Ziegler l'ouvrit et en tira une unique feuille de papier :
– Ah, le salopard !
Il plaqua la feuille sur la table devant Simon, lui donna une bourrade sur l'épaule et eut un grand sourire :

– Le salopard !

Simon regarda la lettre. L'en-tête annonçait : « Bureau du Président. » Elle disait : « Félicitations. Hampton Parker. » Quand Simon releva la tête, Ziegler appelait au téléphone les relations publiques à l'étage en dessous, pour leur dire d'arranger une conférence de presse : toute trace de fatigue avait disparu, il était arrogant et gonflé de son triomphe. À une époque, Simon aurait éprouvé la même excitation au lieu d'un sentiment de fatigue où la satisfaction se mêlait à la décompression. Au bout du compte, ce n'était qu'une main de plus qu'il faudrait tenir, même si c'était une main bourrée de billets.

Ziegler raccrocha d'un grand geste et regarda Simon par-dessus le plateau bien astiqué de son bureau :

– Putain, trois cents millions. Minimum !

– Ça devrait nous mettre à l'abri du besoin, fit Simon en s'étirant. Félicitations, Bob.

– On va jeter quelques cadavres par les fenêtres chez M & R quand ça va se savoir.

Ziegler semblait ravi à l'idée des massives et immédiates compressions de personnel qui suivraient la perte d'un énorme budget chez leur concurrent :

– Ils vont être vulnérables. On ferait mieux de jeter un coup d'œil à leurs listes pour voir ce qu'on peut leur piquer d'autre.

Il nota quelque chose sur son bloc.

Simon se leva :

– Eh bien, je ne peux pas rester à traîner pour fêter ça avec vous toute la journée. Je m'en vais voir si je peux attraper le vol de 13 h 45.

Ziegler était enchanté. Il aurait la conférence de presse pour lui tout seul.

– Bien sûr. On se parle dans deux jours.

Simon n'avait pas atteint la porte que Ziegler avait déjà repris le téléphone : « Des nouvelles ? Tu parles que j'ai des nouvelles. Écoute un peu ça... »

Simon fut le dernier à s'embarquer à bord du vol 004 de British Airways. Les autres passagers levèrent le nez en le voyant passer entre les sièges : puis, n'apercevant qu'un homme fatigué de plus en costume sombre, qui n'était pas une célébrité ni même un ex-président, ils se replongèrent dans le contenu de leurs porte-documents. Le Concorde et sa cargaison de vagabonds des affaires décolla, cap sur l'Atlantique.

Simon fit une vague tentative pour se concentrer sur son tas de fax. Il renonça en faveur d'une coupe de champagne. Son regard se perdit dans la stratosphère. Ç'avait été un voyage incroyablement réussi : un des plus gros budgets décrochés depuis des années. Ça ferait plaisir à la City, ça ferait monter le cours de l'action, ça l'enrichirait encore. Il bâilla et accepta une autre coupe de champagne. Il pensait à l'appartement vide et impersonnel de Rutland Gate. Il pensait à la perspective de travailler quelques années encore avec Ziegler, jusqu'au jour où l'un d'eux arriverait à se débarrasser de l'autre. Il songeait aux problèmes qui l'attendaient à Londres et il songeait au métier de publicitaire.

Depuis des années, il était toujours prêt à défendre sa profession devant les commentaires condescendants de ses contemporains – banquiers, avocats, éditeurs ou journalistes –, qui se demandaient, avec un sourire supérieur, comment il pouvait se passionner pour des spots publicitaires consacrés à du papier hygiénique ou à de la bière. Leur rancœur à peine dissimulée l'étonnait toujours. Ils le traitaient de « publicitaire » immanquablement avec un petit ricanement protecteur. Ricanement qui disparaissait, bien sûr, quand ils avaient besoin d'un service comme, par exemple, des places pour le Central à Wimbledon.

Simon s'assoupit. Quand il se réveilla, le ciel était noir, l'avion amorçait son approche. La voix du pilote, vibrant d'un entrain professionnel, annonça aux passagers qu'il pleuvait à Londres.

Il était près de vingt-trois heures quand Simon franchit la douane. Le hall des arrivées était envahi par les équipes de nettoiement évoluant avec la lenteur délibérée qui caractérise les gens qui font des heures supplémentaires. Une haute silhouette en chapeau noir et long imperméable noir scrutait les passagers qui sortaient et s'avança d'un pas vif vers Simon :

– Bienvenue à Heathrow, cher. N'est-ce pas superbe à cette heure de la nuit ?

Simon éclata de rire :

– Ern, je ne vous reconnaissais pas avec ce chapeau. Comment allez-vous ?

– Fendant les lames comme un dauphin qui joue. Vous verrez quand nous serons dehors. La saison de la mousson a commencé.

Tout en pilotant sous le déluge la grosse Mercedes vers le centre de Londres, Ernest fit à Simon son résumé personnel des événements qui s'étaient déroulés au cours des derniers jours. Jordan et David Fry, le directeur de la création, ne s'adressaient plus la parole. Les « princes de la capote » n'avaient pas encore pris de décision concernant leur budget. Il y avait un article dans la presse professionnelle sur des bruits de sécession au sein du syndicat. Liz s'était mise à sortir avec un jeune homme peu recommandable qui portait une boucle d'oreille et pilotait des voitures de course. À part ça, il y avait plusieurs appartements à visiter quand Simon aurait un moment et un ragoût dans la cuisine de Rutland Gate qu'il fallait juste réchauffer.

– Comment était New York ? Notre cher Mr. Ziegler est-il toujours aussi modeste et charmant ?

– Nous avons décroché l'affaire, dit Simon, alors il est très content de lui. Ça vous intéressera d'apprendre qu'il s'est mis à porter des bretelles rouges.

Ernest eut un reniflement méprisant. Ziegler et lui s'étaient tout de suite détestés.

– Une ceinture aussi, j'espère. Penser à l'air qu'aurait cet homme s'il perdait son pantalon a de quoi faire frémir.

La voiture s'engagea sur Rutland Gate et s'arrêta devant l'appartement.

– *Home sweet home*, dit Ernest. Même comme ça. Peu importe, celui que j'ai visité à Wilton Crescent a d'incontestables possibilités.

Ils se dirent bonsoir et Simon entra. Il posa ses bagages dans le vestibule et passa dans le salon, fronçant le nez en sentant l'odeur de renfermé du chauffage central et de la moquette chaude. Une odeur de chambre d'hôtel. Il examina une pile de disques compacts et finit par tomber sur *Concert by the Sea* d'Errol Garner. Il se versa un verre de whisky, alluma un cigare, reculant le moment de feuilleter le dossier plein de papiers que Liz lui avait déposé. Il avait parfois le sentiment qu'un jour il allait être enseveli sous une montagne de mémos, de rapports, de contacts, de documents de stratégie, de projections financières, d'évaluations du personnel, toute cette énorme masse du chewing-gum des grandes sociétés. Il soupira et ouvrit la chemise.

Il y avait une coupure de presse de *Campagnes*, le magazine de la publicité. C'était un article dans la colonne « Téléphone rouge », où le magazine regroupait les rumeurs les moins plausibles de la semaine : on laissait entendre qu'un groupe de hauts cadres de l'agence envisageait de s'en aller en emportant avec eux les budgets « importants ». Aucun nom n'était cité et cette information ne reposait sur rien. L'article se terminait sur le vieux refrain, conçu pour donner quelque crédibilité à la rumeur, disant que « la direction se refusait à tout commentaire ». Simon se demanda si le reporter s'était donné beaucoup de mal pour contacter la direction.

Il feuilleta les uns après les autres les papiers, griffonnant des notes pour se rappeler les coups de téléphone qu'il devrait passer dans la matinée. Puis il tomba sur une enveloppe qui semblait avoir été piétinée par une araignée nerveuse aux pattes pleines d'encre. Il reconnut le gribouillis et tressaillit. Manifestement oncle William était de nouveau fauché.

« Mon très cher garçon,
« Pardonne-moi de te troubler dans tes méditations olympiennes, mais, pour des raisons indépendantes de ma volonté, je me trouve en proie aux plus grandes difficultés pour arriver à survivre... »

Simon secoua la tête et soupira. Oncle William, artiste et vieux coureur de jupons, faisait dans la vie de Simon des passages rares et coûteux, pinçant des fesses et signant des chèques sans provision avec l'énergie d'un jeune homme. Non sans mal, Simon avait réussi à le tenir loin de Londres, en achetant son éloignement. Caroline avait toujours ignoré son existence. Tout sentiment de culpabilité qu'éprouvait Simon se trouvait effacé à l'idée du carnage mondain qui s'ensuivrait si jamais on laissait oncle William s'échapper du Norfolk. Simon chercha son chéquier dans son porte-documents.
Une autre enveloppe, cette fois d'une écriture soignée mais qu'il ne connaissait pas.

« Cher Simon,
« Un grand merci pour le dîner. J'espère que New York n'était pas aussi terrible que vous l'imaginiez.
« Je quitte demain Londres pour la Provence et pour retrouver peut-être un peu de soleil après trois jours passés comme un rat mouillé sous la pluie. Comment pouvez-vous supporter ce climat ?
« Une petite idée pour vous, mais mon anglais écrit n'est pas bon. C'est mieux si nous parlons.
« Je vous embrasse.

« Nicole. »

Simon regarda sa montre. Une heure à Londres. Deux heures en France. Il appellerait dès demain matin. Voilà qui serait au moins une conversation agréable avant de s'occuper du bureau. Il se leva et se servit une autre lampée de whisky.

« Je vous embrasse. » Ça lui plaisait. Il regarda les autres papiers : une lettre des avocats de Caroline, un rapport sur de nouveaux contrats éventuels, on réclamait sa présence à une réunion de travail d'un client en vue de développer le marché du poulet congelé. Ah ! le beau sujet pour fouetter l'imagination. Il bâilla et alla se coucher.

9

Simon avait eu avec Nicole une conversation brève et irrésistible. Elle avait refusé de répondre aux questions qu'il lui posait sur son idée. « C'est quelque chose que vous devez voir, avait-elle dit. Pourquoi ne descendez-vous pas ? » À travers la brume du début de matinée et du décalage horaire, il s'était soudain rendu compte qu'on était samedi : deux heures plus tard il se trouvait dans un taxi qui le conduisait à Heathrow.

Il prit son billet au comptoir, traversa la zone hors taxe, en évitant de petites Japonaises déterminées qui raflaient sur les étagères tout le whisky de malt. Quelle marque de cigarettes fumait donc Nicole ? Quel parfum portait-elle ? C'était le dernier appel de son vol : il se décida pour deux bouteilles de dom pérignon. Elle aimait sûrement le champagne, se dit-il, comme toutes les femmes bien. Il se demanda ce qu'elle avait trouvé qu'elle ne pouvait pas expliquer au téléphone. De toute façon, ce serait plus intéressant que ses samedis habituels passés à travailler dans un bureau désert. Il avait la délicieuse impression de faire l'école buissonnière, de prendre en secret des vacances.

L'avion s'éleva au-dessus de la couche de nuages positionnée presque en permanence au-dessus de Heathrow : à la vue du ciel bleu il se sentit encore de meilleure humeur. Dans les sièges derrière lui, on discutait en français des merveilles de Harrods et de Marks & Spencer, on comparait les prix du cachemire et des restaurants londoniens. Il avait hâte de se retrouver à l'heure du dîner : un long dîner tranquille à des millions de kilomètres de tous les gens qui le connaissaient. C'était rudement bon de s'évader.

C'était la première fois que Simon atterrissait à Marseille. On aurait pu se croire en Afrique du Nord : des hommes bruns et décharnés avec leurs épouses dodues et des valises en plastique rebondies. La toux gutturale de l'Arabe, l'odeur de tabac et de sueur se mêlant à des relents âcres et sucrés d'eau de Cologne. Des annonces pour des vols à destination d'Oran et de Djibouti. Il avait du mal à croire qu'il était à moins de deux heures de Londres.

La tête blonde de Nicole émergea au milieu d'une mer de visages basanés. Elle avait la tenue de l'hiver méditerranéen : pantalon de flanelle gris clair et chandail bleu marine. Sa peau gardait encore du soleil la couleur du miel.

– Bonjour, monsieur Shaw.

Elle leva la tête pour se faire embrasser sur les deux joues.

Simon sourit :

– Comment allez-vous, madame Bouvier ?

Elle le prit par le bras pour traverser le hall jusqu'au tapis d'arrivée des bagages :

– Vous me pardonnez de vous avoir arraché à votre bureau ?

Simon la regarda :

– J'ai la déplaisante impression qu'il sera encore là lundi.

Ils trouvèrent la petite voiture blanche de Nicole. Elle resta silencieuse et concentrée jusqu'au moment où ils se furent glissés sur l'autoroute.

– Bon, fit-elle en prenant une cigarette. C'est facile de manquer l'embranchement, et alors on se retrouve à Aix.

– Il y a des endroits pires.

Simon se carra contre le dossier de son siège et regarda Nicole presser d'un doigt impatient l'allume-cigares. Il constata avec plaisir qu'elle n'avait pas de vernis à ongles.

– Merde, fit-elle. Ah, cette voiture ! Rien ne marche.

Simon trouva des allumettes, se pencha pour lui retirer la cigarette et l'allumer, savourant au passage le petit goût de rouge à lèvres.

– Merci, fit-elle en soufflant la fumée par la vitre ouverte. Vous ne posez pas de questions : je pense donc que vous aimez les surprises.

Elle lui lança un coup d'œil.

– Je suis en vacances et en vacances je ne pose jamais de questions. Je deviens un gros légume. Tout ce que je demande, c'est d'être conduit sur l'autoroute à une vitesse dangereusement élevée par une blonde qui ne regarde pas la route. Voilà mon idée d'un moment de détente.

Nicole se mit à rire. De petites rides apparurent au coin de ses yeux, une dent se détachait un peu de l'alignement des autres. Elle était aussi jolie qu'il en gardait le souvenir.

Ils bavardèrent, sans effort et sans rien dire d'important. Au moment où ils quittaient l'autoroute, Simon remarqua que l'automne s'était installé. Le ciel avait toujours son bleu estival, mais il y avait maintenant sur les cerisiers les taches des feuilles rougies. Certaines des vignes avaient pris des tons rouille, d'autres jaunes. On distinguait de grandes poches d'ombre sur les plis du Luberon. De la fumée montait de feux lointains où l'on brûlait des feuilles.

Ils quittèrent la grand-route et abordèrent la longue côte qui menait à Gordes.

– Je vous ai pris une réservation au même hôtel, dit Nicole. Ça vous va ?

– La plus belle vue de Provence, fit Simon.

Nicole sourit sans rien dire. Elle attendit dans la voiture pendant qu'il remplissait sa fiche et laissait sa valise à la réception. Il revint en portant un sac en plastique jaune vif.

– J'allais oublier, dit-il. C'est pour vous. Deux fois par jour avant chaque repas, et vous n'aurez jamais d'indigestion.

Nicole regarda à l'intérieur du sac et éclata de rire :

– Un Français aurait des choses plus élégantes à dire à propos du champagne.

– Un Français n'aurait acheté qu'une seule bouteille. Où allons-nous ?

– D'abord chez moi. Et ensuite nous marchons.

La maison de Nicole, la plus haute de Brassière-les-Deux-Églises, était au fond d'un cul-de-sac : un bâtiment de trois étages en pierres patinées par le temps, avec des volets en bois peints dans une couleur entre le gris et le vert fané. Des marches montaient jusqu'à une porte d'entrée en bois sculpté, avec un heurtoir, qui représentait une main tenant une boule. Les feuilles d'une vieille vigne vierge flamboyaient d'un rouge automnal contre le mur.

– C'est ravissant, dit Simon. Depuis combien de temps l'avez-vous ?

– Dix, onze ans.

Nicole tourna la clé dans la serrure et poussa la porte de la hanche :

– Un jour, elle sera terminée. Il reste encore à faire le dernier étage. Attention à votre tête.

Simon se baissa pour entrer. Tout au fond de la longue pièce basse de plafond, par une porte vitrée, il apercevait une petite terrasse avec au loin des collines bleutées. Des fauteuils confortables et un peu délabrés étaient disposés devant une cheminée en pierre taillée où l'on avait déposé des sarments de vigne. À l'autre bout de la pièce, on avait abattu la cloison à la hauteur de la taille pour faire un bar, avec une ouverture d'un côté qui menait à la cuisine. Partout des livres, des livres et des fleurs. Il flottait dans l'air un léger parfum de lavande.

Nicole mit le champagne au réfrigérateur et leva les yeux vers Simon en refermant la porte.

– Deux fois par jour ?

– Absolument, c'est sur l'ordonnance.

Il passa la main sur le plateau de pierre du bar :

– Elle me plaît, votre maison. J'aime les endroits qui ne sont pas chichiteux.

– Comment ça ?

Simon pensa à la maison que Caroline et lui avaient habitée à Kensington.

– Oh, c'est quand chaque mètre carré est décoré à mort : quand il y a déjà tant de choses dans une pièce que les gens sont en trop. J'ai eu une maison comme ça autrefois et je la détestais. Je m'asseyais toujours sur le mauvais coussin, ou bien je mettais mes cendres de cigare dans un vase ancien. C'était une vraie course d'obstacles. Tout cet espace et pas un endroit où vivre.

Nicole hocha la tête en riant :

– C'est bien que vous n'aimiez pas les endroits chichiteux. Vous allez voir.

Ils sortirent de la maison et descendirent jusqu'au centre du village. Le soleil de l'après-midi déclinait déjà à l'ouest. Des feuilles mortes grandes comme la main faisaient un tapis jaune devant le café où Simon avait passé sa première nuit à Brassière. Il aperçut une vieille femme qui les observait d'une fenêtre de la maison d'à côté, le visage en partie dissimulé par les plis d'un rideau de dentelle.

Ils tournèrent pour prendre la rue qui partait de la grand-place : Simon aperçut la façade de l'ancienne gendarmerie, toujours sans porte ni fenêtres, toujours abandonnée.

Nicole lui toucha le bras :

– Vous avez deviné ?

Ils s'arrêtèrent et regardèrent le Luberon derrière le bâtiment désert, une série de tableaux encadrés par les ouvertures dans le mur du fond.

– Donnez-moi une indication.

– Vous dites que vous voulez changer votre façon de vivre, faire autre chose, non ?

Simon acquiesça, esquissant un sourire devant l'air grave de Nicole.

Elle lui fit franchir le seuil de la gendarmerie, marchant avec précaution au milieu des gravats jusqu'à l'encadrement d'une fenêtre :

– Regardez. Voilà la plus belle vue de Provence, et ça... (elle désigna la caverne poussiéreuse de la salle)... et ça, imaginez un peu comment ça pourrait être. Et puis, en haut, vous avez les chambres et en dessous, le restaurant...

– Le restaurant ?

– Bien sûr un restaurant : pas trop grand, mais avec la terrasse en été, de la place pour une quarantaine de personnes, un petit bar près de la piscine...

– Nicole ?

– Oui ?

– Qu'est-ce que vous racontez ?

Elle se mit à rire :

– Vous n'avez pas deviné ? C'est votre hôtel. Il est parfait. Petit, mais avec du charme – je le vois déjà dans ma tête –, la vue qu'on a, et tant de travail déjà fait...

Sa voix se perdit dans le lointain. Elle se jucha sur le rebord d'une fenêtre et leva les yeux vers Simon :

– Voilà. C'est ça l'idée que j'ai eue pour vous.

Il prit un cigare et l'alluma : il avait l'impression d'être un client à qui on avait montré une campagne à laquelle il ne s'attendait pas. Évidemment, c'était ridicule. Il ne connaissait rien à la gestion des hôtels : ce serait un travail à plein temps rien que pour restaurer les lieux. Et puis il faudrait trouver du personnel, monter l'affaire : même si, avec ses contacts, ça ne devrait pas être trop difficile. Tout de même, c'était une grosse entreprise : ça n'était pas quelque chose qu'il pouvait faire en restant assis dans une agence de publicité à Londres. Ce serait un saut dans l'inconnu, un pari, un changement radical. Mais n'était-ce pas ce qu'il disait vouloir ? Et Nicole avait raison : ça pouvait être formidable. Il la regarda. Les derniers rayons du soleil couchant l'éclairaient par-derrière : on aurait dit une image sortie tout droit d'une publicité pour un shampooing. Quand on est publicitaire, on le reste à jamais. Ou bien... ?

– Vous êtes bien silencieux, Simon.

– Je suis très surpris. Ça n'est pas tous les jours qu'on m'offre un petit hôtel.

– Vous voyez à quoi ça pourrait ressembler ?

Nicole se leva et eut un petit frisson, qui fit dire à Simon :

– Ça gagnerait à être chauffé. Venez. Je vous offre un verre.

– C'est déjà fait : nous avons du champagne à la maison. Rappelez-vous : votre ordonnance.

« Si j'avais un médecin comme vous, songea Simon, je serais tout le temps malade. »

– Nicole, c'est une idée séduisante.

Il tressaillit en s'entendant parler :

– Mon Dieu, je suis désolé. Je parle exactement comme un de mes clients. Seulement il faut que j'y réfléchisse et que j'en sache nettement plus. Rentrons, et vous allez tout me dire.

Quand ils arrivèrent à la maison, le soleil avait disparu, laissant dans le ciel une lueur rose. Nicole alluma le feu et demanda à Simon de choisir parmi les disques compacts qui s'entassaient sur le rayonnage entre des piles de livres : Tina Turner à côté de Mozart (« Je suis sûr que ça lui aurait plu », se dit Simon), Couperin, Fauré, Piaf, Brahms, Montserrat Caballé, Jeff Beck. Il hésita entre Pavarotti et Chopin avant de choisir Keith

Jarrett. Les premières douces mesures du concert de Cologne retentirent, avec en accompagnement le bruit d'un bouchon de champagne qui sautait. Il faisait bon dans la pièce où flottait l'odeur du bois qui brûlait. Rutland Gate semblait bien loin.

Nicole lui tendit une flûte :

– Santé.

– Je bois aux petits hôtels charmants. Permettez-moi de vous poser une question impossible. À votre avis, qu'est-ce que ça coûterait pour tout terminer ?

Nicole se pencha en avant dans son fauteuil, les coudes sur les genoux, tenant son verre à deux mains. Elle plissa le nez, prit un air concentré. Avec ses cheveux rejetés en arrière, on lui aurait donné vingt ans. Simon se sentit glisser doucement sur la pente qui mène d'une simple attirance à quelque chose de plus compliqué.

– Oh, la main-d'œuvre, ça peut toujours se calculer, dit-elle. Pour le reste, ça dépend des matériaux que vous choisissez. Il y a un prix pour le marbre et un autre pour la pierre venant de la carrière locale. À mon avis, il faut utiliser les matériaux de la région : quelque chose de simple, sans complication. Comme ici, et avec du bon mobilier, peut-être un ou deux meubles anciens...

Elle leva les yeux au plafond et Simon admira la ligne de sa gorge :

– ... je vous dirais, en gros : sept, huit millions de francs.

– Combien de temps ça prendrait-il ?

– C'est la Provence, rappelez-vous. Cinq ans ? fit Nicole en riant. Non, je plaisante. Mais ça coûte cher d'être impatient.

– Est-ce que ça pourrait se faire en six mois ?

Nicole leva une main en frottant son pouce contre ses doigts :

– Avec assez d'argent, assez d'ouvriers, oui. Même ici.

Simon poursuivit ses questions : architectes, permis de construire, licence pour servir de l'alcool, personnel, un chef. Oui, un chef. Il jeta un coup d'œil à sa montre :

– Je trouve que nous devrions faire quelques recherches sur les chefs. Où aimeriez-vous dîner ?

Nicole fit semblant de réfléchir. Ce qu'elle voulait, c'était rester ici avec cet homme souriant aux cheveux ébouriffés et bavarder sans être distraite par des menus et des serveurs. Il apportait dans la pièce une chaleur qu'elle aimait beaucoup.

– Il y a trois ou quatre endroits pas trop loin. Mais c'est samedi. Sans avoir réservé... je pourrais essayer.

Elle hésita et haussa les épaules :

– Ou bien j'ai des pâtes avec une sauce de tomates fraîches. Très simple.

Simon ferma les yeux, feignant l'extase, puis en ouvrit un pour la regarder :

– Une sauce de tomates fraîches ? Avec du basilic ?

– Bien sûr avec du basilic.

– Je vais vous aider. Je ne suis pas mauvais dans les cuisines. Je lave la vaisselle, je veille à ce que le verre du chef soit toujours plein. Je ne me cogne pas partout.

Nicole se mit à rire et se leva :

– Bon. Vous savez ouvrir le vin aussi ?

– Aucun bouchon ne me résiste. J'ai appris ça chez les boy-scouts.

Il la suivit dans la cuisine et la regarda passer par-dessus sa tête un long tablier de cuisinier, retrousser les manches de son chandail et prendre une bouteille de vin rouge dans le casier.

– Voilà, monsieur. Château Val-Joanis. Ça vient juste de l'autre côté du Luberon.

Elle brandit la bouteille : il remarqua les délicates veines bleues au creux de son avant-bras. Il aimait une femme qui retroussait ses manches pour faire la cuisine, ce que Caroline n'avait jamais fait.

– Le tire-bouchon et les verres sont sur le bar.

C'était une belle cuisine, se dit-il. Avec tout ce qu'il fallait pour une vraie cuisinière : des casseroles en cuivre accrochées à portée de main, des couteaux aux lames usées par des années d'affûtage, un fourneau avec un dessus en fonte, toute une étagère de livres de recettes fatigués, une table ronde au plateau de bois épais et strié de marques. On sentait que tout cela était utilisé, bien entretenu. Il servit le vin et porta un verre à Nicole qui versait la sauce tomate dans une casserole. Il pencha la tête pour en humer l'odeur merveilleusement estivale, puis d'un petit geste rapide et un peu coupable trempa un doigt dans la sauce et le lécha soigneusement.

Du manche de sa louche, Nicole lui donna une petite tape sur le dos de la main :

– Ça suffit. Vous m'aiderez mieux si vous vous asseyez pour me faire la conversation.

– Parlez-moi des hôtels de la région, dit-il. Comment ça se passe en hiver ? Est-ce qu'ils ferment tous comme sur la Côte ?

Nicole posa sur le fourneau une casserole d'eau, ajouta du sel ainsi qu'une feuille de laurier et prit son verre.

– Pendant un mois, peut-être deux. Ça n'est plus comme à l'époque où la saison, c'était uniquement juillet et août. Il y a du monde de Pâques jusqu'en octobre. Ensuite, vous avez les vacances de la Toussaint en novembre, et puis Noël et le Nouvel An. Le printemps commence en mars. (Elle but une gorgée de vin.) La saison dure neuf mois, et la clientèle ne comprend pas seulement des Français, pas seulement des Parisiens : il y a des Allemands, des Hollandais, des Belges, des Suisses, des Anglais. Ils viennent tous, de plus en plus nombreux chaque année. Un bon hôtel travaillera toujours ici, du côté de Brassière, c'est un coin sans hôtel. Le plus proche est à Gordes.

Elle reposa son verre et entreprit de préparer l'assaisonnement de la salade, battant l'huile et le vinaigre avec un peu de moutarde et de cassonade et ajoutant quelques gouttes de jus de citron frais.

– Je vous assure, ça n'est pas une idée folle.

– Non, fit Simon, pas du tout.

Il y réfléchissait, il pensait au genre d'hôtel où il aimerait descendre : petit, chaleureux, simple, parfaitement tenu. Saurait-il le faire marcher ? Sans doute pas. Il n'avait pas la patience, ni le sens du détail. Mais Ernest – méticuleux, efficace, fiable, s'y connaissant en cuisine et en boisson, un prince de l'arrangement floral et qui s'entendait bien avec les gens –, voilà un directeur d'hôtel-né. S'il voulait bien le faire.

– Je me demande ce qu'Ern en penserait ?

Nicole prit un petit morceau de pain, le trempa dans la vinaigrette et le tendit à Simon :

– Pourquoi ne pas lui demander ?

Il mordit dans le morceau de pain et la vinaigrette douce et piquante lui coula sur le menton. Nicole se pencha pour l'essuyer avec un coin de son tablier. Leurs visages se touchaient presque.

– J'espère que vous vous débrouillez mieux avec la sauce tomate, dit-elle.

Simon avala sa salive. Nicole était revenue à ses fourneaux. Elle jeta les pâtes dans l'eau bouillante, prit dans un tiroir des couverts et des serviettes, versa l'assaisonnement sur les feuilles de salade et lui passa le saladier en bois :

– Fatiguez-moi ça et ensuite nous pourrons dîner.

Quiconque observant cette scène domestique aurait pu les prendre pour un couple bien installé, sauf qu'ils échangeaient des coups d'œil un peu trop fréquents et que, quand il leur arrivait de se toucher, ce n'était pas avec la nonchalance familière d'un homme et d'une femme qui ont l'habitude d'être ensemble. Simon se tâta le menton là où Nicole l'avait essuyé. Il l'aurait bien embrassée s'il n'avait pas eu la bouche pleine.

Nicole égoutta les pâtes, ajouta de l'huile d'olive et se débarrassa de son tablier. La chaleur du fourneau lui avait coloré les joues et elle fit une grimace en rejetant ses cheveux en arrière :

– Je dois avoir une tête épouvantable.

Simon eut un grand sourire et se leva pour lui avancer sa chaise :

– Absolument affreuse, dit-il. Espérons que vous êtes une cuisinière convenable.

Les pâtes et la conversation ne font pas bon ménage : pendant qu'ils mangeaient, il y eut un silence lourd de contentement. Simon sauça avec un morceau de pain ce qui restait dans son assiette et s'essuya la bouche avec un soin théâtral.

– Voilà, dit-il. Le menton bien propre. Impeccable.

Nicole secoua la tête en souriant :

– Je crois que vous en avez sur votre chemise.

Elle alla chercher un torchon et un bol d'eau. Simon baissa les yeux sur les taches sombres et huileuses comme une éruption sur la popeline bleue du devant de sa chemise.

– Levez-vous.

– Pardonnez-moi. Je vous ai dit que je ne savais pas me tenir à table.

– C'est vrai, dit Nicole. Absolument pas.

Elle posa le bol sur la table, trempa le torchon dans l'eau et déboutonna un bouton de sa chemise en glissant une main à l'intérieur. Il sentit les doigts de Nicole contre son cœur et cette fois, il n'avait pas la bouche pleine.

Il était midi lorsqu'ils se levèrent, prirent une douche, commencèrent à s'habiller et se recouchèrent. Dans le milieu de l'après-midi ils sortirent de la maison pour aller chercher la valise de Simon à l'hôtel.

– Dieu sait ce qu'ils vont penser de moi dans cet établissement, dit-il. La première fois je suis arrivé sans valise. Cette fois-ci je n'ai même pas utilisé la chambre.

Simon alla à la réception, conscient de son visage pas rasé et des faibles traces de sauce sur sa chemise. La réceptionniste était charmante et il se dit que c'était quelqu'un dont il devrait se souvenir s'il poursuivait ce projet d'hôtel.

– J'espère que vous avez été content de votre séjour, Mr. Shaw.

Il signa la facture et sourit :

– Oui, dit-il. Oui, beaucoup. Le paysage est superbe à cette époque de l'année.

Ils avaient une heure à tuer avant d'aller à l'aéroport : ils retournèrent à la gendarmerie. L'idée commençait à envahir l'imagination de Simon : dans son esprit, il voyait l'hôtel terminé, dallage, vitres, soleil. Il se demanda dans quelle mesure cet enthousiasme était dû à l'opinion objective d'un homme d'affaires et ce qu'il devait à la femme debout auprès de lui. Il avait eu un heureux choc quand, à son réveil, il avait vu le visage de Nicole sur l'oreiller. Il la prit par la taille et l'attira vers lui :

– J'ai envie de le faire, mais à deux conditions. La première, c'est Ernest. Ça pourrait marcher s'il voulait bien venir.

– Et puis ?

– Et il faudra que vous me fassiez encore des pâtes.

Il baissa les yeux vers Nicole et remarqua comme sa barbe avait irrité la gorge de la jeune femme.

– Je vais apporter une chemise de rechange.

10

À deux heures, les clients qui avaient déjeuné chez *Mathilde* étaient partis. On avait remis le couvert pour le dîner. La fille qui aidait à la cuisine faisait son boucan habituel en récurant les casseroles et en rangeant la vaisselle. Penchée d'un air méfiant sur le tiroir-caisse, ses lunettes sur le bout du nez, Mathilde tapotait des billets de banque froissés en tas réguliers, fronçant les sourcils en voyant par-ci, par-là un chèque qu'il faudrait mettre en banque et qui serait donc imposable. Elle leva les yeux en voyant le Général enfiler sa veste et tâter ses poches.

– Merde, fit-il. Je ne vais pas avoir le temps de m'arrêter. Tu ferais mieux de me donner un peu de liquide.

Mathilde se lécha le pouce et compta cinq billets de cent francs :

– Arrange-toi pour qu'ils te fassent une remise. (Elle posa l'argent sur la caisse.) Quand est-ce que tu rentreras ?

– Pas tard, à moins qu'il ne trouve quelque chose de sérieux.

Le Général prit l'argent et se pencha sous les lunettes de Mathilde pour lui planter un baiser sur la joue :

– Tu vas faire une petite sieste, hein ?

Mathilde acquiesça :

– Oui, chéri. Je vais faire la sieste et rien ne sera

prêt pour ce soir. Va-t'en donc. N'oublie pas : une remise quand tu paies en liquide.

Le Général souriait encore quand il monta dans sa voiture. Une bonne épouse, Mathilde, qui faisait attention aux centimes. Elle serait probablement la même s'ils avaient des millions : si ce coup-là réussissait, ils en auraient. Il tourna à droite en direction de L'Isle-sur-la-Sorgue et se sentit un petit creux à l'estomac, un frisson d'excitation. Mathilde croyait qu'il allait chez le dentiste. En fait, il allait effectuer quelques recherches sur les lieux du crime.

Il se gara à une centaine de mètres de la Caisse d'Épargne et consulta sa montre. Il avait largement le temps d'acheter ce qu'il lui fallait avant le rendez-vous. Il prit deux exemplaires du *Provençal* et puis trouva une papeterie. Il choisit un petit calepin et deux grandes enveloppes beiges qui se gonflèrent de façon satisfaisante quand il eut glissé à l'intérieur les journaux pliés.

Dix minutes à tuer. Il entra dans le bar au bout de l'étroit pont qui franchissait la rivière et commanda un calva pour se calmer les nerfs. La ville était calme, presque déserte : encore un paisible après-midi d'automne. Le Général sentit descendre le calvados : une soudaine et réconfortante impression de chaleur. Il s'imagina comme la vue qu'on avait du bar serait différente ce dimanche-là en juillet prochain. Il y aurait des éventaires tout le long de la rivière, les brocanteurs alignés sur les bords de la grand-route, des touristes partout, la circulation bloquée et pas un flic en vue : ils évitaient la chaleur et laissaient les automobilistes discuter entre eux. Parfait.

Le Général essuya sa moustache, fourra ses enveloppes sous son bras et franchit le pont, marchant d'un pas vif comme un homme appelé par des affaires importantes. Il passa devant la vieille roue à eau sans jeter plus qu'un bref coup d'œil à la partie supérieure de l'ouverture qu'on apercevait au-dessus des eaux vertes de la rivière. Puis il gravit les quelques marches qui menaient à l'entrée.

L'employé installé derrière le comptoir l'ignora pendant les deux minutes prévues par les règlements de la banque, avant de lever les yeux de ses sorties d'imprimante.

– J'ai rendez-vous avec M. Millet, annonça le Général.

L'employé poussa un soupir et s'arracha à son travail pour escorter le Général. Il frappa à la porte vitrée avant de l'ouvrir et murmura quelques mots à l'intention d'une tête sombre penchée sur un dossier. M. Millet ôta ses lunettes. Il les déposa avec soin juste au milieu du document qu'il était en train d'étudier. Il se leva et tendit une petite main pâle. Il était frêle et tiré à quatre épingles, avec sa chemise blanche et son nœud de cravate impeccable. Rien ne traînait sur son bureau, où s'alignaient des crayons soigneusement taillés. Auprès d'un plateau de courrier vide la photographie dans un cadre d'une femme soignée et d'un enfant soigné. Le Général se demandait pourquoi il n'avait pas de téléphone quand un des tiroirs se mit à sonner.

– Excusez-moi, dit M. Millet. Asseyez-vous, je vous en prie.

Il ouvrit le tiroir et décrocha le téléphone. Le Général décida de ne pas troubler la symétrie du bureau avec ses enveloppes beiges et les garda sur ses genoux. M. Millet termina sa conversation et remit le téléphone dans sa cachette. Il posa les coudes sur le bureau et croisa les doigts en se penchant vers le Géneral pour lui accorder toute son attention :

– Alors...

Le Général tapota les enveloppes sur ses genoux :

– J'ai quelques papiers – des actes notariés, des contrats –, le genre de documents qu'on n'a pas envie de perdre.

– Des actes notariés et des contrats, répéta M. Millet. Je comprends. Des documents importants, de valeur.

– Exactement. C'est pourquoi j'estime qu'ils devraient être conservés dans un endroit où ils soient en sûreté.

– Le maximum de sûreté, mon cher monsieur. Le maximum.

Les doigts des petites mains pâles esquissèrent une danse inquiète :

– Sans les documents qu'il faut, je ne cesse de le répéter à mon personnel, le monde cesserait de fonctionner. Il faut traiter les documents comme si c'était de l'or.

Le Général acquiesça et tapota de nouveau ses deux exemplaires pliés du *Provençal* :

– Ceux-ci particulièrement.

Il se pencha en avant :

– J'aimerais les déposer ici, dans un de vos coffres. C'est plus sûr qu'à la maison.

– Ah, si seulement tout le monde était aussi prudent que vous. Ici, dans le Vaucluse, nous avons le taux le plus élevé de cambriolages en France – à l'exception de Paris, bien entendu.

Millet haussa ses maigres épaules puis se permit un sourire :

– Heureusement, les gens apprennent.

Il fouilla dans sa poche et en tira un trousseau de clés attaché à sa ceinture par une chaînette. Il ouvrit le grand tiroir au-dessous de celui qui abritait son téléphone et prit un épais dossier.

– Ici, dit-il en chaussant ses lunettes, j'ai le détail de nos locations de coffres. L'année dernière, on en a installé trois cents – sur ma recommandation, je me permets de le préciser – et aujourd'hui, voyons... nous en avons juste trente-huit qui ne soient pas loués.

Il fronça les lèvres et remit en place une feuille de papier errante qui dépassait légèrement du tas :

– Deux cent soixante-deux coffres loués en moins d'un an. (Il regarda le Général.) Oui, les gens apprennent.

Le Général tira sur sa moustache :

– Comme c'est encourageant. Des gens de la région, je suppose, comme moi ?

– Ça, monsieur, je ne peux pas vous le dire.

Millet ôta ses lunettes et ses doigts s'étreignirent de nouveau :

– Nous garantissons la discrétion à tous nos clients. La discrétion et la sécurité.

– Excellent, dit le Général. C'est comme ça que ça devrait être, comme en Suisse.

Millet eut un petit reniflement :

– Nous n'avons rien à apprendre des Suisses. Vous verrez quand je vous ferai visiter la chambre forte. Eh bien, voulez-vous que nous réglions les formalités ?

Le Général avait songé à utiliser un faux nom, mais il s'était dit que c'était une complication inutile. Il ne faisait rien de mal. On dévaliserait son coffre comme ceux de tout le monde. À quoi bon prendre le risque, si minime soit-il, de tomber un jour sur Millet dans la rue et de s'entendre saluer d'un nom qui n'était pas le sien ? Il remplit donc le formulaire et prépara un chèque pour une année de location, utilisant le chéquier dont Mathilde ignorait l'existence : le compte qu'il alimentait depuis des années et qui maintenant finançait l'opération.

Millet s'excusa quelques minutes. Il revint avec les clés de la chambre forte et celle du coffre personnel du Général. Ils allèrent de concert jusqu'à une porte anonyme au fond de la banque.

– Maintenant, fit Millet, imaginons que vous soyez un voleur. (Il regarda le Général en souriant.) Amusante hypothèse, non ? (Il n'attendit pas la réponse.) Bon. Vous êtes arrivé ici. Que voyez-vous ?

Le Général regarda et haussa les épaules :

– Une porte.

Millet leva son index et l'agita comme un métronome :

– Première erreur. C'est un bouclier d'acier massif. Regardez.

Il choisit deux clés, déverrouilla la porte et l'ouvrit toute grande. Six ou sept centimètres d'épaisseur, estima le Général. Assurément pas une boîte à sardines. Il hocha la tête et prit un air impressionné.

Millet désigna fièrement l'obstacle suivant : une seconde porte, celle-là faite de barreaux d'acier carrés, chacun épais comme son poignet. Le Général l'inspecta consciencieusement.

– Dites-moi, monsieur Millet, demanda-t-il, pourquoi cette seconde porte est-elle en barreaux ?

Millet prit deux autres clés dans sa collection :

– Nous avons naturellement une surveillance électronique dans toute la banque : caméras vidéo, alarmes, ce qui se fait de plus récent et de plus sensible en matière de technologie. Mais nous ne devons pas oublier une chose. (Il se tourna vers le Général en lui brandissant une clé sous le nez.) La discrétion, mon cher monsieur, la discrétion. C'est pour cette raison qu'il n'y a pas d'équipement de surveillance à l'intérieur de la chambre forte elle-même. Nos clients jouissent d'une tranquillité totale quand ils sont à l'intérieur de cette salle. Et d'une sécurité non moins totale parce qu'ils sont enfermés.

Il tapota avec une clé la porte d'acier massif :

– Celle-ci, comme vous l'imaginez, est insonorisée. Supposons qu'elle soit fermée. Un client est à l'intérieur. Il a une crise cardiaque (la main de Millet se crispa de façon théâtrale sur son sein), il s'effondre, il pousse des cris, mais on ne l'entend pas. Il y a aussi, pour certains, le problème de la claustrophobie. Nous devons envisager ces possibilités. C'est pourquoi la première porte reste ouverte tandis que la seconde est fermée à clé.

Millet fit entrer le Général dans la chambre forte. Elle avait la forme d'un L. Sur les murs s'alignaient des boîtes d'acier grises numérotées. Il y avait dans le coin une petite table et deux chaises disposées hors de vue de quiconque se trouvait sur le seuil.

– Les coffres ne s'ouvrent qu'avec le passe-partout utilisé conjointement avec la clé personnelle du client, expliqua Millet. La sécurité, toujours la sécurité.

Il tourna le verrou principal du coffre 263 et tendit au Général une petite clé chromée de cinq centimètres :

– Votre clé personnelle, fabriquée par Fichet : impossible d'en faire un double.

Il s'écarta, attendant l'accomplissement de la cérémonie d'ouverture.

– Si je pouvais disposer de quelques minutes, dit le Général, j'aimerais regarder une dernière fois ces papiers avant de les déposer là.

– Mais bien entendu. Prenez tout le temps que vous voudrez, monsieur. (Il pencha la tête de côté en souriant.) Seulement, je vais vous enfermer. Ça fera une nouvelle expérience, non, d'être derrière les barreaux ?

Le Général lui retourna son sourire :

– Comment s'échappe-t-on ?

– Pressez ce bouton rouge auprès de la porte et nous viendrons vous délivrer. Ici, nous traitons très bien nos prisonniers.

– Je vois, dit le Général. Merci.

Il s'assit à la table, prit son calepin et un mètre de poche. Ferdinand avait besoin de connaître l'épaisseur de l'acier pour calculer la quantité d'explosif nécessaire. Ensuite, il y avait la porte de derrière et le sol. Le Général s'affaira pendant dix minutes : prenant des mesures, faisant des croquis entre deux coups d'œil à travers les barreaux jusqu'au moment où il eut un plan sommaire de la salle, les dimensions de la porte et la confirmation, après avoir soulevé un petit bout de moquette dans le coin, que le sol était en béton armé. Ça ferait sûrement du bruit, songea-t-il. Le bruit de l'autre explosion serait assourdi par les portes d'acier. Ce serait quand même une nuit bruyante. Il regarda les rangées de coffres et suçota la pointe de sa moustache. Combien y avait-il là-dedans ? Des centaines de milliers de francs ? Des millions ? Des pièces d'or ? Des bijoux ?

Il en savait assez pour l'instant. Il pourrait toujours revenir. Il glissa les enveloppes beiges dans le coffre 263 et referma la serrure. Oui, ce serait une soirée bruyante.

11

Liz posa sur la table devant Simon une tasse de café et une pile de courrier.

– Mon pauvre, dit-elle. Vous avez l'air épuisé. Ça a été terrible à New York ?

– Ziegler était charmant, comme d'habitude. On dirait un gorille qui suit un traitement hormonal cet homme-là. Enfin, nous avons décroché le contrat.

Il lui tendit le brouillon du communiqué.

– Eh bien, je trouve que vous vous surmenez. Vous devriez au moins essayer de prendre les week-ends. J'imagine que vous avez encore passé toute la journée de samedi et de dimanche ici à vous mettre à jour.

Simon eut un soupir théâtral :

– Le travail d'un magnat de la publicité n'est jamais terminé, Elizabeth.

– Vous plaisantez, mais moi, je suis sérieuse.

– Je sais bien. (Il but une gorgée de café.) Maintenant, voyons. Pourriez-vous taper le communiqué et puis demander à Mr. Jordan de trottiner jusqu'ici quand il aura un moment ?

Liz sourit :

– Je viens de l'apercevoir. Vous allez adorer sa tenue.

Comme d'habitude, Jordan avait passé le week-end dans sa maison de campagne et, pour s'assurer que le reste de l'agence le savait, il portait sa tenue de gentilhomme campagnard : un costume de tweed velu couleur de mousse morte, la veste avec de grandes fentes et de multiples pans, le pantalon paraissant assez rigide pour tenir debout sans avoir besoin d'un support intérieur. Une chemise à gros carreaux, une cravate jaune vif, de grosses chaussures de daim roux. Simon se demanda si le costume était biodégradable, s'il s'userait jamais. Sans doute pas. Il semblait à l'épreuve des balles.

– Bonjour, Nigel. Je me dis toujours qu'il faudra que je vous demande le nom de votre tailleur.

Jordan s'assit, retroussant son pantalon pour révéler de grosses chaussettes couleur bruyère :

– Un type de Cork Street. Ça fait des années que je vais chez lui. Il fait tisser spécialement ses tweeds par un petit fabricant d'Écosse.

Il contempla d'un air satisfait ses jambes velues :

– Vous ne trouverez pas facilement de la marchandise comme ça aujourd'hui.

Simon acquiesça :

– J'en suis certain.

Il lui passa par-dessus la table une feuille de papier :

– Eh bien, nous l'avons décroché. Un budget de trois cents millions de dollars, peut-être davantage. Voilà un brouillon du communiqué de presse. Nous ferions mieux de l'envoyer aujourd'hui avant que Ziegler se mette à appeler tous les directeurs de journaux de Londres.

La main de Jordan s'arrêta dans sa trajectoire au-dessus du communiqué :

– Bonté divine, ça a été rapide. Des félicitations s'imposent, mon vieux. Bien joué. Ça n'aurait pas pu arriver à un meilleur moment.

Il lut le texte, hocha la tête et reposa la feuille :

– Dans le mille. Nos amis de la City vont être ravis. Tout comme les troupes.

– Certaines, dit Simon.

Il prit la coupure de presse du magazine *Campagnes* :

– J'ai cru comprendre en lisant cela qu'il y en avait un ou deux un peu nerveux. Une sécession, dit l'article, des cadres importants, de gros budgets. Qu'est-ce que vous en pensez ? Il y a là quelque chose, ou bien s'agit-il des foutaises habituelles qu'ils inventent quand ils n'ont pas assez d'informations ?

Simon n'avait encore jamais vu Jordan rougir. Une tache rouge lui marbrait les joues et il avait le cou visiblement gonflé. Il examina avec un intérêt forcé le contenu de son étui à cigarettes avant d'en choisir une et de l'allumer.

– Ah, ça, dit-il. J'allais justement vous en parler. Sans doute un lapsus. Très regrettable.

– Un lapsus de qui ?

– Eh bien, de moi en fait.

– Je vous écoute.

– J'étais la semaine dernière *Chez Annabel* avec Jeremy Cott – vous savez, le président d'Anglo...

– Le nom me dit quelque chose, fit Simon.

Anglo Holdings était un des trois plus gros budgets de l'agence.

– Eh bien, nous avons mangé un morceau ensemble. Là-dessus, nous avons pris le coup de l'étrier et nous plaisantions au bar sur l'importance du contrat – comme vous le savez, ils ont encore augmenté leur budget. Et Jeremy a dit quelque chose dans le genre : « Anglo suffit à faire vivre toute une agence. »

Jordan s'arrêta pour inspecter le bout de sa cigarette :

– Là-dessus le whisky a commencé sans doute à délier les langues, et j'ai dû dire quelque chose de stupide.

– Que, par exemple, vous alliez créer votre propre agence ?

– Quelque chose comme ça... mais en plaisantant, mon vieux, juste en plaisantant.

– Naturellement, fit Simon. Mais comment ça s'est-il retrouvé dans *Campagnes* ?

– Eh bien, je ne l'avais pas remarqué avant notre départ, mais il y avait là deux types de chez JWT à l'autre bout du bar qui ont dû nous entendre et mal interpréter la chose. Un rapide coup de fil à *Campagnes*... (Jordan secoua la tête.) C'est vraiment honteux. Si on ne peut plus avoir une conversation *Chez Annabel* sans que la presse la reprenne, je ne sais pas où on va.

Simon soupira. Si on voulait transformer du jour au lendemain une rumeur en fait établi, le bar *Chez Annabel* n'était pas un mauvais endroit pour commencer. Il se pencha en avant :

– Nigel, vous rendez-vous compte de ce que le contrat Parker va faire au cours de notre action ? À ce que ça va vous rapporter personnellement ? (« Bon Dieu, se dit-il, je commence à ressembler à un écho de Ziegler. ») Je travaille ici à certains développements qui pourraient être intéressants. J'ai besoin de savoir que je peux compter sur vous.

Le soulagement, la curiosité et la cupidité se succédèrent rapidement sur le visage de Jordan pour laisser la place à une sincérité solennelle :

– Absolument, mon vieux. Jusqu'à la tombe.

– Espérons que ce ne sera pas nécessaire.

Simon se leva et donna une claque sur l'épaule de Jordan. Le tissu de son costume donnait l'impression de mettre la main dans les broussailles.

– Bon, conclut-il. Je suis content que ce point-là ait été éclairci.

Jordan s'en alla et Simon comprit à quel point ce contrat était bien tombé. Ce sournois salopard comptait évidemment prendre le budget et filer. Mais aujourd'hui, avec le nouveau contrat, Simon pouvait lui agiter assez d'argent sous le nez pour le faire rester, et c'était essentiel. Simon ne pourrait quitter l'agence qu'en comptant sur la continuité que seul Jordan était en mesure d'assurer. Tous les gros clients se sentaient à l'aise avec lui, Dieu seul savait pourquoi. Sans doute allaient-ils tous chez le même foutu tailleur.

Simon posa le communiqué sur le bureau de Liz :

– Liz, pourriez-vous envoyer ça ? La liste habituelle, s'il vous plaît. Et j'ai besoin de voir Ernest. Savez-vous où il est ?

– Ernest est avec Léonard, Mr. Shaw. Ils font une revue des plantes vertes de l'agence.

– Je vois. Eh bien, quand il passera ses petits doigts verts par la porte, peut-être pourriez-vous lui demander d'entrer.

Simon regagna son bureau et regarda Hyde Park par la fenêtre. Les arbres avaient perdu leurs feuilles, et les joggers – où trouvaient-ils le temps de faire du jogging ? –, emmitouflés pour se protéger de l'humidité, laissaient derrière eux des panaches de vapeur. Il songea à l'exercice, au corps mince et presque musclé de Nicole. Et pourtant elle mangeait comme un ogre. Il souriait quand il entendit frapper à la porte et se retourna pour voir Ernest immobile dans l'encadrement.

– Bonjour, Ern. Comment vont les plantes ?

– Verdoyantes, je suis heureux de le dire, bien que le jeune Léonard ait la main un peu lourde avec les engrais. Je crois qu'il rêve d'avoir une jungle. Vous allez voir qu'il va nous réclamer des perroquets un de ces jours. Vous m'avez appelé ?

– Oui, entrez. Et fermez donc la porte.

Ernest eut une infime crispation des sourcils. Une porte fermée, c'était synonyme de secrets.

– Asseyez-vous, Ern. J'ai une surprise pour vous.

Simon hésitait, cherchant les mots qu'il fallait. Il aurait dû mettre tout ça au point, ne pas se montrer si impatient :

– Ern, je songe à quitter l'agence. J'ai vu une maison en Provence que j'aimerais bien acheter.

Ernest ne dit rien. Il avait soudain l'air très grave.

– Ça ferait un extraordinaire petit hôtel, absolument fantastique, et ça pourrait être prêt pour l'été prochain : restaurant, piscine, une douzaine de chambres, une vue formidable. Tout y est. Il suffit de terminer les travaux. J'aimerais vraiment le faire.

Ernest contempla ses mains crispées autour d'un genou :

– Ça me paraît tout à fait charmant.

Il soupira, l'air soudain vieilli :

– Que voulez-vous ? Ça devait arriver, j'imagine. L'agence ne vous intéresse plus, n'est-ce pas ?

Il regarda Simon et essaya de sourire :

– Vous êtes probablement mûr pour un changement. Eh bien... bonne chance, cher. Bonne chance.

– Non, Ernest, je présente ça très mal.

Simon se sentait stupide et maladroit. Il reprit :

– Écoutez, je n'imaginerais pas un instant de le faire à moins que vous ne vouliez vous lancer avec moi. Pas simplement en souvenir du bon vieux temps. Si ma vie en dépendait, je ne saurais pas faire marcher un hôtel : j'ai l'argent, j'ai les contacts, j'ai l'enthousiasme, mais ça ne suffit pas. Les bons hôtels – les meilleurs – sont bons parce qu'aucun détail ne cloche. Vous savez comment je suis pour les détails : un cas désespéré. Mais vous... je ne sais pas. Je vous vois très bien là-bas, dirigeant l'hôtel. Je serais incapable de le faire tout seul.

Simon haussa les épaules et sourit :

– D'ailleurs, même si vous êtes une sacrée vieille mule, je pense que vous me manqueriez.

C'était presque gênant de voir la joie revenir sur le visage d'Ernest. Il poussa un long et profond soupir et prit un air radieux. Il redressa les épaules. Puis à plusieurs reprises il cligna très rapidement des yeux et se moucha bruyamment.

– Ah ! dit-il enfin. Je crois que, si vous permettez, je vais prendre un sherry.

Il se leva et s'approcha du bar dans le coin :

– Un hôtel ! Vous êtes un petit cachottier, hein ?

– Je ne vous demande pas de prendre votre décision tout de suite, Ern. Réfléchissez-y un jour ou deux. Il ne s'agit pas simplement de changer de situation.

Ernest pivota sur ses talons, rayonnant, et leva son verre :

– Adieu, Wimbledon !

Il but une grande gorgée et frissonna.

– Nous en discuterons ce soir à l'appartement.

Simon se sentait exultant et plein d'impatience, comme aux débuts de l'agence :

– Il y a un tas de choses à régler et, en attendant que nous soyons prêts... (il posa un doigt sur ses lèvres)... pas un mot, d'accord ?

Ernest but une autre lampée de sherry. Il semblait incapable de s'arrêter de sourire :

– Je serai muet comme la carpe.

On frappa à la porte, et Liz passa la tête :

– Je suis désolée de vous déranger, monsieur Shaw, mais votre rendez-vous de onze heures est arrivé. On fête quelque chose, Ernest ?

– C'est médical, ma chère.

Il se tapota la poitrine :

– Contre le hoquet. Je ferais mieux de partir avant que le jeune Léonard ne décore la réceptionniste avec des guirlandes de lierre panaché.

Liz s'écarta pour le laisser passer et regarda Simon en fronçant les sourcils :

– Il va bien ?

Simon sourit :

– Oui, dit-il. Oui, je crois que oui. Passons à la victime suivante. Faites entrer le patient, voulez-vous ?

Ernest avait le plus grand mal à se concentrer sur les problèmes de plantes vertes de l'agence. Un hôtel en Provence ! Il se sentait grisé d'excitation. Bien sûr, il aurait suivi Simon n'importe où, sauf peut-être en cure de thalassothérapie, il devait en convenir. Mais ça – l'occasion de décorer et de diriger un petit bijou au soleil, loin de tous ces gens grincheux, de ce climat impossible – c'était la chance d'une vie, l'occasion de déployer ses talents créateurs. Il allait s'épanouir là-bas, il en était sûr et, dans l'état d'euphorie où il était, il écouta d'une oreille inhabituellement attentive les requêtes du jeune Léonard qui voulait mettre des palmiers du Rajasthan dans le département des médias. « Mon Dieu, songea-t-il, installe donc une grotte artificielle dans le parking souterrain. Je ne serai pas là pour le voir. Je serai en Provence. » Il décida de passer son heure du déjeuner à se renseigner sur les cours de français chez Berlitz.

Simon passa la journée à résister à l'envie d'appeler Nicole avant de s'être assuré que la réaction initiale d'Ernest avait survécu à toute réflexion postérieure. Adieu Wimbledon, adieu Ziegler, adieu Jordan, adieu les après-midi passés à la lumière artificielle. Il regarda sa montre : comme le temps passait lentement...

Dix-huit heures. Le directeur de la documentation commençait tout juste à trouver son rythme : une révolution dans l'analyse démographique, un outil inestimable pour le marketing, des graphiques et des documents, bla-bla-bla, bla-bla-bla. Simon regarda le groupe réuni dans son bureau et étouffa un bâillement. Cela faisait dix minutes qu'il attendait une pause dans cet interminable monologue : mais le directeur de la documentation semblait avoir plus de souffle que les êtres humains normaux.

Simon se leva brusquement, comme s'il venait soudain de se rendre compte de l'heure :

– Mon Dieu, Andrew, je suis désolé. C'est passionnant, mais je ne me doutais pas qu'il était si tard. Je dois être dans la City à dix-huit heures trente.

Il alla repêcher sa veste derrière le canapé :

– Écoutez, servez-vous un verre et continuez. Vous

me raconterez tout ça. Je crois que vous tenez vraiment quelque chose, là.

Sans laisser au directeur de la documentation le temps de refermer une bouche béante de surprise, il était déjà dans le couloir.

En entrant dans l'appartement, Simon entendit les accents de la *Pastorale* de Beethoven et trouva Ernest dans le salon. Une carte du Midi de la France était étalée sur la table auprès d'un guide Michelin et d'une brassée de brochures sur des cours de langues. Ernest arborait toujours le large sourire qui toute la journée avait de façon plus ou moins permanente éclairé son visage.

– Alors, Ern, vous n'avez pas changé d'avis ?

– Moi ? Certainement pas. J'ai hâte d'enfiler mes espadrilles pour aller gambader au milieu du thym. (Il se pencha sur la carte.) Mais où sommes-nous, exactement ?

– À Brassière-les-Deux-Églises.

Simon trouva le minuscule point sur la carte :

– Là. À une quarantaine de minutes d'Avignon. Une très jolie campagne, pas trop loin de l'autoroute ni de l'aéroport. Pas d'autre hôtel dans un rayon de vingt à vingt-cinq kilomètres. C'est un bon emplacement. Ça pourrait très bien marcher.

Il lança sa veste sur un fauteuil et passa dans la cuisine :

– Qu'est-ce que vous prenez ?

Ernest leva les yeux de la carte :

– J'ai mis ce qu'il fallait au frigo. Ma petite gâterie habituelle.

Simon sortit la bouteille et sourit :

– Mumm grand cordon rosé. Quelle vieille chochotte vous faites, Ern.

– Il n'y rien de tel que le champagne rosé pour amener aux joues une rougeur de bon aloi, je le dis toujours. Et nous avons quelque chose à fêter.

Simon apporta les coupes et en tendit une à Ernest :

– Vous êtes sûr que vous voulez le faire ? Vraiment sûr ?

– Qu'est-ce que je ferais si vous quittiez l'agence ? Devenir bonne à tout faire de Sa Seigneurie Mr. Jordan ? Pouvez-vous rien imaginer de plus abominable ? Et puis, ça va être drôle, comme au bon vieux temps. Démarrer quelque chose de nouveau. Vous êtes du même avis, je le sens. (Il renifla.) Alors, trêve de balivernes. Je suis d'une détermination positivement inflexible.

Ils s'assirent devant la table et Simon se mit à décrire l'ancienne gendarmerie et à énumérer les étapes d'un calendrier qu'il avait mis au point. Dans les prochains jours, il ferait une offre pour la propriété. À moins d'un accroc inattendu, ils pourraient aller dès le prochain week-end signer l'acte de vente et donner des instructions à un architecte. On lui laisserait un mois pour préparer plans et devis, le travail commencerait avant Noël pour être terminé fin mai. Entre-temps, Simon se dégagerait aussi discrètement que possible de l'agence et Ernest se prendrait par la main pour aller chez Berlitz.

Pendant que Simon parlait, Ernest avait pris des notes et semblait de plus en plus étonné :

– Ce qui me préoccupe juste un petit peu, c'est comment tout cela peut se faire de Londres, même si nous faisons un saut là-bas deux ou trois fois par mois.

Simon eut un grand sourire :

– Ern, j'aurais dû vous le dire. J'ai là-bas une arme secrète. Vous vous souvenez de Nicole Bouvier ?

Ernest leva la tête et regarda Simon d'un air songeur :

– Ah. Notre-Dame du pot d'échappement.

– Celle-là même. Eh bien, je suis allé la voir le week-end dernier : je crois qu'elle pourrait apporter la solution. En fait, c'est son idée à elle. Elle connaît tout le monde là-bas et, ma foi... elle pourrait être votre homme sur place.

– Si l'on peut dire.

– Si l'on peut dire, Ern. Oui.

Ernest alla dans la cuisine remplir leurs coupes. Il n'était pas étonné. Simon était sensible au charme féminin : c'était une des raisons pour lesquelles Ernest lui était si attaché, et il devait reconnaître que Nicole Bouvier était une femme séduisante, qui conviendrait très bien à Simon. Une femme très utile, à ce qu'il semblait, et qui avait l'air de bien l'aimer. Elle l'appelait « Airnest ». À tous égards, c'était une grande amélioration par rapport à Caroline.

– Dois-je comprendre que vous et Mme Bouvier êtes un peu plus que de simples connaissances ?

– Ern, si vous continuez à agiter les sourcils comme ça, ils vont tomber. Nous sommes ce qu'on appelle de bons amis.

– Ah ! Très bien.

Ernest consulta de nouveau ses notes :

– Eh bien, j'ai un petit aveu à vous faire aussi, puisque cela semble être le moment des révélations. Je ne crois pas vous avoir jamais parlé de Mrs. Gibbons.

Simon savait très peu de choses sur la vie privée d'Ernest. Celui-ci faisait des allusions occasionnelles à une « relation » dont Simon s'était toujours imaginé que c'était un homme. Jamais il n'avait été question de Mrs. Gibbons.

– J'aurais le cœur brisé si elle ne pouvait pas venir, précisa Ernest. Elle ne causerait aucun problème, je vous le promets.

Simon haussa les épaules :

– Qu'est-ce qu'une personne de plus ? Si vous l'aimez bien, Ern, je suis sûr que moi aussi.

– Elle n'est plus de première jeunesse aujourd'hui, la pauvre chère, mais vous l'adorerez, je le sais. Un œil noir et un petit ventre rose sans un poil. Elle a une démarche de marin ivre et elle est excellente pour les souris.

– Oh ! fit Simon. Une chatte.

– Seigneur ! non. Elle dévore les chats si elle peut en attraper. Non, c'est une chienne bull-terrier. Je l'ai héritée d'un ami dans la marine marchande – il était toujours en voyage, la canaille – et cette bête s'est prise d'affection pour moi. Ça fait maintenant trois ans que je l'ai.

– Personne d'autre dans votre manche, Ern ? Un ouistiti, un python apprivoisé ?

Ernest frémit et secoua la tête.

– Bon. Eh bien maintenant que nous avons le chien de l'hôtel, nous ferions mieux d'acheter l'hôtel. Je vais appeler Nicole et voir si elle peut tout organiser pour le prochain week-end.

Il regarda Ernest :

– Pas d'arrière-pensée ?

Ernest secoua une nouvelle fois la tête et le sourire revint sur ses lèvres. Il songeait déjà à sa nouvelle garde-robe. Dans les tons pastel, se dit-il, avec peut-être une touche de turquoise ici et là. Quelque chose d'ensoleillé, pour aller avec le climat.

12

Ils se tenaient tous les trois dans la gendarmerie, frissonnants et trempés. Il pleuvait quand Simon et Ernest avaient atterri la veille au soir, et la pluie n'avait pas cessé. Des torrents d'eau grise, soufflés par le vent, dégringolant en nappe du surplomb des toits de tuile pour s'en aller gargouiller bruyamment dans le caniveau des rues étroites : une authentique douche provençale. Rien ne bougeait à Brassière : ni chat, ni chien, ni gens. Le village était dans un nuage, enveloppé dans la pénombre déprimante qui s'abat normalement sur les endroits ensoleillés quand il n'y a pas de soleil.

Ils avaient passé la matinée à l'étude du notaire, à écouter interminablement, ligne après ligne, la lecture de l'acte de vente, comme l'exigeait la coutume. On avait fini de parapher et de signer les pages. On avait inspecté et jugé acceptable le chèque de près d'un demi-million de livres, et la gendarmerie était passée aux mains de Simon. Ils avaient maintenant rendez-vous avec l'architecte recommandé par Nicole. Il était en retard.

Simon se sentait personnellement responsable du mauvais temps.

– Je suis désolé, Ernest, dit-il. Il n'y a pas beaucoup de vue aujourd'hui.

Ernest scruta le nuage qui dissimulait le Luberon.

– Ça me rappelle Brighton à la mi-août, dit-il. Je dois dire que c'est un endroit formidable. Des possibilités sans fin. Je vais jeter un coup d'œil en bas pendant que nous attendons.

Il disparut en fredonnant gaiement.

Nicole regarda Simon en souriant :

– Félicitations, monsieur le patron.

Elle l'embrassa : lèvres glacées, langue tiède.

– Pas de regrets ?

On toussota derrière eux et ils se retournèrent pour voir une haute silhouette dégoulinante s'encadrer sur le seuil, secouant l'eau d'un minuscule parapluie télescopique.

– Bonjour m'sieur-dame. Quel temps !

François Blanc avait découvert le Luberon quelques précieuses années plus tôt, avant que d'autres architectes parisiens n'aient compris que la combinaison du soleil, de ruines pittoresques et de riches clients offrait un profitable et plaisant changement à travailler sur des immeubles de bureau et des blocs d'appartements à Neuilly. Il était descendu dans le Midi. Il avait connu une période de vaches maigres quand Mitterrand était arrivé au pouvoir et que personne ne dépensait plus d'argent. Il était aujourd'hui très demandé – certains disaient trop – en raison de son bon goût et du charme qui lui permettait toujours de se tirer d'affaire quand on dépassait les devis. Son excuse : il terminait toujours ses travaux dans les délais et c'était la raison pour laquelle Nicole l'avait choisi.

Ils descendirent et trouvèrent Ernest qui mesurait à grandes enjambées et traçait du pied des lignes sur le sol couvert de gravier. Il s'interrompit en voyant Simon :

– Avez-vous vu ces plafonds voûtés ? Quelle salle à manger ça pourrait faire ! Je l'imagine déjà. Un tel charme, et avec la vue...

– Ern, voici l'architecte, M. Blanc.

Les deux hommes se serrèrent la main, se saluant de la tête comme deux cigognes anguleuses.

– Enchanté. C'est monsieur... ?

– « Airnest », répondit Ernest.

Simon sourit. « Airnest ». D'ici peu, il évoluerait en béret basque. C'était bon de le voir si excité.

Ils passèrent le reste de l'après-midi à circuler lentement d'une pièce à l'autre : Blanc prenait des notes. Nicole traduisait. Ernest se pâmait à chaque suggestion. Simon était ravi qu'ils aient tous l'air de si bien s'entendre. « Pourvu que ça dure », songea-t-il et il se permit d'être optimiste. Dès l'instant qu'Ernest et Nicole pouvaient travailler ensemble, c'était là l'essentiel. Il les regarda tous les deux : tous deux blonds, tous deux élégants, riant tandis qu'Ernest essayait de décrire, gestes à l'appui, quelque chose de compliqué à l'architecte. Pour l'instant, tout allait bien.

La réunion se termina dans un débordement de sourires, de paroles rassurantes et de poignées de main. M. Blanc se dit enchanté d'avoir l'occasion de travailler sur un projet aussi passionnant et avec des clients aussi délicieux. Il reviendrait à la gendarmerie le lendemain, bien que ce soit dimanche, pour prendre des mesures détaillées. Il ne fallait pas perdre une seconde. On devait aller le plus vite possible. Il brandit d'un grand geste son parapluie miniature et disparut dans le brouillard.

Ils lui emboîtèrent le pas et se réfugièrent dans le café désert où ils commandèrent du café.

Ernest trempa dans sa tasse un morceau de sucre et le grignota d'un air songeur :

– Je sais bien qu'il est encore tôt, mais c'est un problème qu'il ne faut pas aborder à la dernière minute.

Il leva les yeux vers Simon et Nicole :

– Comment allons-nous appeler ce petit havre de luxe et de volupté ? *Mon Repos* ? Le *Hilton Brassière* ? Il nous faut un nom.

« Il a raison », se dit Simon. S'ils voulaient avoir un peu de publicité pour l'hôtel au début de l'été, les magazines demanderaient avec des mois d'avance des détails

– ou au moins un nom. Il essaya de se rappeler les noms des hôtels de la région qu'il avait vus dans les guides. Il y avait un ou deux Domaines, plusieurs Mas, une Bastide. Mieux valait éviter d'ajouter à une liste déjà longue.

– La Gendarmerie ? proposa Nicole.

– Hmmm, dit Ernest. Nous pourrions habiller tous les jeunes serveurs en tenue de *policeman*. Très sévère, avec une rayure rouge au pantalon.

– Du calme, Ern, ne vous laissez pas emporter.

Simon secoua la tête :

– Non, il faudrait quelque chose qui évoque la Provence, pas seulement la France. Quelque chose de marquant, facile à se rappeler...

– Facile à prononcer pour les étrangers, dit Nicole.

– Exactement. Court, si possible, et quelque chose qu'on pourrait loger dans un bon logo.

Ernest réfléchissait tout haut :

– Voyons... lavande, thym, romarin, la lumière, le soleil... Ça n'est pas le meilleur jour pour évoquer ça, je sais, mais l'espoir est éternel. Cézanne, Mistral, Van Gogh...

Nicole haussa les épaules :

– Pastis ?

Ernest se pencha vers elle :

– Quoi ?

– Pastis. Ça vient de Provence et de nulle part ailleurs.

– Pastis, dit Simon.

Il répéta le mot en insistant sur le *s* final :

– Pastis.

La fille appela de derrière le comptoir :

– Trois pastis ?

– Vous savez, dit Ernest, je n'ai jamais essayé.

– Ern, c'est le jour ou jamais.

Simon fit un signe de tête à la fille :

– Oui, merci.

Il regarda les bouteilles alignées derrière le comptoir. Comme dans la plupart des cafés du Midi de la France, le pastis était bien représenté. Il en compta cinq marques : Ricard, Pernod, et Casanis, qu'il connaissait. Deux autres, Granier et Henri Bardouin, sans doute de la production locale, il n'en avait jamais vu.

– Ça n'est pas exactement le temps rêvé pour un pastis, dit-il. Il devrait faire chaud. C'est toujours l'idée que je m'en fais : une boisson de soleil.

La fille posa trois verres sur la table, une soucoupe d'olives et une carafe aux flancs plats. Simon ajouta de l'eau et regarda le liquide devenir trouble. La carafe était vieille et rayée, ornée du nom de Ricard en lettres jaune vif sur un fond bleu soutenu.

– Regardez-moi ces couleurs, dit-il. Le soleil et le ciel. C'est toute la Provence, non ?

Il l'examina un moment, la tête penchée de côté :

– Eh bien, le voilà, votre nom. *Hôtel Pastis*. Avec du jaune et du bleu.

Simon se renversa contre le dossier. Ça n'était pas une si mauvaise idée : un nom court, simple, facile à se rappeler, et n'importe quel bon directeur artistique pouvait trouver un graphisme très frappant. Et puis c'était directement associé à la Provence. Pas mal du tout.

– Qu'est-ce que vous en pensez, Ern ?

Ern ôta de sa bouche un noyau d'olive et le posa à côté de la rangée d'autres disposés devant lui.

– Hmmm. Ma foi, même un non-linguiste déterminé comme notre ami Jordan pourrait dire ça sans bafouiller. J'adore le jaune et le bleu. Oui, je crois que ça ira très bien. Bravo, madame. Prenez donc une olive.

Le soir, quand ils eurent dîné et déposé Ernest à son hôtel, Nicole et Simon restèrent assis à la table de la cuisine devant un dernier verre de vin et toutes les notes qu'ils avaient prises pendant la journée. La liste était longue, coûteuse et soudain très intimidante : l'excitation initiale de Simon céda la place à des dispositions plus réalistes. Un tas de choses pouvaient mal tourner. La restauration allait engloutir tout l'argent qu'il avait et il devrait emprunter sur ses parts de l'affaire. Ernest sacrifiait son poste. Quitter l'agence allait être une opération compliquée et, si l'hôtel ne marchait pas, y revenir serait impossible. Ziegler, à n'en pas douter, soutenu par Jordan, y veillerait.

Nicole avait vu Simon froncer les sourcils sur ses notes, laisser son verre intact et son cigare éteint dans le cendrier.

– Tu as de nouveau l'air d'un publicitaire, dit-elle. Fatigué et soucieux.

Simon repoussa ses notes et ralluma son cigare :

– C'est une petite attaque de bon sens, dit-il. Ça va passer. Mais il y a un tas de choses à faire. C'est un nouveau travail, un nouveau pays, une nouvelle vie.

Il suivit du regard un panache de fumée formant comme une guirlande autour de la lampe qui pendait au-dessus de la table. Il tendit la main vers Nicole et lui caressa le cou en souriant :

– C'est ma crise de la quarantaine. Les meilleurs patrons d'un certain âge passent par là.

– Tu ne paraissais pas tellement d'un certain âge la nuit dernière.

Nicole lui prit la main et lui mordit la paume à la base du pouce.

Ernest et Simon passèrent devant les deux hôtesses et le steward bien bronzé – « Trop de maquillage », murmura Ernest d'un ton désapprobateur – et ils s'installèrent à leurs places devant le frêle rideau qui est le seul avantage visible de voyager en classe Club entre Marseille et Londres. Il avait fait meilleur, une belle journée, en fait, et Ernest avait pu pour la première fois admirer les différentes vues qu'on avait depuis la gendarmerie. Il était resté muet de ravissement pendant trois minutes et depuis lors n'avait pas cessé de parler. Il esquissa les plans du parc pendant le déjeuner et se retrouva un peu éméché : c'était tout à la fois le rosé et l'excitation. Son enthousiasme était contagieux : Simon se sentait plus optimiste. Cette fois, ç'avait été plus dur de faire ses adieux à Nicole. Comme elle l'avait proposé, il avait laissé chez elle quelques vêtements. Elle lui manquait déjà.

Simon écouta Ernest lui exposer ses idées sur la statuaire du jardin : une belle pièce, peut-être quelque chose de tout à fait coquin parmi les cyprès, avec un projecteur discret pour faire ressortir le contraste entre la pierre patinée par le temps et la végétation. Pourquoi pas une fontaine ?

– C'est charmant, les fontaines, dit Simon. Tout à fait charmant. Mais nous avons encore pas mal de chemin à faire avant d'en arriver aux fontaines.

Il secoua la tête à l'intention de l'hôtesse qui proposait des dîners enveloppés de plastique aux passagers ayant atteint le stade terminal de la famine.

– Les fontaines, les arbres, les statues, c'est facile. Ce qu'il faut, c'est trouver les gens.

– Ah, fit Ernest, j'y ai pensé.

Il se pencha pour extraire du sac de voyage posé sous son siège son filofax. Dans le groupe Shaw, tout le monde au-dessus du rang de coursier avait un filofax, mais seul Ernest avait le modèle en peau d'autruche, offert à l'agence par un fournisseur de plantes et de fleurs reconnaissant.

– Voyons.

Ernest déplia ses tableaux « un an d'un coup d'œil », l'un pour l'année en cours, l'autre pour la suivante, et chaussa ses lunettes :

– Nous sommes au début de novembre. Deux mois de cours intensif chez Berlitz nous amènent à la mi-janvier : quel temps épouvantable il fait à Londres, nous le savons. Ce ne serait pas une épreuve trop rude de partir. Je peux vous le dire : Mrs. Gibbons serait enchantée. Elle déteste l'hiver. À cause de son arthrite.

– Oh, nous ne voulons pas faire souffrir Mrs. Gibbons. Ce que vous proposez donc, c'est que nous nous installions là-bas en janvier.

– Je m'enfermerai avec Nicole et ce charmant M. Blanc pour m'assurer que les travaux avancent.

Il fronça les lèvres et regarda Simon par-dessus le verre des lunettes demi-lunes :

– Qu'ils avancent convenablement. Vous me connaissez. Je peux être un véritable adjudant quand il le faut.

Simon sourit, se rappelant la dernière fois qu'Ernest avait déployé ses talents d'organisateur, lors de l'emménagement de trois cents employés dans de nouveaux bureaux. Il avait été impitoyable. Le concierge avait donné sa démission en invoquant ce qu'il appelait des horaires inhumains, et c'était la seule fois où Simon avait jamais vu un entrepreneur avoir une vraie crise de nerfs. Le déménagement s'était effectué à l'heure prévue. Si Ernest était sur place, l'hôtel ouvrirait bien pour l'été.

– Voilà pour l'un de nous, dit Simon. Me faire partir va être un tout petit peu plus difficile.

Ernest lui tapota le genou :

– Ne vous en faites pas, cher. Vous trouverez bien quelque chose. Vous avez toujours trouvé.

– Je ne suis encore jamais parti.

– Quelque chose me dit que ce sera plus facile que vous le pensez. Vous savez comment ils sont pour la plupart, surtout notre ami aux costumes autoportés.

Simon hocha la tête.

Jordan serait ravi.

– Ils vont tous avancer d'un cran. N'est-ce pas ce qu'ils veulent ? On versera peut-être quelques larmes de crocodile, et puis ils commenceront à discuter pour savoir qui a droit à vos voitures. Écoutez ce que je vous dis.

Ernest se replongea dans son filofax. Simon passa le reste du vol à envisager la stratégie pour son départ de l'agence. Il ne se faisait pas d'illusions : une fois parti, chaque sou qu'on lui devait provoquerait amertume et discussion. Il serait une source de dépenses non productrices : il avait entendu des douzaines d'histoires sur les acrobaties juridiques auxquelles se livraient les agences pour minimiser les versements à faire aux directeurs qui s'en allaient. Et puis, il commettait le péché mortel dans la publicité de quitter de son plein gré l'entreprise : c'était quelque chose dont on discutait mais qu'on ne faisait pas.

Malgré tout l'optimisme d'Ernest, ça n'allait pas être si facile. Et, par égard pour l'agence, cela ne pouvait pas se faire avec le moindre désaccord public qui risquerait de rendre les clients nerveux. Il faudrait trouver un moyen de présenter cela comme une mesure positive dans le développement planifié d'un des plus importants réseaux publicitaires d'Europe. Bien. Il pensait déjà à un communiqué de presse. Simon fit une liste des gens qu'il devrait inviter à déjeuner. Il était temps de mettre en marche la machine à bla-bla.

13

– Ici Simon Shaw. Passez-moi Mr. Ziegler, voulez-vous ?

Simon regarda par la fenêtre de son bureau. Le ciel s'assombrissait, à la fin d'une courte journée de grisaille. Londres montrait déjà les signes avant-coureurs de Noël, même si ce n'était que dans un mois : l'angle de chez Harrods qu'il apercevait par la baie vitrée striée de pluie était orné de guirlandes lumineuses. Le département création n'allait pas tarder à se lancer dans son marathon annuel de déjeuners de quatre heures, de cocktails au bureau, et l'agence allait peu à peu glisser dans l'hibernation jusqu'au début janvier. Autrefois, Simon profitait de cette période creuse pour travailler un peu. Cette année, comme tout le monde, il allait prendre des vacances : peut-être des vacances extrêmement prolongées, songea-t-il, en entendant un déclic à l'autre bout du fil.

– Bon. Qu'est-ce qui se passe ?

La voix de Ziegler était cinglante comme une gifle sur l'oreille.

– Comment ça va, Bob ?

– Surchargé.

– Heureux d'apprendre que vous ne faites pas de bêtises. Dites-moi, comment ça se présente pour vous entre Noël et le début janvier ? Du ski à Gstaad ? Une croisière aux Caraïbes ? Des cours de poterie au Nouveau-Mexique ?

– Qu'est-ce que vous racontez ?

– J'aimerais qu'on se voie à un moment où il ne se passe pas mille autres choses, et c'est une époque assez calme de l'année.

– Qu'on se voie ? Vous avez des difficultés d'expression avec le téléphone ?

– Ça n'est pas la même chose qu'un face-à-face, Bob. Vous le savez. Ce que j'ai à vous dire est personnel.

Un silence. On croyait presque entendre la curiosité de Ziegler. Dans son vocabulaire, « personnel » ne voulait dire que deux choses : un changement de carrière ou une maladie en phase terminale.

– Comment vous sentez-vous, Simon ? Ça va bien ?

– J'en ai peur, Bob. Mais il faut que nous parlions. Qu'est-ce que vous diriez du 27 décembre ? Ça vous donnera le temps d'ôter votre tenue de Père Noël.

C'était donc bien une histoire de carrière, se dit Ziegler en consultant son agenda.

– Très bien. Je peux le 27. Où ça ?

– Nous aurons besoin de voir quelqu'un d'autre. Le meilleur endroit serait ici. Je vais vous faire faire une réservation au Claridge.

– Dites-leur de monter leur putain de chauffage.

Pour la seconde fois en quelques jours, Simon éprouvait un sentiment grisant à l'idée d'avoir fait un pas de plus sur la route d'une vie nouvelle. Il s'était engagé en ce qui concernait l'hôtel et maintenant vis-à-vis de Ziegler. Pour le moment, mieux valait laisser dans l'ignorance Jordan, le troisième membre de la réunion. Sa capacité de discrétion était limitée, surtout au bar de *Chez Annabel*. Où serait-il pour Noël ? Sans doute à massacrer de petites bêtes dans le Wiltshire, à moins qu'il n'ait réussi à se faire inviter à l'île Moustique. Simon nota de se renseigner et se remit au communiqué qu'il était en train de rédiger pour annoncer qu'il quittait Londres.

Il y a des règles à observer dans la publicité quand le directeur d'une agence cotée en Bourse prend la décision de changer de vie. Pas de vagues, sinon le cours de l'action va dégringoler et les agences concurrentes redoubleront d'efforts pour vous piquer des budgets. D'un autre côté, le directeur qui s'en va voudra donner à son départ l'apparence d'une décision personnellement positive. L'agence a besoin de diminuer l'importance de ce départ, alors le dirigeant ne veut pas se voir publiquement catalogué comme un personnage insignifiant dont on peut se passer.

Cela aboutit souvent à des merveilles de louanges absolument invraisemblables avec des portraits au sourire figé dans la presse professionnelle pour montrer combien tout le monde est heureux.

Simon avait décidé d'utiliser l'Europe comme excuse. Il pouvait disparaître en Europe, comme bien des publicitaires l'avaient fait avant lui, sous le couvert de devenir un médiateur et dénicheur d'OPA itinérant, sans cesse en déplacement pour la plus grande gloire du groupe. Voilà qui expliquerait l'absence d'une base officielle fixe. Il devrait mettre la pédale douce concernant ses intérêts dans l'hôtel, mais six mois le séparaient de cette échéance. D'ici là, dans le milieu on parlerait déjà de quelqu'un d'autre. La publicité ne s'est jamais fait remarquer pour la durée de l'attention qu'elle accorde à un sujet.

On frappa à la porte. Simon glissa le brouillon du communiqué dans un dossier et leva la tête.

– Bonjour, jeune homme, dit Ernest. Puis-je me permettre de vous déranger ?

– Entrez donc, Ern. Comment ça marche ?

Ernest en était à ses premiers jours de cours chez Berlitz et il prenait à cœur son rôle d'étudiant : il portait une écharpe interminable et trimballait une superbe serviette d'écolier en daim brun chocolat.

– Cher, je suis mort d'épuisement. Quatre heures

en tête à tête avec Miss Dunlap – je veux dire *Mademoiselle* Dunlap –, voilà qui vous vide complètement. Mais mes études progressent. On me dit que mon oreille musicale facilite les choses.

Ernest dénoua son écharpe et la laissa pendre sur ses genoux :

– Apparemment, mes voyelles sont particulièrement bonnes.

– J'ai toujours admiré vos voyelles, Ern.

– D'après Mlle Dunlap, très peu d'entre nous arrivent à prononcer le *u* français.

Ernest se jucha sur le bras du canapé :

– Mais je ne suis pas venu vous ennuyer avec des récits de ma vie scolaire. Il m'est venu une idée.

Simon prit un cigare dans le coffret posé sur la table et se renversa en arrière.

– Vous vous rappelez avoir dit combien c'était important d'avoir le maire de notre côté quand l'hôtel ouvrira. Eh bien j'ai pensé – juste une idée, mais assez bonne, à mon avis – que nous pourrions donner une réception pour Noël. Avec le maire et son épouse, bien entendu, ce charmant M. Blanc, quelques gens du pays. Nicole pourrait nous conseiller pour la liste des invités. Ce serait un geste amical, une petite entente cordiale, rien que pour leur annoncer ce que nous projetons. Je pense qu'on pourrait appeler ça des relations publiques.

Simon hocha la tête. C'était raisonnable. Et ça pourrait même être drôle :

– Avez-vous pensé à l'endroit où nous pourrions faire ça ?

– Où voulez-vous, cher ? À l'hôtel. Notre toute première soirée.

Simon songea aux pierres nues, aux trous dans le mur, au mistral.

– Ern, il va faire froid. Peut-être glacial. C'est un chantier de construction, pas un hôtel.

– Ah, fit Ernest, vous manquez un tout petit peu

d'imagination. Et, si je puis me permettre, vous manquez terriblement de romantisme.

– Je n'ai aucun romantisme quand j'ai froid. Je me souviens d'une de mes lunes de miel – à Zermat ? Oui, à Zermat –, quelle horreur ça a été.

Ernest prit un air désapprobateur :

– C'était, à mon avis, la température de l'épouse plutôt que le temps.

Un reniflement, et il en chassa le souvenir :

– D'ailleurs, vous n'aurez pas froid, je vous le promets. À ce moment-là, nous aurons des volets aux fenêtres. Un feu ronflera joyeusement dans la cheminée, il y aura partout des braseros rougeoyants, la lueur vacillante des bougies sur la pierre, plein de choses à manger et beaucoup trop à boire : tout ça sera merveilleusement confortable. Et autre chose...

Simon leva les deux mains dans un geste de capitulation.

– Ernest ?

– Oui ?

– C'est une idée merveilleuse.

Plus tard ce soir-là, quand le dernier rendez-vous de la journée se fut terminé et que le sifflotement des hommes de ménage eut remplacé la sonnerie des téléphones, Simon appela Nicole. Ernest l'avait déjà prévenue.

– Qu'est-ce que tu en penses ? demanda Simon.

– Oh, le village en parle déjà. La secrétaire du notaire l'a dit au boulanger, le boulanger l'a dit à la femme du maire, tout le monde sait qu'il y a un nouveau propriétaire. Ce serait une bonne chose de les rencontrer et de leur dire ce que tu vas faire. Ernest a raison.

– Qui faut-il inviter ? Tout le monde ? Il y a toujours un problème avec ce genre de choses : si on oublie deux personnes, elles se vexent.

– Chéri, fit Nicole en riant, quoi que tu fasses, il y aura toujours quelqu'un qui t'en voudra.

– Les gens du village ?

– Non, pas eux, je ne pense pas. Tu apportes du travail au village, du travail et de l'argent. Non, ce sont les autres – ceux qui croient avoir découvert la Provence, tu comprends ? Des Parisiens, des Britanniques... certains d'entre eux veulent que rien ne change.

Simon réfléchit un moment. C'était sans doute vrai. Il ne savait pas grand-chose des Parisiens, mais il se souvenait, à l'époque où il travaillait comme serveur à Nice, de l'attitude de certains Anglais expatriés de longue date et qui venaient de temps en temps au restaurant. Condescendants, souvent arrogants, se plaignant des prix et des touristes, oubliant commodément qu'eux-mêmes avaient jadis été des touristes. Et puis, se rappelait-il aussi, ils se distinguaient par la modicité de leurs pourboires. Les employés français rivalisaient entre eux pour éviter de les servir.

– Bah, fit-il, invitons-les quand même. Tout ce que nous pouvons faire, c'est essayer. Tu connais ces gens ?

– Évidemment. Dans un village de cette taille, on connaît tout le monde. Je te parlerai d'eux quand tu viendras la semaine prochaine.

– Qu'est-ce que je peux t'apporter ?

– D'autres vieilles chemises. Je les porte pour dormir.

Simon sourit. C'était là une vision propre à le soutenir au long des jours d'ennui disposés par segments dans son agenda comme une course d'obstacles entre Londres et la Provence.

Ernest était plein d'idées concernant les aménagements pour la soirée. Quel couple ils formaient, Simon et lui, se dit Nicole après avoir raccroché. Ce serait facile de se sentir jalouse, facile et stupide. Elle n'avait qu'à voir ce qui était arrivé aux autres femmes dans la vie de Simon.

Elle haussa les épaules et alluma une cigarette. Inutile d'essayer de deviner l'avenir de leurs relations, ça ne rimait à rien de vouloir forcer les choses. Pour l'instant, tout allait bien et ça devait suffire. En attendant, elle avait à exercer ses talents de diplomate dans le village. Nicole apporta sur la table de la cuisine l'annuaire du téléphone, un bloc, et se mit à dresser une liste d'invités.

Après un moment d'hésitation, elle ajouta un dernier nom à sa liste : Ambrose Crouch, l'Anglais du village qui vivait de la mensualité que lui versait un journal londonien pour sa chronique dominicale sur la Provence. Il s'était proclamé gardien de la pureté de la vie paysanne (pour les paysans, il faut bien le préciser, plutôt que pour lui-même). C'était un snob hargneux et un pique-assiette. Quand il était suffisamment éméché, ce qui arrivait très souvent, il se lançait dans une tirade sur la vulgarité de l'époque moderne et les horreurs de ce qu'il appelait « l'interférence humaine » dans le tissu de la société rurale.

On pouvait compter sur lui pour se montrer violemment et bruyamment opposé à l'hôtel. Nicole mit un point d'interrogation auprès de son nom.

Le temps avait adopté son régime hivernal de belles journées ensoleillées et de nuits plus froides : quand le Général sortit pour aller prendre sa voiture, il y avait du givre sur le pare-brise. Ce n'était pas le temps rêvé pour faire du vélo, songea-t-il. L'air vif allait mordre les visages et arriver comme de la glace dans les poumons. Il laissa tourner le moteur et retourna chercher une bouteille de marc. Les gars auraient besoin d'encouragement aujourd'hui.

Quand il arriva à la grange, ils l'attendaient : il fut content de voir qu'ils commençaient à ressembler à d'authentiques cyclistes avec leurs collants noirs et leurs bonnets de laine.

– Salut, les gars !

Il brandit la bouteille de marc :

– Ça, c'est pour plus tard. Aujourd'hui, ce sera un circuit court avec des côtes : on monte jusqu'à Murs, on continue jusqu'à Gordes et on revient. Et puis j'ai de bonnes nouvelles pour vous. Allez !

Ils enfourchèrent leurs machines, sursautant au contact de la selle glacée, et s'éloignèrent tandis que le Général fermait la grange à clé. En les dépassant, il les inspecta l'un après l'autre. Pas mal. Tous utilisaient maintenant leurs cale-pieds, pédalaient droit, avaient l'air à l'aise. Pas mal du tout.

Après un quart d'heure d'un parcours facile et pratiquement plat, la route commença à se dérouler en lacets à l'assaut des collines. Le Général s'arrêta et descendit de voiture. Au passage des cyclistes, il leur criait, les mains en porte-voix autour de la bouche :

– Ne vous arrêtez pas. Allez aussi lentement que vous voulez, utilisez toute la largeur de la route pour zigzaguer, mais ne vous arrêtez pas. Courage, mes enfants, courage !

« J'aime mieux que ce soit vous que moi », se dit-il en regagnant sa voiture. La côte de Murs faisait sept kilomètres escarpés et tortueux. Bien sûr, ça n'était pas la côte du Ventoux, mais c'était plus qu'assez pour vous donner une bonne suée, même par ce temps. Si aucun d'eux n'avait la nausée aujourd'hui, ce serait un miracle. Il leur laissa cinq minutes d'avance, puis les suivit dans la montée.

Le peloton s'étirait sur une cinquantaine de mètres : les uns penchés, le nez touchant presque le guidon, les autres debout sur leurs pédales, le visage blême dans l'effort. Ceux à qui il restait un peu de souffle crachaient. Le Général les dépassa lentement, en leur prodiguant des encouragements. Il roula jusqu'à mi-parcours : là il s'arrêta sur le bas-côté et descendit de voiture.

– Plus que trois kilomètres, leur cria-t-il quand ils se traînèrent devant lui. Après Murs, ça descend tout le temps. La France vous salue !

Bachir avait juste assez de souffle pour répondre :

– La France, tu sais où tu peux te la mettre.

– Comme tu voudras, dit le Général, mais ne t'arrête pas. Du courage, toujours du courage !

Il alluma une cigarette et, adossé à la voiture, il profita du soleil. Personne ne s'était arrêté. Ils prenaient tous l'entraînement au sérieux.

À partir de Murs, les sept hommes furent manifestement soulagés. Descendant en roue libre après la montée, ils se dégourdirent le dos, reprirent leur souffle. Ils sentaient les muscles de leurs cuisses se décontracter, ils échangeaient des injures et des grimaces avec un sentiment d'exploit partagé. Ils crièrent des obscénités au Général quand il passa et traversèrent Gordes à fond de train avec l'impression d'être des pros.

De retour à la grange, encore rayonnants de cet enthousiasme qui suit souvent un effort particulièrement intense, ils comparaient leurs impressions – poumons sur le point d'éclater et jambes au supplice – tout en faisant circuler la bouteille de marc.

– Vous avez tous pédalé comme des champions.

Le Général but une lampée à la bouteille et s'essuya la moustache :

– Et je vous le promets, la prochaine fois ce sera plus facile.

Fernand toussa sur sa cigarette :

– C'est ça, la bonne nouvelle, hein ?

– Non. La bonne nouvelle, c'est que j'ai rendu une petite visite à la Caisse d'Épargne : j'ai loué un coffre et j'ai inspecté les lieux.

Il les regarda et sourit en voyant la bouteille de marc immobilisée juste en dessous de la grande bouche ouverte de Claude :

– C'est normal, non ? Je ne voudrais pas que vous ayez de mauvaises surprises.

– Oui, dit Jojo, comme s'il avait toujours été au courant. C'est normal. Tout à fait normal.

Le Général sortit les croquis, et les notes qu'il avait rédigées là-bas.

– Venez...

Une demi-heure plus tard, quand ils refermèrent la grange et que chacun s'en alla de son côté, ce fut à peine s'ils ressentaient quelques crampes dans les jambes. Ç'avait été une bonne matinée pour le moral. Le déjeuner du dimanche descendrait sans effort.

Londres s'enfonçait plus profondément dans l'ambiance des fêtes. La circulation d'avant Noël encombrait les rues et les chauffeurs de taxi entamaient leur monologue de doléances. Pour mieux faire face au nombre grandissant de banlieusards venus faire leurs courses par le train, les chemins de fer britanniques se mirent en grève. On pinça un voleur à l'étalage qui essayait de sortir de chez Harrods avec deux costumes enfilés l'un sur l'autre. On emmena au poste pour voies de fait un homme qui s'opposait à l'enlèvement de sa voiture. La saison du cœur démarrait sous des auspices prometteurs.

Au siège du groupe Shaw, les cadres luttaient vaillamment contre l'indigestion à mesure que se succédaient les déjeuners de Noël obligatoires avec leurs clients. Ç'avait été une excellente année pour l'agence : la perspective de substantielles augmentations de salaire et de plus grosses voitures créait dans les bureaux une atmosphère de joyeuse impatience. Plus encore chez Jordan, après l'allusion faite par Simon à de futurs développements. Il avait décidé de tâter le terrain et il s'avançait d'un pas vif dans le couloir en direction du bureau de Simon, tenant à la main tous les renseignements sur ce qui, il l'espérait bien, allait être sa prime de fin d'année.

– Vous avez une minute, mon vieux ?

Simon lui fit signe d'entrer :

– Le temps de me débarrasser de ça et je suis à vous.

Il signa une demi-douzaine de lettres et les repoussa sur le côté :

– Voilà.

Il se carra dans son fauteuil en s'efforçant de ne pas grimacer devant les larges rayures blanches qui semblaient vibrer sur le bleu marine du costume de Jordan.

– L'autre jour, annonça Jordan, je suis tombé sur un type qui m'a parlé d'une affaire assez intéressante.

Il lança sur la table une brochure et entreprit de se choisir une cigarette tandis que Simon tournait les pages du catalogue sur papier glacé.

Jordan tapota le bout de la cigarette qui était l'heureuse élue avant de l'allumer :

– Belle bête, n'est-ce pas ? Une Bentley Mulsanne turbo, avec toutes les options.

– Belle voiture, Nigel.

Simon hocha la tête :

– Très pratique pour la campagne. Qu'est-ce que ça vaut, cette petite chose ?

– À peu près le même prix qu'un petit appartement convenable à Fulham – enfin, si on peut mettre la main sur ce modèle. La liste d'attente est longue comme le bras. Mais c'est un bon investissement. Elles prennent de la valeur, vous savez.

Il lança un rond de fumée vers la bouche de climatisation.

Simon sourit. Comme c'était simple de rendre heureux des gens comme Jordan.

– Dois-je comprendre que nous songeons à investir ?

– Justement, j'allais y venir. Ce type que j'ai rencontré, quelqu'un lui a fait faux bond. Un client a commandé la voiture il y a dix-huit mois – un des pontes des Lloyds, en fait – et aujourd'hui, il a des problèmes.

– Et il ne peut pas payer la voiture ?

– Le pauvre diable aura de la chance s'il arrive à garder ses boutons de manchette.

Jordan marqua un temps et prit un air grave :

– C'est risqué, l'assurance à responsabilité illimitée.

Le moment de tristesse passa :

– Bref, le type est prêt à faire un rabais de dix mille sur le prix s'il vend rapidement.

Simon regarda la dernière page de la brochure, trouva le numéro du concessionnaire et décrocha son téléphone :

– Bonjour. Vous avez, je crois, dans votre salle d'exposition une Bentley Mulsanne ? (Il adressa un sourire à Jordan.) Oui, celle-là. Mr. Jordan passera cet après-midi avec un chèque. Mettez-lui un peu d'essence dans le réservoir, voulez-vous ? Merci.

Jordan se remettait à peine de sa surprise :

– Eh bien, mon vieux, je dois dire que c'est...

D'un geste, Simon le fit taire :

– À quoi bon avoir une bonne année si on ne se permet pas quelques plaisirs simples ?

Il se leva et consulta sa montre tandis que Jordan récupérait la brochure :

– Je voulais vous demander... qu'est-ce que vous faites pour Noël ?

– Malheureusement, je suis de service. La belle-famille descend sur le Wiltshire. Lui va se plaindre de la Bourse et de sa goutte. Elle va vouloir jouer au bridge toute la journée. Avec un peu de chance, je trouverai peut-être un moment pour tirer quelques coups de fusil.

– Pas sur un membre de la famille, j'espère ?

– C'est tentant, mon vieux, c'est tentant. Surtout la vieille bique.

Jordan quitta le bureau de Simon d'un pas allègre : Simon se demanda s'il aurait la patience d'attendre l'après-midi pour aller chercher la Bentley. Dieu ! l'argent que l'agence dépensait en voitures...

La sonnerie du téléphone retentit :

– Mr. Shaw ? J'ai la secrétaire de Mr. Ashby en ligne.

Il fallut quelques secondes à Simon pour se rappeler que Mr. Ashby était le chef des « princes de la capote », un homme qui se plaisait manifestement à observer le protocole téléphonique en faisant attendre Simon – le fournisseur, et donc le subordonné – jusqu'à ce que lui – le client, et donc le maître – soit prêt à parler.

– Bon, Liz. Passez-le-moi.

– Mr. Shaw ? Mr. Ashby pour vous.

Simon regarda la trotteuse de sa montre : il chronométra l'attente et se sentit plein d'espoir. Les clients potentiels appelaient rarement pour vous annoncer de mauvaises nouvelles : ils préféraient écrire.

– Comment allez-vous, Mr. Shaw ? Ça commence à sentir la fête, j'espère ?

– Ça ne va pas trop mal, merci. Et vous-même ?

– C'est une période très chargée pour nous, vous savez.

Simon avait le vague souvenir que le marché du préservatif faisait une pointe juste avant Noël : sans doute pour faire face à une poussée de la libido nationale provoquée par les pots de fin d'année et les tonifiantes quantités d'alcool absorbées.

– Oui, poursuivit Mr. Ashby, l'industrie tourne à plein, je suis heureux de le dire. Je suis enchanté aussi de vous annoncer que le CMP a décidé de porter son choix sur votre agence et ce à compter du 1er janvier.

– Voilà une merveilleuse nouvelle, Mr. Ashby. Rien ne saurait me faire plus plaisir, et je sais que mes collègues vont être ravis. Ils étaient particulièrement excités à propos de la campagne qu'ils vous avaient présentée.

– Ah, oui.

Mr. Ashby marqua un temps :

– Eh bien, il faudra que nous ayons une petite conversation là-dessus juste après les fêtes. Il y en a quelques-uns chez nous qui trouvent que... ma foi, c'est un peu limite.

Simon sourit tout seul. Le tout était de savoir où on situait la limite.

Ashby s'empressa de préciser :

– Quoi qu'il en soit, c'est un point que les gens de chez nous pourront discuter avec les gens de chez vous. L'essentiel, c'est que nous avons tous été très impressionnés par votre documentation. Très complète. Et puis, bien entendu, par le palmarès de l'agence.

Simon avait déjà bien des fois entendu sonner le glas des campagnes de publicité : il l'entendait de nouveau maintenant. Mais peu lui importait. Quand tout ce petit monde se réunirait, il serait parti depuis longtemps.

– Je suis convaincu que nous parviendrons à aplanir toutes les difficultés qui peuvent se poser sur le plan de la création, Mr. Ashby. Très peu de campagnes naissent parfaites.

– Magnifique, magnifique.

Ashby semblait soulagé :

– Je savais que nous aurions tous les deux le même point de vue. Laissons les jeunes Turcs batailler entre eux, n'est-ce pas ? Bon, il faut que j'y aille. Bien entendu, nous pouvons compter sur votre discrétion en attendant que les lettres soient parties pour les autres agences.

– Naturellement.

– Bien, bien, bien. Il faudra que nous déjeunions ensemble au début de l'année. Nous avons beaucoup de choses à discuter. Le marché est en pleine expansion, vous savez. La courbe des ventes monte de façon très satisfaisante.

Simon se retint d'énoncer le commentaire qui lui venait tout naturellement aux lèvres.

– Je suis enchanté de l'apprendre. Et merci de cette bonne nouvelle. L'agence va passer un très bon Noël. Vous aussi, je l'espère.

– Parfait, dit Ashby. Nous reprendrons contact après les fêtes.

Simon passa dans le bureau de Liz :

– Elizabeth, nous voici maintenant une des très rares agences à pouvoir acheter des préservatifs au prix coûtant, directement à l'usine. Ça ne vous fascine pas ?

Liz leva les yeux de son courrier et le gratifia de son plus charmant sourire :

– Mr. Shaw, les vrais hommes ont des vasectomies. Vous êtes en retard pour votre déjeuner.

L'année professionnelle était finie. Simon avait nourri et abreuvé ses plus importants clients. Il avait consciencieusement circulé au pot de fin d'année, prodigué les primes et les augmentations et fait sangloter Liz en lui offrant une montre Cartier. Maintenant, c'était son tour.

Il avait décidé de s'offrir pour Noël quatre-vingt-dix minutes de luxe absolu : une dernière et glorieuse extravagance avant de quitter l'agence. Il avait toujours détesté Heathrow. Détesté la mêlée furieuse devant le comptoir d'enregistrement. Détesté être poussé à travers tout l'aéroport pour s'entendre dire de se dépêcher, d'attendre. Ça n'était pas raisonnable, il le savait, mais il détestait quand même tout cela. Alors, cette fois, il avait choisi la solution du milliardaire. Il avait affrété un jet – un modeste appareil à sept places – pour l'emmener de Londres au petit aéroport à côté d'Avignon.

La voiture s'arrêta devant le terminal des avions privés et Simon suivit dans le bâtiment le porteur qui avait pris ses bagages. Une jeune femme attendait juste derrière la porte.

– Bon après-midi, monsieur. Mr. Shaw pour Avignon, c'est bien cela ?

– Absolument.

– Si vous voulez bien me suivre, nous allons juste

passer le contrôle des passeports. On porte vos bagages jusqu'à l'avion et votre pilote vous attend.

« Mon pilote, songea Simon. Voilà la vie du chef d'entreprise fatigué. » Le fonctionnaire de l'immigration lui rendit son passeport et Simon chercha du regard quelqu'un en uniforme.

Un homme de haute taille, dans un costume sombre bien coupé, lui sourit et s'approcha :

– Mr. Shaw ? Tim Fletcher. Je suis votre pilote. Nous avons notre créneau et aujourd'hui tous les appareils ont l'air de décoller à l'heure : nous devrions donc être à Avignon pour dix-huit heures, heure locale. Le temps de vous installer dans l'appareil et je vais me mettre aux commandes.

Simon grimpa les marches et pencha la tête pour entrer dans l'avion d'un blanc étincelant. À l'intérieur, ça sentait un peu le cuir, comme une voiture neuve. La jeune femme qui l'avait accueilli était déjà à bord. Elle sortit de la petite cuisine à l'arrière de l'appareil.

– Permettez-moi de prendre votre veste pour l'accrocher. Avez-vous besoin de quelque chose qui se trouverait dans vos poches – cigarettes, cigares ?

– On autorise les cigares ?

– Oh, oui. Beaucoup de nos clients sont des fumeurs de cigares.

Elle lui prit sa veste, tout en ajoutant :

– Puis-je vous proposer une coupe de champagne en attendant le décollage ? Ou bien nous avons du single malt, de la vodka...

– Du champagne, ce sera parfait. Je vous remercie.

Simon se choisit un siège, desserra sa cravate et allongea les jambes tandis que la jeune femme lui servait du champagne. Elle déposa auprès du hublot une boîte d'allumettes Upmann extra-longues pour le cigare. C'était le genre de détail qu'Ernest aurait apprécié, se dit-il. Dommage qu'il ait dû partir en éclaireur la semaine précédente. Ça lui aurait plu.

L'avion se mit à rouler vers son point de décollage. Simon ouvrit le dossier que Liz lui avait remis juste avant son départ : des coupures de presse, un bref CV et un portrait en noir et blanc. Elle avait rassemblé cette documentation à la demande de Simon à la suite d'une conversation avec Nicole. C'était une brève introduction à la vie et à l'œuvre d'Ambrose Crouch.

Simon parcourut le CV. Petit collège, études universitaires banales, une succession de postes dans l'édition et le journalisme, deux romans, aujourd'hui épuisés. Mr. Crouch n'avait pas connu le succès et cela se reflétait sur ses traits. Le visage d'un homme entre deux âges et quelque peu bouffi, insatisfait, agressif avec une bouche aux lèvres minces, un regard inamical.

Les articles, une sélection récente de ses chroniques du *Sunday Post*, étaient du venin sous couvert de préoccupations pour l'environnement. Crouch apparemment était opposé à tout ce qui était plus moderne qu'un baudet. Tapi dans son refuge médiéval de Provence, il considérait d'un œil horrifié les supermarchés, les trains à grande vitesse, les autoroutes et l'urbanisation. Le progrès le consternait, le tourisme le mettait en rage. Impartial dans sa xénophobie, il s'en prenait à tous ceux – Hollandais, Suisses, Allemands ou Britanniques – qui osaient rendre visite à ce qu'il appelait constamment *son* village au volant de leurs voitures prétentieuses et dans leurs tenues vulgaires et criardes. Vulgaire était un mot qui revenait fréquemment dans ses articles.

Simon parcourut la dernière page du dossier : des statistiques sur les ventes et les revenus publicitaires du *Post*. Il se demanda quel genre avait Crouch. Malgré la méchanceté et le snobisme qui imprégnaient sa prose, l'homme avait assurément une bonne plume. On pouvait être certain également qu'il verrait dans l'hôtel une cible à laquelle il ne résisterait pas. La curiosité le ferait venir à la soirée et, rapidement, une chronique venimeuse suivrait. C'était un problème que Simon n'avait pas prévu. Comment aurait-il pu savoir qu'il allait trouver pratiquement sur le pas de sa porte un journaliste aussi déplaisant ? Il regarda de nouveau les chiffres de vente du journal : une idée commença à s'esquisser dans son esprit.

– Encore un peu de champagne, monsieur Shaw ?

La jeune femme lui emplit son verre :

– Encore vingt minutes et nous y serons.

Simon la remercia d'un sourire, referma le dossier et essaya de ne plus penser à Crouch. Il allait passer Noël en Provence, Noël avec Nicole. Il sentit le champagne lui picoter la langue et il regarda par le hublot les lueurs roses et mauves laissées par le soleil couchant.

L'avion se posa, quitta la piste principale et vint s'arrêter à une centaine de mètres de l'aérogare. Le vol avait été un plaisir. Pas vraiment une affaire, à un peu plus de quatre mille livres de plus que le tarif normal en classe économique, mais une façon convenable de terminer une carrière largement subventionnée par les notes de frais, songea Simon.

Il chercha quelqu'un à qui montrer son passeport, mais le bureau de l'immigration était vide, la salle des arrivées déserte. Il haussa les épaules et franchit le portillon pour retrouver Nicole : un instant son pouls se mit à battre un peu plus fort lorsqu'elle s'avança vers lui, les pans de son manteau lui battant les jambes, le visage illuminé par un sourire qu'il ressentit au creux de l'estomac. Il se pencha pour l'embrasser dans le cou et recula pour mieux la regarder :

– Tu es bien trop chic pour traîner dans un aéroport à accueillir un cadre supérieur sans travail.

Il eut un grand sourire et lui caressa la joue :

– Tu as déjeuné en Avignon avec ton amant vieillissant. J'en jurerais.

Nicole lui rajusta son nœud de cravate et lui fit un clin d'œil :

– Bien sûr. Il m'achète des diamants et des sous-vêtements de soie.

– J'ai apporté du saumon fumé, dit Simon. Ça ira ?

Ils se dirigèrent vers la sortie. Simon l'avait prise par les épaules et il sentait la hanche de Nicole frotter contre sa cuisse.

Pendant qu'ils revenaient par les collines, Nicole lui fit un rapport sur l'avancement des travaux. Il allait voir beaucoup de changements : la piscine était presque terminée, les terrasses déblayées. On faisait les préparatifs pour la soirée. Ernie avait trouvé une petite maison à louer dans le village. Blanc était optimiste, les villageois curieux mais bienveillants.

– Et Crouch ?

Dans la pénombre, Nicole eut l'expression de quelqu'un qui vient de renifler une odeur déplaisante :

– Je lui ai envoyé une invitation. Il est venu à la gendarmerie pour poser des questions, mais Blanc ne lui a rien dit. C'est un type visqueux, c'est ce qu'a dit Ernest.

– Sans doute. Nous verrons ça demain.

Simon posa une main sur la cuisse de Nicole et la serra :

– Tu m'as manqué.

Ils gravirent la colline et Simon constata que le village s'était mis sur son trente et un pour les fêtes. Les deux églises étaient éclairées par des projecteurs. Des ampoules colorées sur un cadre accroché entre deux platanes souhaitaient à tout le monde « Joyeuses fêtes ». Le boucher et le boulanger avaient disposé des bouteilles de champagne dans leurs vitrines. Une affiche sur la porte du café annonçait une grande tombola de Noël : premier prix un four à micro-ondes, deuxième prix un gigot d'agneau de Sisteron, de nombreuses bouteilles pour les suivants.

Simon descendit de voiture et leva les yeux vers l'immense ciel glacé. Il prit une profonde inspiration : de l'air pur qui sentait le feu de bois. Très bientôt, ce serait chez lui ici. Nicole l'observait.

– Content ?

– C'est merveilleux.

Il s'accouda au toit de la voiture. La buée de sa respiration montait dans l'air, transparente devant les lumières du café. Un homme en sortit et il entendit par la porte ouverte des éclats de rire :

– Je n'imagine pas un endroit où je préférerais être, surtout pour Noël.

Il se redressa en frissonnant :

– Va en avant. Je vais prendre les bagages.

La maison, un lieu maintenant familier pour Simon, était chaude et pleine de musique. Ernest traversait une phase Puccini et la voix de Mirella Freni flottait dans la pièce, pure et douce. Simon entassa les valises dans le vestibule et passa dans la cuisine. Reniflant l'air, il surprit l'odeur de sous-bois des truffes et sourit à Ernest, impeccable en pantalon de flanelle et blazer bleu marine, qui lui tendit un verre :

– Comment allez-vous, Ern ? Vous survivez ?

– Une vie pleine de joies, cher. Dieu que nous avons été occupés ces derniers jours. Je crois que vous allez être content. Et vous ? Il faut que vous me racontiez tout sur le pot de fin d'année. Ivresse et débordements partout, comme d'habitude, j'imagine. J'espère qu'il y en a plusieurs qui se sont couverts de honte. À votre retour.

Nicole descendit l'escalier pour les rejoindre. Elle les trouva riant et bavardant et elle essaya de suivre les potins concernant l'agence. Elle se demandait si cette vie n'allait pas manquer à Simon quand il aurait fini par la quitter pour l'existence paisible du village.

– ... et puis, disait Simon, la femme de Jordan est arrivée pour venir le chercher alors qu'il était dans la salle de conférences avec Valérie, du département artistique...

– Cette grande bringue avec des fesses rebondies ?

– Exactement. J'ai donc dû garer la femme dans mon bureau avec un exemplaire de *Chasseurs et Cavaliers*, pendant que j'allais le trouver.

Simon s'interrompit pour boire une gorgée :

– Vous savez, c'est la première fois que je le vois avec son gilet déboutonné.

Ernest eut un frisson théâtral :

– N'allez pas plus loin, cher. J'imagine d'ici ce sordide spectacle.

Simon se tourna vers Nicole :

– Je suis désolé, ce n'est pas très intéressant quand on ne connaît pas les gens. Plus de potins mondains de Londres, promis.

Nicole avait l'air étonnée :

– Pourquoi ne sont-ils pas allés dans un hôtel ?

– Ah, fit Simon, un Français aurait fait ça. Mais il y a cette tradition britannique du pot de fin d'année : l'amour au milieu des classeurs. Ça coûte moins cher.

Nicole fronça le nez :

– Ça n'est pas très élégant.

– Non, j'imagine qu'on ne peut pas souvent nous taxer d'élégance. Mais nous pouvons être tout à fait charmants.

Il se pencha pour l'embrasser.

– Ne vous coupez pas l'appétit, dit Ernest. Nous avons une omelette aux truffes et un lapin tout simplement énorme avec une sauce moutarde. Et, après le fromage, je suis prêt à faire un soufflé au chocolat, à moins qu'il ne nous semble que ça ferait trop d'œufs.

Il regarda Simon d'un air interrogateur :

– Où en est notre cholestérol ?

Pendant le dîner, ils discutèrent du travail effectué jusque-là sur l'hôtel et des détails de la soirée du lendemain. Ernest était dans son élément. Il s'extasiait sur la nourriture et les fleurs qu'on devait livrer le matin, persuadé que la soirée allait être l'événement mondain de l'année à Brassière.

– Il n'y a qu'une chose qui me tracasse, dit Simon. C'est ce journaliste.

Ernest haussa les sourcils :

– Pourquoi vous inquiéter de lui ?

– Normalement, je ne le ferais pas. Mais ça tombe au mauvais moment. J'ai organisé une réunion à Londres pour le 27, afin d'annoncer à Ziegler et à Jordan ce que je fais. Ensuite il faudra prévenir les clients. Les prévenir nous-mêmes, comme je veux que ce soit fait. Si la moindre rumeur filtre à l'extérieur, et notamment dans la presse, nous aurons pas mal d'explications à donner. Vous savez comment ça se passe, Ern.

Simon soupira et prit un cigare :

– J'aurais dû y penser plus tôt.

Les deux autres restèrent silencieux. Simon coupa son cigare, l'alluma et regarda d'un air soucieux la fumée bleutée monter au-dessus de la table :

– J'ai eu une idée qui pourrait marcher, mais ça ne va pas lui plaire.

– Une éviscération ? fit Ernest.

Simon éclata de rire. Il se sentait mieux. Il avait déjà eu affaire à des journalistes. Pourquoi Crouch serait-il différent ?

– C'est une façon de voir les choses, Ern.

14

Ce fut le soleil filtrant par la fenêtre de la chambre qui réveilla Simon. Auprès de lui, les draps gardaient encore la chaleur du corps de Nicole et il entendit venir de la cuisine le sifflement de la cafetière électrique. Il se frotta les yeux, regarda les vêtements précipitamment jetés la veille au soir sur le dossier d'une chaise. Encore un quadragénaire qui rencontre le désir, se dit-il : pas mal, d'ailleurs.

L'odeur du café le tira du lit. Il prit au passage un peignoir dans la salle de bains et descendit l'escalier. Nicole attendait que le café ait fini de passer, vêtue d'une des chemises de Simon, dont elle tirait un pan sur le haut de ses cuisses.

– Bonjour, madame Bouvier. J'ai un message pour vous.

Elle tourna la tête et lui sourit par-dessus son épaule :

– Ah oui ?

– On vous demande dans la chambre.

Elle versa le café et l'apporta sur la table. Elle poussa Simon sur une chaise et s'assit sur ses genoux :

– Ernest arrive dans cinq minutes.

Elle l'embrassa :

– Et tu as une matinée très chargée.

– C'est bien ce que j'espérais.

Ils n'avaient pas terminé leur grand bol de café quand on frappa à la porte. Simon vit Nicole monter l'escalier en courant. Il fit entrer Ernest, en songeant à la perspective d'une sieste.

– Nous n'aurions pas pu espérer une journée plus glorieuse, cher.

Il pencha la tête de côté et toisa le peignoir de bain de Simon :

– Mais je vois que nous n'avons pas remarqué le temps qu'il fait.

– Le décalage horaire, Ern. Sans cela, je serais debout depuis des heures. Servez-vous du café pendant que je m'organise.

Il y avait encore des plaques blanches de gel à l'ombre des arbres quand les deux hommes quittèrent la maison pour descendre vers la place : ils passèrent devant les fenêtres embuées du café et les vieux platanes, qui maintenant avaient perdu leurs feuilles et ne montraient plus que leurs troncs gris et tachetés. La lumière était éblouissante, le ciel d'un bleu soutenu. À part l'absence de vert parmi les vignes au pied du village et la morsure de l'air frais, ç'aurait pu être un jour du début de l'été.

Le parc de stationnement devant la gendarmerie était encombré de camions et de fourgonnettes. La BMW de M. Blanc, le symbole de l'architecte qui a réussi, était le seul véhicule à ne pas être balafré et poussiéreux.

– Il vient tous les jours, M. Blanc, dit Ernest. Et il est très strict avec ces pauvres garçons qui travaillent toute la journée dans le froid. Je me demande pourquoi ils ne mettent pas de gants ni d'écharpe.

Ils s'arrêtèrent devant l'entrée. On avait posé des volets de bois aux fenêtres, ainsi qu'une porte en grosses planches, provisoire mais solide. Ernest la poussa.

– Attention, dit-il, ne vous attendez pas au *Connaught*, mais ça avance.

L'énorme salle était inondée de soleil. Un feu brûlait déjà, avec de grosses bûches disposées de chaque côté de l'âtre. Sur une longue table à tréteaux, recouverte d'un tissu rouge, blanc et bleu, une forêt de bouteilles et de verres s'alignait d'un côté à l'autre avec, au milieu, un petit tonneau de cinquante litres de vin rouge. On avait disposé des tables plus petites et des chaises autour de quelques braseros et, sur une seconde table longue, s'entassaient des assiettes. Un arbre de Noël trônait au milieu de la salle, son faîte touchant le plafond, ses branches décorées de rubans cramoisis. Le long des murs se dressaient çà et là de grosses bougies plantées sur de vieux chandeliers en fer de près de deux mètres de haut.

– Alors ? fit Ernest. Est-ce que nous approuvons ? Bien sûr il y aura des fleurs qui vont arriver plus tard, de la nourriture et de la glace. On a branché l'électricité pour avoir un peu de musique : je dois dire pourtant que j'hésite un peu entre des chants de Noël et ce garçon très bruyant qu'il ont tous l'air d'aimer... Johnny quelque chose. Qu'est-ce que vous en pensez ?

Simon sourit et hocha la tête :

– C'est fantastique, Ern. Vous aviez raison de vouloir faire ça ici. Ça va être drôle, n'est-ce pas ?

– Éblouissant, cher, éblouissant.

Rayonnant de plaisir, il fila jusqu'à une des fenêtres :

– Tenez, regardez comme c'est excitant. Venez voir.

Simon alla le rejoindre. Dans la claire lumière hivernale, les montagnes au loin avaient l'air d'un décor peint sur un fond bleu. Juste en dessous de lui, Simon constata qu'on avait déblayé et pavé les terrasses, terminé la piscine. Une bétonneuse tournait en grondant et des hommes travaillaient dans un petit bâtiment de pierre en retrait de la piscine et orienté vers l'ouest pour profiter du soleil couchant.

– Le vestiaire de la piscine est parfait, dit Simon. On dirait qu'il a toujours été là.

– Il est tout en vieilles pierres et en vieilles tuiles. Dieu sait où M. Blanc les trouve. Quand je lui ai posé la question, il s'est contenté de se tapoter le nez.

Ils descendirent l'escalier pour traverser la salle voûtée, qu'on utilisait maintenant comme entrepôt pour les poutres et les sacs de ciment et qui serait par la suite le restaurant. Une fois le bâtiment de la piscine terminé, les hommes viendraient s'installer là pour aménager l'intérieur. Simon sentit un frisson d'impatience et d'excitation. Ça allait marcher. Il donna une claque dans le dos d'Ernest :

– Quelle impression ça vous fait ?

– C'est vous qui me demandez ça, cher ? Vous savez, je crois que c'est ce que j'ai toujours voulu faire.

Plissant les yeux dans la lumière du soleil, il regarda les montagnes dans le lointain :

– Oui, ça va être très bien. Ce ne sera pas un déchirement d'abandonner Wimbledon.

Ils passèrent sur les dalles qu'on avait posées en laissant entre elles des espaces pour planter de l'herbe et s'approchèrent de la piscine vide. On avait rasé le muret qui faisait face au sud : quand on aurait rempli la piscine, la surface de l'eau semblerait s'écouler à l'horizon.

– Il ne doit pas y avoir beaucoup de piscines avec une vue comme celle-là, dit Simon. On doit voir à douze ou quinze kilomètres et c'est à peine si on aperçoit une maison.

Ernest désigna l'ouest :

– Et juste derrière ce charmant petit pic, c'est là que le soleil se couche. On peut s'asseoir dans le bâtiment de la piscine pour le regarder. Je l'ai fait l'autre soir : c'était absolument extraordinaire, irréel pour tout dire.

Ils se dirigèrent vers le petit bâtiment. Blanc s'affairait devant son équipe de maçons : ils s'apprêtaient à soulever une dalle de pierre de trois mètres qui allait être le comptoir du bar.

– C'est bon ? Attention aux doigts. Allez... hop !

Dans un effort silencieux, les maçons soulevèrent la pierre jusqu'à leur poitrine et la firent descendre avec infiniment de lenteur et de délicatesse sur la couche de ciment encore humide qui revêtait le bar. Blanc se précipita et posa un niveau sur la dalle. Il l'étudia et fronça les sourcils :

– Non. Il faut le monter un tout petit peu.

Il se pencha, ramassa deux petites pierres taillées en coin et fit signe au plus robuste des maçons.

Claude se courba pour passer une épaule sous l'extrémité de la dalle. Avec un effort qui lui gonfla les veines du cou, il souleva la dalle tandis que Blanc insérait les coins et regardait encore une fois son niveau :

– Oui, c'est bon.

Les maçons poussèrent un soupir d'épuisement en frottant leurs doigts glacés et endoloris.

Blanc essuya une main poussiéreuse sur son pantalon avant d'accueillir Simon et Ernest. « Ça avance bien », annonça-t-il. Le temps avait été clément : bientôt les travaux d'extérieur seraient terminés et les maçons pourraient passer le reste de l'hiver à l'intérieur. Il appela l'un d'eux pour le présenter à Simon : un jeune homme trapu, avec de larges épaules qui commençaient juste sous ses oreilles, une barbe claire et un visage intelligent et joyeux.

– Monsieur Fonzi, dit Blanc, le chef d'équipe.

Fonzi eut un grand sourire, regarda ses mains couvertes de ciment et tendit à Simon son avant-bras. Simon eut l'impression de serrer une haussière d'acier.

– Vous venez ce soir, j'espère ? dit Simon.

– Ben oui, volontiers.

L'homme sourit encore, acquiesça de la tête et se retourna vers les autres maçons qui regardaient la scène en fumant auprès du bar : Claude et Jojo, nullement essoufflés, Jean et Bachir, massant encore leurs mains écorchées :

– Alors, on prend des vacances ? Allez !

Blanc s'excusa et se remit au travail. Ernest regarda sa montre :

– Je ferais mieux de rentrer. Ils ont promis d'être ici avec les fleurs avant le déjeuner.

Simon fit lentement le tour de la piscine et alla s'asseoir sur une pile de dalles. Il s'imaginait comment ce serait en plein été : les clients dans la piscine, les parfums du thym et de la lavande flottant sur la terrasse, des tables dressées dehors pour le déjeuner sous ces grands parasols en toile écrue qui transformait l'éclat du soleil en une douce lumière diffuse. Il se demanda qui seraient les premiers clients. Peut-être devrait-il inviter, de Paris, Philippe avec une de ses amies décoratives de *Vogue*. Mais qu'en penserait Nicole ?

Ils avaient tous les trois eu un après-midi bien occupé : le soir tombait quand Ernest se déclara satisfait des dispositions prises. Les braseros rougeoyaient. Les bougies projetaient sur les murs des ombres tremblantes. Des vases de tulipes roses décoraient chaque table et il y avait assez de vivres, songea Simon, pour un siège prolongé : terrines, charcuterie, salades, fromages, une immense daube qui mijotait sur un lit de charbon de bois, gâteaux et tartes, et un gigantesque plat contenant le diplomate dangereusement alcoolisé préparé par Ernest. Personne ne partirait affamé.

Simon ouvrit la porte et inspecta la rue déserte. Le village était silencieux. Il ressentait le doute qu'éprouvent les hôtes à cette période d'attente un peu creuse où tout est prêt et où personne n'est encore arrivé.

– On ne peut pas dire qu'ils font la queue pour entrer, dit-il. Je ferais peut-être mieux d'aller à Cavaillon engager quelques figurants.

Nicole se mit à rire :

– Ils viendront, ne t'inquiète pas. Tu n'as pas vu cet après-midi ? La moitié du village essayait de regarder à l'intérieur.

Simon se souvenait avoir aperçu un couple par la porte ouverte au moment où quelqu'un faisait une livraison. De haute taille, la trentaine, pâle et vêtu dans des couleurs ternes. L'homme portait de petites lunettes de soleil un peu sinistres comme en arborent les comédiens sans travail qui espèrent se faire reconnaître. Tous deux avaient fixé Simon d'un regard sans expression et inamical. Il les décrivit à Nicole.

– Ah, oui, fit-elle. Ceux-là.

Elle secoua la tête :

– Ceux-là ne vont pas te plaire. Ils sont Anglais, très snobs : de grands amis d'Ambrose Crouch.

– Qu'est-ce qu'il fait dans la vie, ce type ?

– Il l'a épousée. Elle lui a acheté une boutique d'antiquaire.

– Ils vivent là toute l'année ?

– Oh, ils sont tantôt ici, tantôt à Paris. Dans le village, on les appelle les Valium.

Ernest eut un petit rire :

– Merveilleux. Est-ce qu'ils sont assistés ou bien naturellement ennuyeux ?

– Qui sait ? fit Nicole en haussant les épaules. Ils sont très lents, très froids – non, pas froids, très... blasés, tu me comprends ?

– Dieu nous protège, dit Simon. J'aurais dû m'en douter à la façon dont ils m'ont regardé. S'ils avaient levé le nez un peu plus haut, ils se seraient foulé une vertèbre. Des poseurs. Je me demande si lui dort avec ses lunettes de soleil.

Nicole n'avait pas l'air de suivre. Il expliqua :

– Les poseurs se croient raffinés. Ils observent, mais ils ne se mêlent jamais à rien. Ils sont méchants et extrêmement assommants. Tu as raison, les Valium ne vont pas me plaire.

– Allons ! fit Ernest. Ça n'est pas une humeur de fête, tout ça. Je crois que nous devrions prendre un petit verre tranquillement avant l'arrivée de la foule. Et si les

Valium nous honorent de leur visite, nous les installerons dans un coin où personne ne risquera de tomber sur eux, puis nous les réveillerons quand il sera l'heure de rentrer. Qu'est-ce que vous prenez ?

Ils s'assirent à une des petites tables pour boire à petites gorgées du vin rouge un peu frappé. Simon se sentait nerveux, et éprouvait une certaine appréhension, comme avant une réunion dont il savait qu'elle allait être difficile. Et si Nicole se trompait : si le village détestait l'idée d'un hôtel ? Imaginons que Crouch s'entête et écrive un article incendiaire ? Imaginons...

– Bonsoir, mes amis, bonsoir.

Blanc apparut sur le seuil, dominant de toute sa haute taille une petite femme brune qu'il présenta comme son épouse. Sur leurs talons, un groupe de jeunes gens et de jeunes filles aux cheveux blonds et au teint coloré, avec un couple plus âgé.

– Les Suédois du village, chuchota Nicole à Simon. Très sympas, et il y en a beaucoup.

Elle fit les présentations : Ebba et Lars, Anna et Carl, Birgitta et Arne, et Harald. Tous grands, souriants et parlant un anglais parfait. Qui avait dit que les Suédois étaient froids ? Simon commença à se détendre et à expliquer ses projets pour l'hôtel. Le couple plus âgé hocha la tête. Ce serait excellent pour eux. Il n'y avait jamais assez de place dans leur maison pour tous ceux qui voulaient descendre dans le Midi. Ils avaient parfois l'impression que la moitié de la population de la Suède dormait par terre, et l'été dernier, quand la fosse septique s'était bouchée... ils frémirent, éclatèrent de rire et prirent un autre verre.

Nicole effleura le bras de Simon et de la tête lui désigna la porte où le maire, M. Bonetto, et sa femme étaient plantés sur le seuil comme s'ils avaient pris racine. Simon alla les accueillir et madame fit semblant de le gronder :

– Vous ne descendez plus chez nous maintenant,

dit-elle en regardant Nicole. Vous avez trouvé un lit plus confortable, hein ?

Bonetto broya la main de Simon :

– Ça va ?

Puis il lui pétrit l'épaule :

– Alors, nous allons avoir notre hôtel ?

Ses yeux, au regard vif et interrogateur dans son visage ridé par les intempéries, dévisageaient Simon.

– J'espère que vous approuvez.

– Je pense bien que j'ai approuvé. Et tout le conseil municipal. Pourquoi tous les gens descendraient-ils à Gordes ? C'est bieng, c'est bieng.

Il donna dans le dos de Simon une claque assez forte pour lui laisser un bleu. Soulagé, Simon les entraîna jusqu'au bar et Ernest leur servit un pastis.

– Dites-moi, demanda Simon, où est votre fille ? Elle ne va pas venir ?

– Elle reste au café. Ça ne l'amuse pas, mais il faut bien que quelqu'un soit là. Santé.

Bonetto attaqua son pastis.

– Je lui porterai une coupe de champagne, dit Simon. Pour la consoler.

La salle commençait à se remplir et Nicole pilotait Simon parmi les invités, lui murmurant à l'oreille des noms qu'il oubliait presque aussitôt : un quarteron de Parisiens, reconnaissables à leurs blousons de cuir souple. Le boucher et le boulanger. Le notaire et son épouse. Un charmant couple de Hollandais. La dame qui tenait le minuscule bureau de poste. Duclos, le garagiste, avec son chien plein de cambouis. Fonzi, avec sa petite amie parfumée et enveloppée de daim. Jojo et Claude, rasés et briqués. Deux vieilles gens du village au visage ridé, appuyés sans rien dire contre le mur. Deux agents immobiliers qui avaient aussitôt glissé leur carte dans la poche de Simon. Un homme habillé comme un mafioso qui voulait discuter de systèmes d'alarme contre les cambrioleurs. Et le propriétaire du meilleur vignoble de la région. Tout au long d'une heure un peu ahurissante mais encourageante, passée à circuler dans la salle, Simon n'avait pas rencontré une seule réaction négative. L'atmosphère était chaleureuse : la séparation initiale entre gens du village et étrangers commençait à disparaître. Ils ne s'étaient encore sans doute jamais trouvés réunis de cette façon. La soirée s'annonçait bien.

Simon se dirigea vers le bar :

– Comment ça marche, Ern ?

– Je tiens, cher, mais tout juste.

Il se passa une main sur le front :

– Le champagne a l'air d'avoir un succès fou.

Cela rappela à Simon la fille du café :

– Je me suis dit que je pourrais apporter une coupe à la fille de Bonetto, juste à côté.

Il regarda Ernest verser le champagne :

– Je crois que ça se passe bien, vous ne trouvez pas ?

– Ma foi, à en juger par les cadavres de bouteilles...

Ernest aperçut le verre vide de Mme Bonetto :

– Un petit pastis, madame ?

Mme Bonetto laissa remplir son verre :

– Merci, jeune homme.

Ernest se rebiffa mais ne dit rien.

Simon prit la coupe de champagne. Il se fraya un chemin au milieu de la foule jusqu'à la porte et sortit dans le froid de la nuit.

La jeune fille était seule au café, à regarder la télévision installée au bout du comptoir et à grignoter des cacahuètes. Elle se passa la langue sur les dents avant de sourire à Simon.

– Je suis désolé que vous soyez obligée de rester ici. Je vous ai apporté du champagne.

– C'est gentil.

Elle le regarda par-dessus son verre, ouvrant tout grands ses yeux noirs. Une jolie fille comme ça serait une bonne réceptionniste pour l'hôtel, songea Simon. Il faudrait en toucher un mot à son père.

– Je ne vous ai jamais demandé votre nom, dit-il.
– Françoise.
– Simon.
– Papa dit que vous allez construire un hôtel.
– C'est exact. Nous espérons ouvrir l'été prochain.
Elle but une gorgée de champagne et baissa les yeux vers son verre, ses cils noirs se détachant sur sa peau olivâtre :
– Il va vous falloir des gens pour travailler là-bas.
– Nous allons commencer à chercher après Noël.
– Ça m'intéresserait beaucoup.
Elle se pencha en avant et Simon se surprit à contempler le petit crucifix en or qui pendait dans l'échancrure de son corsage :
– J'aime bien faire des choses nouvelles.
– Qu'est-ce qu'en penseraient vos parents si vous abandonniez le café ? Je ne peux pas vous voler comme ça.
Elle plissa les lèvres et eut un petit haussement d'épaules :
– J'ai une cousine. Elle pourrait venir ici.
– Je vais en parler à votre père, d'accord ? Bon, il faut que j'y aille.
Il s'éloigna :
– Au revoir, Françoise.
– Au revoir, Simon.
Il repartit vers la gendarmerie en souriant dans l'obscurité. Elle allait faire des ravages parmi les clients masculins si elle était à la réception.
En approchant de la porte ouverte, il aperçut trois silhouettes qui attendaient dehors :
– Eh bien, fit l'une d'elles, je pense que nous devrions entrer. C'est un publicitaire, n'est-ce pas, Ambrose ? Un de ces horribles petits personnages avec un nœud papillon.
Ils franchirent le seuil et Simon reconnut les Valium, suivis d'un petit homme frêle avec une trop grosse tête.

Le « beau monde » de Brassière était arrivé. Simon s'arma de courage pour être aimable et se dirigea vers leur table.

– Enchanté que vous ayez pu venir. Je suis Simon Shaw.

C'était comme échanger une poignée de main avec des ectoplasmes. Mrs. Valium, visage inexpressif mais presque joli, encadré de longs cheveux qui tombaient tout raides, esquissa un demi-sourire. L'expression de Mr. Valium ne changea pas sous les lunettes de soleil qu'il portait pour protéger ses yeux de la lueur des bougies. Crouch le dévisagea. Simon se dit qu'il avait rarement vu trois visages à l'air plus malsain, d'une pâleur de cire.

– Ainsi donc, fit Crouch, c'est vous le fameux publicitaire. Eh bien, eh bien. Nous sommes flattés.

Sa voix semblait sortir de son nez, une voix de baryton maussade qui rappela à Simon un professeur sarcastique qu'il avait détesté au collège.

– Comment saviez-vous que j'étais dans la publicité ?

– Je suis journaliste, monsieur Shaw. C'est mon travail de me renseigner sur nos vaillants capitaines d'industrie.

Les Valium eurent un pâle sourire en agitant leurs coupes d'un geste vague.

– Je présume, reprit Crouch, que ça va devenir un hôtel-boutique.

On aurait cru à l'entendre qu'il venait de marcher dans quelque chose de déplaisant.

– Un petit hôtel, oui.

– Tout à fait ce qu'il faut au village.

– Les gens du village ont l'air très contents à cette idée.

– Pas tous les gens du village, monsieur Shaw. Vous avez lu ma chronique, j'imagine : vous connaissez donc mes sentiments sur la province défigurée par ce que nous appelons bien à tort le progrès.

Crouch but une grande lampée de champagne et désigna de la tête les Valium :

– Non, tous les gens du village n'ont pas envie de voir les rues grouiller de Mercedes et de touristes endimanchés.

– Je crois que vous exagérez.

Crouch poursuivit comme s'il n'avait pas entendu :

– Mais je suppose qu'il faut laisser le public juge. Comment dit-on dans votre... dans votre profession ? Toute publicité est bonne à prendre ?

Il se mit à rire et les Valium sourirent.

– Nous verrons.

Simon prit la bouteille de champagne, remplit la coupe de Crouch et la lui tendit :

– C'est drôle, je voulais justement vous parler de publicité. Nous pourrions peut-être nous installer par là. Je ne veux pas ennuyer vos amis.

Crouch leva les yeux vers lui et le suivit :

– Ma foi, ça va être amusant.

– Voyons un peu, monsieur Crouch. La publicité.

Simon eut un grand sourire et fit un effort pour garder un ton charmant et raisonnable :

– Je préférerais qu'il ne paraisse rien dans la presse avant que l'hôtel soit prêt à ouvrir. Vous savez comme le public a la mémoire courte.

Crouch le regarda sans répondre : l'esquisse d'un ricanement lui tordait un coin de la bouche. C'était donc ça. Ce voyou surpayé allait lui demander un service.

– Je vous serais donc reconnaissant si vous pouviez garder pour vous actuellement les commentaires que vous pourriez avoir à faire.

Simon tendit la main vers le bar et prit une bouteille dans son seau :

– Encore un peu de champagne ?

– Il faudrait plus que du champagne pour m'empêcher d'écrire sur ce sujet, monsieur Shaw. Vous êtes très naïf.

Il tendit sa coupe vide :

– Il est vrai que vous êtes dans un métier de naïfs.

Simon hocha la tête, refusant de se laisser entraîner dans une discussion :

– Dites-moi, qu'est-ce qu'il faudrait ?

Le ricanement de Crouch s'épanouit :

– Je crois pouvoir distinguer où mène cette conversation, mais il va me falloir vous décevoir.

Il but une longue gorgée, savourant cet instant, la puissance de la presse : il rayonnait de satisfaction à l'idée délicieuse de faire se tortiller devant lui un homme riche.

– Non, monsieur Shaw, vous pouvez vous attendre à avoir pas mal de publicité dans le *Post*. Une large couverture de presse : c'est bien le terme que vous employez dans votre métier ? J'ai 750 000 lecteurs, vous savez.

Il réprima un rot et termina son champagne. Il se servit lui-même ensuite.

La voix de Simon avait maintenant des accents plus durs :

– Vous *aviez* 750 000 lecteurs. Plus maintenant. Le tirage baisse depuis trois ans... ou bien ne vous a-t-on pas prévenu ?

Crouch lécha la sueur qui perlait sur sa lèvre supérieure :

– C'est encore le quotidien le plus influent d'Angleterre.

– C'est une des raisons pour lesquelles mon agence dépense plus de quatre millions de livres chaque année pour y acheter de l'espace.

Simon soupira, comme s'il répugnait à gâcher cette plaisante statistique par de mauvaises nouvelles :

– Bien sûr, c'est un chiffre toujours sujet à révision.

Crouch plissa les yeux au-dessus des bouffissures de ses joues.

– Une partie de ces quatre millions de livres servent

à payer vos honoraires, monsieur Crouch. Y avez-vous jamais songé ? Sans doute pas. D'ailleurs, c'est sans importance.

– Mais non, monsieur Shaw, pas du tout.

Crouch allait s'éloigner, mais Simon le prit par le bras.

– Je n'en ai pas tout à fait terminé. Laissez-moi vous expliquer les choses aussi clairement que possible. S'il y a la moindre mention de l'hôtel au cours des six mois à venir, qu'il s'agisse de votre chronique, ou d'un article glissé dans un autre journal, je retire les budgets de publicité du *Post*. Tous.

Le verre de Crouch s'arrêta à mi-chemin de sa bouche :

– Vous n'oseriez pas. Vous n'avez pas affaire à un de vos petits imprimeurs de rien du tout. C'est à la presse britannique que vous avez affaire. Mon rédacteur en chef ne le tolérerait pas.

– Je n'ai pas affaire à votre rédacteur en chef. Je traite avec votre directeur. Votre propriétaire.

Simon reprit la phrase condescendante que Crouch avait utilisée précédemment :

– C'est bien le terme que vous employez dans le journalisme ? Je déjeune avec lui deux ou trois fois par an. C'est un homme à l'esprit très pratique.

Simon s'aperçut que Crouch avait la main qui tremblait :

– Attention. Vous allez renverser votre champagne.

– C'est scandaleux.

Crouch vida le contenu de sa coupe. Il parut y puiser un renouveau d'inspiration. Il retrouva son ricanement :

– Vous savez que je pourrais publier ça – toute cette sordide petite tentative de chantage – en première page du journal ? Ça ferait un bel article, un très bel article.

Simon acquiesça :

– Oui, en effet. Et si jamais il était publié, trois

choses se produiraient. Je nierais. Je retirerais ma publicité. Et je vous traînerais en justice. Pas le journal. Vous.

Les deux hommes se dévisagèrent quelques instants. Ce fut Simon qui brisa ce silence hostile :

– Encore une coupe ?

– Allez vous faire voir.

Crouch passa en titubant devant Simon et repartit d'un pas un peu incertain vers la table où étaient installés les Valium. Crouch leur dit quelques mots. Ils regardèrent Simon et se levèrent.

Jojo et Claude, penchés sur leur pastis au bar, virent Crouch et les Valium se frayer un chemin jusqu'à la porte, les lèvres serrées, leur visage exprimant un mépris teinté d'irritation. Jojo donna un coup de coude à son compagnon :

– Ils sont en colère, les Rosbifs.

Claude haussa les épaules :

– C'est normal.

Dans son expérience limitée, les Anglais qu'il avait rencontrés étaient généralement mécontents de quelque chose : l'ardeur du soleil, la plomberie, la lente progression du chantier. Ils ne manquaient pas une occasion de manifester un désespoir contenu. Mais du moins la plupart d'entre eux étaient-ils polis, pas arrogants comme les Parisiens. Seigneur ! les Parisiens. Il vida son verre et bâilla. Nouvelle séance d'entraînement demain avec le Général. Nouvelle torture. Il avait encore les fesses endolories depuis la dernière fois. Les selles de bicyclette n'étaient pas conçues pour de grands gaillards.

– Alors, on y va ?

Ils allèrent souhaiter bonne nuit à Simon. Il n'était pas si mal, se dirent-ils, pour un Anglais. Ils échangèrent une énergique poignée de main. Il allait leur fournir du travail pour tout l'hiver, un travail confortable, à l'intérieur.

Simon était plus détendu. Crouch se tiendrait tranquille, il en était sûr. Le venimeux petit salopard l'avait cru : il ne semblait pas le genre d'homme à avoir assez d'assurance et de cran pour prendre un risque. Il n'avait pas non plus l'avantage dont jouissent en général les journalistes de pouvoir faire un raid éclair, échapper aux conséquences de ses écrits et se cacher derrière son rédacteur en chef, à des centaines de kilomètres de là. Un ennemi dans le village, se dit Simon, serait plus facile à supporter qu'un ennemi à Londres.

Il était minuit largement passé quand le dernier invité, le maire, M. Bonetto, congestionné et débordant d'une affection qui devait beaucoup à l'alcool, leur fit ses adieux à tous les trois en les étreignant et repartit d'un pas vacillant vers le café. Ernest arrêta les Gipsy Kings au milieu d'un cri plaintif pour les remplacer par du Chopin. Le calme se fit dans la salle. Le spectacle du saccage était réconfortant pour l'œil : bouteilles, verres, assiettes et cendriers partout, plus rien sur le buffet. Témoignage chaotique d'une soirée réussie. Simon dut basculer le tonnelet de vin rouge pour emplir trois verres.

Il rapporta à Nicole et à Ernest sa conversation avec Crouch :

– Je pense qu'il va rester tranquille jusqu'à ce que j'aie réglé tous mes problèmes avec l'agence. Après ça, ça n'a pas d'importance. Ce qui compte, c'est que les gens du village avaient l'air contents.

Ils soufflèrent les chandelles avec une certaine satisfaction et refermèrent la porte sur les reliefs de la réception. Ç'avait été une bonne soirée et, dans deux jours, ce serait Noël.

Simon appela à peu près à l'heure où, à son avis, Jordan avait déjà pris ses deux premiers verres de gin du réveillon et commencerait à se sentir envahi d'une mélancolie croissante à l'idée de supporter pendant quelques jours ses beaux-parents.

– Allô ?

C'était la femme de Jordan, qui rivalisait avec un chien aboyant en fond sonore.

– Percy, veux-tu te taire. Allô ?

– Louise, j'espère que je ne vous dérange pas. C'est Simon Shaw.

– Mais non, comment allez-vous ? Joyeux Noël. Percy, va chercher ta pantoufle, au nom du ciel. Désolée, Simon.

– Joyeux Noël à vous aussi. Est-ce que je pourrais dire juste un mot à Nigel ?

Simon entendit Percy se faire réprimander et un bruit de pas sur du parquet.

– Simon ?

– Nigel, je suis désolé de vous déranger, mais c'est important. Pourriez-vous vous traîner jusqu'à Londres pour une réunion le 27 ? Ça m'ennuie de vous demander ça, mais...

– Mon cher ami... (Jordan baissa la voix jusqu'à presque chuchoter)... juste de vous à moi, rien ne saurait me faire plus plaisir. De quoi s'agit-il ?

– De bonnes nouvelles. Pourquoi ne pas passer me prendre à Rutland Gate dans la matinée, et nous partirons de là ? Comment marche la voiture ?

– À merveille, mon vieux, à merveille.

– Jusqu'au 27, alors. Oh, et joyeux Noël !

Jordan eut un bref ricanement :

– Ça me paraît peu probable à moins que j'ajoute de l'alcool au porto.

– Il paraît que le cyanure fait merveille. Amusez-vous bien.

Simon raccrocha et secoua la tête. Les Noëls en famille faisaient toujours penser à la remarque de Bernard Shaw sur le mariage. Qu'est-ce que c'était donc ? Le triomphe de l'optimisme sur l'expérience. Tout le monde autour de lui abordait Noël avec la même consciencieuse agitation que lui quand ses parents étaient encore en vie. La gaieté forcée et l'alcool provoquaient, tôt ou tard, discussions et mauvaise humeur, suivies de remords, suivies du réveillon du Nouvel An avec l'occasion de tout recommencer. Pas étonnant que janvier fût un mois épouvantable.

Mais, il devait bien en convenir, ce bref Noël passé en France lui avait plu. Ils avaient déjeuné dehors sur la terrasse abritée, enveloppés d'écharpes et de chandails. Ils avaient marché des heures dans la campagne derrière le village et s'étaient couchés de bonne heure, abrutis par l'air pur et le vin rouge. Ils avaient passé le lendemain à la gendarmerie pour examiner les plans jusqu'au moment où il avait fallu partir pour l'aéroport et prendre le vol du soir pour Heathrow. Ernest et lui quittèrent le village pour descendre dans la vallée : Simon se dit que cela faisait longtemps qu'il n'avait pas attendu une année nouvelle avec autant d'impatience.

Londres était une ville morte, plongée dans la stupeur d'un lendemain de fête devant la télévision. Rutland Gate lui parut l'appartement d'un étranger. Simon passa la soirée à s'énerver : Nicole lui manquait, il n'arrivait pas à se concentrer sur ses notes pour la réunion du lendemain; il aurait voulu en être débarrassé pour se retrouver dans la confortable petite maison en haut de la colline. Ziegler allait être un choc encore plus rude à supporter que d'habitude.

Il s'éveilla de bonne heure, inspecta le réfrigérateur vide et sortit en quête d'un endroit où il pourrait prendre un petit déjeuner. Sloane Street était calme et grise : les magasins les plus pessimistes arboraient déjà des affiches de soldes. En passant devant la boutique Armani, Simon se demanda où Caroline avait passé Noël. Sans doute à Saint-Moritz, où elle pouvait changer de toilette quatre fois par jour et fréquenter les décavés de toute l'Europe.

Il entra au Carlton Tower Hôtel : la salle à manger – d'ordinaire envahie d'hommes en costumes trois pièces à leur premier rendez-vous de la matinée – était occupée aujourd'hui par une population clairsemée d'Américains et de Japonais en train d'étudier leurs guides tout en se débattant avec les délices du breakfast anglais traditionnel. Simon commanda un café et prit le brouillon du communiqué qu'il avait préparé. C'était, se dit-il, un modèle d'absurdités superficielles et il avait réussi à y glisser quelques-uns de ses clichés préférés : l'année sabbatique était là, côtoyant le point de vue objectif sur le monde et la permanence des liens étroits avec l'agence. Un chef-d'œuvre de flou. Jordan demanderait sans doute qu'on y insère un paragraphe sur lui et son équipe de direction, mais c'était un problème facile à résoudre. Et Ziegler ? Il dirait que c'était de la foutaise, et il aurait raison. Mais il savait, tout comme Simon, que dans la publicité la foutaise est le ciment qui maintient la cohésion des entreprises.

Simon rentra par les rues désertes jusqu'à l'appartement et s'installa avec un cigare pour attendre Jordan. D'ici deux heures, tout serait réglé.

Le murmure un peu rauque de la Bentley débouchant dans Rutland Gate annonça l'arrivée de Jordan. Simon alla l'accueillir. Il était revêtu d'un autre de ses costumes de tweed pare-balles, marron celui-ci, et hérissé comme un paillasson, avec une cravate couleur feuille morte. Il sourit et lança en avant ses manchettes en signe de salutation.

– Bonjour, mon vieux. On a survécu aux festivités ?

Simon monta dans la voiture et promena un œil admiratif sur le cuir marron foncé et la ronce de noyer bien astiquée :

– À peu près. Et vous ?

– Pas de victime jusqu'à maintenant, mais cette petite coupure est arrivée au bon moment, je peux vous le dire. Le bridge non-stop, c'est vraiment assommant.

Il regarda Simon en pianotant sur le volant :
– Tout ça est terriblement mystérieux. Qu'est-ce qui se passe ?
– Nous avons rendez-vous avec Ziegler au Claridge et je vais donner ma démission.
Jordan eut un grand sourire en quittant Rutland Gate :
– Trouvez autre chose, mon vieux.
Il écrasa l'accélérateur et la grosse voiture dépassait 100 kilomètres à l'heure quand elle déboucha sur Hyde Park Corner, provoquant un coup de klaxon furibond d'un taxi :
– Qu'est-ce que vous pensez du moteur ?
– Je le préférerais au ralenti. Vous prenez la première à droite, pour le Claridge.
Jordan coupa deux files de voitures :
– Vous ne parlez pas sérieusement ? Vous n'allez pas démissionner ?
– Mais si, à condition de vivre assez longtemps pour ça.
Jordan ne dit rien et Simon sourit sous cape. Ce qu'il y avait de plus bruyant dans la voiture, c'était le tic-tac du cerveau de Jordan quand il s'arrêta devant l'hôtel.
Ziegler les reçut dans sa suite, en tenue de jogging : survêtement gris et baskets. L'apparition inattendue de Jordan lui fit froncer les sourcils.
– Qu'est-ce que c'est, une délégation ?
– Avec tous mes vœux, Bob, dit Simon. J'espère que vous allez bien ?
Ziegler les dévisagea d'un œil méfiant. Dans son expérience, les hommes évoluant par paires, ça voulait généralement dire collusion et ennuis en perspective. Il décida de démarrer sur un ton plaisant :
– Oui. Qu'est-ce que vous prenez tous les deux ? Jus de fruit ? Café ?
Jordan consulta sa montre :
– À vrai dire, je prendrais bien une coupe.

Ziegler eut l'air abasourdi.

– Du champagne.

Ziegler appela le service à l'étage et Simon feuilleta les papiers qu'il avait apportés tandis que Jordan procédait à son numéro habituel de sélection d'une cigarette.

– Bon.

Ziegler s'assit aussi loin que possible de la section fumeur :

– Qu'est-ce qui se passe ?

Simon leur exposa lentement et sans émotion ses plans. Il souligna son désir de donner à son départ l'apparence d'un développement pour l'agence. Il promit sa coopération et la cession progressive de ses parts aux autres directeurs. Il venait de leur remettre des copies du communiqué de presse quand le champagne arriva. Il se leva pour donner un pourboire au garçon et resta près de la porte à regarder les deux hommes : penchés sur le communiqué, ils digéraient la nouvelle et en calculaient l'effet sur eux.

Ziegler serait ravi de voir Simon s'en aller et le laisser maître incontesté du monde. Jordan aurait un plus grand bureau et un titre plus ronflant pour aller avec sa grosse nouvelle voiture. Ni l'un ni l'autre ne le regretteraient personnellement, pas plus qu'ils ne lui manqueraient. Il s'agissait uniquement d'affaires, d'affaires et d'intérêts personnels.

Jordan se leva et s'approcha de Simon : il faisait de son mieux pour arborer un air grave. Il lui tapota l'épaule :

– Vous allez diablement nous manquer, mon vieux. Diablement. J'appréciais énormément notre amitié.

Il eut un grand soupir à l'idée de perdre son cher camarade et tendit la main vers le champagne :

– Ah, fit-il, perrier-jouët 1985. Magnifique.

Ziegler se mit à marcher de long en large. Simon était fasciné par ses chaussures de jogging. On aurait dit qu'elles étaient gonflables, et elles lui donnaient l'air de rebondir sur la moquette.

– Je ne comprends pas. Vous voulez aller diriger un putain de petit hôtel à Pétaouchnok ?

Il s'arrêta et pivota sur ses semelles pour regarder Simon, penchant la tête en avant comme un chien en train d'examiner un os inattendu et peut-être truqué :

– Vous me racontez des craques. Il y a une autre agence.

Le silence régnait sur la pièce. On n'entendait que le bruit de la cigarette que Jordan n'avait pas encore allumée : tap, tap, tap sur l'étui en or.

– Non, Bob. Absolument pas, je vous jure. J'en ai assez, c'est tout. Je suis mûr pour un changement.

Simon eut un grand sourire :

– Souhaitez-moi bonne chance et dites-moi que je vais vous manquer.

Ziegler se renfrogna :

– Qu'est-ce que vous voulez, un dîner de gala et une foutue médaille ? Vous me posez un problème comme ça et je dois être ravi ? Seigneur !

Mais, sous cette apparente colère, Simon savait bien qu'il était enchanté, tout comme Jordan. Ils discutèrent jusqu'en fin d'après-midi et il comprit clairement qu'aucun d'eux ne voulait le voir rester plus longtemps que nécessaire. En quelques heures, sa position avait changé : d'indispensable, il était devenu une éventuelle source d'embarras, un directeur qui ne s'intéressait plus aux jeux du pouvoir, un croyant qui avait renié sa foi. Des gens comme ça semaient la perturbation, ils étaient même dangereux car ils menaçaient de ternir l'aura de dévouement soigneusement entretenue de l'agence.

Simon écoutait Ziegler et Jordan passer en revue la liste des clients en estimant les dégâts possibles et en discutant d'aménagements dans la haute direction. Pas une fois ils ne lui demandèrent son opinion et il se rendit compte que, pour reprendre la terminologie de Ziegler, il appartenait déjà à l'Histoire. Les avocats s'occuperaient des détails. Il n'était plus dans le coup.

15

Ernest gara sa vieille Armstrong Siddley étincelante devant l'appartement de Rutland Gate. Aujourd'hui, ils partaient pour de bon : ils émigraient, s'embarquaient pour une vie nouvelle.

Il entra et trouva Simon agenouillé devant une valise gonflée et qui jurait en essayant d'en fermer les serrures :

– Désolé, Ern. Je n'ai jamais été très fort pour les bagages. Est-ce qu'il y a de la place dans la voiture ?

Ernest vint le rejoindre sur la valise :

– Nous serons peut-être un peu à l'étroit, mais ça ira. Il n'y a que celle-ci et les deux autres ?

Il poussa les fermoirs :

– Voilà. En route.

Ils portèrent les valises jusqu'à la voiture et Ernest ouvrit le coffre :

– La grande, nous pouvons la glisser là, et les autres par-dessus le panier de Mrs. Gibbons.

Simon avait complètement oublié Mrs. Gibbons.

– Où va-t-elle s'asseoir ?

– Ah, elle a cette petite habitude un peu assommante : elle ne veut voyager qu'à la place du passager. Si on l'installe derrière, elle se met dans un état épouvantable et dévore le cuir des garnitures.

– Et moi, alors ?

– Vous pouvez jouer le lord anglais et vous asseoir derrière.

Simon regarda par la vitre le côté passager. Deux yeux roses soutinrent son regard. Mrs. Gibbons s'assit sur son séant et bâilla. Comme tous les bull-terriers, elle avait une paire de mâchoires qui semblait capable de briser des pierres. Elle pencha la tête vers Simon. Une oreille blanche un peu déchiquetée se dressa. Il entendit un grognement sourd.

Ernest fit le tour de la voiture et ouvrit la portière :

– Nous ne voulons pas entendre davantage ces bruits déplaisants. Maintenant sortez et dites bonjour à Mr. Shaw.

Il se tourna vers Simon :

– Tendez la main, cher, pour qu'elle puisse vous flairer.

Simon tendit une main hésitante que le chien inspecta attentivement avant de sauter de nouveau dans la voiture et de se pelotonner sur le siège, un œil aux aguets, l'autre fermé.

– Ça n'est pas un chien, Ern. On dirait plutôt un lutteur japonais.

– L'apparence n'est pas tout, cher. Elle a un excellent caractère. En général.

Ernest ouvrit la portière arrière de la voiture et, avec un grand geste, fit entrer Simon qui s'installa sur la banquette auprès du panier du chien.

– En route pour la France !

Ils s'arrêtèrent pour la nuit à Fontainebleau et repartirent de bonne heure le lendemain matin. La vieille automobile maintenait sans bruit une vitesse de près de 110 à l'heure. Le ciel se dégageait et s'éclairait : ils arrivaient dans le Midi.

– Nous serons à Brassière pour le cocktail, dit Ernest. Et je crois savoir que Nicole nous a préparé un cassoulet.

Simon se pencha en avant, s'accoudant au dossier du siège du passager. Mrs. Gibbons ouvrit un œil méfiant.

– Je suis content que Nicole et vous vous entendiez si bien.

– Cher, je ne saurais vous dire quel soulagement c'est de la trouver après notre dernière petite aventure. Au fait, lui avez-vous dit que nous partions ?

Simon avait décidé de ne rien dire à Caroline avant d'être sain et sauf en France. Si elle avait su qu'il quittait la juridiction des tribunaux britanniques, les avocats seraient tombés sur lui comme la vérole sur le bas clergé.

– Non. Je me suis dit que j'allais lui mettre un mot, en lui disant de ne pas s'inquiéter pour la pension alimentaire. Elle n'a aucune raison de se plaindre.

Ernest renifla bruyamment :

– Ça ne l'a jamais empêchée d'être un poison. Si vous voulez mon avis, c'est une jeune femme extrêmement gâtée.

Il déboîta pour doubler un camion transportant des moutons :

– Vous savez, elle va être dévorée de curiosité quand elle l'apprendra. Elle va descendre jeter un coup d'œil, cette fouineuse petite madame.

– J'en suis certain.

Simon regarda le paysage rocailleux gris et vert et sentit la fatigue s'abattre sur lui. Les dernières semaines n'avaient pas été faciles : maintenant qu'elles étaient passées, il avait envie de s'effondrer, d'être avec Nicole. Il commençait à penser que c'était chez elle son vrai foyer.

– Vous ne pouvez pas pousser un peu cette vieille guimbarde ?

Ils arrivèrent à Brassière juste après dix-huit heures. Nicole sortit pour les accueillir, serrant les épaules contre le froid. Elle portait un collant et un chandail de fin lainage noir avec un petit tablier blanc extrêmement peu pratique. Simon la prit dans ses bras et lui couvrit le cou de baisers. Sa peau gardait la chaleur de la cuisine.

– Tu pourrais te faire arrêter, à porter une tenue pareille. Comment vas-tu ?

– Bienvenue à la maison, chéri.

Elle se renversa en arrière pour regarder son visage. Puis elle ouvrit de grands yeux en apercevant quelque chose par-dessus l'épaule de Simon.

– Mon Dieu, qu'est-ce que c'est que ça ?

Mrs. Gibbons célébrait son arrivée en procédant à une enquête des parfums locaux : elle passait d'un réverbère à une poubelle de son pas de vieux marin aux jambes torses et habituées au roulis, la queue raide et intriguée. Nicole la regarda d'un air incrédule choisir un endroit approprié pour se soulager, son grand museau aplati levé vers le ciel pour humer l'air du soir.

– Ça, dit Simon, c'est Mrs. Gibbons. Elle n'est pas ordinaire, hein ?

Nicole éclata de rire en secouant la tête. Un chien vraiment laid, se dit-elle, une des blagues du bon Dieu. Elle posa un baiser sur le nez de Simon :

– Tu n'auras rien à boire tant que tu ne m'auras pas lâchée.

Ils déchargèrent la voiture et s'assirent autour du feu avec une bouteille de vin rouge tandis que Nicole leur rapportait les dernières nouvelles. L'annonce de la construction de l'hôtel s'était répandue bien au-delà des limites du village par le téléphone arabe. Chaque jour maintenant, disait-elle, quelqu'un venait la trouver pour lui proposer un arrangement ou un autre : des prix sur la viande, une occasion exceptionnelle d'acheter des objets anciens, un service d'entretien de la piscine, des oliviers adultes à prix d'ami. Le monde entier, semblait-il, avait quelque chose ou quelqu'un à vendre et personne n'était plus insistant que l'ennemi juré du cambrioleur, Jean-Louis, le vendeur de systèmes d'alarme.

Au moins une fois par jour, il téléphonait ou passait pour donner les dernières informations concernant l'activité criminelle dans le Vaucluse. À l'en croire, les cambrioleurs sévissaient partout : rien n'était à l'abri.

En quelques secondes, des voitures disparaissaient, on pénétrait par effraction dans des maisons, statues et meubles de jardin se volatilisaient : même les fourchettes et couteaux de l'hôtel ne seraient pas à l'abri. Il se ferait personnellement un plaisir, déclara-t-il à Nicole, de superviser l'installation d'un système de sécurité aussi inviolable que celui de la Banque de France. Pas même un rat des champs ne parviendrait à se glisser par les mailles du filet.

– Il m'a tout l'air d'un escroc, dit Simon. Pourquoi avons-nous besoin de tout ça ? Il y aura toujours quelqu'un à l'hôtel. D'ailleurs, nous pouvons dresser Mrs. Gibbons à tuer sur ordre.

Nicole haussa les épaules :

– Je crois qu'il cherche du travail : tu sais, chef de la sécurité ou quelque chose comme ça. Il est tout à fait charmant, mais un peu louche. Tu l'as rencontré à la soirée.

– Et pour le vrai chef, où en sommes-nous ?

– Pour l'instant, j'ai deux possibilités. Un jeune homme qui est adjoint au chef dans un des grands hôtels de la Côte. Il veut sa cuisine à lui. On me dit qu'il est bon et qu'il a de l'ambition. L'autre...

Nicole alluma une cigarette et se mit à rire à travers la fumée :

– ... c'est Mme Pons. Elle est de la région : une merveilleuse cuisinière, mais avec un caractère difficile. Sa dernière place était en Avignon mais elle a fait un esclandre avec un client qui disait que le canard n'était pas assez cuit. Elle est sortie de la cuisine et vlan ! Ça a été dramatique.

– Que pensez-vous d'un chef dramatique, Ern ?

– Les artistes ne sont jamais faciles à vivre, cher. Nous le savons tous.

– Un soir, j'ai goûté son soufflé aux truffes, dit Nicole, et son poulet à l'estragon. Superbes.

Elle regarda sa montre et se leva :

– Dire que maintenant tout ce que j'ai à vous offrir, c'est mon malheureux petit cassoulet.

Le malheureux petit cassoulet – un riche et puissant ragoût de saucisses, d'agneau, d'oie et de haricots avec une fine croûte de chapelure – fut déposé sur la table dans son grand plat en terre, auprès du vin de Rasteau, qu'ils goûtaient pour la cave de l'hôtel. On découpa le long pain de campagne en tranches épaisses, douces et élastiques entre les doigts. On fatigua la salade, on servit le vin, Nicole rompit la croûte du cassoulet et une vapeur aux odeurs délicieuses monta de la soupière. Simon lui fit un grand sourire en coinçant sa serviette dans son col.

– Je fais attention à tes chemises.

– J'espère bien. Maintenant, mange pendant que c'est chaud.

Ils étaient tous d'accord : il fallait rapidement engager un chef, avant de passer à la construction et à l'aménagement de la cuisine. Un bon chef pouvait en une seule saison faire la réputation d'un hôtel et attirer toute l'année la clientèle locale.

Ernest s'essuya la bouche avec sa serviette et but une gorgée de vin : il la roula un moment en bouche avant de l'avaler.

– Hmm. Très prometteur. Nous essayons le cairanne ? C'est une merveille que tous ces vignobles soient si proches. Ce que je propose, c'est que nous demandions à chaque chef de venir à Brassière – de toute façon, ils en ont tous envie – pour venir nous faire la cuisine. Un déjeuner-test. Pourquoi pas ?

Nicole et Simon se regardèrent. Pourquoi pas ?

Quand Nicole appela le jeune homme qui officiait sur la Côte, il déclina l'invitation de venir s'abaisser à faire la cuisine chez des particuliers. Il voulait bien se rendre à Brassière, à condition qu'une limousine conduite par un chauffeur vienne le chercher à Nice :

mais il y aurait cinq mille francs de frais de déplacement et il ne ferait pas la cuisine.

Nicole raccrocha avec une grimace :

– Il pète plus haut que son cul, celui-là.

Elle parvint à retrouver la trace de la deuxième candidate, Mme Pons, à qui elle fit la même proposition. Il fut convenu que celle-ci viendrait inspecter l'hôtel et la cuisine de Nicole. Si ce qu'elle voyait lui plaisait, elle ferait la cuisine. Sinon, ils pourraient l'inviter à déjeuner au *Mas Tourteron*, à côté de Gordes : on lui avait dit que c'était un excellent restaurant et cela la dédommagerait pour la journée. Mais, ajouta-t-elle, elle était d'une nature optimiste. Elle donna rendez-vous à Nicole aux halles d'Avignon à six heures le lendemain matin pour acheter les ingrédients du déjeuner.

Ils arrivèrent tous les trois aux Halles juste avant six heures. Il faisait cinq degrés au-dessous de zéro, avec un vent qui chassait les paquets de cigarettes vides dans le caniveau et vous mordait la peau. Simon passa la main sur son visage pas rasé : on aurait dit du papier de verre gelé.

– Comment allons-nous la trouver ?

– Elle a dit qu'elle prendrait son petit déjeuner au bar de *Chez Kiki*.

Le silence et l'obscurité cédèrent vite la place au bruit, à l'agitation et à des lumières aveuglantes dès qu'ils furent entrés dans les halles. Les allées étaient encombrées, les marchands criaient pour se faire entendre en exécutant les commandes et en encourageant de la voix les acheteurs indécis. Abasourdi, Ernest contemplait les éventaires : sur chaque centimètre carré s'entassait une surabondance de légumes, de pièces de viande, de fromages, d'olives, de fruits et de poissons.

– Eh bien ! Je vois que nous allons passer des heures délicieuses ici. Regardez-moi la taille de ces aubergines : de quoi donner un complexe d'infériorité à un danseur de ballet.

Ils se frayèrent un chemin à travers la foule jusqu'au bar. Des hommes en vêtements de travail fatigués se pressaient au comptoir devant de petits « ballons » de vin rouge et des sandwiches au saucisson. Dans le coin, une femme solitaire prenait des notes au dos d'une enveloppe, une flûte de champagne à demi vide devant elle.

Mme Pons avait dépassé le stade du simple épanouissement : la quarantaine passée, elle était maintenant volumineuse. Sous son beau visage charnu couronné de boucles châtain foncé, ses mentons tombaient en cascade sur un corsage de dentelle blanche. Son maquillage était généreux, les deux seins de son ample poitrine reposaient sur le bar comme deux chiots endormis. Une cape vert bouteille était jetée sur ses épaules et deux pieds étonnamment menus étaient en équilibre sur une paire d'élégants escarpins.

Nicole fit les présentations : Mme Pons les examina de ses yeux bruns au regard vif tout en terminant son champagne. Simon posa sur le comptoir un billet de cent francs.

– Permettez-moi, dit-il.

Mme Pons acquiesça gracieusement, prit son enveloppe et la tapota d'un doigt potelé.

– C'est le menu du déjeuner, dit-elle. Rien de compliqué. Suivez-moi.

Elle évoluait d'un pas royal parmi les éventaires, tâtant, humant par-ci, repoussant par-là. La plupart des marchands la connaissaient : ils chantaient les mérites de leurs produits, proposant à son inspection des laitues et des fromages comme autant d'œuvres d'art. Elle parlait peu : ou bien elle secouait la tête avec un claquement de langue désapprobateur, ou bien elle acquiesçait avant de poursuivre son chemin, laissant Simon et Ernest recueillir ce qu'elle avait choisi. Au bout de presque deux heures, tous deux croulaient sous le poids de leurs sacs à provisions en plastique. Mme Pons était satisfaite. Elle partit en voiture avec Nicole. Les deux hommes suivirent.

– Qu'est-ce que vous pensez d'elle, Ern ?

Ernest resta silencieux : un coup de volant et il évita un chien qui s'était arrêté au milieu de la route pour se gratter.

– Si elle cuisine aussi bien qu'elle achète... vous avez vu le regard qu'elle a lancé au premier marchand, le poissonnier ? À vous pétrifier sur place. Je dois dire qu'elle m'a paru plutôt sympathique. Rubens l'aurait adorée.

– Il y a certainement beaucoup à adorer chez elle. Vous avez vu qu'elle carburait au champagne ?

– Oh, je n'ai jamais confiance en un chef qui ne boit pas un petit coup. Ça se sent dans sa cuisine, vous savez.

Ils sortaient du centre d'Avignon. Ernest ralentit en apercevant une fille en hautes bottes et minijupe penchée sur le capot d'une BMW, offrant son derrière aux regards de tous les passants.

– Vous ne croyez pas qu'on devrait lui donner un coup de main ?

Simon éclata de rire :

– Ern, elle travaille : elle fait le trottoir.

Le soleil s'était levé. Les champs et les vergers qui jadis avaient été la propriété privée des papes d'Avignon étincelaient de gel. Ça allait être une journée de carte postale : un ciel clair, bleu et lumineux, le genre de temps qui annonce qu'on va avoir de la chance.

Ils se rassemblèrent dans les salles voûtées qui allaient devenir la cuisine et le restaurant de l'hôtel : c'était maintenant le quartier général provisoire de Fonzi et de ses hommes occupés à abattre les épais murs de pierre pour ouvrir de hautes fenêtres cintrées. Un nuage de poussière flottait dans l'air et le marteau-piqueur fonctionnait à plein régime. Mme Pons rassembla autour d'elle les pans de sa cape et s'avança à petits pas parmi les décombres vers le secteur de la cuisine.

Elle se planta au beau milieu du carrelage, tournant lentement sur elle-même tout en organisant dans sa tête la disposition des fours et des réchauds, des tables de préparation, des réfrigérateurs, des éviers et des étagères. Elle mesura la pièce à grandes enjambées, estima la hauteur de plafond, examina l'accès à la salle à manger. Les autres la regardaient en silence arpenter les lieux d'un pas lent et majestueux. Pour finir, elle les regarda et hocha la tête :

– Ça ira, dit-elle. Un peu petite, mais ça ira.

Avec des sourires de soulagement, ils lui firent traverser la salle à manger jusqu'à l'escalier, sans remarquer les regards admiratifs que lui lançait le plus petit des maçons. Il attendit qu'ils fussent hors de portée et se tourna vers Fonzi :

– Elle est magnifique, non ?

Il agita vigoureusement une main :

– Un bon paquet.

Fonzi eut un grand sourire.

– Toujours les grosses, hein, Jojo ? Tu te perdrais dans tout ça.

Le petit maçon soupira. Un de ces jours, si le coup de la banque réussissait, il pourrait s'acheter un costume, sortir une femme comme ça, et la noyer sous l'argent. Un de ces jours. Il se remit à attaquer le mur, en rêvant de vastes étendues de chair laiteuse.

Mme Pons ôta sa cape et inspecta la cuisine de Nicole : du pouce elle tâta le tranchant d'un couteau, elle supputa le poids d'une casserole de cuivre tandis qu'Ernest déballait les provisions du marché. Elle réclama un tablier et un verre de vin. Elle choisit Ernest pour l'assister et dit à Nicole et à Simon de revenir à midi. Au moment où ils sortaient par la porte de devant, ils l'entendirent donner ses premières instructions suivies d'un « D'accord, ma chère » plein d'entrain d'Ernest.

Simon sourit :

– Ça n'est pas mal de se faire jeter dehors de chez soi ! Elle n'est pas commode, hein ?

– Tous les bons chefs sont des dictateurs.

Nicole regarda sa montre :

– C'est parfait parce qu'il y a quelque chose que je veux te montrer : une surprise pour Ernest. Nous avons le temps.

– Je crois que pour l'instant, il a sa dose de surprises.

Ils suivirent la Nationale 100 et s'enfoncèrent dans les collines. Nicole se gara auprès d'une haute clôture et ils franchirent une grille qui penchait un peu de côté. Devant eux, un terrain qui s'étendait sur près d'un hectare et demi, encore couvert de givre et, malgré le soleil, un peu sinistre. On aurait dit qu'un géant violent et désordonné avait démoli un village pour en jeter les restes par-dessus son épaule : des entassements de vieilles poutres, des blocs de pierre taillée gros comme de petites voitures, des colonnes, des cheminées, des tuiles, des meules, des baignoires colossales, tout un escalier adossé à la paroi d'une grange, des urnes en terre cuite de la taille d'un homme. Tout cela ébréché et grêlé par les années, gisant parmi les mauvaises herbes et les ronces. Nicole entraîna Simon devant une nymphe fort endommagée : elle n'avait plus de nez, elle était allongée sur le dos, les mains pudiquement croisées sur des seins couverts de mousse.

– Où sommes-nous ? demanda Simon.

– Chez un casseur. C'est formidable, non ? Avec ces choses-là, on peut donner à une maison neuve l'air d'avoir deux cents ans.

Nicole s'arrêta pour regarder autour d'elle :

– Zut, je me suis perdue. Où est-elle ?

– Qu'est-ce que nous cherchons ?

– Ah, voilà. Par là, derrière les poutres.

C'était une statue, une grande réplique tachée par

les intempéries du Manneken-pis de Bruxelles, un chérubin corpulent urinant pensivement dans un bassin circulaire, le regard vide et l'œil satisfait, une main de pierre potelée tenant un pénis confectionné à partir d'un vieux morceau de tuyau de cuivre.

Nicole tapota le tuyau :

– Je crois que ça, c'est peut-être un peu trop voyant, mais Fonzi peut l'arranger.

Elle recula et regarda Simon, souriant d'un air interrogateur :

– Alors ?

Simon fit en riant le tour de la statue et lui tapota le derrière :

– Je l'adore. Ern va être ravi. Je sais exactement sur quoi il braquera le projecteur.

Il la prit par les épaules :

– Tu es maligne. J'ai hâte de voir la tête qu'il va faire.

Ils passèrent une demi-heure à errer à travers ce cimetière domestique. Ils choisirent des vasques et des pots pour la terrasse de l'hôtel et découvrirent dans un coin de la grange ce qui servait de bureau au propriétaire. Simon regarda avec intérêt Nicole marchander, demander les prix de plusieurs pièces qu'elle n'avait pas l'intention d'acheter, sursautant en les entendant et secouant la tête.

– Ah ! dit-elle au propriétaire, si seulement on était riches. La vieille fontaine. C'est combien ?

– Ah, ça.

Sous sa casquette de tricot, il prit un air ému :

– La fontaine de ma grand-mère. J'ai grandi avec. J'ai beaucoup d'affection pour cette fontaine.

– Je comprends, monsieur. Il y a des choses qui n'ont pas de prix.

Elle haussa les épaules :

– Enfin, dommage.

– Huit mille francs, madame.

– Et en liquide ?
– Six mille.

Ils rentrèrent à la maison à midi pour trouver Ernest occupé à mettre les dernières touches à la table sous la surveillance de Mme Pons, un verre à la main.

– Rappelez-vous, « Airnest », les fleurs sont pour les yeux, pas pour le nez. Si elles sentent trop fort, elles viennent gâcher le goût des plats.

– Comme c'est vrai, chère. Surtout les freesias.

Ernest recula d'un pas, inspecta soigneusement la table, décida que c'était bien et prit dans le réfrigérateur une bouteille de vin blanc.

– Aujourd'hui, dit-il, nous avons au menu une terrine d'aubergine avec un coulis de poivrons frais, du turbot rôti avec une sauce au beurre et aux fines herbes, les fromages maison et des crêpes chaudes fourrées à la crème glacée avec un doigt de vodka.

Il servit du vin à Nicole et à Simon puis se versa un verre qu'il leva devant Mme Pons :

– Madame est un bijou.

Elle eut l'air surprise.

– Une perle.

Son visage s'épanouit.

Ils se mirent à table à midi et demi, et trois heures plus tard, ils étaient toujours là à boire une dernière tasse de café. Mme Pons avait triomphé – et dans une cuisine qu'elle ne connaissait pas. Réchauffée par les compliments et par le vin, elle devint expansive : de temps en temps elle se penchait sur Ernest pour protester d'une tape contre ses flatteries les plus excessives. Elle était secouée de rire. Elle rougissait de tous ses mentons jusqu'au tablier qu'elle portait encore. Simon sut que c'était elle qu'il voulait engager quand elle refusa de discuter affaires à table.

– Manger, dit-elle, c'est trop important pour qu'on

gâche ça en parlant travail. La table c'est pour le plaisir. Je vais peut-être prendre un petit calvados, « Airnest », et puis il faut que j'y aille.

Elle porta une main à son oreille, le pouce et le petit doigt tendus : le geste qui en Provence accompagne toujours la promesse d'un coup de téléphone.

– Nous parlerons demain.

Ils descendirent pour raccompagner Mme Pons. Mrs. Gibbons bâilla et regarda Ernest d'un air de reproche.

– Elle n'aime pas les chiens, Ern ?

– Tout au contraire, cher. Elle n'arrêtait pas de jeter des petits bouts de nourriture à Mrs. Gibbons pendant qu'elle faisait la cuisine et ce n'est pas bon pour elle. Ça lui donne des gaz.

Quand ils revinrent à la maison pour faire la vaisselle, ils étaient unanimes. L'hôtel avait un chef.

16

Au cours des quelques semaines suivantes, il y eut des moments où Simon avait l'impression que sa seule fonction, sa seule utilité, c'était de signer des chèques. Tous les autres avaient quelque chose à faire.

Mme Pons, toujours juchée sur des talons vertigineux et en général avec un verre à la main, supervisait l'aménagement et l'équipement de la cuisine, interviewait des assistants et constituait la carte des vins de l'hôtel. Deux ou trois fois par semaine, elle tenait sa cour derrière une vieille table métallique dans sa cuisine inachevée tandis que de robustes vignerons ou de jeunes et élégants négociants défilaient avec leurs meilleures bouteilles. Ces visites étaient toujours suivies d'une invitation à venir déguster sur la propriété, ce qui s'accompagnait d'un déjeuner léger de trois heures. C'était l'enfer, ne cessait de répéter Mme Pons, mais comment découvrir autrement les petits trésors de la région ?

Ernest passait sa vie au milieu de catalogues et de bouts de tissu, d'échantillons de pierre et de bois, d'encyclopédies sur les arbres et les plantes, de croquis et de plans. Il se coiffait volontiers maintenant d'un chapeau provençal noir à larges bords : avec son gros classeur recouvert de papier vénitien marbré et noué à chaque extrémité par des rubans de soie moirée, il commençait à ressembler à un artiste en quête d'un emplacement pour sa prochaine fresque.

Nicole travaillait avec Ernest : elle l'emmenait voir les antiquaires de L'Isle-sur-la-Sorgue, les ateliers des ferronniers et des charpentiers, les pépinières où l'on trouvait de tout, depuis un brin de thym jusqu'à un cyprès de quinze mètres.

Même le chien avait un travail. Mrs. Gibbons s'était promue assistante de Blanc, elle le suivait comme son ombre, accumulant sur elle poussière et taches de plâtre tout en trottinant au milieu du chantier, tirant de temps en temps un bout de planche ou un fragment de poutre pour le placer sous les pieds du maître. Les maçons l'appelaient l'« architecte ».

Simon, en revanche, était de plus en plus nerveux. Pour la première fois depuis des années, il n'avait rien à faire : pas de réunions auxquelles assister, pas de coup de téléphone à donner. La seule fois où il avait appelé l'agence, Jordan s'était montré aimable mais bref. Tout allait bien, les vieux clients s'étaient habitués à la nouvelle direction et il y avait un ou deux contrats intéressants en perspective. « Tout baigne, mon vieux », voilà comment Jordan avait décrit la situation. En raccrochant, Simon avait ressenti un petit pincement au cœur. Il n'était plus un homme important.

Il y avait des compensations. Nicole et lui étaient heureux ensemble. Elle lui manquait quand elle s'en allait avec Ernest et il s'était surpris une ou deux fois à se sentir jaloux des journées qu'elle passait avec lui : sans raison, puisqu'il avait choisi de ne pas participer à ce qu'il appelait leurs expéditions de shopping. Il avait bien essayé de les accompagner la première fois : il s'était montré si impatient et de si mauvaise humeur qu'ils l'avaient parqué dans un bar au bout de deux heures.

Mais les courses seraient bientôt finies, se dit-il. En attendant, les jours allongeaient, il y avait une douceur dans l'air printanier et le soleil de midi offrait une chaleur perceptible. Les amandiers étaient en fleur sur les terrasses au-dessous de l'hôtel, faisant des taches vives sur le fond terne de la terre brune et de l'écorce grise, et le banc de pierre où s'asseyait Simon était tiède. Il renversa la tête en arrière et ferma à demi les yeux.

– Monsieur le patron, bonjour !

Simon tressaillit et regarda en clignant des yeux la silhouette penchée vers lui, main tendue, lunettes de soleil et sourire étincelant. Jean-Louis, l'homme de la prévention du crime, était arrivé pour son embuscade quotidienne.

De petite taille, il suivait la mode avec ses pantalons trop larges et son blouson de daim. Il était toujours impeccable et un peu trop parfumé. Ses traits acérés évoquaient pour Simon un de ces chiens agiles qu'on envoie dans les trous de lapin : un fox-terrier, aux mouvements vifs et précis et qui penchait la tête à la moindre alerte. Du fox-terrier il avait aussi la ténacité.

– Avez-vous réfléchi à mes propositions ?

Sans laisser à Simon le temps de répondre, il tira de son sac à main une coupure de presse : un hold-up à la banque de Montfavet, la semaine précédente, mardi matin. Et puis, quand les flics sont repartis, que croyez-vous qu'il soit arrivé ? Hein ?

– Je ne sais pas, Jean-Louis. Tout le monde est allé déjeuner.

– Bof ! Vous plaisantez, mais c'est une affaire sérieuse.

Pour bien souligner son propos, il ôta ses lunettes de soleil et les brandit devant Simon :

– Dans l'après-midi, les voleurs sont revenus ! Eh oui ! Deux fois dans la même journée ! C'est ça, le Vaucluse. Rien n'est à l'abri, mon ami, rien. Ces types, ils montent de Marseille avec leurs pistolets et leurs voitures rapides...

– Comment savez-vous qu'ils viennent de Marseille ?

– Ah !

Jean-Louis remit ses lunettes de soleil et regarda autour de lui pour s'assurer qu'on ne pouvait pas les entendre :

– J'ai des contacts.

Il hocha la tête :

– Des contacts dans le milieu : ça remonte au bon vieux temps.

Simon haussa les sourcils, et préféra ne lui poser aucune question.

Jean-Louis lui serra énergiquement la main et s'en repartit poursuivre ailleurs sa guerre contre le crime.

À dix kilomètres de là, Nicole et Ernest admiraient un olivier qui, leur assurait-on, n'avait pas moins de deux cent cinquante ans, avec sept cent cinquante bonnes années de vie devant lui. On leur assenait ces impressionnantes statistiques en jurant sur la tête de la grand-mère du propriétaire. Celui-ci, un homme au visage creusé de rides profondes, avait l'air presque aussi vieux que l'olivier. Il s'était installé voilà quarante ans avec un champ de lavande et une épouse travailleuse : il possédait aujourd'hui plusieurs hectares de plantes, d'arbres et d'arbustes, deux maisons, une petite Mercedes et quatre téléviseurs.

– Comme il est beau, dit-il en caressant les nœuds et les contorsions du tronc.

Une légère brise fit frémir les feuilles, faisant passer leur couleur du vert au gris argent. L'arbre avait été taillé comme il convenait au long des siècles, les branches centrales coupées pour laisser passer le soleil et permettre un large et gracieux déploiement du feuillage. Un petit oiseau, assurait le vieil homme, pourrait passer entre les branches du haut sans y accrocher ses ailes.

– Magnifique, n'est-ce pas ? fit Ernest. On peut vraiment les transplanter quand ils sont aussi vieux ?

Nicole traduisit la question au vieil homme : il sourit

et se pencha pour gratter le sol sablonneux à la base du tronc et découvrir le bord en bois d'une gigantesque cuvette. L'arbre, expliqua-t-il, avait été transporté de Beaumes-de-Venise deux ans auparavant, puis mis en pot et replanté. Il pourrait naturellement faire encore un bref voyage. Le pépiniériste garantirait même personnellement qu'il resterait en bonne santé à condition – il brandit vers eux un doigt brun et crochu – à condition de bien l'orienter. Il désigna sur l'écorce une tache de peinture verte. Elle devait être face au sud, comme l'était l'arbre depuis qu'il n'était pas plus haut qu'un sifflet. En procédant ainsi, il s'adapterait tout de suite à un nouvel emplacement. Sinon, il y aurait deux ou trois ans où il donnerait très peu en attendant de s'habituer à son nouvel environnement. Le vieil homme hocha la tête. Il fallait savoir ces choses-là avant d'investir dans un tel arbre.

– Investir combien ? interrogea Nicole.

– Trois mille francs, madame.

– Et en liquide ?

Le vieil homme sourit :

– Trois mille francs.

C'était une affaire, se dirent-ils en regagnant Brassière. Un des joyaux anciens de la nature, superbe, avec des feuilles toute l'année et ces branches magnifiques qui s'étalaient assez largement pour donner de l'ombre à une table et à un groupe de chaises : un authentique symbole de la Provence.

En arrivant à l'hôtel, ils trouvèrent Simon échevelé qui léchait ses jointures écorchées. Ses vêtements étaient couverts de poussière et de taches de mousse et il avait une balafre sur la joue. En voyant le visage de Nicole, il leva une main rassurante.

– Ça va. J'ai gagné.

– Qu'est-ce qui s'est passé ?

– La surprise d'Ern est arrivée. Je les aidais à la descendre sur la terrasse. J'ai glissé sur les marches, je me suis coincé la main contre le mur et la statue m'a griffé la joue. Tu as raison. Il faudrait faire circoncire ce petit monstre. Il est dangereux.

Nicole éclata de rire :

– Tu veux dire.... non, je ne peux pas le croire. Pardonne-moi de rire comme ça.

Simon eut un large sourire et porta la main à sa balafre :

– Blessé au combat par un chérubin en pleine tumescence. Est-ce que j'ai droit à une médaille ?

Ernest avait écouté dans un silence stupéfait :

– Un désinfectant d'abord, cher, et nous verrons ensuite pour les médailles. J'en ai pour une minute.

Pendant qu'ils attendaient, Nicole brossa Simon de la tête aux pieds et tressaillit en voyant sa main blessée :

– Je suis désolée, répéta-t-elle. Ça n'est pas drôle.

– Des soins, dit-il, voilà ce qu'il me faut. Il va falloir que tu me mettes au lit et que tu prennes ma température. Viens par ici. Je vais te montrer comment on fait sans me mettre un thermomètre dans la bouche.

– Hmm, dit Nicole quelques instants plus tard. Je crois que tu vas t'en tirer.

Au moment où ils se séparaient, Ernest arriva avec du coton hydrophile, un flacon de Synthol et Nicole se mit à tamponner la plaie avec du désinfectant.

Simon sursauta.

– J'espère que vous êtes prêts à l'accueillir, Ern. C'est Nicole qui vous l'a trouvé. Une fois qu'il sera propre, vous allez l'adorer.

Ils descendirent et traversèrent le restaurant. Sur la terrasse, le chérubin, provisoirement détaché de son piédestal et de son alimentation en eau, était planté auprès du bassin de pierre, à contempler les montagnes de l'autre côté de la vallée. Mrs. Gibbons essayait de vérifier si la tuyauterie de cuivre était comestible.

– Oh ! mes chéris, fit Ernest, quel splendide petit homme. Gibbons ! laissez-le tranquille.

Il fit le tour du chérubin, le visage rayonnant de plaisir.

– Vous disiez que vous vouliez une fontaine.

– Il est divin. Ça marche vraiment ?

– Comme quelqu'un qui vient de boire dix litres de bière, Ern. Vous ne le trouvez pas trop vulgaire ?

– Certainement pas. C'est un modèle d'extase insouciante. Je ne peux pas vous dire à quel point ça me fait plaisir.

Il s'approcha pour serrer Nicole dans ses bras :

– C'est très gentil de votre part. Je l'imagine déjà là-bas, dans un délicieux glou-glou. Je sais exactement où l'installer : sous l'arbre.

Il s'arrêta et porta une main à sa bouche en regardant Simon :

– Si j'allais vous chercher un verre de vin ? Ensuite nous vous raconterons pour l'arbre.

Mme Pons recracha délicatement dans le seau de fer-blanc et nota quelque chose sur le cahier où elle consignait ses notes. Elle était assise dans une petite cave au sol en terre battue à la sortie de Gigondas. Des bouteilles sans étiquette s'alignaient sur la table devant elle. Le froid la pénétrait par les minces semelles de ses chaussures. La faible lumière d'une ampoule de 40 watts creusait des ombres profondes sur le visage attentif de l'homme assis en face d'elle.

– Et alors ?

M. Constant faisait partie des douzaines de vignerons de la région à avoir pris le risque de vinifier et de mettre en bouteille ses propres vins au lieu de vendre les raisins à la coopérative. Si le produit est bon, le bénéfice est plus élevé. Et si un hôtel de luxe, tel que le décrivait Madame, devait en prendre quelques douzaines de caisses, la réputation du vin s'étendrait : on pourrait alors en augmenter le prix et M. Constant pourrait acheter les deux hectares de terre que son imbécile de voisin exploitait si mal. Il était donc important d'impressionner cette forte femme.

– Un petit vin. Pas mal.

Mme Pons le regarda, polie, mais impassible :

– Ensuite ?

– Un trésor, madame. Un vrai trésor.

Constant sourit. Dommage qu'elle eût refusé de goûter le fromage qu'il lui avait offert : un fromage assez fort pour donner bon goût au vinaigre, mais c'était une professionnelle. Il versa le vin riche et sombre dans deux verres et fit tournoyer le sien :

– Quelle robe, hein ?

Il reprit son verre, ferma les yeux, en huma le contenu et secoua la tête, admiratif devant ses propres efforts. Il but une gorgée, la roula dans sa bouche avant de l'avaler Il secoua de nouveau la tête :

– Cong ! Il a du slip, ce vin. Cong !

Mme Pons, qui avait assisté à des numéros analogues dans une douzaine de caves au moins, sourit, prit son verre et suivit sans hâte son minutieux rituel. On n'entendait qu'un gargouillis atténué : le vin progressait des lèvres de Mme Pons jusqu'à ses dents du fond, attiré par une inspiration régulière. Elle avala :

– Oui.

Elle hocha par deux fois la tête, avec insistance :

– Il est bon, très bon.

Comme elle prenait un morceau de fromage, Constant lui emplit son verre en se demandant s'il ne pourrait pas majorer le prix d'un franc.

La bande célébra l'arrivée officielle du printemps en abandonnant les collants. Le Général inspecta ses hommes dans leurs shorts neufs, noirs et moulants. Il avait payé un supplément pour le modèle Tour de France, avec le fond renforcé et l'autographe d'un champion oublié tracé sur le devant. Même les jambes des gars commençaient à prendre bonne tournure : un bon renflement charnu aux cuisses et des mollets bien dessinés. Encore blanches, bien sûr, mais quelques semaines allaient arranger cela. Il remarqua aussi avec satisfaction qu'ils avaient pensé à se raser. Les jambes poilues, c'était l'enfer en cas de chute.

Tous s'étaient pliés à la discipline et à l'effort de la mise en forme, à la stupeur du Général. Ils manifestaient un orgueil collectif à être aujourd'hui capables de grimper des côtes qu'ils n'auraient pas pu monter quelques semaines plus tôt. Le sens de l'exploit faisait des merveilles, songea-t-il, surtout quand il était lié à la promesse de l'argent. C'est ce qu'il estimait si satisfaisant dans la vie criminelle.

– Bon.

Il déplia une carte et l'étala sur le capot de sa voiture :

– Soixante-quinze kilomètres ce matin. Et nous terminerons en revenant par L'Isle-sur-la-Sorgue : la route que nous prendrons ce jour-là. Ne regardez pas trop la banque en passant devant.

Ils étudièrent l'itinéraire qu'il avait tracé sur la carte. Pendant ce temps le Général prit un sac dans la voiture et en déballa le contenu : sept paires de lunettes de soleil et sept casquettes de coton de couleur vive avec de petites visières.

– Voilà. La touche finale.

Il leur distribua le matériel :

– C'est le camouflage. Vous mettez ça et vous ressemblerez exactement aux cinq mille autres cyclistes qui sont sur la route aujourd'hui. Personne ne pourra décrire la couleur de vos cheveux ni celle de vos yeux. Vous disparaîtrez dans la foule.

– C'est pas con, hé ?

Jojo chaussa ses lunettes et tira sa casquette sur son front :

– Qu'est-ce que vous en pensez ?

Jean le toisa de la tête aux pieds :

– Ravissant. Surtout les jambes.

– Allez ! dit le Général. Ce n'est pas un défilé de mode. Vous connaissez la route pour sortir de la ville ? Moi, je serai coincé dans les encombrements.

Sept petites casquettes acquiescèrent et le Général fit de même. Ça marchait, ce simple déguisement. C'était à peine si lui-même les reconnaîtrait s'ils passaient à sa hauteur en pleine vitesse.

Françoise monta lentement les marches jusqu'à la porte de Nicole : elle était un peu handicapée par l'étroitesse de sa jupe et les talons dont elle n'avait pas l'habitude. Si tout se passait bien aujourd'hui, elle pourrait quitter le café, abandonner l'interminable rinçage des verres et les claques sur les fesses des vieux joueurs de cartes amis de son père. Elle porterait tous les jours des talons hauts. Elle rencontrerait des gens de Paris et de Londres. Et peut-être qu'un jour un jeune homme avec une Ferrari rouge arriverait à l'hôtel et tomberait amoureux d'elle.

Nicole la fit entrer et l'installa dans un fauteuil auprès du feu. C'était la première fois qu'elle voyait Françoise porter autre chose que des jeans ou de vieilles jupes de cotonnade et des espadrilles. La transformation était stupéfiante : une petite campagnarde s'était mutée en une ravissante jeune femme.

– Vous êtes très jolie, Françoise. J'aime votre coiffure.

– Merci, madame.

Françoise songea à croiser les jambes avec cette élégance que déployait Mme Bouvier, mais elle se rendit compte que sa jupe était déjà assez courte. Elle se contenta de croiser les chevilles.

Nicole alluma une cigarette :

– Parlez-moi de vos parents. Si vous veniez travailler à l'hôtel, est-ce qu'ils seraient contents ? Et le travail au café ? Nous ne voulons pas bouleverser leurs habitudes.

Françoise eut un haussement d'épaules et une petite moue :

– Ma cousine viendrait. Mes parents... bah, ils savent que je n'ai pas envie de passer ma vie au café.

Elle s'avança dans son fauteuil :

– Je tape à la machine, vous savez. J'ai pris des leçons après avoir quitté l'école. Je pourrais faire le courrier de l'hôtel, les confirmations, les factures, n'importe quoi.

Nicole se dit que si c'était le premier visage qu'apercevaient les clients de l'hôtel, ils ne pourraient pas se plaindre. Pas les hommes, en tout cas. Elle se leva.

– Venez donc dans la cuisine. Je vais nous faire du café pendant que nous bavardons.

– Je pourrais commencer avant l'ouverture de l'hôtel. Vous savez, pour vous donner un coup de main.

Assis devant sa machine à traitement de texte, une bouteille de vin rouge à portée de main, Ambrose Crouch sentait l'ivresse monter lentement en lui et son courage s'affirmer.

L'hôtel était devenu son obsession. Le symbole de tout ce qui excitait ses pulsions d'envie, le confort, le luxe, l'argent. Il vivait dans une petite maison qui, tout l'hiver, sentait l'humidité. Cela faisait deux ans que le *Post* ne l'avait pas augmenté : les temps étaient durs en Angleterre, ne cessait de lui répéter son rédacteur en chef. Cinq éditeurs avaient refusé son projet de livre et les magazines américains avaient cessé d'acheter ses articles.

Il sirotait du vin en broyant du noir. Par-dessus le marché, être réduit au silence par le chantage de cette canaille millionnaire, avec ses foutus cigares et son élégante petite maîtresse française : ça lui restait en travers de la gorge. Il s'était un peu renseigné sur Simon Shaw et avait pris des notes pour écrire à son propos un de ces petits articles qui vous démolissent à tout jamais un bonhomme. Il croyait avoir trouvé un moyen de le publier.

Un vieux compagnon de beuverie du temps de Fleet Street avait accepté de passer l'article de Crouch dans son journal en le signant lui-même. Il devrait être écrit avec beaucoup de prudence maintenant que les juges condamnaient à tour de bras la presse à des dommages et intérêts pour diffamation : mais c'était mieux que rien et Crouch ne courrait pas de risque. Il emplit son verre et sourit en regardant le titre sur l'écran de son ordinateur : LE VIOL D'UN VILLAGE. Il allait peut-être citer une phrase de lui, comme s'il avait été interviewé par l'auteur. Rien de personnel, rien de diffamatoire : simplement un petit soupir de désapprobation devant des traditions qui disparaissaient et la vie d'un village qu'on polluait. Ses doigts commencèrent à pianoter sur le clavier et il s'abandonna au plaisir de prodiguer des méchancetés en toute sécurité.

Simon regardait les factures de la semaine : menuisiers, plombiers, plâtriers, électriciens. Il avait l'impression de signer des chèques pour l'équipe de football d'Italie – Roggiero, Biagini, Viarelli, Coppa – et c'était probablement tout aussi ruineux. Mais ils faisaient du bon travail, du beau travail. Il parapha le dernier chèque avec sa kyrielle de zéros et sortit sur la terrasse derrière la maison où Nicole commençait déjà à prendre ses premiers bains de soleil au milieu de la journée. Le soir tombait maintenant. Le ciel au-dessus des montagnes passait du bleu au rose le plus pâle avec des touches de lavande : la couleur qu'Ernest décrivait comme invraisemblable.

Avant longtemps, les rangées dans les vignobles allaient verdoyer, les cerisiers allaient être en fleur et les touristes de Pâques allaient arriver. « Nos futurs clients, se dit Simon. Espérons que la plomberie fonctionnera. » Il jeta un dernier regard au ciel et rentra pour prendre un verre.

17

– C'est bien Simon Shaw, le violeur de l'environnement ?

Simon sourit en reconnaissant la voix au téléphone. C'était Johnny Harris, jadis rédacteur à l'agence et aujourd'hui un des échotiers les plus assidus de Londres.

Contrairement à certains de ses collègues colporteurs de rumeurs, on pouvait lui faire confiance pour ne pas poignarder ses victimes dans le dos : du moins pas sans leur laisser d'abord une occasion de se défendre. Simon et lui étaient restés en contact au long des années et des mariages. À part son habitude de décrire Simon dans sa chronique comme le « pointilleux directeur d'agence », il l'avait toujours traité assez gentiment.

– Bonjour, Johnny. Qu'est-ce que j'ai fait encore ?

– Eh bien, on dirait que vous êtes en train de ruiner le tissu de la vie quotidienne dans un des villages les moins défigurés de Provence. C'est dans le journal, alors ça doit être vrai, vieille canaille.

Harris se mit à rire :

– C'est un de ces articles où tout est sous-entendu sans noyer le lecteur sous une avalanche de faits. C'est très habilement fait, d'ailleurs. J'aurais soupçonné votre charmant voisin, le nain venimeux.

– Ça n'était donc pas Crouch ?

De toute façon, ça n'avait plus d'importance maintenant : c'était trop tard pour causer beaucoup de dégâts.

– Ça n'est pas dans son journal et ça n'est pas signé de lui. On le cite : son numéro habituel sur un nouveau coup porté au Luberon, l'impitoyable rouleau compresseur de ce que nous appelons à tort le progrès, toutes les mêmes vieilles foutaises. Mais naturellement il aurait pu faire publier ça lui-même sous un pseudo. C'est un vieux truc : je l'ai souvent utilisé. En tout cas, c'est écrit très prudemment. Pas la moindre matière à procès.

– C'est très mauvais ?

– Désagréable – vous savez, le gros ricanement appuyé – mais pas fatal. Tout sera oublié avec le prochain politicien surpris dans une situation embarrassante, ce qui semble arriver toutes les semaines. Je vais vous le faxer. Mais autant vous attendre à quelques coups de fil, et peut-être à un journaliste par-ci, par-là.

Harris marqua un temps. Simon entendit le cliquetis de son briquet et les sonneries de téléphones en fond sonore.

– Et je vais vous dire une chose : un peu de bonne presse ne ferait pas de mal. Vous me connaissez, toujours prêt à me laisser acheter. Qu'est-ce que vous en dites ?

Simon se mit à rire :

– Je suis incapable de résister à une démarche aussi subtile.

Il réfléchit un moment :

– Pourquoi ne descendez-vous pas pour l'ouverture ? Ça devrait être début juin et nous pourrions rassembler quelques personnages qui vous donneraient matière à une chronique.

– Je peux apporter les miens, si vous voulez. Qu'est-ce qui vous ferait plaisir ? De l'Européen fauché ? Une paire de princes italiens ? Des starlettes, des putains ? Voyons. Je pourrais vous amener une ravissante actrice lesbienne ou un coureur automobile qui a un petit problème d'alcoolisme. Il y a aussi le pianiste du groupe Les Voleurs Tout Nus...

– Johnny, j'espère que ça va être un charmant petit hôtel tranquille. Amenez-moi donc une de vos conquêtes et laissez les autres au Groucho Club, d'accord ?

Harris poussa un grand soupir :

– Vous tournez au vieux schnock, mais je veux bien vous faire plaisir. Faites-moi savoir la date et je viendrai pour soutenir les traditions de la presse britannique.

– C'est bien ce que je craignais, dit Simon. N'oubliez pas de me faxer cet article.

– Il est en route. Pincez-vous le nez. Ça pue. On se reparle bientôt.

Simon souriait encore en raccrochant. Johnny Harris, avec son cynisme joyeux et sans vergogne, le mettait toujours de bonne humeur. Celle-ci survécut même à l'arrivée du fax qui était à la hauteur de ce que lui en avait dit le journaliste. Simon le relut une seconde fois et le déchira. Quelle triste façon de gagner sa vie...

À en croire M. Blanc, l'hôtel serait terminé dans quelques jours, une semaine tout au plus. Les maçons étaient partis, les carreleurs avaient fini de poser les dallages, la cuisine étincelait d'acier inoxydable et de cuivre, la piscine était remplie, l'olivier – Ernest avait eu les larmes aux yeux quand on l'avait taillé – avait été planté. Albert Waldie, le peintre descendu spécialement de Londres, et son équipe se disputaient les murs avec les électriciens qui s'étaient ravisés à propos du passage des fils. Une symphonie de chasses d'eau et de robinets ouverts témoignaient de la diligence du plombier qui procédait à ses ultimes vérifications sur le débit d'eau optimal et une prompte évacuation : il courait d'un bidet à une baignoire en hochant la tête. Les menuisiers ajustaient les portes et les étagères des penderies.

M. Blanc évoluait avec calme au milieu de ce tohu-bohu : Mrs. Gibbons tanguait derrière lui avec un bout de canalisation en plastique gris serré entre les dents. Ils rejoignirent dans la cuisine Nicole, Simon et Ernest : un soufflé à la tapenade, dont Mme Pons avait suggéré que ce devrait être une de leurs spécialités, était en pleine gestation.

Blanc laissa ses narines frémir d'admiration avant de prendre la parole. Il y avait un petit problème, rien de grave. Les voisins d'à côté, un couple d'un certain âge, s'inquiétaient à propos de la piscine. Non pas de la piscine elle-même, évidemment, qui était une merveille de bon goût et à l'abri de tout reproche : mais de ce qui pourrait arriver autour de la piscine. Les voisins avaient entendu parler dans le journal des pratiques contre nature observées parfois à Saint-Tropez où on avait vu des gens prendre des bains de soleil tout nus. Un pareil comportement à Brassière, un village qui comptait deux églises, perturberait profondément Madame, qui avait le cœur fragile. Monsieur n'avait, semblait-il, exprimé aucune crainte. Néanmoins, il importait de rassurer le couple.

Simon sauça avec un morceau de pain les derniers vestiges de son soufflé :

– C'est ridicule. Il y a un mur de trois mètres de haut entre leur jardin et la piscine. Il leur faudrait des échasses pour voir quelque chose.

– Eh oui, fit Blanc avec un sourire d'excuse. Mais Madame est la tante de quelqu'un qui est dans l'administration en Avignon. Un gros bonnet.

Nicole posa la main sur le bras de Simon :

– Vas-y, chéri. Sois diplomate cinq minutes.

Simon se leva et s'inclina devant Mme Pons :

– C'était délicieux.

Il s'exerça devant les autres au sourire diplomatique :

– Est-ce que ça ira ?

– Vous avez un peu de tapenade sur une dent, cher, dit Ernest. Mais à part ça, c'est parfait. Tantine ne résistera pas.

Simon fit cinquante mètres dans la rue et frappa à deux reprises à la lourde porte de chêne. Il entendit des pas. La petite grille aménagée dans la porte glissa sur le côté.

– Qu'est-ce que c'est ?

– Bonjour, madame. Je suis votre voisin, de l'hôtel.

– Oui ?

– Le propriétaire de l'hôtel.

– Ah, bon. Voilà.

Simon avait l'impression d'être un représentant qui avait mauvaise haleine :

– Madame, est-ce que nous pourrions parler ? Juste quelques minutes ?

Les lunettes l'inspectèrent, puis la grille se referma. Il y eut un bruit de verrou qu'on retirait. Une clé tourna dans la serrure. La porte finit par s'ouvrir et Madame fit signe à Simon d'entrer.

La maison était plongée dans l'obscurité, tous les volets fermés pour la protéger du soleil. Simon suivit la petite silhouette bien droite de Madame dans la cuisine et s'assit en face d'elle devant une longue table à une extrémité de laquelle était posé un téléviseur. Un lustre pendait du plafond. On aurait pu se croire à minuit. Madame serra les mains bien fort et en fit autant avec ses lèvres.

Simon s'éclaircit la voix :

– On me dit que votre mari et vous êtes inquiets à propos... à propos de la piscine.

Madame acquiesça :

– De certaines activités.

– Oh, ça, fit Simon en tentant un sourire rassurant.

Les lèvres adverses demeuraient résolument pincées.

– Eh bien, je peux vous promettre que nous demanderons à nos clients de se montrer discrets.

– Pas comme à Saint-Tropez.

Simon leva la main dans un geste horrifié :

– Certainement pas comme à Saint-Tropez ! Plutôt comme...

Oh ! Dieu, quel était l'équivalent français de Brighton ?...

– ... oh, plutôt comme une paisible pension de famille. Vous savez, respectable.

Il se pencha en avant :

– Et puis, évidemment, il y a le mur.

Madame émit un reniflement :

– Mon mari a une échelle.

Et sans doute aussi des jumelles pour lorgner les filles, se dit Simon.

– Je crois pouvoir vous donner l'assurance que les clients se tiendront parfaitement.

Il s'imagina un instant un des mannequins de Philippe Murat paradant en string, les fesses halées exposées à la brise.

– En fait, je veillerai personnellement à ce qu'il en soit ainsi.

Les lèvres se desserrèrent d'une fraction de millimètre.

L'audience était terminée. On raccompagna Simon des ténèbres dans la lumière et Madame resta plantée sur le seuil à le regarder s'éloigner vers l'hôtel. Au geste d'adieu qu'il lui fit, elle répondit par un signe de tête à peine perceptible : sans doute un modeste triomphe de la diplomatie, se dit-il.

Avec le départ des peintres la semaine suivante, on put prévoir une date d'ouverture. On avait engagé du personnel, empli la cave, décidé du répertoire de Mme Pons. Chaque jour des camions arrivaient avec des lits et de la vaisselle, des matelas pour la piscine, des centaines de verres, de serviettes et de draps, des téléphones, des cendriers et des cure-dents, des brochures et des cartes postales : de quoi, semblait-il, équiper le Ritz.

Tous trois travaillaient quatorze heures par jour avant de s'effondrer dans la cuisine pour un dîner tardif, épuisés, crasseux mais satisfaits. L'hôtel prenait forme : une forme étonnamment chaleureuse et confortable compte tenu de la quantité de pierre et de l'absence de surfaces douces. On avait aplani et arrondi tout ce qui était anguleux et il n'y avait nulle part d'arêtes trop dures pour irriter le regard. Passer d'une pièce à l'autre, c'était comme marcher parmi des sculptures, un mélange de sol couleur miel, de murs dans des tons pastel et de coins fluides. Blanc avait bien travaillé : quand on aurait accroché les peintures et posé les tapis de Cotignac, on serait parvenu à ce que Mr. Waldie, le peintre anglais, aurait appelé l'effet désiré. Le moment était venu maintenant d'ajouter à tout cela des clients.

– Les pipelettes qui ont des relations, dit Ernest, voilà ce qu'il nous faut pour l'ouverture. Des gens qui aiment être partout les premiers, qui le racontent à leurs amis. C'est le bouche à oreille qui va nous lancer : il nous faut donc quelques grandes gueules.

Il regarda Simon et haussa les sourcils :

– Et assurément, nous en connaissons quelques-unes, je peux le dire.

– Je pense que Johnny Harris va venir. Et Philippe va descendre de Paris.

Simon prit une poire pour croquer avec son fromage :

– Nous pourrons toujours avoir des filles qui posent pour des magazines. Mais je me demandais si on ne pourrait pas faire coïncider l'ouverture avec le Festival de Cannes. Ça ne fait jamais que trois heures en voiture.

Nicole lui lança un regard incrédule :

– Tu crois que des vedettes de cinéma viendront ? Non. Sois raisonnable, chéri.

– Je ne pensais pas au grand festival. Il y en a un

autre en juin. Tous ceux qui sont dans la publicité, qui ont une bonne excuse et une paire de lunettes de soleil, y viennent : des metteurs en scène, des producteurs, des gens des agences. Et la dernière chose dont ils aient envie, c'est de s'asseoir dans le noir pour regarder des films publicitaires.

– Alors qu'est-ce qu'ils font ?

– Oh, à peu près la même chose qu'à Londres ou à Paris. Ils déjeunent entre eux. La différence, c'est qu'ils sont sur la Croisette ou sur la plage au lieu d'être quelque part à Soho, et qu'ils rentrent chez eux bronzés.

– Pour parler, ils parlent, renchérit Ernest. De vraies petites commères, tous autant qu'ils sont. Je trouve que c'est une bonne idée.

– Je vais me renseigner sur les dates et demander à Liz de m'envoyer une liste des délégués. Nous en choisirons quelques-uns. Je suis sûr qu'ils viendront, ne serait-ce que par curiosité.

Ils emportèrent leur café dehors et s'assirent sur la terrasse. Une demi-lune planait au-dessus du Luberon. On entendait au loin un chien qui aboyait dans la vallée. Auprès de l'olivier, le chérubin urinait sans relâche et le clapotis apaisant de la fontaine se mêlait au coassement des grenouilles. L'air était parfaitement calme, presque humide : ça sentait déjà l'été. Simon jeta un coup d'œil à Ernest, et se dit que jamais il n'avait vu sur un visage contentement aussi évident.

– Alors, Ern ? Ça vous manque toujours, Wimbledon ?

Ernest sourit, étira les jambes et contempla ses espadrilles à carreaux :

– Terriblement.

Maintenant que l'eau de la piscine avait atteint une température supportable de vingt-quatre degrés, Nicole et Simon avaient pris l'habitude de descendre chaque matin à l'hôtel pour se baigner avant le petit déjeuner.

Avant longtemps, comme disait Nicole, ce serait le territoire des clients : il fallait donc profiter de l'occasion où ils l'avaient pour eux seuls.

C'était une nouveauté pour Simon de commencer la journée par une baignade : il s'habitua vite au premier petit choc de l'eau sur sa peau. Son corps s'éveillait, la raideur du sommeil se dissipait, il sentait ses idées et ses poumons se rafraîchir. Cinq pénibles longueurs devinrent progressivement dix, puis vingt. Il s'aperçut que peu à peu et sans effort il se trouvait en forme.

Il termina ses longueurs et se hissa sur le rebord. Nicole était allongée sur les dalles, son maillot une pièce roulé jusqu'à la ceinture, des gouttelettes d'eau séchant sur ses seins déjà légèrement hâlés.

– Le *breakfast* des champions, dit-il en se penchant sur elle.

Puis il s'arrêta. Il avait aperçu quelque chose du coin de l'œil. Il releva la tête juste à temps pour voir un crâne chauve disparaître derrière le mur.

– Oh ! merde.

Nicole leva une main pour se protéger de l'éclat du soleil.

– Tu sais, mon chéri, tu deviens de jour en jour plus romantique.

– Je ne suis pas le seul.

De la tête il désigna le mur :

– Tu as quelqu'un qui t'admire en secret. Je viens de voir sa tête. Je crois que nous avons un voyeur comme voisin : ce doit être le mari du Comité de Salut Public de Brassière.

Nicole se redressa en riant et regarda le mur :

– M. Arnaud est un vieux bouc : tout le monde est au courant dans le village. Quelqu'un m'a raconté l'autre jour qu'il n'a pas vu sa femme déshabillée depuis leur lune de miel, voilà quarante ans.

Simon se rappela le visage sévère et les lèvres pincées de Mme Arnaud.

– Ça n'est sans doute pas plus mal.

– Ne t'inquiète pas. Elle se plaindra peut-être, mais pas lui. Ça l'amuse plus que de soigner ses roses.

Elle repoussa une mèche qui pendait sur le front de Simon et glissa la main jusqu'à sa nuque :

– Maintenant, qu'est-ce que c'est que ce *breakfast* des champions ?

18

L'ouverture était prévue le premier samedi de juin. L'hôtel allait être plein pour le week-end, mais uniquement d'invités.

Nicole et Simon prenaient le petit déjeuner au restaurant quand Ernest émergea de la cuisine. Il s'approcha de la table avec un claquement de langue désapprobateur en dirigeant vers sa montre un regard appuyé :

– Dire que nous voilà debout à l'aube trottant partout comme de besogneux petits ours en peluche et qu'est-ce que nous trouvons ?

Il pinça les lèvres et haussa les sourcils :

– Le patron et madame se gobergeant de croissants et traînant dans les jambes de tous ces pauvres garçons.

D'une main voletante, il désigna les jeunes serveurs, impeccables en pantalon noir et chemise blanche, qui dressaient les tables pour le déjeuner :

– Alors ? Une dernière tournée d'inspection s'impose, vous ne trouvez pas ?

Nicole et Simon avalèrent précipitamment leur café et laissèrent Ernest les entraîner dans l'escalier. Françoise, dans une petite robe de cotonnade toute simple qui s'efforçait en vain de dissimuler l'effet d'un nouveau soutien-gorge agressif, patrouillait la réception, vérifiant son maquillage chaque fois qu'elle passait devant le beau miroir ancien pendu en face du bureau. En dessous, sur la table de chêne sombre bien cirée, des fleurs fraîchement coupées dans un grand vase de verre épais, dont le parfum se mêlait à un léger arôme d'encaustique.

– Bonjour, Françoise. Ça va ?

La sonnerie du téléphone retentit sans lui laisser le temps de répondre. Elle trottina sur ses hauts talons jusqu'au bureau, ôta une boucle d'oreille et glissa avec précaution le combiné sous sa coiffure.

– Hôtel Pastis, bonjour.

Elle fronça les sourcils, comme si la ligne était mauvaise :

– Mr. Shaw ? Oui. Et vous êtes monsieur... ?

Elle regarda Simon et posa sa main sur le micro :

– C'est un Mr. Ziegler.

Elle passa l'appareil à Simon et remit sa boucle d'oreille en place.

– Bob ? Où êtes-vous ?

– À L.A. et c'est le plein milieu de la nuit.

– Vous n'arriviez pas à dormir, alors vous avez appelé pour nous souhaiter bonne chance.

– Absolument. Maintenant, écoutez-moi. Hampton Parker vient d'appeler. Son fils prend une année sabbatique après le collège et il part pour la France demain. Connaissez-vous un patelin qui s'appelle Lacoste ?

– C'est à une vingtaine de kilomètres d'ici.

– Parfait. Eh bien, c'est là où va le petit. Une sorte d'école des beaux-arts. Il va y passer l'été et Parker voudrait que vous ayez un peu l'œil sur lui.

– Comment est-il ?

– Merde, comment voulez-vous que je le sache ? Il pourrait aussi bien avoir deux têtes et se droguer au crack. Je ne l'ai jamais rencontré. Qu'est-ce que vous voulez ? Un examen sanguin ? Seigneur ! Ça n'est que pour l'été...

Simon saisit un bloc.

– Comment s'appelle-t-il ?

– Boone, en souvenir de son grand-père. Boone

Hampton Parker. Ils ont de ces putains de noms, au Texas...

– Et de jolis budgets bien rebondis, Bob.

– Et comment !

– Ça va ?

– Ça va. Pourquoi ? On commence à s'ennuyer ? ricana Ziegler. (C'était chez lui ce qui approchait le plus du rire.) Écoutez, je vais essayer de dormir un peu. Occupez-vous du gosse, d'accord ?

Ç'avait été une des conversations les plus chaleureuses que Simon se rappelait avoir eues avec Ziegler depuis des années. Peut-être le petit monstre se radoucissait-il, maintenant qu'il avait le monde pour lui.

Ernest, qui venait d'arranger les fleurs dans le vase, recula d'un pas :

– Pendant un horrible instant, j'ai cru que nous allions avoir un invité-surprise.

Simon secoua la tête :

– Ziegler ne descendrait jamais ici. Il est allergique aux paysages.

Ils passèrent l'heure suivante à visiter les chambres, à inspecter le bar, la piscine, les tables de la terrasse, fraîches et attirantes sous leurs parasols de toile. Le soleil était déjà haut dans le ciel et chaud : l'agitation du début de matinée se dissipait et Mme Pons prenait son premier verre de la journée. L'hôtel était prêt à fonctionner.

Simon prit Nicole par la taille et ils déambulèrent jusqu'au bar de la piscine : Ernest donnait des instructions à un des serveurs sur la façon de disposer les soucoupes d'olives et de cacahuètes.

– C'est possible d'avoir un verre, Ern ?

Ils s'assirent à l'ombre du toit en tuiles, une bouteille de vin blanc dans le seau à glace, les verres rafraîchis et embués :

– À vous deux ! dit Simon. Vous avez fait un travail fantastique.

Ils lui rendirent son sourire.

– Aux clients, dit Ernest. Que Dieu les bénisse où qu'ils puissent être.

Il leva les yeux vers la terrasse et but précipitamment une gorgée de vin :

– Eh bien, mes chéris, justement, les voilà.

Françoise était plantée sur la terrasse, une main en visière au-dessus de ses yeux, tournée vers le bar de la piscine. Auprès d'elle, trois silhouettes en noir ; le soleil étincelant sur les lunettes noires faisait ressortir des teints d'une mortelle pâleur. Les filles des magazines étaient arrivées.

Elles descendirent les marches, s'extasiant sur la vue. Françoise les escorta jusqu'au bar de la piscine, où elles se présentèrent :

– *Maison et Jardin.* Quel endroit superbe. Absolument superbe.

– *Harpers and Queen.* Nous sommes les premières ?

– *Elle Décoration.* Il faut que vous me disiez qui a fait la façade. C'est extrêmement astucieux.

Simon était déconcerté. Les filles, toutes frisant ou dépassant à peine la trentaine, auraient pu sortir de la même penderie et portaient des uniformes presque identiques : corsage noir vague, pantalon noir, lunettes noires avec monture en acier noir, cheveux longs et artistement dépeignés, un teint de bureau climatisé et d'énormes sacs en bandoulière. Elles acceptèrent un verre de vin et révélèrent leurs noms, ce qui ne fit qu'ajouter au désarroi de Simon. Elles semblaient toutes s'appeler Lucinda.

Elles se rassirent et se félicitèrent mutuellement d'être parvenues sans encombre au bout du monde. *Maison et Jardin* fut la première à se remettre des épreuves du voyage.

– Serait-il possible, demanda-t-elle en grignotant une olive d'un noir coordonné, de jeter un petit coup d'œil avant l'arrivée des autres ?

Simon n'avait pas eu le temps de répondre qu'Ernest était déjà debout.

– Permettez-moi, mes bien chères. Prenez vos verres et je vais vous faire faire le grand tour.

Il les entraîna, discourant avec animation en les faisant passer devant la fontaine – « découverte chez un ferrailleur non loin d'ici, en fait. Heureusement sa vessie était en état de fonctionner » –, et les ramena dans l'hôtel.

Simon secoua la tête et regarda Nicole avec un sourire :

– Je crois qu'Ern adore tout ça.

– Je crois aussi.

Elle le regarda d'un œil critique, haussant un sourcil :

– Pas toi ?

– C'est un peu comme faire visiter l'agence à des clients. Ces derniers mois, je n'ai pensé qu'à une chose, c'était que tout soit terminé, et maintenant que ça l'est... je ne sais pas, c'est autre chose.

Il se pencha et caressa la joue de la jeune femme.

– Cesse de me faire les gros yeux : tu vas faire peur aux clients. Allons voir si personne d'autre n'est arrivé.

Une demi-douzaine de réfugiés du Festival du film publicitaire, avec épouses ou petites amies, se bousculaient devant le bureau de Françoise, s'adressant à elle dans un anglais bruyant où fusait de temps en temps un mot français. Jeans et baskets, chapeaux de paille et Ray-Bans, Rolex sur des poignets au hâle récent, des sacs répandus partout, des cris de « Où est le bar ? » se mêlant à leurs efforts pour aider Françoise à retrouver leurs noms sur la liste d'invités. Poignées de main et claques dans le dos s'échangèrent à l'arrivée de Simon : au bout de quelques minutes, un semblant d'ordre régnait tandis que deux des serveurs commençaient à acheminer vers leurs chambres les bagages et leurs propriétaires.

Simon demanda à Françoise si quelqu'un d'autre était arrivé.

– Eh oui, fit-elle en désignant la liste, M. Murat. Il est très charmant.

« Je n'en doute pas, ce vieux coureur », se dit Simon en téléphonant à la chambre de Philippe.

– Oui ?

Personne d'autre parmi les gens que Simon connaissait ne pouvait donner à une seule syllabe l'air d'une invitation à un week-end galant. Il s'imaginait sans doute que Françoise voulait monter pour l'aider à défaire ses valises.

– Désolé, Philippe, ça n'est que moi. Simon. Bienvenu à Brassière.

– Mon ami, c'est merveilleux. J'arrive et il y a déjà ici trois jeunes femmes du service à l'étage.

– Ne vous faites pas d'illusions, elles travaillent pour les magazines. Vous n'avez amené personne ?

– Si, elle a été très surprise. Elle est dans la salle de bains.

– Eh bien, si vous pouvez échapper à toutes ces femmes, descendez donc prendre un verre.

Simon raccrocha et jeta un coup d'œil à la liste des invités. Dix chambres d'occupées. Encore deux. Il regarda Françoise :

– Ça va ?

– Oui, j'aime bien.

Elle sourit avec un petit haussement d'épaules. Simon se demanda au bout de combien de temps elle allait commencer à faire des ravages parmi les serveurs.

Il entendit une voiture qui s'arrêtait dehors et il se dirigea vers l'entrée. La haute et mince silhouette de Johnny Harris en tenue du Midi de la France – costume d'été jaune pâle – entreprit de s'extraire de la petite Peugeot de location. Ils échangèrent une poignée de main par-dessus le toit ouvrant et la tête blonde de la passagère.

– Vous n'avez pas l'air mal pour un marginal entre deux âges.

Harris désigna l'intérieur de la voiture :

– C'est Angela.

Il ajouta en réussissant à ne pas cligner de l'œil :

– Ma documentaliste.

Une main fine pointa par l'ouverture du toit et agita ses doigts en direction de Simon.

– Garez-vous là-bas. Je vais vous donner un coup de main pour les bagages.

Angela cligna des yeux dans le soleil en descendant de voiture, et récupéra ses lunettes de soleil nichées dans ses cheveux. Elle avait trente centimètres de moins que Harris. De la gorge jusqu'au ras des fesses, elle était moulée d'une couche serrée à la suffoquer de l'inévitable noir : la seule concession à la couleur s'affichait sur ses pieds, chaussures rouges et soupçon d'ongles assortis. On lui aurait donné dix-huit ans avec vingt ans d'expérience derrière elle. Elle fit à Simon un charmant sourire :

– J'éclate. Où sont les toilettes ?

L'hôtel s'animait soudain. On entendait les bruits de plongeon du côté de la piscine et des rires qui venaient du bar. Les dames de la publicité, déjà huilées et allongées au soleil, s'aspergeaient de temps en temps le visage avec des aérosols d'eau d'Évian. Les filles des magazines, pour éviter de prendre le soleil, dérivaient d'une flaque d'ombre à l'autre, prenant des photographies et chuchotant des notes confidentielles dans leurs petits magnétophones noirs. Ernest passait avec sollicitude de groupe en groupe, souriant, hochant la tête et donnant des ordres au barman. Mme Pons, drapée dans un vaste tablier blanc, faisait majestueusement un dernier tour des tables afin de s'assurer que tout était en ordre pour attaquer le repas.

Simon trouva Nicole assise sur la terrasse : Philippe

Murat lui montrait, avec ce que Simon estima être une intimité tout à fait inutile, le fonctionnement de son caméscope miniature, un bras passé autour de son épaule tout en l'aidant à viser la piscine.

– C'est une atteinte aux règlements syndicaux, dit Simon. On ne pelote pas l'opérateur.

Philippe eut un grand sourire et se redressa pour serrer Simon dans ses bras.

– Félicitations. C'est superbe. Comment avez-vous trouvé ça ? Et pourquoi m'avez-vous toujours caché Nicole ? Jamais je ne rencontre des femmes ravissantes comme elle.

– Vous êtes un vieux dégoûtant et beaucoup trop bronzé pour quelqu'un qui travaille vraiment. Où étiez-vous ?

Philippe fit la grimace :

– Nous avons tourné un spot publicitaire à Bora-Bora. L'enfer.

– J'imagine.

Simon se tourna vers la piscine :

– Où est votre amie ?

– Éliane ?

Philippe eut un geste en direction de l'hôtel :

– Elle se change pour le déjeuner. Après cela, elle se changera pour se baigner. Puis elle se changera pour dîner. Toutes les trois heures elle en a assez de sa toilette.

– *Elle* ?

– *Vogue*.

– Ah.

Nicole éclata de rire :

– Et on dit que les femmes sont des garces.

Elle regarda sa montre :

– Chéri, il faudrait les faire passer à table. Tout le monde est là, non ?

– Je n'ai pas encore vu Billy Chandler, mais nous pouvons commencer sans lui.

Les invités, évoluant avec la langueur due au s[illegible]
et au vin, furent dirigés vers leurs tables avec une dip[illegible]
mate fermeté.

Simon attendit que tout le monde soit assis, puis tapota un verre avec sa fourchette :

– J'aimerais tous vous remercier de vous être arrachés aux joies de Londres, de Paris et de Cannes pour nous aider à ouvrir l'hôtel. Je crois que vous avez déjà fait la connaissance de Nicole et d'Ernest, qui se sont chargés de tout le travail. Mais vous n'avez pas rencontré notre chef, Mme Pons.

Il tendit un bras vers la cuisine. Mme Pons, plantée sur le seuil, leva son verre.

– Voilà une femme dont la cuisine peut arracher à un homme des gémissements de plaisir. Nous avons une petite réception ce soir où vous rencontrerez des gens du pays. En attendant, si vous avez besoin de quoi que ce soit, nous sommes à votre disposition. Et quand vous rentrerez chez vous, ne manquez pas de parler de l'hôtel si vous l'avez apprécié. Nous devons remplir notre caisse désormais.

Simon se rassit, les serveurs arrivèrent. Il regarda les visages autour de lui, dorés sous la lumière flatteuse qui filtrait à travers les parasols, et sourit à Nicole. Ils avaient tous l'air détendus, heureux d'être là. Il se sentit en paix avec le monde.

– Monsieur Simon, excusez-moi.

Françoise était plantée auprès de lui, se mordillant la lèvre inférieure.

Simon reposa sa fourchette.

– Un monsieur vous demande. Il est très agité.

Simon la suivit jusqu'au téléphone de la réception.

– Allô ?

– Simon ? C'est Billy. Écoute, j'ai un petit problème.

Simon le sentait bouillir de rage.

– Où es-tu ?

– À Cavaillon. En taule.

– Qu'est-ce qui s'est passé ?

– Eh bien, j'ai garé ma voiture pour aller acheter des cigarettes. Quand je suis revenu, il y avait un type en train de monter dedans.

– Il est parti avec ?

– Penses-tu, il n'atteignait pas un mètre quarante : alors je l'ai tiré dehors et je lui ai envoyé mon poing dans la figure.

– Et ils t'ont arrêté parce que tu l'avais empêché de voler la voiture ?

– Pas exactement. Ça n'était pas ma putain de voiture. Tu comprends ? La mienne, c'était celle d'à côté. Elles se ressemblent toutes, ici : petites et blanches. Bref, il s'est mis à gueuler comme un cochon qu'on égorge et les gendarmes sont arrivés. Pas commodes, d'ailleurs.

– Seigneur ! J'arrive tout de suite. Ne dis rien. Attends-moi là-bas.

– De toute façon, je ne peux rien faire d'autre.

En montant dans la voiture, il eut l'impression d'entrer dans un four. Un chapitre triomphal de plus dans l'épopée de Billy Chandler, le photographe le plus batailleur de Londres. On n'avait qu'à le laisser seul cinq minutes dans un pub et, le temps de revenir, il y avait une bagarre. Malheureusement, le reste de sa personne n'était pas en accord avec sa grande gueule. Simon ne comptait plus les corbeilles de fruits qu'il avait envoyées dans divers hôpitaux pour une mâchoire fracturée, un nez cassé, une côte fêlée. Billy avait même un jour été mis K.O. par un mannequin : il n'avait pas pu résister à l'envie de sauter sur une de ces grandes filles. Simon l'aimait bien, mais il était à haut risque.

La gendarmerie de Cavaillon sentait le tabac brun et il y avait de la nervosité dans l'air. Simon s'approcha d'un gendarme, impassible, silencieux, intimidant, pour tout dire glacé.

– Bonjour. Un ami à moi est ici, un Anglais. Il y a eu un malentendu et croyez que j'en suis désolé.

Le gendarme restait silencieux. Simon reprit son souffle et poursuivit :

– Il a cru qu'on lui volait sa voiture. C'était une erreur. Il est absolument navré.

Le gendarme se tourna pour appeler quelqu'un et dit à Simon :

– Le capitaine s'en occupe.

Le capitaine, dont la moustache l'emportait de plusieurs centimètres sur celle du gendarme, sortit, une cigarette aux lèvres, le masque de la Tragédie posé sur son visage. Simon répéta ce qu'il avait dit. Le masque du tragédien s'accentua.

– C'est une affaire sérieuse, dit-il à travers un nuage de fumée. On a emmené la victime à la clinique Saint-Roch pour faire des radios. Il y a peut-être des fractures.

« Seigneur ! se dit Simon, le seul coup de poing bien ajusté qu'il ait assené en vingt ans et il faut que ce soit ici. »

– Capitaine, je me chargerai évidemment de régler tous les frais médicaux.

Simon sentait la migraine le gagner et son estomac grommeler. Le capitaine le fit entrer dans son bureau.

Le prisonnier fut libéré deux heures et demie plus tard. Il portait un pantalon noir flottant et une chemise blanche boutonnée jusqu'au cou. Son visage aux traits tirés sous une touffe de cheveux grisonnants arborait une expression de soulagement incrédule.

– Salut, mon vieux. Désolé. Quelle histoire !

Multipliant les salutations, ils sortirent tous les deux de la gendarmerie et firent très vite une centaine de mètres dans la rue avant de s'arrêter. Billy poussa un soupir qu'il retenait depuis le début de l'après-midi :

– Je me taperais bien un verre.

– Billy !

Simon posa les mains sur les épaules osseuses de son ami :

– Si tu crois que je vais t'emmener dans un de ces bars pour disputer quinze rounds contre le premier malheureux qui te tombera sous la main et puis passer ce qu'il reste de week-end au poste de police, tu te trompes. D'accord ?

Un large sourire plissa le visage de Billy.

– Content de te revoir. Ç'aurait été plus agréable sans l'alerte rouge, mais j'ai vraiment cru que ce petit salaud en voulait à mes affaires. Alors, quel est le programme ?

Lorsqu'ils regagnèrent l'hôtel, les invités commençaient à émerger de l'assoupissement causé par la bonne chère, les boissons et le soleil.

Tout le monde le disait, c'était une soirée parfaite : chaude et sans vent, le ciel enflammé par les derniers rayons du soleil, les montagnes baignant dans une brume mauve foncé. La terrasse commençait à s'emplir, gens du village et étrangers s'inspectant les uns les autres avec un intérêt poli tandis qu'Ernest, resplendissant dans son costume de toile rose, les encourageait à se mélanger. Nicole et Simon, armés de bouteilles de champagne, circulaient, remplissant des verres et écoutant au passage des fragments de conversations. Les Français discutaient politique, Tour de France et restaurants. Le groupe des publicitaires parlait comme toujours de publicité. Les expatriés et propriétaires de maisons de vacances comparaient le désastre de plomberie qu'ils avaient connu et, avec un mélange d'incrédulité et de secrète satisfaction, ils secouaient la tête en évoquant le dernier bond insensé du prix des propriétés.

Billy Chandler, muni de son appareil, traquait les jolies femmes. Il disait toujours qu'elles étaient incapables de résister à un photographe de mode. Les filles des magazines avaient abandonné leurs uniformes et leurs lunettes de soleil pour des corsages vagues et pâles, des collants et du maquillage haute définition. Elles cuisinaient un décorateur dont la spécialité était de donner aux intérieurs de vieilles fermes provençales l'aspect d'appartements de Belgravia. Johnny Harris les observait tous en attendant que l'alcool fasse son effet. À jeun, les gens surveillaient trop attentivement leurs propos.

Simon le retrouva dans un groupe comprenant Philippe Murat, un auteur français qui se plaignait de la célébrité et une héritière de Saint-Rémy arborant plusieurs kilos de bijoux en or et une moue persistante.

– Pas de scoop, Johnny ?

Harris eut un sourire soulagé :

– Je ne comprends pas un traître mot de ce qu'ils disent. Ce qu'il me faut, c'est une commère de langue anglaise qui ait envie de me faire des confidences.

Il but une gorgée de champagne :

– Une charmante et bavarde expatriée dénuée de tout sens de la discrétion serait parfaite.

Simon examina la foule jusqu'au moment où il eut découvert le visage qu'il cherchait : un visage rebondi, hâlé et plein de vie, encadré par des cheveux châtains frisottés qui lui tombaient jusqu'aux épaules.

– Voilà ce qu'il vous faut, dit-il. Elle a une agence immobilière et ça fait quinze ans qu'elle est ici. Si vous voulez qu'une rumeur se répande dans le pays comme une épidémie de grippe, vous n'avez qu'à la lui confier à titre strictement confidentiel. On l'appelle Radio Luberon.

Ils se frayèrent un chemin dans la cohue. Simon passa un bras sur l'épaule ronde et nue de la jeune femme :

– Je vais vous arracher à vos amis pour vous présenter un journaliste. Vous pourrez tout lui dire sur nos charmants voisins. Johnny, voici Diana Prescott.

– Johnny Harris.

Ils échangèrent une poignée de main.

– J'ai une petite chronique dans le *News*. Simon me dit que vous pourriez me fournir un peu de couleur locale.

Elle le regarda de ses grands yeux bleus et se mit à rire :

– C'est comme ça que ça s'appelle aujourd'hui ? Eh bien, par quoi voudriez-vous commencer ? Les dix plus snobs ? Les comédiens sans engagement ? La mafia des décorateurs ? Les gens s'imaginent que c'est un coin perdu par ici, mais c'est un vrai bouillon de culture.

– J'ai hâte d'entendre tout ça, dit Johnny. (Il s'appropria la bouteille que tenait Simon.) Ça restera entre vous, moi et mes millions de lecteurs.

Elle se remit à rire :

– Dès l'instant que vous ne citez pas mon nom, mon chou.

Elle accepta volontiers encore un peu de champagne et Simon se rendit compte qu'elle était déjà un peu partie :

– Tenez, vous voyez le grand type là-bas avec les cheveux blancs, les épaules un peu voûtées et qui a l'air extrêmement respectable ? Eh bien, il donne de ces réceptions...

Simon s'excusa et laissa Harris profiter de ce qui à n'en pas douter allait être une soirée fructueuse. Il se sentait un peu étourdi d'avoir bu l'estomac vide : il se dirigeait vers le buffet dressé devant le restaurant quand Jean-Louis, en tenue de fête, accompagné d'un homme en costume bleu foncé, l'arrêta.

– Permettez-moi, fit il en souriant, de vous présenter mon collègue, Enrico de Marseille.

On aurait pu croire qu'Enrico sortait tout droit d'une réunion d'un comité de gestion – tenue très sobre, rasé de près – s'il n'y avait pas eu chez lui cet étrange silence, le regard fixe de ses yeux sombres et glacés et la cicatrice qui lui balafrait le cou. Ça n'était pas avec une agrafe dans un bureau qu'il s'était fait ça. Il était, expliqua Jean-Louis, dans l'assurance personnelle. La partie inférieure du visage d'Enrico sourit. Ce serait un grand plaisir, dit-il, d'assister Monsieur si jamais se présentait à l'hôtel un problème trop pressant ou trop délicat pour la police. Il alluma une cigarette et considéra Simon d'un air songeur à travers la fumée. Un si bel établissement, si près de Marseille, ce pourrait être une tentation pour certains des... des éléments de la côte. Jean-Louis secoua la tête et émit un *tss-tss* approbateur. Beh. Oui. Nous vivons à une époque dangereuse.

Simon eut le sentiment qu'il s'était lancé un peu à la légère dans l'hôtellerie. Il y avait chez Enrico un air un peu menaçant, malgré sa politesse et son sourire faux et figé, qui n'avaient rien à voir avec les assurances conventionnelles. Grâce à Dieu, il avait une formation de publicitaire. Il savait quoi faire dans ce genre de situation.

– Déjeunons un de ces jours, Enrico, dit-il. Quand nous pourrons parler tranquillement.

Mrs. Gibbons évoluait prudemment parmi la forêt de jambes : elle se méfiait des talons aiguilles et des douches au champagne, son museau balayant les dalles en quête de petits fours égarés par terre. Elle arriva auprès d'un banc de pierre au bord de la terrasse et pencha la tête de côté. Un gros objet à l'air intéressant gisait sous le banc. Elle le renifla. Rien ne bougeait. Elle lui donna un petit coup de patte : c'était une matière agréablement molle. Mrs. Gibbons s'en empara et chercha un coin loin de tout ce bruit et de tous ces pieds où elle pourrait le détruire en toute quiétude.

Une demi-heure plus tard, *Harpers and Queen* décida qu'il était temps de rajuster son maquillage et voulut prendre son sac. Son hurlement d'effroi perça le brouhaha des conversations. Simon fendit la foule, s'attendant à trouver Billy Chandler aux prises avec un mari irrité.

– Mon sac ! cria *Harpers and Queen*. Quelqu'un a pris mon sac !

Simon une fois de plus renonça à toute idée de nourriture et accompagna la jeune femme éplorée dans une chasse qui commença dans le massif de lavande et se poursuivit parmi les invités jusqu'à la piscine. Tandis que les recherches continuaient, *Harpers and Queen* procédait avec une hystérie croissante à l'inventaire du sac. Il contenait absolument toute sa vie : l'idée de son filofax disparu lui arracha un nouveau gémissement de désespoir. Simon n'était pas d'humeur à écouter Jean-Louis affirmer que le sac pourrait bien avoir déjà franchi la frontière italienne tant les voleurs de la région étaient rapides. Beh oui.

Un membre du contingent des publicitaires se précipita vers Simon, ses lunettes de soleil se balançant contre sa poitrine au bout de leur cordon :

– Ça y est. On l'a trouvé.

Simon sentit sa migraine se dissiper légèrement :

– Dieu soit loué. Où est-il ?

– Sous cette grande table, au restaurant.

Harpers and Queen défaillit presque de soulagement, puis poussa un nouveau cri d'horreur. Si quelqu'un l'avait vidé, lui avait volé sa vie, peut-être même son filofax avec tous ces numéros de téléphone personnels recueillis au prix de tant d'efforts au long des années ! Un instant, l'idée d'un désastre mondain la traversa.

– Non, non, non, dit le publicitaire. Je ne crois pas que rien ait disparu. Pas précisément.

Quand ils arrivèrent devant la longue table du buffet, ils trouvèrent un petit groupe accroupi apparemment en train de s'adresser au bas de la nappe.

Quelqu'un releva la tête :

– Nous avons essayé de la tenter avec de la mousse de saumon et de la quiche, mais ça ne l'intéressait pas.

Simon et *Harpers and Queen* se mirent à quatre pattes pour regarder sous la table. Mrs. Gibbons les dévisagea, retroussant ses babines roses sur lesquelles on distinguait çà et là des fragments bleus d'une couverture de passeport britannique. Elle poussa un bref grognement avant de s'attaquer à un Tampax.

– Oh, mon Dieu ! fit *Harpers and Queen*.

– Merde, fit Simon. Où est Ernest ?

Le groupe rassemblé autour de la table recula pour regarder Ernest réprimander Mrs. Gibbons : il lui fit renoncer à ce qui restait de son casse-croûte puis l'exila. *Harpers and Queen* au désespoir rassembla les restes et disposa sur la table un tas humide et mâchonné. Son filofax n'avait pas subi de graves dommages. Mais il y avait peu de chances que ses cartes de crédit passent par une machine qui n'acceptait pas les marques de dents, et il allait lui falloir un nouveau passeport. Elle foudroya Simon du regard. Il fallait faire quelque chose.

Mais quoi ? Le consulat britannique à Marseille était fermé pour le week-end. Simon se résigna à passer le dimanche matin au téléphone pour essayer de mettre la main sur le consul. Ernest emmena *Harpers and Queen*, serrant d'une main fébrile les lambeaux de son sac, jusqu'à la bouteille de champagne la plus proche. Les spectateurs s'éloignèrent dans la direction de la musique qui venait du bar de la piscine.

Il était près de minuit quand Simon s'assit pour « déjeuner » à une petite table dans un coin de la terrasse. Il savourait le soulagement d'être seul. À part l'incident avec ce maudit chien, tout se passait bien. Personne ne semblait dangereusement ivre. Personne ne se disputait. Personne n'avait frappé Billy Chandler. Tôt ou tard, quelqu'un allait bien finir par tomber dans la piscine, mais dans l'ensemble ç'avait été une excellente soirée. Simon prit une bouchée de saumon et se détendit un peu.

– Le patron se repose après son labeur.

Johnny Harris approcha une chaise et s'assit :

– Comment va votre visage ? Pas de crampe après tous ces sourires ?

Simon avala et hocha la tête :

– Et vous ?

– Je fais un net complexe d'infériorité.

Harris se versa un peu de vin :

– Angela ne m'avait jamais dit qu'elle avait passé un certificat de langues modernes. Elle a passé son temps à bavarder avec tous ces Français pendant que j'étais planté là comme un crétin. Ils tournaient autour d'elle comme des mouches. Ça a vraiment été un choc. Elle n'a pas le genre universitaire.

Simon se rappela la tenue d'Angela – une robe très courte, décolletée dans le dos et des talons hauts qui avaient attiré les regards admirateurs de Mme Pons. Il éclata de rire :

– Ils aiment bien les intellectuelles, ces Français, surtout les blondes avec de jolies jambes. Dites-moi, est-ce que Radio Luberon était intéressante ?

Harris tira de sa poche un carnet et en feuilleta les pages.

– Stupéfiant, mais pour l'essentiel, absolument impubliable. Vous savez que dans un des villages de la région il y a un vieux type qui paie des filles pour grimper aux rideaux pendant qu'il regarde en écoutant du Wagner et en se pintant au porto ? C'est un Anglais.

– Ça ne m'étonne pas, dit Simon. Un Français ne boirait pas de porto.

– Voyons... fit Harris en consultant ses notes. Des orgies dans les ruines, des pots-de-vin dans l'immobilier – elle en sait long là-dessus –, la mafia des décorateurs, les fausses antiquités, les authentiques trous du cul comme notre ami Mr. Crouch et ses disciples...

Harris s'arrêta et secoua la tête :

– Et moi qui pensais que ce qu'il y avait de plus

excitant ici c'était de regarder pousser le raisin. Pas du tout. Rien ne manque, de l'adultère aux comptes en Suisse : vous n'avez qu'à choisir.

– Je commence à le découvrir, dit Simon.

Par-dessus l'épaule de Harris, il regarda Jean-Louis et Enrico de Marseille qui lui souriaient.

– Merveilleuse soirée, dit Jean-Louis. Je suis ravi que l'affaire du sac à main se soit réglée d'elle-même. Un criminel à quatre pattes, c'est drôle, non ?

– Très drôle, répondit Simon.

Enrico porta une main à son oreille, le pouce et le petit doigt tendus :

– Déjeuner ?

– Avec plaisir, Enrico.

– *Ciao* Simon.

Harris se retourna pour regarder les deux hommes s'en aller :

– Il a une sale tête, le type au costume sombre. Qu'est-ce qu'il est, un politicien local ?

– Il est dans les assurances.

– Si j'étais vous, j'aurais tendance à payer la prime.

Harris regarda vers le bar de la piscine où Angela faisait avec Philippe Murat une démonstration de ses talents sur la piste de danse : il décida que sa présence était nécessaire. Simon reprit son repas. Quand Nicole le découvrit deux heures plus tard, il était endormi dans son fauteuil, un cigare à demi fumé entre les doigts.

19

Il était seize heures : le soleil tapait dur. L'hôtel faisait la sieste : on avait débarrassé les couverts du déjeuner, dressé les tables pour le dîner. Une rangée de corps se grillaient auprès de la piscine, se retournant de temps en temps comme des poulets rôtis à la broche. Il ne se passerait pas grand-chose avant dix-huit heures. Ernest rentra dans la fraîcheur de son bureau. Il demanda à Françoise de lui apporter de quoi déjeuner et s'installa pour examiner le courrier de la journée : il était ravi de la pile de lettres demandant des réservations. La saison s'annonçait fort bien, songea-t-il.

Il entendit le soupir de la porte d'entrée qui s'ouvrait, des pas qui approchaient et le bruit d'une respiration essoufflée. Il écarta les lettres et se leva.

– Yo ! cria une voix. Il y a quelqu'un ?

Ernest n'avait jamais vu un aussi solide gaillard. Il mesurait plus d'un mètre quatre-vingts, presque tout en muscles. Il portait un short noir de cycliste et un gilet sans manches taché de sueur, orné d'un slogan qui proclamait : Texas u. Quatre ou cinq des plus heureuses années de votre vie. De courts cheveux blonds, des yeux bleus, un large sourire d'un blanc de publicité pour dentifrice.

– Bonjour, fit Ernest. Je peux vous aider ?

– Comment ça va ? fit le jeune homme en tendant la main. Boone Parker. Je cherche Simon Shaw ?

Comme beaucoup d'Américains, il avait une façon

de parler en accentuant la fin de chaque phrase, ce qui les transformait toutes en questions.

– Boone, ravi de vous connaître. Nous vous attendions. Je suis Ernest.

Le jeune homme salua de la tête.

– Mr. Shaw devrait être ici dans quelques minutes. Je pense que vous aimeriez boire quelque chose.

Ernest décrocha le téléphone pour appeler le bar en bas :

– Qu'est-ce qui vous ferait plaisir ?

– Deux bières. Ce serait formidable.

– Bien sûr, fit Ernest : une pour chaque main.

Boone engloutit la première bière d'une seule gorgée apparemment ininterrompue et poussa un soupir satisfait.

– Fichtre, j'en avais besoin. Je suis venu à vélo.

Il regarda Ernest en souriant :

– Vous avez de sales petites montées par ici.

Tout en s'attaquant plus lentement à la seconde bière, Boone confia à Ernest ses premières impressions sur la France : pas mal, même s'il n'avait pas rencontré beaucoup de filles. Mais c'était formidable d'être ici dans le pays de la bicyclette, car c'était une de ses passions : ou plutôt, comme il le dit, ça le branchait. Ça et la cuisine. Il ne savait pas encore très bien s'il allait être le prochain Greg Lemond ou le prochain Paul Bocuse. Roues ou casseroles, il fallait choisir.

Ernest avait du mal à imaginer ce charmant jeune monstre penché sur un fourneau ou hachant menu des échalotes avec ces énormes mains, mais Boone expliqua que c'était héréditaire.

– Mon paternel est dans la bouffe, Ernie. J'ai la bouffe dans mes gènes. À neuf ans, je cuisais des choses – seulement des œufs, des haricots à la poêle, des trucs comme ça –, maintenant, je fais de la grande cuisine. J'ai failli m'inscrire à une de ces écoles gastronomiques de Paris, vous savez ? Le genre de boîtes où on vous botte les fesses si on n'est pas capable de faire un coulis de tomates avec une main attachée derrière le dos. J'adore le sérieux avec lequel les Français prennent ça.

– Eh bien, jeune Boone, fit Ernest, je crois qu'il va falloir que vous fassiez la connaissance de notre chef. Comment est votre français ?

Boone se gratta la tête et haussa les épaules :

– Plutôt rudimentaire. Mon espagnol n'est pas mauvais, mais j'imagine que ça ne vous avance pas à grand-chose par ici. Mais je travaille.

Il termina sa bière et regarda la pendule derrière le bureau :

– Oh là là ! il faut que j'y aille. J'ai un cours à cinq heures.

– Je dirai à Mr. Shaw que vous êtes passé.

– Entendu. Ravi de vous avoir vu, Ernie. Cool, mon vieux.

Du seuil de la porte, Ernest le regarda appuyer sur ses pédales et s'éloigner. Charmant jeune homme, se dit-il, et apparemment pas gâté du tout, absolument pas ce qu'on attendrait d'un fils de milliardaire. Évidemment, il s'exprimait par moments de façon un peu bizarre. « Cool » ? Ernest secoua la tête et regagna son bureau.

Nicole et Simon, l'air un peu coupable de ceux qui ont passé l'après-midi au lit, rejoignirent Ernest une heure plus tard. Il leur parla de la visite de Boone Parker – un si charmant jeune homme, un véritable athlète – puis il tira une lettre de sa poche.

– C'est arrivé, avec simplement l'adresse de l'hôtel, mais je crois que c'est pour vous.

Il la tendit à Simon :

– Avez-vous un oncle artiste ? Si c'est le cas, vous avez été bien discret à son sujet.

Simon contempla la grande écriture un peu folle sur une feuille de papier à lettres à l'en-tête de la *Pensione San Marco* :

« Salut, jeune salopard,

« C'est à Venise, où ma muse et moi-même partageons ces célestes paysages avec cinquante mille touristes japonais, que m'est parvenue l'annonce de l'ouverture de ton établissement. C'est tout à fait impossible de peindre ici. Il me faut la lumière et l'espace, la vision fugitive d'une peau couleur de miel, la rude perspective de la roche s'efforçant éternellement d'atteindre le bleu intolérable du ciel. Ah, la Provence !

« J'ai des fonds suffisants pour un billet de train jusqu'en Avignon : je t'aviserai de mon heure d'arrivée pour que tu puisses prendre toute disposition utile. Je n'ai pas besoin de rentrer immédiatement chez moi à Norfolk : nous aurons donc largement le temps de renouer les précieux liens d'affection que je chéris plus que tout.

« À bientôt, comme on dit en France ! Ton oncle affectionné,

« William. »

« *P.S.* Certains des critiques d'art les plus éclairés m'appellent maintenant le " Goya de Norfolk ". Ce serait fausse modestie de ma part que de discuter leur jugement. Fais venir des muses allongées, mon cher garçon ! Mon pinceau se hérisse d'impatience. »

– Merde, fit Simon en passant la lettre à Nicole. Je ne crois pas t'avoir jamais parlé de lui, n'est-ce pas ?

Nicole regarda la lettre en fronçant les sourcils :

– C'est un artiste connu, cet oncle ?

– Pas autant qu'il le voudrait. Je le vois environ une fois tous les trois ou quatre ans. Il est toujours fauché, et fuyant généralement quelques veuves à qui il a promis le mariage...

Simon s'interrompit et regarda Ernest :

– Nous ne pouvons pas le laisser occuper une chambre ici longtemps. Il s'imaginerait qu'il est mort et qu'il se retrouve au paradis. Nous n'arriverions jamais à nous débarrasser de lui.

– Dans ce cas, cher, fit Ernest, nous ferions mieux de lui trouver une veuve, n'est-ce pas ? Est-ce qu'il est présentable, l'oncle William ?

« Il avait l'air d'un lit défait dans un vieux costume en velours côtelé, avec une chemise des surplus, une cravate usée jusqu'à la corde, empestant le whisky et la térébenthine », pensa Simon.

– Pas dans un style conventionnel, Ern, non. Mais il a l'air de plaire aux femmes.

– Ah. Alors, il y a peut-être un espoir. Nicole, cherchez la veuve.

Ernest fit de grands signes à un couple qui remontait de la piscine afin de se changer pour le dîner :

– Il faut que je file. Nous sommes complets ce soir : le Tout-Luberon a entendu parler de la chère Mme Pons.

Il tira une dernière fois sur la nappe la plus proche et s'éloigna en direction de la cuisine.

– Voilà un homme, dit Nicole, qui a trouvé sa vocation. Il est si content... Et ils l'adorent tous, tu sais.

– C'est bizarre. Nous avons échangé nos rôles. J'ai presque l'impression qu'il faut que je prenne un rendez-vous pour le voir. Tu sais ce qu'il m'a dit ? « Il faudra qu'on déjeune un de ces jours pour bavarder un peu. » L'effronté vieux coquin.

Simon se mit à rire :

– C'est exactement ce que je lui disais avant.

– Ça te préoccupe ?

Simon la regarda. Ce demi-sourire n'allait pas tout à fait avec son regard grave :

– Oh, je m'y ferai.

Nicole leva le bras pour redresser le col froissé de la chemise de Simon. Comment un homme pouvait-il prendre un air aussi débraillé rien qu'en circulant dans l'hôtel ?

– Si ça te préoccupe, il faut lui en parler. Ne sois donc pas si Anglais.

– Tu as raison.

Il la regarda d'un air paillard, glissa les mains sous ses fesses et la souleva du sol en l'embrassant. Un serveur qui sortait de la cuisine s'arrêta net, murmura « Bon appétit » et repartit en marche arrière.

« Pas étonnant, songeait Simon, que tant de gens rêvent de posséder un restaurant. » Sur la terrasse, toutes les tables étaient occupées. Les visages hâlés s'animaient à la lueur des bougies. Les rires et le brouhaha des conversations montaient vers le ciel et Ernest passait d'une table de convives à une autre. Tout ça avait l'air si facile... La réalité l'était beaucoup moins, mais les difficultés ne devaient jamais apparaître sur le devant de la scène.

Aujourd'hui, la gageure de terminer l'hôtel et de l'ouvrir était tenue et Simon avait la sensation de retomber sur terre. Ernest et Nicole faisaient marcher tout cela d'une main ferme, l'établissement trouvait son rythme, et seul le propriétaire n'avait pas d'occupation régulière. Pourrait-il passer les quelques années suivantes à dorloter les clients et à calmer sa voisine scandalisée ? En quoi était-ce différent de dorloter les clients de l'agence et de s'occuper de Ziegler et de Jordan ? Certes, les problèmes se situaient à une autre échelle, mais la technique pour les résoudre, il la connaissait bien : du tact, de la patience et des foutaises.

Simon quitta le restaurant, prodiguant salutations et sourires en passant devant les tables, puis il remonta les marches. Nicole et Françoise, installées dans le bureau, partageaient une bouteille de vin et la paperasserie de chaque soir. Il ne pouvait pas leur être d'une grande utilité. Nicole lui fit un geste d'adieu, lui envoya un baiser et lui dit qu'elle le retrouverait à la maison. Il sortit dans l'air de la nuit, qui commençait à fraîchir. Il vit qu'il y avait encore des lumières au café et il eut envie d'un petit verre de marc.

Ambrose Crouch leva le nez du *Sunday Times*. Il jeta à Simon un regard peu amène et ses brûlures d'estomac se réveillèrent.

– Alors, vous fuyez vos amis touristes ?

Simon l'ignora.

– Qu'est-ce qu'il y a ? Vous ne parlez plus qu'à de riches Teutons désormais, c'est ça ? On lèche le cul des Fritz et on empoche leur argent ?

Crouch termina son vin et se mit à rire :

– Évidemment, ça n'est pas la pratique qui vous manque. Dans la publicité, on connaît ça.

Simon poussa un soupir et s'approcha de la table. Crouch leva les yeux vers lui :

– Une visite du patron. Quel honneur.

– Je pense que vous êtes ivre. Pourquoi ne pas rentrer chez vous ?

– Le café ne vous appartient pas.

Crouch fit tourner entre ses doigts son verre vide et se renversa dans son fauteuil :

– Ou bien est-ce un autre de vos projets ? Une rénovation pleine de goût pour les touristes ?

Simon hésita un moment. Il songea à s'en aller. Puis l'irritation l'emporta : il s'assit.

– Vous n'êtes qu'un touriste vous-même. Vous êtes simplement ici depuis plus longtemps que les autres. Vous n'êtes pas plus du pays que moi et, par-dessus le marché, vous êtes un hypocrite : ces foutaises dans votre chronique sur les horreurs du progrès... Le progrès est très bien quand il vous arrange.

– Vraiment ?

– Bien sûr. Vous avez un téléphone, un fax, l'électricité. Je présume que vous avez une salle de bains. C'est ça, le progrès, non ?

– Comment appelez-vous l'invasion de ces villages par des gens qui rafistolent des maisons dont ils ne se servent que deux mois par an ?

– Vous préféreriez sans doute qu'ils les laissent tomber en ruine. Vous savez aussi bien que moi que depuis des années les jeunes s'en vont parce qu'ils préfèrent travailler à la ville plutôt que de cultiver la terre. Sans le tourisme, certains de ces villages seraient morts.

Crouch ricana :

– Où ai-je déjà entendu ça ?

– Il se trouve que c'est vrai.

– Nous devons donc nous résigner à des terrains de golf, des boutiques, d'horribles petites villas, et aux encombrements : je présume que c'est ce que vous entendez par empêcher les villages de mourir ?

– Le tourisme est une réalité. On peut s'en accommoder bien ou mal, mais on ne peut pas l'ignorer ni espérer qu'il disparaisse.

– Je ne l'ignore pas, monsieur Shaw.

Simon avait bu son marc et épuisé sa patience :

– Vous ne l'ignorez pas, mais vous gagnez votre vie en pestant contre le tourisme, en crachant votre venin sur vos contemporains et vous n'avez même pas le courage de signer vos articles, si on peut appeler ça des articles.

Crouch le regarda avec un sourire qui s'épanouissait :

– Je ne sais pas de quoi vous parlez. D'autres que moi estiment que le tourisme est une épidémie de vulgarité.

Simon repoussa son siège et se leva :

– Et où vont-ils en vacances, ceux-là ? Ou bien est-ce qu'ils restent chez eux avec un sentiment de supériorité ?

Simon était irrité en quittant le café. Il aurait aimé poursuivre la discussion avec quelqu'un de moins antipathique que ce journaliste éméché. Il s'arrêta un moment à regarder le ciel couleur d'encre bleu-noir passé, irrité mais ça l'avait quand même amusé, et changé des perpétuelles plaisanteries qu'on attendait d'un hôte professionnel. Crouch, à n'en pas douter, n'avait pas complètement tort, même si c'était un snob et un pontifiant petit crétin. Le tourisme avait transformé presque toute la côte méditerranéenne en un cauchemar. Le mal allait-il se répandre à travers la Provence ? Ou bien allait-on en tirer la leçon ? Simon sourit tout seul dans la nuit. Voilà qu'il risquait de devenir raisonnable.

Boone Parker avait pris l'habitude de venir presque chaque après-midi à bicyclette jusqu'à l'hôtel. Il était partagé entre l'intérêt qu'il portait au travail de Mme Pons et le désir de franchir la barrière linguistique qui l'empêchait de s'occuper de Françoise. Simon et Ernest suivaient de près l'élaboration d'un pont entre l'anglais texan et le français provençal. Boone était capable maintenant de demander sa ration de bière en français. Françoise avait maîtrisé les formules essentielles : « *Have a nice day* » et « *How you doing* ». Un après-midi, ils passèrent à un niveau plus élevé, en identifiant les diverses parties de leurs corps. L'observation de leurs études fut interrompue par un appel en provenance de la gare d'Avignon. Oncle William était arrivé de Venise.

Simon le trouva au bar de la gare, installé devant un verre de pastis et s'éventant avec un vieux panama jauni. Il portait ce qui parut à Simon être le même pantalon de velours qu'il lui avait vu la dernière fois, avec des poches aux genoux, et élimé par l'âge. Il arborait aussi une veste de toile froissée comme les aime l'Anglais d'un certain âge qui s'aventure à l'étranger dans des climats chauds. Sous sa crinière vaporeuse de cheveux argentés, son visage coloré et en sueur s'éclaira quand il vit Simon se frayer un chemin parmi les bagages entassés entre deux tables.

– Mon cher garçon, comme cela me fait chaud au cœur de voir un visage familier dans ces terres étrangères – et si brun, par-dessus le marché. Tu as l'air en pleine forme. La Provence doit te réussir, et pourquoi pas d'ailleurs ?

Il lissa ses cheveux en arrière, posa son chapeau dessus, avala la dernière gorgée de son pastis, frissonna et commença à tâter ses poches :

– Une petite formalité, et puis nous pouvons partir.

Il exhiba une poignée de petite monnaie qu'il considéra avec consternation, comme s'il s'était attendu à trouver une liasse de billets.

– Ah ! Crois-tu qu'ils acceptent les lires ?

Simon régla l'addition, prit les deux valises de cuir fendillé qu'oncle William avait désignées d'un geste de la main et le suivit vers le parking. Le vieil homme s'arrêta si brusquement que Simon faillit le bousculer :

– Salut, sévères gardiens de la cité pontificale.

Il tendit le bras dans la direction des remparts, de l'autre côté de la route :

– Le poids de l'Histoire, le choc de la lumière ! Quel ravissement, quel ravissement ! Je sens déjà les premiers frémissements de ma muse.

– Ne restons pas devant le car.

Oncle William se précipita sur les cigares que Simon avait dans sa voiture et en alluma un avec un grand soupir de satisfaction. Venise n'avait pas été une expérience plaisante, déclara-t-il. La foule, les prix, ces pigeons répugnants partout, un malentendu à la *pensione* à propos de la note : non, il ne regrettait pas d'être parti. Mais quelle joie de trouver le gîte et le couvert en Provence, où le talent d'artiste pouvait s'épanouir.

– Justement, oncle Willy, j'ai un petit problème avec le gîte et le couvert. L'hôtel est presque tout le temps plein.

– Un détail, mon cher garçon, un détail. Tu me connais. Je n'ai pas besoin de grand-chose. (Il tira une longue bouffée de son havane.) Un lit de fer dans une mansarde, un bol de soupe et un croûton de pain, la noble pureté d'une vie ascétique.

Simon savait ce que ça voulait dire.
– Pour l'argent, ça va ?
Oncle William secoua la cendre de son cigare et souffla sur le bout rougeoyant :
– Hélas ! moi non plus, je ne suis pas à l'abri de la récession.
– Tu es fauché.
– J'ai un problème de liquidités.
– Tu es fauché.
– J'attends une rentrée.
– Encore ? Toujours la même ?
Dédaignant de poursuivre la discussion sur ses finances, oncle William porta son attention sur les beautés de la campagne. À la sortie d'Avignon, ils passèrent devant la prostituée à la BMW qui arborait maintenant sa tenue d'été : short et hauts talons dorés. Il souleva galamment son chapeau, en murmurant « charmant, charmant ». Simon secoua la tête en se demandant où il allait installer oncle William pour ce qui s'annonçait comme une visite prolongée. Il pourrait l'héberger à l'hôtel une semaine, pas davantage. Après cela, toutes les chambres étaient retenues.
– À quoi penses-tu, mon cher garçon ?
– J'essayais de réfléchir à un endroit où nous pourrions te loger. Combien de temps comptes-tu rester ?
Ils passaient devant un champ de tournesols dont les têtes claires s'alignaient avec précision, toutes tournées dans la même direction. Oncle William eut un murmure de délice :
– Qui sait ? Un mois ? Toute une vie ? Regarde combien d'années Cézanne a passées à peindre la Sainte-Victoire ?
Il braqua son cigare sur le paysage :
– Ce cadre splendide – la roche, les olives, la vigne verdoyante – ça doit se savourer lentement, comme du bon vin, et non pas se boire d'un trait. Le passage des saisons, j'en suis certain, va se révéler pour moi une source inépuisable d'inspiration.

Il se pencha pour tapoter le genou de Simon :

– À cela s'ajoute le plaisir d'être proche d'un être cher.

– C'est bien ce que je craignais, marmonna Simon.

Comme on pouvait s'y attendre, oncle William fut enchanté de l'hôtel. Comme il n'était pas sot, il comprit presque tout de suite qu'Ernest allait se révéler un précieux allié. Il n'était pas arrivé depuis une heure qu'il lui avait proposé un portrait :

– Une tête de proportions classiques, dit-il. Elle me rappelle certains empereurs romains.

Quand il insista pour que Mrs. Gibbons figurât sur le tableau, couchée auprès d'Ernest, le doute n'était plus permis : il avait établi les premières bases d'une relation solide. Le « Goya de Norfolk » prenait ses quartiers d'été.

20

Les cyclistes roulaient sans s'essouffler, leurs jambes montant et descendant avec une régularité de pistons. Le Général était ravi. Ils ressemblaient à des dizaines d'autres cyclistes sérieux, prêts à parcourir cent kilomètres par une matinée ensoleillée sans autre désagrément qu'une bonne suée.

Ils avaient décrit une longue courbe jusqu'à L'Isle-sur-la-Sorgue, continuant ensuite vers Pernes, Vénasque et Murs avant de tomber sur la D 2, et puis la dernière côte, la route qui menait à Gordes, afin de les mettre en appétit pour le déjeuner que le Général leur avait préparé dans la grange.

Il s'était donné beaucoup de mal pour ce déjeuner : il avait préparé des chaises, une table sur tréteaux et un barbecue pour les gambas et les épaisses tranches de gigot. Il y avait des sacs de glace pour le pastis et le rosé et une douzaine de bouteilles de châteauneuf qu'il avait mises de côté pour leur dernier entraînement, leur dernier dimanche de pauvres.

Il était arrivé en avance pour allumer le barbecue : il était planté devant, surveillant le miroitement de la chaleur qui montait dans l'air, tandis que les charbons viraient du noir au gris. Il se versa un pastis. Comme toujours il éprouvait un grand plaisir à voir le liquide se troubler quand il ajoutait de la glace et de l'eau. Il leva son verre pour porter un toast silencieux au saint patron des voleurs de banque. Il devait bien y en avoir un, se dit-il : « Chez nous, il y a un saint pour tout et pour tous. Qui que vous soyez, donnez-nous de la chance, et à cette heure-ci la semaine prochaine nous serons en train de compter le butin. »

Il entendit des rires. La petite troupe descendait le sentier, chacun poussant son vélo pour protéger les pneus des pierres, souriant et se frictionnant l'arrière-train.

– Bravo, mes enfants ! Qui veut de l'eau et qui veut un pastis ? Aujourd'hui, dit le Général, on mange, on se saoule et on fait une sieste à l'ombre. Mais d'abord, dix minutes de travail.

Il attendit que chacun eût son verre. Sept visages attentifs se tournèrent vers lui.

– Bon.

Le Général posa sur la table sept paires de gants de caoutchouc et deux clés :

– On nous a pris nos empreintes quand on était au trou : alors cette nuit-là, vous porterez des gants. Ne les retirez même pas pour vous gratter le derrière. Maintenant, ici (il posa sur la table un paquet de cigarettes), c'est la porte de derrière, par où vous sortirez.

Il plaça son verre auprès des cigarettes :

– Là, juste à gauche en sortant par la porte, je garerai la camionnette : j'aurai toute la journée pour trouver une place, vous pouvez donc être sûrs qu'elle sera là. Les vélos seront à l'intérieur. Pendant la nuit, je les sortirai et je les enchaînerai à la balustrade juste derrière la fourgonnette. Une longue chaîne, un cadenas. Gardez vos gants quand vous y toucherez, d'accord ?

Sept têtes acquiescèrent. Le Général reprit les clés :

– Celle-ci ouvre le cadenas. Si vous en perdez une, il y en a un double. Si vous perdez les deux, vous êtes foutus. Jojo, Bachir, vous en prenez chacun une, vous vous l'attachez autour du cou, vous vous l'enfoncez dans le nez, vous en faites ce que vous voulez, mais vous ne la perdez pas.

Le Général prit son verre, but une gorgée et s'essuya la moustache :

– J'ai des pantalons et des chandails que vous mettrez par-dessus votre tenue de cycliste. Ce sont de vieux vêtements dont on ne peut pas retrouver la trace. Vous n'aurez qu'à les jeter. Vous allez piquer une suée pour pénétrer dans la banque, mais vous aurez toute la nuit pour vous sécher.

Il les regarda avec un grand sourire :

– Voilà, c'est tout. Ensuite, nous n'aurons plus qu'à compter l'argent. Pas de questions ?

Les hommes contemplèrent en silence la pile de gants de caoutchouc et les clés du cadenas. Tous ces mois passés, et voilà maintenant que le moment était presque venu. Le Général savait ce qu'ils pensaient : et si ça ne marchait pas ? Encore une séance au tribunal, encore un salaud de juge qui vous regarderait de haut, encore des mois à passer au trou.

– Mes amis, dit-il, tout ira bien. Faites-moi confiance.

Il donna une claque sur l'épaule la plus proche :

– Qu'est-ce qui se passe ? Personne ne me demande ce qu'il y a pour le déjeuner ?

Manœuvrant avec le charme et l'habileté du pique-assiette patenté, oncle William avait résolu son problème de logement : il faisait ses valises pour aller s'installer dans la petite maison qu'Ernest avait louée dans le village. Il occuperait la chambre d'ami en tant qu'artiste résident. S'imprégner du personnage d'Ernest, de l'essence même de l'homme avant de chercher à en saisir les traits sur la toile était indispensable. Il parviendrait sans doute à étirer cela sur quelques agréables semaines avant de se mettre au travail. Ensuite, il y avait la sculpturale Mme Pons. Elle n'était pas du tout hostile à l'idée d'un portrait. « Pourquoi le Louvre aurait-il le monopole de tous les trésors ? », avait dit oncle William en la comparant à une odalisque : il avait décelé un pétillement affirmé dans son regard tandis qu'elle l'observait par-dessus son verre de vin blanc. La Provence plaisait beaucoup à oncle William. Certes, il y avait un léger problème de liquidités. Mais Simon pourrait se laisser persuader de lui faire une avance sur cette rentrée mystérieusement retardée. En attendant, il vivait gratis. Oncle William boucla sa valise, ajusta dans sa poche de poitrine le vieux mouchoir de soie qui dissimulait deux cigares subtilisés à son neveu, et descendit se mettre en quête de quelqu'un pour lui offrir un verre.

Simon et son hôte étaient attablés. Enrico de Marseille ôta ses lunettes de soleil et eut un hochement de tête approbateur en regardant la terrasse :

– Je suis ravi de voir comme votre hôtel marche bien, dit-il. Vous devez être très occupé. Je vous suis reconnaissant d'avoir pu trouver le temps de ce déjeuner.

Simon avait tenté depuis des jours de l'éviter, mais Jean-Louis lui avait fait comprendre par des allusions de plus en plus appuyées que ce serait une erreur de décevoir Enrico.

– J'attendais ce jour avec impatience, dit Simon. Qu'est-ce que vous aimeriez boire ? Une coupe de champagne ?

Enrico croisa les mains sur la table : des petits doigts courts aux ongles manucurés. Sa montre en or très plate, enfouie dans les poils noirs de son poignet, était à demi dissimulée par la manchette de sa chemise de soie crème. Son costume, en soie lui aussi, était sombre, d'un bleu marine d'homme d'affaires.

– Oh, je ne suis qu'un garçon de Marseille, dit-il. Je vais prendre un *pastaga*. Un Ricard.

Simon commanda deux pastis en se demandant quel genre de conversation était approprié pour un déjeuner avec un gangster. Les nouvelles techniques de chantage ? La scandaleuse augmentation du prix de la cocaïne ? Les effets de l'inflation sur le cours des pots-de-vin ?

– Eh bien, dit-il, belle journée, n'est-ce pas ?

La bouche d'Enrico sourit. Il avait les yeux occupés ailleurs, passant de Simon aux tables de la terrasse où s'installaient peu à peu des clients en peignoir ou en paréo qui venaient faire une pause après le bain.

– Un temps très profitable, répondit-il. Le soleil ouvre les portefeuilles.

Les consommations arrivèrent. Enrico porta un toast à la prospérité de l'hôtel. La balafre de son cou ondula quand il avala sa première gorgée. Simon dut faire un effort pour ne pas la fixer : elle était si proche de la veine...

Enrico alluma une cigarette.

– Monsieur Shaw, je viens vous voir en ami, comme quelqu'un qui tient à voir votre dur travail récompensé, votre investissement vous rapporter.

Il hocha la tête et but une autre lente gorgée de son verre :

– Un gros investissement, j'en suis sûr.

Simon fit de son mieux pour avoir l'air détendu. Il haussa les épaules :

– De nos jours, rien de qualité n'est bon marché.

– Exactement. Et, en tant qu'homme d'affaires, vous comprenez qu'il faut protéger ses investissements.

« Nous y voilà », songea Simon. Un serveur arriva avec les menus, ce qui lui permit avec soulagement de détourner son regard de la bouche souriante et des yeux au regard impassible.

– Je peux vous recommander les raviolis au fromage et aux épinards. Mme Pons fait elle-même la pâte.

Enrico examina le menu ligne par ligne, comme s'il regardait un contrat :

– Oui, dit-il, les raviolis, et puis le lapin aux olives. Et vous me permettrez, j'espère, d'offrir le vin ? J'ai un faible pour le côte-rôtie.

« Cinq cent quarante francs la bouteille, songea Simon, je ne vais pas discuter. » D'ailleurs l'idée de discuter avec Enrico de quoi que ce soit n'avait rien d'agréable. Malgré ses mains soignées et son ton paisible, on sentait chez le personnage une brutalité résolue. Simon se demanda quelles propositions il allait lui faire. Les voies du Seigneur sont décidement impénétrables. On vient chercher une vie paisible à la campagne et on se retrouve en train de partager des raviolis avec un mafioso en costume de soie.

Enrico mangeait avec délicatesse : il prenait son temps, se tamponnait fréquemment les lèvres avec sa serviette. Ils attendaient le plat principal quand il revint au chapitre « protection des investissements ». Simon avait-il par hasard entendu parler de l'affaire des *Deux-Garçons* à Aix ? On avait découvert dans les toilettes assez de dynamite pour faire sauter le café et la moitié du cours Mirabeau. C'était ce genre de complication qui rendait imprévisible la marche d'une entreprise en Provence. Imaginez un peu... tout ce travail, tous ces millions de francs investis et puis... Enrico secoua tristement la tête en songeant à quels abîmes le comportement humain pouvait s'abaisser. Mais il se dérida pour saluer l'arrivée de son lapin, penchant la tête pour humer la vapeur qui montait du plat :

– Ah oui, dit-il. Une sauce parfaite, épaissie au sang.

L'appétit de Simon s'amenuisait au fil de l'exposé d'Enrico. Cambriolages, mutilations, disparitions restées mystérieuses, le tout entrecoupé de compliments sur la cuisine et sur le vin, sans que sa voix marquât de différence en passant d'un sujet à l'autre. On parlait du même ton cordial et confidentiel du meurtre et des plaisirs de la table.

C'était comme dans la publicité, se dit Simon. On n'en arrive jamais aux choses sérieuses avant le café. Et il décida d'accélérer le mouvement :

– Enrico, tous ces événements, malheureux, dont vous me parlez... Ça arrive dans les villes, mais sûrement pas dans des villages comme celui-ci ?

– Les temps changent, mon ami. Nous vivons aujourd'hui dans un marché très concurrentiel et de trop nombreux amateurs y interviennent.

Il secoua la tête :

– Les amateurs sont impatients et avides. Ils ne comprennent pas le principe le plus important des affaires organisées.

La fumée montait en volutes de sa cigarette et il était parfaitement immobile.

Simon se demanda de quel principe il pouvait s'agir dans la spécialité d'Enrico. Sans doute y aller doucement sur la dynamite et ne pas tuer trop de clients.

– Vous voulez dire... ?

– Tout le monde doit en profiter.

– Oui, naturellement. Mais je ne vois pas très bien ce que l'hôtel vient faire là-dedans.

– Ah.

Enrico écrasa le mégot de sa cigarette et ses mains immaculées reprirent leur pieuse position :

– Ça s'arrange très simplement. Vous utilisez une blanchisserie. Vous avez un fournisseur pour le bar. De temps en temps, il faudra repeindre vos chambres. Vous achetez de la viande, du poisson. Il faut entretenir votre magnifique piscine. Vous comprenez ?

Simon comprenait.

– J'ai des collègues, poursuivit Enrico, dans toutes ces branches, des gens extrêmement qualifiés. Ils seront ravis de vous aider. Je peux vous le promettre.

Il sourit. On sentait l'homme sûr de son talent pour amener les autres à faire exactement ce qu'il leur disait.

– Je vous garantis personnellement que vous serez satisfait. J'emploie moi-même ces gens pour ma maison de Marseille. Ils sont bien formés.

« Et en prime, se dit Simon, notre offre spéciale du

mois : on ne fera pas sauter l'hôtel et je ne serai pas enlevé, estropié ni cambriolé. Ça me paraît l'occasion du siècle. » Il avait l'impression d'avoir un entretien avec un directeur de banque de l'Enfer.

– Je crois que je vais prendre un digestif, Enrico. Et vous ?

– Un vieux marc. La réserve des Légats, si vous en avez, de Châteauneuf. Vous voyez, je suis un homme d'affaires de la région. Je soutiens les entreprises de la région.

Le sourire d'Enrico s'élargit de deux ou trois millimètres :

– Et je vais régler le déjeuner. J'insiste.

– Tout le monde doit profiter, c'est ça ?

– Exactement, mon ami. Tout le monde doit profiter.

Jojo recula la camionnette dans le parking en face de l'hôtel, auprès d'une grosse Mercedes noire. Le chauffeur, qui lui aussi était gros et noir, surveilla Jojo qui ouvrait la portière de la fourgonnette en prenant soin de ne pas toucher la carrosserie impeccable de la Mercedes. On l'avait astiquée ce matin, comme chaque matin. Les deux hommes échangèrent un petit salut. Jojo traversa la rue, tenant l'enveloppe délicatement entre le pouce et l'index pour ne pas la salir. Il frappa ses semelles sur le pavé pour en faire tomber la poussière et entra.

Pour des raisons qu'il gardait pour lui, Jojo était toujours content de se rendre à l'hôtel : il s'était donc porté volontaire quand Fonzi avait voulu faire porter une facture à Simon. Il tapota l'enveloppe contre sa paume tout en inspectant la réception déserte. Il entendait Françoise parler au téléphone dans le bureau. Il sortit sur la terrasse dans l'espoir d'apercevoir Mme Pons, dont la superbe masse occupait tant de ses rêves.

Il inspecta les tables. Peut-être prenait-elle un digestif avec un des clients, pour se rafraîchir après la chaleur de la cuisine. Il s'imagina de tièdes coussins de chair, où perlaient quelques gouttes de transpiration. Il mit sa main en visière au-dessus de ses yeux pour regarder les gens assis en bas. Il y avait le patron, l'Anglais, avec sa veste accrochée au dossier de sa chaise en train de discuter avec... Jojo regarda une nouvelle fois plus longuement le visage de l'homme en costume de soie, un visage dont il avait vu la photo dans les journaux.

– Monsieur ?

Jojo se retourna, aperçut Françoise qui lui souriait. Jolie fille, se dit-il. Une vingtaine de kilos de plus, voilà ce qu'il lui faudrait pour en faire une vraie femme.

Il lui remit l'enveloppe et regagna sa fourgonnette. Maintenant qu'il savait qui était le propriétaire de la Mercedes, il prit les plus grandes précautions pour ouvrir sa portière et resta songeur en roulant vers le chantier. Que faisait donc l'Anglais avec un type comme ça ?

Nicole écouta avec une incrédulité croissante le récit que lui fit Simon de son déjeuner. Du chantage. C'était intolérable. Il fallait alerter la police, faire arrêter ce gangster. Elle allait immédiatement appeler la gendarmerie.

Simon lui retint la main.

– Ne t'énerve pas comme une Française. Qu'est-ce que va faire la police : l'arrêter pour m'avoir offert un déjeuner ? Il ne m'a pas menacé... enfin, pas directement. Il m'a simplement raconté quelques histoires qui n'étaient pas des contes de fées.

Nicole marchait de long en large, fumant à petites bouffées nerveuses :

– Mais c'est impossible. Il faut faire quelque chose.

– Quoi donc ? Lâcher Mrs. Gibbons sur lui. Lui dire que nous sommes tout à fait satisfaits de la blanchisserie que nous utilisons ? Seigneur, je ne sais même pas s'il est dangereux ou s'il bluffe. Il essaie peut-être une nouvelle technique de vente. Nicole ?

Elle s'arrêta.

– Calme-toi. Tu es essoufflée.

– Je suis furieuse.

– Écoute, tâchons d'en savoir plus sur lui et ensuite nous pourrons décider de ce que nous allons faire.

– Imagine qu'il soit ce que tu crois qu'il est ?

Simon haussa les épaules :

– Je le ferai descendre, ou je changerai de blanchisserie.

– On ne peut pas discuter sérieusement avec toi.

– J'ai renoncé à parler sérieusement. J'ai un vieux fou d'oncle qui me demande de l'argent de poche. Une voisine hystérique dont le mari vit en haut d'une échelle. Et voilà que mon nouvel ami Enrico veut transformer l'hôtel en concession de la mafia. Peut-être que Mme Pons est enceinte et que le couple allemand de la chambre 8 nettoie ses chaussures sur les rideaux ?

Nicole s'approcha de lui et lui noua les mains autour du cou :

– Tu n'es pas très heureux, n'est-ce pas ?

Il sourit et secoua la tête :

– Tu te rends compte que nous ne sommes presque plus jamais seuls ? Tu travailles tard tous les soirs pendant que je joue au parfait maître de maison. Nous nous écroulons dans le lit. Nous nous retrouvons ici chaque matin à huit heures pour tout recommencer.

– Chéri, c'est ça un hôtel. C'est du plein temps.

Ils se regardèrent en silence. Par la porte ouverte du bureau, ils entendirent la voix d'Ernest, polie mais ferme, puis des murmures et des pas qui s'éloignaient en direction de la terrasse. Ernest entra dans le bureau, en refermant la porte derrière lui. Il leva les yeux au plafond d'un air théâtral :

– Eh bien, mes chéris, le ciel nous envoie une visite.

– Qui est-ce, Ern ?

– Je ne pense pas que ça vous fasse plaisir. L'ex-Mrs. Shaw s'est arrachée à Harrods pour venir nous voir, et elle est accompagnée de son nouvel ami.

Ernest eut un reniflement dédaigneux :

– Un jeune homme assez décoratif. Je les ai envoyés jouer dans le jardin.

– Voilà une journée qui s'annonce sous les meilleurs auspices.

Simon se leva et soupira :

– Est-ce qu'il a l'air d'un avocat ?

– Seigneur, non. Beaucoup trop bien habillé pour un avocat.

Simon sortit sur la terrasse, clignant des yeux dans le soleil tout en regardant d'instinct par-dessus le mur. Le vieux bougre ne se donnait même plus la peine de se cacher : Simon fut tenté de l'inviter à enjamber le mur pour venir prendre un verre et examiner de plus près les corps étalés autour de la piscine.

Il aperçut la coiffure savante de Caroline, son profil familier. Elle sourit en se tournant vers l'homme qui l'escortait. Comme d'habitude, elle sentait le luxe. Elle aperçut Simon, qui traversait la terrasse. Elle agita le bras, le soleil se reflétant sur le lourd bracelet d'argent qu'elle avait au poignet. Il se souvint le lui avoir acheté : il se souvint aussi qu'un jour elle le lui avait lancé à la figure.

– Simon, comment vas-tu ?

Elle offrit à son baiser le petit coin de joue qui n'était pas recouvert par les lunettes de soleil :

– Tu es tout bronzé.

– Bonjour, Caroline. Tu as l'air en pleine forme.

– Simon, je te présente Jonathan. Jonathan Edward.

Les deux hommes se serrèrent la main. Jonathan avait plusieurs années de moins que Simon, il était brun et svelte. Avec son blazer croisé et son pantalon de flanelle gris colombe, il était impeccable, même s'il avait l'air d'avoir trop chaud. « Sois aimable avec lui, se dit Simon. Ce pourrait être un mari en perspective. »

– Si nous allions nous asseoir à l'ombre ?

Simon remarqua le soin avec lequel Jonathan avança la chaise de Caroline avant de s'asseoir lui-même, l'apparition instantanée de son briquet quand elle prit une cigarette. « Comportement prometteur », se dit-il. Il afficha un air intéressé, tandis que Caroline babillait à propos de leur traversée de la France en voiture. La nuit précédente, ils s'étaient arrêtés dans un hôtel absolument divin à la sortie de Paris. Ils s'apprêtaient maintenant à passer quelques jours sur le yacht d'un ami au large d'Antibes. Ça ferait tellement de bien à Jonathan de souffler un peu, loin de la City, n'est-ce pas, chéri ? Elle l'appelait « chéri » tous les douze mots, crut remarquer Simon. Elle lui touchait la main d'un geste nonchalant de propriétaire pour ponctuer ses phrases.

Jonathan, lui, ne disait rien. Mais il s'était laissé aller à se détendre au point de déboutonner les boutons de cuivre armoriés de son blazer, si bien que les épais revers de serge s'entrouvrirent. Un petit monogramme apparut sur sa chemise bleue à rayures. Il avait l'air prospère : Simon se demanda s'il était capable d'assurer la charge des relevés American Express de Caroline.

– Que faites-vous à la City, Jonathan ?

Simon se sentait l'âme d'un futur beau-père.

– Les immeubles commerciaux. Je suis chez Levenson : nous nous spécialisons dans les développements verticalement intégrés. Nous travaillons beaucoup avec des gestionnaires de gros fonds de placement.

– Ça m'a l'air passionnant, dit Simon. Et où descendez-vous ce soir ?

Caroline reprit possession de la main de Jonathan.

– En pension ici, n'est-ce pas, chéri ? Il est trop tard pour continuer maintenant jusqu'à la Côte.

– Je voudrais bien pouvoir vous loger.

Simon fit de son mieux pour avoir l'air déçu, secouant la tête comme s'il venait d'apprendre une mauvaise nouvelle :

– Mais nous affichons complet. Vous pourriez toujours essayer Gordes.

– Oh.

La bouche de Caroline se crispa :

– Quel ennui. J'aurais bien voulu avoir une petite conversation avec toi.

Jonathan s'excusa avec diplomatie et retourna à la réception pour appeler d'autres hôtels. Simon se prépara à l'épreuve. Les petites conversations de Caroline commençaient invariablement dans la douceur et la légèreté pour se terminer sur des menaces : le vieux mélange de pension alimentaire et de récriminations supplémentaires. Elle allumait une cigarette en calculant l'itinéraire le plus direct vers le portefeuille quand Nicole traversa la terrasse pour venir les rejoindre. Elle fit un clin d'œil à Simon avant que Caroline ait tourné la tête pour la regarder.

– Je suis désolée. Un appel d'Amérique.

– Oh, mon Dieu !

Simon se leva d'un bond :

– Il vaut mieux que je le prenne. Caroline, je te présente Nicole Bouvier.

Les deux femmes s'examinèrent avec une curiosité manifeste et polie. Simon avait l'impression d'être une souris entre deux chats.

– Bon, fit-il, je ne peux pas faire attendre l'Amérique.

Simon entra dans le bureau et referma la porte derrière lui avec un soupir de soulagement :

– Je ne sais pas qui en a eu l'idée, mais le moment était parfaitement choisi.

Ernest avait l'air ravi :

– C'était un effort collectif. Quand ce jeune gentleman a dit que Son Altesse voulait bavarder avec vous, j'ai supposé le pire et Nicole s'est proposée pour aller à la rescousse. Je crois en fait qu'elle mourait d'envie de bien la regarder. Vous savez comment sont les femmes.

– Et où est passé le petit ami ?

– Il est allé la chercher. Nous leur avons trouvé une chambre à Gordes, mais ils doivent y être avant cinq heures.

Simon eut un grand sourire :

– Quel dommage...

– Ne vous réjouissez pas trop tôt, cher. Ils reviennent pour dîner.

Jojo et Claude étaient assis dans la pénombre fraîche du café *Fin de Siècle* de Cavaillon. Le premier pastis avait fait passer le goût de poussière de la journée. Ils l'avaient avalé rapidement, comme un médicament. Le second pastis, c'était celui qu'ils savouraient tous les deux.

Jojo alluma une cigarette et sentit les muscles de son dos se détendre :

– Tu sais, je suis allé à l'hôtel de Brassière cet après-midi ! Pour déposer une facture.

Claude poussa un grognement et continua à lire le journal que quelqu'un avait laissé sur le comptoir :

– Devine qui j'ai vu là-bas en train de déjeuner ? Avec une Mercedes grande comme une maison qui l'attendait dehors, chauffeur en livrée. Cong, ça, c'est la vie, hein ?

Claude leva les yeux :

– C'était qui : Mitterrand ? On dit qu'il vient quelquefois par ici. Qui est l'autre déjà ? Jack Lang ?

Jojo secoua la tête :

– Tu te rappelles, il y a deux ans, l'histoire des ambulances à Marseille ? Les flics l'ont coffré : c'était dans tous les journaux, mais on n'a rien pu retenir contre lui. Il s'en est tiré sans histoires et après ça il a attaqué un journal pour avoir dit qu'il était le roi de la pègre. Quel culot, hein ?

Jojo secoua de nouveau la tête et but une gorgée :

– En tout cas, c'était bien lui, sur son trente et un avec costume, cravate, montre en or, le grand jeu, assis là avec l'Anglais.

– Et alors ? Il faut bien que les gens déjeunent.

– Avec un type comme ça ? Une grosse légume de Marseille, qu'est-ce qu'il fabrique dans un petit village ? Explique-moi.

Claude se frotta le menton et passa par les affres de la réflexion avant de renoncer en haussant les épaules :

– Peut-être qu'il aime bien la cuisine. C'est peut-être pour ça qu'il vient.

– Bien sûr. Et peut-être que j'irai demain engager un chauffeur.

Jojo soupira en songeant à la soirée qui l'attendait : une pizza et au lit de bonne heure et tout seul.

– Putain. Ce que je pourrais faire avec quelques millions de francs.

Claude eut un grand sourire et lui donna une claque dans le dos :

– Tu pourrais m'engager. Je serais ton chauffeur et on pourrait faire la tournée des bordels. Ou bien est-ce que tu te réserves pour le chef ?

Le soleil ce soir-là avait des tonalités de feu : on sentait venir l'orage et un coup de tonnerre au loin fit lever le nez des clients installés sur la terrasse. Pas un souffle d'air. Une chaleur accablante. Une oreille attentive aurait remarqué que le crissement sec des cigales s'était brusquement interrompu.

Simon et Ernest étaient de service au bar. Ils avaient fait l'obligatoire tournée des tables au début du dîner. Le plat principal avait été servi et la seconde bouteille de vin ouverte, le rythme du repas s'était ralenti. Les Nations unies étaient de nouveau rassemblées, avec plus d'étrangers que de Français. Travailler dans le Luberon présentait un grand avantage, songea Simon.

Le soleil attirait les gens du Nord, quelle que fût leur nationalité : si les Hollandais étaient fauchés une année, les Suédois seraient en pleine prospérité. Ou bien les Anglais, y compris son ex-femme, éternellement prospère. Simon était brièvement tombé dans une embuscade tendue par Caroline, mais il avait réussi à s'échapper pour aller régler une crise imaginaire à la cuisine. Elle ferait certainement de nouvelles tentatives.

En attendant, il était fasciné par un couple bien mal assorti assis à une table voisine. Oncle William, sa veste de toile étonnamment propre et repassée, discutait avec volubilité – non sans s'interrompre fréquemment pour boire une gorgée de vin – avec Boone Parker.

Simon les désigna de la tête :

– Qu'est-ce qu'il se passe là-bas, Ern ?

– Ce cher Willy, soupira Ernest. Quelle fripouille, mais je l'aime bien. J'ai mentionné devant lui que le père du jeune Boone avait une fortune considérable. Ça a peut-être encouragé Willy à prendre le garçon sous son aile, au sens artistique du terme.

– Je n'en doute pas. Qui paie le dîner ?

Ernest eut une petite toux embarrassée :

– Oh, j'ai consenti à Willy une modeste avance. Sur le portrait.

– Ern, vous êtes une bonne poire.

Simon quitta le bar et s'approcha de la table de l'oncle William. Le vieil homme leva la tête, le visage couleur cerise, l'air rayonnant :

– Mon garçon ! Assieds-toi. Viens te joindre à nous. Oublie les soucis du bureau et viens trinquer avec nous.

Il brandit la bouteille et la contempla d'un regard consterné :

– Ces foutues bouteilles deviennent chaque année plus petites. Tu n'as pas remarqué ?

Simon en commanda une autre, demanda un verre et approcha une chaise :

– Comment ça va, Boone ?

– Très bien. Cette Mme Pons, c'est une sacrée cuisinière, n'est-ce pas ? J'ai pris les pieds et paquets – je n'ai jamais rien goûté d'aussi bon. Parole d'honneur.

Oncle William profita de l'arrivée du vin pour couper court à la tournure peu prometteuse que prenait la conversation :

– Je bois, dit-il, à l'art, à l'amitié et à la main tendue !

Sans laisser à Simon le temps de lui demander à quelle main il pensait, l'oncle William se pencha en avant et tira de la poche de chemise de Simon son étui à cigares tout en poursuivant avec excitation :

– Ce charmant jeune homme et moi avons discuté la possibilité d'une œuvre majeure, d'une étude artistique définitive de Parker père, chevauchant comme un colosse l'État du Texas, peut-être à cheval, chez lui au milieu de ses troupeaux.

Il s'interrompit pour allumer son cigare.

Boone eut un grand sourire :

– Navré de vous dire ça, Willy, mais mon paternel habite Park Avenue. Il n'aime pas trop les chevaux non plus.

D'une bouffée de fumée, l'oncle William écarta cette objection :

– Des détails, mon garçon, des détails. L'essentiel est de rendre l'esprit de l'homme, sa vision, son essence même.

Il but une gorgée de vin :

– Bien sûr, il faudrait que je passe quelque temps avec lui, pour me pénétrer de sa personnalité. Mais, par bonheur, la perspective d'un voyage ne me décourage pas. Ai-je bien compris que votre cher père possède un aéroplane ?

– Un 707, et quelques Lears.

– Eh bien alors !

Oncle William glissa l'étui à cigares de Simon dans sa poche et se renversa sur son siège :

– Quoi de plus simple ?

L'orage qui arrivait de l'ouest en grondant déferla dans une bourrasque d'air plus frais. Les éclairs sillonnèrent le ciel au-dessus des collines et les cieux explosèrent. Pendant un moment, toute conversation s'interrompit.

– Magnifique ! dit oncle William. La brutale majesté de la nature. Quelle source d'inspiration ! Je crois que je vais prendre un cognac.

Il y eut un deuxième coup de tonnerre, si proche et si violent que d'instinct tout le monde courba le dos : toutes les lumières de l'hôtel s'éteignirent. La terrasse se trouva plongée dans l'obscurité, à l'exception des petites flammes vacillantes des bougies. On entendit une voix dire en anglais d'un ton un peu nerveux que ça n'était pas tombé loin. Là-dessus, la pluie arriva.

Elle tomba en brusques rideaux drus, claquant sur la toile des parasols, rebondissant à hauteur du genou sur les dalles. Tout le monde se précipita à tâtons dans l'obscurité du restaurant. On entendit des bruits de verre brisé. Il y eut une soudaine bousculade pour se mettre à l'abri. Des cris de femmes. Des jurons d'hommes et une voix qui réclamait des canots de sauvetage, celle de l'oncle William qui avait été le premier à se mettre à l'abri en s'installant au sec derrière le bar, où il cherchait le cognac à la lueur d'une allumette. Ernest organisait déjà les serveurs, distribuant des poignées de bougies. À mesure que leur lumière chassait les ténèbres, on put mesurer les effets de cette ruée de dix mètres depuis la terrasse. Les clients étaient plantés chacun sur leur petite flaque, les cheveux aplatis, les vêtements collés au corps. Simon monta au premier avec une bougie et redescendit, avec Nicole et Françoise, des brassées de serviettes.

Ernest, calme et d'une gaieté résolue, avait rejoint l'oncle William derrière le bar et administrait de l'alcool à quiconque en demandait. Mme Pons, après une brève sortie, avait regagné sa cuisine avec une nouvelle bouteille de vin et une bougie. Caroline, sa robe trempée et sa coiffure gravement bouleversée par la pluie, boudait. Boone, une bière dans une main et son manuel de conversation française dans l'autre, poursuivait ses études de langue avec Françoise. Les clients, pour la plupart, manifestaient la bonne humeur qu'on éprouve à avoir survécu à une petite catastrophe naturelle et à se voir bénéficier de consommations gratuites.

Simon et Nicole étaient penchés sur une pile d'additions au bout du comptoir quand Caroline survint, moulée de soie détrempée, le visage crispé :

– Simon, il faut que je te dise un mot.

– Je t'écoute.

– La voiture de Jonathan est complètement trempée. Il avait laissé la capote ouverte.

Simon soupira et se frotta les yeux. Ç'avait été une journée longue et difficile : il ne serait pas couché avant des heures.

– Je vais te faire appeler un taxi.

Caroline n'était pas d'humeur à prendre un taxi.

– J'espérais que tu proposerais de nous raccompagner à Gordes, mais je suppose que c'est trop attendre de toi.

Elle repoussa de son front une mèche de cheveux, sa robe tendue sur un sein humide et parfaitement dessiné.

– Magnifique !

L'oncle William trébuchait le long du bar, concentrant désespérément son regard sur le spectacle qui s'offrait à lui :

– Si seulement j'avais vingt ans de moins !

Il s'arrêta devant Caroline et se pencha vers elle, rayonnant :

– Chère petite madame, je m'adresse à vous en tant qu'artiste, en tant qu'étudiant de la beauté et je peux vous dire que j'ai rarement vu un sein qu'on puisse comparer à l'exquis arrangement de votre pont supérieur. Seriez-vous par hasard disponible pour une séance de pose ?

Caroline se figea :

– Bien entendu, nue de préférence, poursuivit l'oncle William. Je vous vois très bien dans la pénombre tachetée d'une tonnelle, avec tout le jeu de lumière et d'ombre qu'on peut imaginer sur chaque courbe et recoin de votre corps. Comment sont vos recoins, ma chère ? Prenez donc un verre ?

D'un geste quelque peu mal assuré, il lui tendit un grand verre de cognac.

Simon ne put maîtriser un éclat de rire. Caroline le foudroya du regard :

– Tu as l'air de trouver drôle ce vieux dégoûtant.

Elle tourna les talons et s'éloigna à grands pas, appelant Jonathan d'une voix furieuse.

– Et les fesses assorties, je vois, observa l'oncle William d'une voix forte et vibrante d'admiration. Quelles superbes petites beautés ! Voyez donc comment elles...

– Willy, fit Simon en prenant le verre de la main de l'oncle William, je crois qu'il est temps que tu ailles te coucher.

– Je suis tout à fait de ton avis, mon garçon. Dans quelle chambre est-elle ?

Simon secoua la tête et se tourna vers Nicole :

– Tâche de t'assurer qu'il ne se mette pas à mordre les gens. Je ferais mieux d'aller trouver une solution pour l'heureux petit couple.

Il prit une torche électrique et un parapluie dans le bureau de la réception. Caroline attendait près de l'entrée, scrutant l'obscurité de la nuit. Simon braqua sa torche vers le parking et vit Jonathan qui se débattait avec la capote à demi baissée d'une Porsche :

– Cette saloperie est coincée, dit Caroline. Tu ne peux pas faire quelque chose ?

Dix minutes plus tard, la capote était toujours obstinément bloquée : les deux hommes, trempés jusqu'aux os, renoncèrent. Simon appela un taxi. Caroline réclama des serviettes pour s'asseoir et demanda à Jonathan comment il avait pu être assez stupide pour laisser la voiture décapotée. Ce monologue acerbe allait se poursuivre pendant tout le chemin jusqu'à Gordes, Simon en était certain. Il se rappelait l'énergie de Caroline quand il s'agissait de se plaindre : il vit avec un profond sentiment de soulagement les feux de la voiture disparaître dans la descente. « Maintenant, se dit-il, tout ce qu'il me faut, c'est de l'électricité, une douche bien chaude et douze heures de sommeil. Ensuite, je serai de taille à affronter pour une nouvelle journée les joies de la direction d'un hôtel. » Il était là, tout seul et dégoulinant, devant la réception. Il songeait avec nostalgie à Knighstsbridge et à Madison Avenue.

21

Jojo inspecta pour la dernière fois tous les accessoires disposés sur son lit étroit en les pointant sur sa liste. Il était tout nu, les jambes, les bras et le visage bruns se détachant sur la peau blanche de son corps. La petite radio posée sur sa table de chevet déversait les super-hits, avec de brèves interruptions extatiques du disc-jockey qui faisait semblant de s'amuser comme un petit fou dans le studio de Radio Vaucluse. Après tout, c'était le 14 Juillet : tous en France, hommes, femmes et enfants devaient profiter d'une soirée de fête.

Jojo alluma une cigarette et commença à s'habiller en suivant les instructions. Il passa autour de son cou le collier de ficelle et sentit sur son torse le froid de la clé du cadenas. Il enfila le short noir, le maillot jaune, rouge et bleu, fourrant dans les grandes poches ses lunettes de soleil, ses gants de caoutchouc et sa casquette pliée. Un vieux pantalon, un large chandail usé, de couleur sombre, recouvraient le tout. Les chaussures de cycliste, noires et à semelle fine, semblaient un peu déplacées : mais qui remarquait des chaussures un soir de fête ?

Une fois de plus, il examina la liste. Il ne s'agissait pas d'oublier quoi que ce soit, certainement pas quand le Général l'avait mis à la tête de l'opération. Bon. Il s'assit sur son lit et fuma en attendant l'heure de retrouver les autres à la gare routière de Cavaillon, en songeant à ce que ce serait d'être à la Martinique un gentleman fortuné. Du rhum sur la plage et de grosses indigènes. Cong, ça, c'était la vie.

Aux quatre coins de Cavaillon, dans de petits appartements étouffants, dans les boîtes de béton qui constituaient les faubourgs de la ville, les autres regardaient le temps se traîner sur le cadran de leur montre. Ils vérifiaient leur liste, en s'obligeant à ne pas empoigner la bouteille pour calmer leurs nerfs. Quand l'opération aurait commencé, avec la décharge d'adrénaline, ils seraient trop occupés pour penser à la prison. Mais l'attente était dure. C'était toujours comme ça.

Juste avant dix heures et demie, la camionnette des Borel s'arrêta devant la gare routière. Jojo sortit de l'ombre.

– Ça va ?

L'aîné des Borel, calme et flegmatique, acquiesça de la tête. Jojo grimpa à l'arrière de la fourgonnette. On l'avait vidée de son matériel de jardinage, des tondeuses, des motoculteurs et des élagueuses, mais ça sentait encore le mélange du deux-temps et de l'engrais. Jojo s'assit sur un des sacs de terreau que les Borel avaient disposés de chaque côté sur les cannelures métalliques du plancher pour servir de coussins. Il regarda sa montre et alluma une nouvelle cigarette.

Les autres arrivèrent un par un : Bachir, Jean, Claude et enfin, un sac à provisions dans chaque main, Fernand le plastiqueur. Il leur passa les sacs et rit des précautions avec lesquelles ils les manipulaient.

– Pas de crise cardiaque. Ça ne sautera que quand je leur dirai.

Borel mit le moteur en marche, en priant le ciel qu'il n'y eût pas de gendarmes sur les routes, puis il tourna à droite sous le pont de chemin de fer. Personne ne soufflait mot.

Chez *Mathilde*, c'était une bonne soirée : de nombreux touristes et plusieurs familles du village célébraient le 14 Juillet. En temps normal, Mathilde aurait été ravie de voir les additions s'entasser sur le pique-fiches auprès de la caisse, en se disant que peut-être cette année ils pourraient prendre de vraies vacances, quelque part à l'étranger. Au lieu de cela, elle n'arrêtait pas de penser à ce que son mari lui avait raconté cet après-midi.

De la folie. Voilà ce qu'elle lui avait dit. Alors que tout marchait si bien : une bonne petite affaire. Un jour ils pourraient la vendre et se retirer, quitter les odeurs de cuisine et la vaisselle sale. Elle avait été choquée et trop furieuse pour pousser les hauts cris. Quand il avait dit que rien ne pouvait mal tourner, elle lui avait rappelé la dernière fois où rien non plus ne pouvait mal tourner. Résultat : trois années toute seule à lui porter une pizza les jours de visite. Il avait promis de ne plus jamais se compromettre avec cette bande de vauriens. Il avait promis. Et maintenant, voilà.

Le Général se conduisit comme d'habitude avec les clients, souriant, débouchant les bouteilles de vin tout en consultant sa montre et en jetant des coups d'œil furtifs à sa femme. Elle n'avait pas pris ça trop bien, cette pauvre vieille Mathilde : elle avait maintenant cet air figé, avec une tristesse furieuse qui n'était pas loin du désespoir. Elle avait déjà cet air-là la dernière fois. Il avait essayé de lui expliquer qu'il lui fallait mener « cette affaire », qu'il n'était pas né pour être à peine un peu mieux qu'un serveur jusqu'à l'âge de soixante ans. Mais il n'avait pas parlé de l'autre raison : le frisson à l'idée de faire un coup pareil. Ça, elle n'aurait pas compris. Avec un sentiment de coupable excitation, il regarda encore une fois sa montre. Ils devaient être là-bas maintenant.

C'était toujours un cauchemar de se garer à L'Isle-sur-la-Sorgue pendant le week-end, et c'était la pire nuit de l'année. Borel avait dû traverser toute la ville avant de trouver une place en face de l'entrepôt des antiquaires. La camionnette serait là en sûreté jusqu'au moment où ils reviendraient la chercher lundi.

Les hommes descendirent et s'étirèrent en bâillant pour se détendre.

– Bon, dit Jojo, on y va. Joli temps pour une petite baignade, hein ?

Il tâta la clé pendue à son cou :

– On va s'assurer que le Général ait son magot. Fernand, passe-moi un de ces sacs.

Fernand lui tendit le plus lourd des deux sacs, celui qui contenait les torches, les pinces-monseigneur et la massue au manche scié. Il ne laissait jamais personne porter ce qu'il appelait sa « trousse explosive ».

Ils s'éloignèrent à pas lents, essayant d'avoir l'air d'un groupe d'amis cherchant à prendre du bon temps par une nuit étouffante. Ils approchaient du centre de la ville : un martèlement rythmé provenait du milieu de la masse humaine qui occupait la petite place située devant la banque. Au-dessus des têtes, on apercevait les lumières multicolores de la discothèque mobile, qui clignotaient au rythme de la musique martelée par un batteur en sueur. Deux chanteuses, moulées dans leurs robes noires à paillettes, gémissaient dans leur micro, accompagnées par deux guitaristes et le spécialiste du synthétiseur agités de spasmes d'électrocutés.

– Putain, fit Bachir, quel raffut.

– Qu'est-ce que tu veux ? Une demi-heure de silence pour qu'on puisse travailler en paix ?

Fernand donna un coup de coude à Jojo et il dut presque crier pour se faire entendre :

– Où ont-ils installé le feu d'artifice ?

Ils se frayèrent un chemin, jusqu'à l'autre côté de la place, devant l'étroite passerelle enjambant la rivière. Une douzaine de barques à fond plat, ancrées tous les dix mètres, s'alignaient dans le courant, chacune avec un bâti contenant les fusées et les fontaines lumineuses, surveillées par des jeunes gens portant le T-shirt officiel du comité des fêtes.

– Ça partira à minuit, dit Jojo.

Il regarda sa montre :

– Venez.

L'arrière de la banque n'était pas éclairé. Leurs yeux s'habituèrent à l'obscurité et ils distinguèrent des formes : des arbres, avec la masse des voitures garées entre eux. Un jeune couple, qui dansait dans le noir au son de la musique provenant de la place, vit les sept hommes approcher et s'enfuit vers la zone éclairée.

– Voilà, dit Jojo, soulagé. Elle est là, comme il avait dit.

Le Général avait reculé la fourgonnette jusqu'à la balustrade, juste à gauche du simple rectangle d'acier de la porte arrière de la banque. Jojo regarda alentour. Il prit une torche, en braqua le faisceau sur le pare-brise de la camionnette et eut un petit claquement de langue satisfait en apercevant les vélos entassés à l'arrière.

Jojo prit une profonde inspiration :

– Bon. Je m'en vais là-bas, sur la route. Ne bougez pas avant d'avoir vu la flamme de mon briquet. Je vous ferai signe à chacun à tour de rôle. Si vous ne voyez pas de flamme, ça veut dire que quelqu'un vient, alors vous attendez. Pigé ?

Jojo passa son sac à Bachir et franchit le pont pour prendre position devant l'entrée du tunnel d'écoulement. Il prit une cigarette, adressa de silencieux remerciements à l'orchestre de rock qui semblait tenter de battre le record des décibels et inspecta la route. Il se moquait des voitures, seuls les gens à pied risquaient de regarder par-dessus le mur.

Personne. Il se retourna, actionna son briquet. Il vit la première silhouette se glisser dans l'eau et s'enfoncer dans le tunnel. Ce devait être Fernand.

Deux couples de l'autre côté de la route. Mieux valait ne pas prendre de risques. Il regarda sa montre.

Ils avaient largement le temps. Il regarda les couples traverser la route et s'éloigner vers la place. Un des hommes tapotait les fesses rebondies de sa petite amie au rythme de la musique.

On pouvait y aller. Un autre coup de briquet, une autre silhouette. Puis une autre encore. Tout allait comme sur des roulettes, se dit Jojo. Puis il se figea sur place. Une Renault 4 avançait vers lui, ralentissait. À la lueur du lampadaire, Jojo distingua les visages sombres du conducteur et du passager sous leurs képis de gendarmes. La Renault s'arrêta. Jojo eut soudain l'impression que son cœur devenait trop gros pour sa poitrine.

Le gendarme dévisagea Jojo : ce regard de policier qui vous toisait de la tête aux pieds, froid et méfiant. « Ne me demande pas mes papiers, salopard. Fiche-moi la paix. » Il salua le gendarme :

– Bonsoir.

Le gendarme se détourna et la Renault s'en alla. Jojo sentit son cœur reprendre ses dimensions normales. Il poussa un grand soupir et sentit ses épaules se détendre. Il actionna son briquet. Encore deux, et puis ce serait son tour.

Clic. Ça y était presque. Il avait le temps. « Tâche de te détendre. » Jojo avait la cigarette collée à sa lèvre quand il essaya de l'ôter de sa bouche.

Quelqu'un venait, un homme tout seul.

L'homme se dirigea vers Jojo, de ce pas exagérément prudent qu'adoptent les ivrognes quand le cerveau a abdiqué et que c'est l'instinct qui a pris le dessus. Il fouilla dans ses poches, en tira une cigarette et se planta devant Jojo, en exhalant des relents de pastis.

– Vous avez du feu ?

Jojo secoua négativement la tête.

Le pochard essaya de se tapoter le nez et manqua sa cible :

– Allons. Vous avez une cigarette. Qu'est-ce que vous allez en faire, la bouffer ?

Ce fut un réflexe. L'envie désespérée de se débarrasser de ce type qui amena Jojo à allumer la cigarette. L'homme regarda par-dessus l'épaule de Jojo : il ouvrit de grands yeux, l'air surpris. Deux secondes trop tard, Jojo se déplaça pour lui boucher la vue.

L'ivrogne posa une main sur le bras de Jojo :

– De vous à moi, il y a quelqu'un en bas dans la rivière.

Il hocha la tête avec un grand sourire :

– Il veut probablement boire un coup.

– Non, fit Jojo. Il n'y a personne.

L'ivrogne eut une expression surprise :

– Ah bon ?

– Non.

– Eh ben alors, c'était un putain de gros poisson.

Jojo entraîna l'ivrogne et le laissa sur le pont contempler l'eau en secouant la tête, puis il regagna l'ombre du platane. Il inspecta encore une fois la route, se signa pour se porter bonheur et fila rapidement. Le choc de l'eau fraîche entre ses jambes, les pierres glissantes et inégales sous ses pieds, un plongeon dans les ténèbres du tunnel.

– Quel dommage, fit Jean. Tu as manqué les rats.

Ils étaient accroupis en file indienne sur toute la longueur de la conduite. Fernand, tout au bout, fit passer une feuille de plastique noire et une poignée de gros clous de maçons. Jojo enfila ses gants et bloqua l'entrée. Il utilisa les clous pour coincer le plastique dans les fentes de la pierre, afin d'arrêter la faible lueur des lampadaires. Il attacha l'extrémité d'une longue corde à un des clous.

– Dis à Fernand que c'est O.K.

Une torche s'alluma tout au bout de la conduite, luisant sur l'eau boueuse et croupie, les murs suintants et la file des hommes qui continuaient d'avancer. Il y avait vingt mètres, avait dit le Général, de l'embouchure de la conduite d'écoulement jusqu'au centre de la chambre forte. On se passa la corde de main en main jusqu'à ce qu'elle fût tendue sur les vingt mètres de toute sa longueur. Fernand remit sa torche à Jean et s'attaqua à la voûte de pierre avec sa massue et un gros clou.

Le mortier, vieux et ramolli par l'humidité, s'effrita sans effort : en quelques minutes, Fernand avait ôté deux grosses pierres. Une avalanche de terre et de débris de maçonnerie tomba dans l'eau, puis, avec une secousse qui lui fit vibrer la main, la pointe de son clou toucha le béton renforcé. Il regarda Jean en souriant. C'était ce qu'il préférait, la partie artistique du travail : en utilisant juste assez de force pour percer sans faire s'écrouler l'immeuble sur eux. Il tendit à Jean la masse et la pointe. Il saisit le sac que Borel avait pris bien soin de tenir au-dessus du niveau de l'eau et commença à disposer son plastic.

Minuit moins dix : l'orchestre sur la place arrivait à son ultime paroxysme avant une demi-heure d'entracte qui permettrait aux musiciens de regarder comme tout le monde le feu d'artifice. Le chef d'animation, sur son canot personnel, avec le neveu du maire aux avirons, fit la tournée des barques pour s'assurer que tous les jeunes gens étaient prêts à faire partir les fusées suivant l'ordre prévu. Lui-même donnerait le signal depuis le pont. Les gendarmes, qui s'ennuyaient après une soirée sans incident dans leur Renault, déambulaient dans la foule en lorgnant les filles et en tuant le temps jusqu'à la fin de leur service. Dans le conduit, les hommes regardèrent leur montre et attendirent.

– Deux minutes, annonça Jojo.

Fernand vérifia les détonateurs :

– Tout est paré. Tout le monde recule jusqu'à l'entrée. Une bonne partie de la voûte va s'écrouler.

Ils revinrent en pataugeant jusqu'au rideau de plastique au bout du tunnel et s'accroupirent en silence tandis que Fernand braquait le faisceau de la torche sur sa montre. « Seigneur, se dit Jojo, j'espère qu'il sait ce qu'il fait. »

– Soixante secondes.

Le chef d'animation, flanqué des deux gendarmes qui lui avaient déblayé un espace libre sur le pont, leva les bras vers le ciel. Il se plaisait à s'imaginer comme le von Karajan de la pyrotechnie, et il avait le sens des grandes occasions. Il promena un regard satisfait sur les deux berges de la rivière : sur six rangées les spectateurs attendaient tous qu'il abaisse les bras pour déclencher ce qu'il appelait toujours une symphonie pyrotechnique. Il se dressa sur la pointe des pieds, espérant que le photographe du *Provençal* faisait bien attention. À l'instant où l'horloge de l'église sur la place sonnait les premières notes de minuit, il abaissa les bras d'un grand geste, s'inclinant en même temps vers la barque de tête.

L'explosion dans le tunnel fut étonnamment peu spectaculaire : un coup sourd, dont l'eau absorba en grande partie la force, suivi du *floc* de la maçonnerie qui tombait dans l'eau. Fernand croisa les doigts et s'approcha pour regarder.

Il braqua sa torche sur le trou déchiqueté, bordé de débris de moquette calcinée. Le faisceau lumineux parvint jusqu'à la surface blanche et lisse du plafond de la chambre forte. Le plastiqueur se tourna vers les autres avec un grand sourire :

– Vous avez bien tous apporté vos chéquiers ?

Un par un, ils se hissèrent par l'ouverture et se redressèrent, dégoulinants d'eau, ravis et nerveux, tandis que Fernand commençait à appliquer du plastic sur les coffres, en avançant méthodiquement le long des rangées.

– Ne retenez pas votre souffle, dit-il. Ça va prendre un moment.

Jojo ôta son pantalon trempé en regrettant de ne pas avoir une cigarette sèche.

– N'oublie pas que le feu d'artifice s'arrête à minuit et demi.

Fernand haussa les épaules :

– La troisième guerre mondiale pourrait se déclencher ici, personne à l'extérieur ne le saurait, pas avec ces murs. Écoute. Tu entends quelque chose ?

Le bruit des respirations, le crissement des pierres mouillées quand l'un d'eux déplaçait son pied, un faible plop quand des gouttes tombaient sur la moquette. À part ça : rien. Ils étaient dans un vide insonorisé.

– Alors vas-y, dit Jean, ouvre-moi ces saloperies.

Le Général savait que Mathilde ne dormait pas. Mais elle ne bougea pas quand il bascula ses jambes hors du lit et se leva. À l'exception de ses chaussures, il était tout habillé. Il poussa un grognement en les cherchant par terre. Son cou, crispé par la tension, lui jouait de nouveau des tours.

– Je ne vais pas être long.

Pas de réponse de la silhouette pelotonnée dans le noir. Le Général poussa un soupir et descendit l'escalier.

Trois heures du matin : L'Isle-sur-la-Sorgue avait fini par s'endormir. Le Général descendit de sa voiture et enfila ses gants tout en se dirigeant vers la fourgonnette. L'air était un peu frais. Il sentait l'odeur de la rivière, il entendait le murmure de l'eau se transformer en bruit de cascade quand elle arrivait au barrage. Il ouvrit le hayon de la camionnette et sortit les bicyclettes, vérifiant les pneus de chaque machine avant de les appuyer contre la balustrade. Il passa la lourde chaîne à travers les cadres, referma le cadenas. Puis s'arrêta un moment devant la porte d'acier, se demandant comment ils se débrouillaient à deux mètres de lui, de l'autre côté.

Fernand riait tout en inspectant le contenu d'une grosse enveloppe beige :

– On va laisser ça pour les flics. Pendant qu'ils

regarderont ça, ils ne penseront pas à mettre des contre-danses.

Les autres se groupèrent autour de lui et se passèrent de main en main les photographies au polaroïd : une fille, n'ayant pour tout vêtement que des bottes et un masque, l'air ennuyé. Un robuste quadragénaire exhibant son érection avec un ricanement satisfait. D'autres filles nues, brandissant des fouets en montrant les dents à l'objectif.

– Des amis à toi, Jojo ?

Jojo examinait la photographie d'une femme plus âgée et beaucoup plus forte, ficelée dans de complexes sous-vêtements de cuir. Il eut un bref moment d'excitation en s'imaginant Mme Pons dans une tenue similaire :

– Je regrette que ce ne soit pas le cas, dit-il. Vise-moi cette poitrine.

Il regarda rapidement les autres clichés, puis s'arrêta quand il arriva à celle du quadragénaire : il examina avec attention ce visage vaguement familier.

– Je l'ai déjà vu quelque part. Dans cet hôtel où on a travaillé. Hé, Claude... tu ne le reconnais pas ?

Le grand gaillard se pencha par-dessus l'épaule de Jojo :

– Bien sûr que si.

Il hocha la tête en riant :

– C'est l'Anglais qui était là à la soirée de Noël, celui dont on disait que c'était un journaliste.

Il prit la photo des mains de Jojo et l'examina plus attentivement :

– Pourquoi est-ce qu'il a gardé ses chaussettes ?

Plus de trois heures s'étaient écoulées : il ne s'était rien passé de plus spectaculaire qu'une série de petites explosions et les hommes étaient détendus. Tous les coffres avaient été ouverts, et le butin s'étalait sur la table : quelques beaux bijoux, deux sacs gonflés de napoléons et d'argent liquide – des liasses de billets agrafées ensemble, fourrées dans des enveloppes, roulées et attachées par de gros élastiques : des francs français, des francs suisses, des deutschemarks, des dollars. Aucun d'eux n'avait jamais vu autant d'argent et ils ne pouvaient pas résister au plaisir de le toucher chaque fois qu'ils passaient devant la table.

Le sol était jonché de cartons éventrés, d'enveloppes et de documents. Des actes de propriété et des certificats d'actions, des testaments, des lettres d'amour et des relevés de comptes en Suisse. La police allait passer quelques moments intéressants à trier les affaires personnelles et parfois illégales des clients de la banque. Le directeur, l'impeccable et consciencieux M. Millet, allait sans doute perdre son poste ou bien être nommé dans une succursale au Gabon. On allait à n'en pas douter attaquer en justice et saigner à blanc les installateurs du système de sécurité inviolable. La compagnie d'assurances, comme toutes les compagnies convenablement gérées, ne manquerait pas de découvrir une clause en petits caractères pour s'absoudre de toute responsabilité financière. Toutes ces pensées, si elles avaient traversé l'esprit des sept hommes dans la chambre forte, n'auraient pu qu'ajouter à leur ravissement de faire un tel pied de nez à l'établissement.

Maintenant, il n'y avait plus rien d'autre à faire qu'attendre.

Les hommes s'allongèrent sur le sol ou arpentèrent la pièce, en regrettant de ne pas pouvoir fumer. Bachir sifflotait et Claude faisait craquer ses jointures. Jojo sentit que leur première griserie s'était dissipée et se demanda ce qu'il pourrait bien faire pour les empêcher de se décourager. C'était ça, la mission des chefs. Le moral : voilà le mot clé. Le Général parlait toujours de moral.

– Bon, fit Jojo, maintenant qu'on a l'argent, qu'est-ce qu'on va en faire ?

Les autres le regardèrent :

– Moi, je vais aller à la Martinique, monter un gentil petit bar sur la plage. Du rhum pas cher, finis les hivers, des filles en jupe d'herbe avec de gros...

– C'est à Tahiti, observa Fernand, qu'elles portent des jupes d'herbe. Je les ai vues sur le calendrier des Postes.

Il désigna les frères Borel :

– C'est là où ils devraient aller, ces deux-là, avec leur tondeuse à gazon. Hein, Borel, qu'est-ce que tu en dis ?

L'aîné des Borel secoua la tête en souriant :

– J'aime pas les îles. Trop de sable. Et puis, si tu as un petit problème, c'est difficile de s'en aller. Non, on pense à regarder du côté du Sénégal. Il y a de la bonne terre au Sénégal. On peut faire pousser des truffes là-bas, les blanches. On les noircit, on les expédie au Périgord à trois mille francs le kilo...

– Et cinq ans au trou.

Jean fit la grimace :

– Si j'étais toi, je m'en tiendrais aux aubergines. À quoi bon prendre des risques ?

– Et toi, Bachir ? fit Jojo en se tournant vers l'homme au teint brun assis sans rien dire dans un coin.

Un large sourire découvrit ses dents blanches :

– Je rentrerai chez moi m'acheter une jeune épouse, très gentille.

Il hocha la tête à plusieurs reprises :

– Une jeune épouse bien grasse.

Aucun d'eux, pas même Jojo, n'avait de grandes ambitions. Un peu d'argent sous le matelas, une vie plus facile, rien de bien extraordinaire. L'essentiel – ils le disaient tous, d'une façon ou d'une autre –, c'était l'indépendance. Elle était là, entassée sur la table, devant eux.

Les brocanteurs du dimanche matin étaient debout de bonne heure. Ils installaient leurs éventaires alors que le soleil prenait de la force et commençait à dissiper la brume qui flottait sur la rivière. Les garçons de café qui n'arrêtaient pas de bâiller, l'œil vague après une longue soirée et peu de sommeil, disposaient tables et chaises aux terrasses, allaient chercher des sacs de petits pains et de croissants à la boulangerie et espéraient des pourboires records. Les vendeurs de billets de tombola s'installaient dans les cafés et attaquaient la première d'une demi-douzaine de tasses d'un café noir à réveiller un mort. Des camionnettes chargées de pizzas, de charcuterie, de fromages et de jambons, se frayaient un chemin par les rues étroites menant à la grand-place. Les Gitanes, avec leurs citrons et leurs guirlandes d'ail, se disputaient les meilleurs coins de rues. Lentement, L'Isle-sur-la-Sorgue se préparait pour un nouveau jour de marché.

Les premiers touristes – les insomniaques et les amateurs d'occasions – commencèrent à arriver juste après huit heures. Jojo s'étira et regarda sa montre. Le Général avait dit onze heures et demie : le moment où la circulation serait comme du ciment. Encore deux heures. Il s'assit par terre et s'adossa au mur. Un ou deux des autres sommeillaient. Le reste avait le regard perdu dans le vide. Ils étaient à court de plaisanteries et de sujets de conversation. L'adrénaline avait disparu, remplacée par l'impatience et par ces vers du doute qui ne voulaient pas s'en aller. La porte allait-elle sauter sans problème ? Est-ce que les vélos seraient là ? C'était dur d'attendre.

Vers le milieu de la matinée, le Général renonça à faire des efforts. Mathilde ne voulait pas se lever, ne voulait pas aller voir sa sœur à Orange comme elle le faisait toujours : elle ne voulait pas lui adresser la parole. Autant s'en aller et s'installer dans la grange. Ça ne serait pas plus tendu qu'ici. Il tapota l'épaule de sa femme, la sentit tressaillir et décida de ne pas lui dire au revoir.

Il resta quelques minutes assis dans la voiture à se tirer la moustache. La réverbération du soleil sur le gravier blanc du parking lui faisait mal aux yeux : il eut envie d'une bière bien fraîche à l'ombre d'un platane. Mathilde allait se calmer. Ç'avait toujours été le cas auparavant. Il tourna la clé de contact et regarda sa montre. Il n'y en avait plus pour longtemps maintenant.

Les deux jeunes Gitans s'ennuyaient. Généralement, un jour de marché, il y avait toujours des sacs à main ou des caméras abandonnés pendant quelques secondes d'inattention sur une table de café ou à l'éventaire d'un brocanteur : il n'y avait plus qu'à s'en emparer rapidement pendant que leur propriétaire regardait ailleurs. Mais aujourd'hui, les touristes s'étaient montrés très peu coopératifs. Nombre d'entre eux portaient maintenant ces grosses bourses fixées autour de la taille, ce qui voulait dire qu'il fallait utiliser un couteau. Ça devenait de plus en plus dur de gagner malhonnêtement sa vie.

Derrière la banque, ils s'intéressaient aux portières des voitures garées, quand ils aperçurent les vélos soigneusement entassés contre la balustrade. Des bicyclettes faciles à fourguer, en bon état. Même la vieille canaille de Cavaillon s'intéresserait sûrement à deux ou trois vélos de course. Les garçons s'approchèrent pour examiner la chaîne et le cadenas. Un gros cadenas, mais pas difficile. Ils savaient comment s'y prendre. Il suffisait d'avoir le bon outil et leur père justement en avait toujours un sur lui. Ils filèrent sur le marché pour le retrouver.

– Bon, fit Jojo, c'est l'heure.

Ils firent sept tas sur la table. Ils bourrèrent les grandes poches de leurs maillots et fourrèrent les gros billets dans le devant de leurs shorts : leurs cuisses semblaient avoir acquis une étrange musculature. Fernand essuya une dernière fois avec soin sa massue et le reste de ses outils avant de les jeter par l'ouverture dans le plancher, les précipitant dans le conduit d'écoulement en dessous. Les vieux vêtements qu'ils portaient, ils les posèrent sur les charges de plastic appliquées contre la porte : l'explosion les détruirait.

La table était maintenant vide. Il ne restait que la pile de clichés polaroïd. Fernand insista pour organiser ce qu'il appela une exposition érotique : il utilisa ce qu'il lui restait de scotch pour les coller au mur du fond, avec Ambrose Crouch et ses chaussettes noires en vrille à la place d'honneur.

Jojo inspecta la salle :

– Mettez vos casquettes. N'oubliez pas les lunettes de soleil.

Sa montre disait onze heures vingt-cinq. Ça allait.

Ils se blottirent dans le coin : un frisson de tension les parcourut comme le souffle d'une brise glacée.

– Dix secondes, annonça Fernand. Ne vous perdez pas en rentrant.

Les jeunes Gitans, penchés sur le cadenas, entendirent trois explosions étouffées puis rapprochées qui se fondirent presque en une seule. Ils levèrent les yeux avec stupéfaction en voyant la porte s'affaisser sur ses gonds et s'ouvrir. Ils étaient trop occupés à courir à toutes jambes pour s'attarder au spectacle inusité d'un groupe d'hommes en short, lunettes de soleil et gants de caoutchouc émergeant par la porte arrière d'une banque qui venait d'être plastiquée.

Jojo introduisit la clé dans le cadenas, l'ouvrit, libéra le premier vélo tandis que la chaîne tombait par terre :

– Allez, allez, allez !

Ils partirent en courant, poussant les vélos parmi les voitures : il y avait de temps en temps un crissement de métal quand une pédale éraflait une portière. Les chaussures tâtonnaient frénétiquement pour s'encastrer dans les cale-pieds. Enfin ils se retrouvèrent tous sur la route, filant comme des sprinters par le couloir central qui séparait deux files de voitures bloquées par les encombrements.

Il avait fallu à peine quarante-cinq secondes au gendarme de service pour lever le nez de son numéro de *L'Équipe* et faire le rapprochement entre le bruit de l'alarme et le déclenchement du clignotant rouge du système de sécurité de la banque.

Son collègue et lui étaient assis dans la Renault, klaxonnant à tout-va, coincés parmi les voitures qui n'avaient pas le moindre espace pour les laisser passer. Merde. Il sauta à terre et se mit à courir le long du trottoir encombré vers le bâtiment de la Caisse d'Épargne, maintenant son képi sur sa tête, l'étui de son revolver lui battant la hanche. Pourquoi s'était-il porté volontaire pour être de service le dimanche ? Merde alors.

Les cyclistes entendirent au loin le hurlement du klaxon. Ils accentuèrent l'inclinaison de la tête sur le guidon, pédalèrent plus vite. Leurs cœurs battaient à un rythme de mitrailleuse. Il ne fallait pas perdre celui qui était en tête. Guetter les cailloux sur la route. Ne pas se soucier de la voiture qui arrivait derrière vous. Ne pas lever le nez, ne pas ralentir : se concentrer. Se concentrer. Ils dévalèrent les chemins qui coupaient à travers les vignobles et les champs de lavande, leur passage marqué par le chuintement des pneus qui flottait dans l'air brûlant au-dessus du goudron surchauffé.

Le Général les attendait sur la route, à l'entrée du sentier. Il transpirait et fumait une cigarette après l'autre, les yeux fixés sur le virage, à cinq cents mètres de là. Ça avait dû marcher. Il avait tout mis au point, tout préparé, tout prévu. Mais, comme il l'avait appris – parfois à ses dépens –, un incident pouvait réduire les plans à néant. Une crevaison, un chien sur la route, l'embardée d'une voiture : une centaine de petites choses pouvaient arriver. Il ne savait même pas s'ils étaient sortis de la banque. Peut-être étaient-ils toujours là-bas, barricadés derrière une porte à demi soufflée, avec un petit flic zélé qui brandissait son pistolet dans leur direction en pensant à son avancement. Il alluma une nouvelle cigarette.

Il vit la première silhouette déboucher du virage, la tête touchant presque le guidon, puis les autres, en peloton serré. Il poussa un grand cri de soulagement et se précipita au milieu de la route, bondissant, les mains brandies au-dessus de sa tête dans un salut triomphal. « Mes petits gars ! Ils ont réussi ! »

Ils débouchèrent de la route et dévalèrent le sentier, sans prendre la peine de mettre pied à terre. Comme le dernier d'entre eux passait devant lui, le sourire se figea sur le visage du Général.

Il aurait dû y en avoir sept. Il en avait compté huit.

22

Boone Parker était allongé dans l'herbe, aspirant goulûment l'air et luttant contre les nausées. Son vertige commençait à se dissiper : il leva la tête pour regarder les hommes affalés autour de lui, les uns à plat ventre, les autres assis, la tête entre leurs genoux. Il était ahuri de les voir aussi en forme pour un groupe de types de cet âge. Quand il les avait aperçus sur la route à la sortie de L'Isle-sur-la-Sorgue, il avait décidé de suivre leur peloton pour rompre la monotonie de son entraînement solitaire. Il s'était dit qu'il allait leur montrer que les Français n'étaient pas les seuls à pouvoir pédaler vite. Mais il n'avait même pas réussi à dépasser le dernier du groupe : il s'était époumoné à simplement garder le contact. Ces gaillards avaient dû prendre des stéroïdes au petit déjeuner. Il décida que s'il devait se mettre sérieusement à la bicyclette, il ferait mieux d'aller plus doucement sur la bière. Il laissa retomber sa tête en arrière, fixa le ciel, en attendant que les points noirs qui dansaient devant ses yeux se dissipent.

Le Général, hors d'haleine après son sprint sur le sentier, examinait le groupe de sportifs épuisés. Les liasses de billets étaient tombées de leurs poches quand ils s'étaient effondrés : elles jonchaient maintenant le sol autour d'eux. Il refit le compte. Huit. Seigneur.

– Jojo !

Le petit homme leva la tête avec un grand sourire :

- On y est arrivés. Cong ! On y est arrivés.

– C'est qui, celui-là ?

Le Général désigna de la tête Boone, bras en croix sur le sol, et qui reprenait lentement son souffle.

Les sept hommes, bouche bée et encore essoufflés, se retournèrent lentement pour regarder le jeune Texan : il s'était assis et leur fit de la main un salut nonchalant.

– Bonjour, les gars.

Ils le dévisagèrent dans un silence pétrifié. Boone regarda le cercle de visages interloqués, l'argent répandu sur le sol, l'étonnant gonflement de leurs maillots. Bingo.

– Bon, je crois que je vais y aller, dit-il.

Il consulta sa montre et leur lança ce qu'il espérait être un sourire indifférent :

– J'ai un rendez-vous, O.K. ? Merci pour la balade.

Il se leva. Les autres en firent autant à l'unisson, attendant les ordres du Général.

Merde. Le Général tira si violemment sur sa moustache qu'il en eut les larmes aux yeux. Tout s'était si bien passé, conformément au plan, et voilà que tout risquait de rater à cause de cet imbécile d'étranger. Qu'est-ce qu'il était d'ailleurs ? Anglais ? Américain ? Et qu'allait-on faire de lui ? Il avait vu leurs visages. Il avait vu l'argent. Dès demain matin la nouvelle du cambriolage serait dans les journaux. On ne pouvait le laisser partir. Merde.

– Emmenez-le dans la grange.

Le Général s'apprêtait à les suivre mais il s'arrêta pour ramasser les billets qu'agitait une légère brise. Les épaisses liasses de billets le réconfortèrent un peu. Il allait bien trouver quelque chose. C'était un contretemps, pas un désastre. Voilà comment il fallait voir les choses. Pas de panique. Il redressa les épaules et entra dans la grange.

Boone se tenait à l'écart des autres : il n'en menait pas large. Le Général déposa l'argent sur la table, alluma une cigarette et observa que sa main tremblait. Il s'approcha de Boone :

– Anglais ?

Boone secoua la tête :

– Américain.

Il tenta un sourire :

– Texas. Vous savez, le grand État ? Très grand. Vous devriez tous venir le visiter un jour.

Il regarda autour de lui, espérant rencontrer un signe de compréhension : il n'en trouva aucun et son sourire s'évanouit.

– Américain.

Le Général se remit à tirailler sa moustache, en réfléchissant furieusement :

– Jojo, on ferait aussi bien de prendre un verre.

Le petit maçon ouvrit le pastis et commença à servir tout le monde.

– Alors ? fit Jean. Qu'est-ce qu'on fait maintenant ?

– Venez dehors, dit le Général. Tous. Je ne sais pas ce qu'il comprend de français.

Plantés sur le seuil de la grange, verre en main, ils discutaient en tournant la tête vers Boone. Lui regrettait de ne pas être allé à cette école de cuisine à Paris.

– On pourrait l'enfermer là et foutre le camp.

Fernand haussa les épaules :

– Quelqu'un le retrouverait bien d'ici deux jours.

Jean s'éclaircit la voix et cracha par terre :

– Et deux jours plus tard, c'est nous que les flics retrouveraient.

– Connard.

– Très bien, Einstein. Qu'est-ce que tu ferais de lui, toi ? Tu l'emmènerais à la poste et tu le renverrais par avion en Amérique, au Texas ?

Le Général leva la main :

– Écoutez, il nous a vus. On ne peut pas le laisser partir. Pas encore.

– Bon, alors qu'est-ce qu'on en fait ? On l'emmène avec nous ?

– Merde. Boucle-la cinq minutes et laisse-moi le temps de réfléchir.

Deux mots avaient orienté la réflexion du Général. Il était de notoriété publique que tous les Américains étaient riches. On le voyait dans les feuilletons à la télévision. Même les enfants avaient de grosses voitures et leurs parents vivaient dans de somptueuses demeures, souvent avec des domestiques étrangement impertinents. On savait bien aussi que de tous les Américains, les plus riches étaient ces hommes qui avaient des bottes à talons hauts, des chapeaux démesurés et des propriétés où les puits de pétrole poussaient comme de mauvaises herbes. Et d'où venaient-ils ? De la banlieue de Dallas, se dit le Général, certainement quelque part au Texas. Cet embarrassant jeune homme avait dit qu'il venait du Texas. Dès l'instant où ils parviendraient à se comprendre, le jeune homme et lui, on pourrait peut-être trouver une solution au problème. Tout ce qu'il lui fallait, c'était un peu de temps. Du temps et un dictionnaire.

Le Général se sentait mieux. Ce que c'était quand même d'avoir un cerveau.

– Bon, mes enfants, dit-il. C'est pas grave. Faites-moi confiance. Pour le moment, il reste ici, sous bonne garde.

Jojo se détendit. On pouvait toujours compter sur le Général pour trouver quelque chose. Il regarda les autres :

– Le garçon reste ici, d'accord ?

Sa cuisse le démangeait. Il se gratta et sentit dans son short le paquet de billets de banque oubliés.

Dans le numéro de lundi matin du *Provençal*, le journaliste était scandalisé par l'audacieux et surprenant cambriolage qui avait eu lieu – en plein jour ! – à L'Isle-sur-la-Sorgue. Où était donc la police ? Comment les voleurs s'étaient-ils enfuis sans être vus ?

Était-ce là le début d'une vague de criminalité qui allait déferler sur le Vaucluse et amener honnêtes citoyens et touristes à dormir avec leur portefeuille serré entre les dents ? Conjectures et commentaires emplissaient la première page, évinçant les articles sur les gagnants de la tombola locale, et la naissance de triplés dont la mère était une jeune femme momentanément célibataire de Pernes-les-Fontaines.

Tout en buvant paisiblement une tasse de café au bureau de la réception, Françoise lisait le journal avec plus d'intérêt que d'habitude. S'il n'y avait pas eu tant à faire à l'hôtel, elle-même se serait trouvée à L'Isle-sur-la-Sorgue au moment où le cambriolage avait eu lieu. Son père avait proposé de lui prêter la voiture et elle comptait emmener Boone voir le marché dans la nouvelle robe qu'elle avait achetée tout exprès pour cette occasion. Elle la portait aujourd'hui. Boone aurait dû passer en fin d'après-midi, comme il le faisait toujours. Mais pas de Boone. Quand Ernest lui dit comme elle avait l'air jolie, elle se contenta de hausser les épaules, déçue.

Le premier signe d'inquiétude concernant Boone se manifesta le lendemain : le directeur de l'école de Lacoste appela Simon. Boone n'avait assisté à aucun de ses cours et, en inspectant sa chambre, on avait découvert qu'il n'avait pas dormi dans son lit. Le directeur était inquiet. Ça ne ressemblait pas à Boone : il avait l'air d'un jeune homme si sérieux. Simon ne cacha pas son irritation en voyant un nouveau problème s'ajouter à sa liste. Comment diable était-il censé savoir où se trouvait le jeune Boone ? Sans doute à batifoler dans les buissons avec une fille.

Simon raccrocha et regarda ses messages. Deux appels de Caroline depuis Antibes. Un appel d'Enrico. Un journaliste voulait l'interviewer, de préférence pendant le déjeuner au restaurant de l'hôtel. Une formidable note de bar, impayée depuis quelques jours, portait la majestueuse signature de l'oncle William. Simon repoussa les papiers et se mit en quête d'Ernest et de Françoise. Eux sauraient ce que fabriquait Boone.

Le Général avait un problème : il hésitait sur le chiffre exact. Il avait commencé relativement bas, à un million de francs, puis il avait réfléchi. Un enlèvement, même involontaire comme celui-ci, était un crime grave et sévèrement puni. Gros risque. Il fallait donc une grosse récompense, suffisante pour leur assurer à tous leurs vieux jours. Il ouvrit le dictionnaire français-anglais qu'il avait acheté avant de descendre à la grange et regarda de l'autre côté de la table le visage inquiet et méfiant de Boone :

– Alors, jeune homme. Votre famille... fit-il en posant le doigt sur le mot dans le dictionnaire... est où ? *Where ?*

– En Amérique. À New York, mais mon père voyage beaucoup.

Boone fit décoller une de ses mains de la table :

– Beaucoup d'avions.

Le Général acquiesça. Il humecta son index et tourna les pages jusqu'au moment où il arriva devant le mot qu'il cherchait. Il trouva intéressant de constater que c'était presque le même dans les deux langues.

– Votre papa. *Rich ?*

Boone avait passé une nuit inconfortable et inquiétante en compagnie du grand gaillard nommé Claude et de ce petit salopard qui n'arrêtait pas de jouer avec un couteau. Ce type qu'il avait devant lui semblait raisonnable, nullement menaçant et presque amical. Ils ne paraissaient plus disposés à le couper en tranches : il en éprouva un énorme soulagement.

– Bien sûr qu'il est riche.

Boone hocha la tête d'un air encourageant :

– *Loaded.*

Le Général fronça les sourcils et chercha la lettre L.

Boone changea de position sur sa chaise. Il avait des courbatures d'avoir dormi sur la terre battue. Qu'est-ce qu'ils allaient faire de lui ? Exiger une rançon, semblait-il. Son soulagement s'évanouit quand il se rappela certaines histoires qu'il avait lues dans les journaux : des kidnappeurs envoyant par la poste des doigts et des oreilles pour encourager un paiement rapide. Merde. C'était le moment de faire tout son possible pour garder ce type dans de bonnes dispositions. Peut-être qu'on le laisserait téléphoner à Simon. Lui pouvait l'aider et il n'était pas loin.

– Monsieur ? J'ai un ami anglais, dit-il en français. Il dirige l'*Hôtel Pastis* à Brassière. Je téléphone ?

Boone porta une main à son oreille :

– Il est plein de fric aussi. Pas de problème.

Il fit de son mieux pour sourire.

Pendant une heure encore, le dictionnaire passa d'un côté à l'autre de la table : le Général découvrait peu à peu ce qu'il avait besoin de savoir. Ça semblait prometteur : prometteur mais compliqué. Il faudrait quitter la France très rapidement et ils auraient besoin de faux passeports. Ça voulait dire un voyage à Marseille et un paquet d'argent. Le Général ajouta mentalement un autre million à la rançon et se demanda si l'ami anglais de Boone était capable de trouver une somme pareille dans de brefs délais.

– Bon.

Le Général referma le dictionnaire et alluma une cigarette. La présence du jeune homme avait été un coup de malchance, mais peut-être que tout ça finirait par très bien s'arranger. C'était vrai, ce qu'on voyait à la télé. Les Texans étaient riches. Il se tourna vers les frères Borel et Jojo qui étaient de garde de jour :

– Il faut que j'aille passer quelques coups de téléphone. Je reviendrai d'ici une heure avec des provisions.

Il désigna Boone de la tête :

– Je ne pense pas qu'il essaie quoi que ce soit.
Jojo s'approcha du Général pour lui chuchoter à l'oreille :
– Qu'est-ce qu'on va faire de lui ?
– Le vendre, mon ami.
Le Général se lissa la moustache :
– Le revendre à son riche papa.
Jojo secoua la tête d'un air admiratif.
– C'est pas con, murmura-t-il.

Homme méthodique et prévoyant, le Général gardait toujours les numéros de téléphone. Il appela un bar du Vieux-Port à Marseille : la dernière fois qu'il avait entendu cette voix-là, c'était en prison.
– J'ai besoin d'un petit service, dit le Général. C'est délicat, tu sais ? Je me demandais si ton ami pourrait m'aider.
La voix demanda, méfiante :
– Quel ami ?
– Le patron, Enrico.
– Quel genre de service ?
– Immigration. J'ai besoin de passeports rapidement.
– Je vais lui en parler. Où est-ce que je peux te joindre ?
Le Général lui donna un numéro de téléphone puis ajouta :
– Écoute, je peux l'appeler moi-même.
– Il vaut mieux que je lui parle.
« Mieux pour qui ? se demanda le Général. Salopard : de nos jours, tout le monde veut un morceau du gâteau. »
– Merci. Vraiment, merci.
Un rire à l'autre bout du fil :
– Bah, si on ne pouvait pas compter sur les amis...

Simon avala rapidement son dîner et prit un verre de calvados au bureau de la réception pour se donner des forces en prévision de la déplaisante conversation qui l'attendait. Caroline avait laissé un troisième message, faisant allusion à un problème urgent et donnant un numéro où on pourrait la joindre au cap d'Antibes.

Une voix de femme lui annonça : « Ici restaurant *Chez Bacon* », un des meilleurs restaurants de la Côte, et un des plus chers. Le problème urgent de Caroline ne pouvait donc être la famine, se dit Simon, en attendant qu'elle vienne au téléphone. Il entendit la rumeur de gens qui s'amusaient. Il se souvint l'avoir emmenée chez *Bacon* des années auparavant. Lui avait commandé la bouillabaisse. Elle avait picoré une salade et s'était plainte, quand ils s'étaient couchés, qu'il sentait l'ail. Ce devait sans doute être encore le cas aujourd'hui et, la connaissant, elle en sentirait sans doute l'odeur à l'autre bout du fil.

Simon commit l'erreur de lui demander si elle était contente de ses vacances. Absolument pas. Ils étaient entassés sur ce bateau inconfortable. Elle avait eu deux fois le mal de mer. Le propriétaire du yacht, l'ami de Jonathan, se comportait comme le capitaine Bligh dans *Les Révoltés du Bounty*. Jonathan, d'ailleurs, se révélait être assez assommant dans un espace aussi restreint : elle n'avait pas de mots pour dire à quel point c'était affreux. Non, elle ne passait pas de bonnes vacances. Simon abandonna les espoirs qu'il avait nourris de voir en Jonathan un mari éventuel. Il but une gorgée de calvados et attendit que le gong annonce le début du deuxième round.

Tout cela, c'était la faute de Jonathan, déclara Caroline avec l'inébranlable conviction de la femme qui n'a jamais tort. Une occasion d'investissement qu'il avait recommandée. Une affaire sûre, avait-il affirmé : mais hier il avait reçu un coup de téléphone lui annonçant que la société était en pleine déconfiture, entraînant dans sa chute la pension alimentaire durement gagnée de Caroline. Elle se retrouvait maintenant sans ressources.

Simon posa les pieds sur son bureau et examina le gros orteil qui passait par un trou de son espadrille tout en songeant à une Caroline sans ressources : plus rien au monde qu'une maison à Belgravia, le contenu de la moitié des boutiques de Londres et une BMW neuve. Il commit alors sa deuxième erreur. Il lui demanda si elle avait envisagé de chercher du travail. Un silence choqué. Caroline examinait l'horrible perspective d'un emploi régulier. Simon tenait le téléphone à quelque distance de son oreille en attendant la tirade qui allait suivre.

Il la subit jusqu'au moment où les avocats, jamais très éloignés des pensées de Caroline, furent appelés en renfort : il raccrocha alors doucement le téléphone.

La sonnerie retentit presque immédiatement. Simon termina son calvados. Ça sonnait toujours. Merde.

– Caroline, nous parlerons de tout cela quand tu te seras calmée.

– Monsieur Shaw ?

Une voix d'homme. En français.

– Oui.

– Monsieur Shaw, j'ai un de vos amis auprès de moi.

Une pause, puis une voix tendue se fit entendre :

– Simon ? C'est Boone.

– Boone ? Où diable êtes-vous ? Nous nous faisions du mauvais sang...

– Je ne sais pas, mon vieux. Dans une cabine téléphonique au milieu de nulle part. Simon, il y a ces types...

– Vous allez bien ?

– Pour l'instant. Écoutez...

On arracha le téléphone des mains de Boone : Simon entendit d'autres bruits de voix, puis un Français prit l'appareil.

– Faites attention, monsieur Shaw. Le jeune homme est indemne. Il peut être relâché très rapidement. Vous allez vous en occuper.

On entendit le tintement d'une autre pièce qu'on glissait dans la fente :

– Monsieur Shaw ?

– J'écoute.

– Bon. Vous allez vous procurer dix millions de francs, en espèces. Vous comprenez ?

– Dix millions ?

– En espèces. Je téléphonerai demain soir à la même heure en vous donnant les instructions pour la remise de l'argent. Et, monsieur Shaw ?

– Oui ?

– Pas un mot à la police. Ce serait une erreur.

On raccrocha. Simon resta assis quelques instants, à se rappeler la voix de Boone : une voix tendue, effrayée. Il regarda sa montre. La fin de l'après-midi à New York, si le père de Boone était là-bas. Et s'il connaissait le numéro. Il allait appeler les renseignements internationaux, puis il changea d'avis. Ziegler aurait sûrement le numéro.

– Bob ? Ici Simon Shaw.

– C'est important ? Je suis complètement débordé ici.

– Il s'agit du fils de Parker. Il a été enlevé.

– Bonté de merde.

Ziegler ferma le haut-parleur et décrocha le téléphone. On aurait dit qu'il était dans la pièce à côté. Il semblait agacé :

– Vous êtes sûr ?

– Ça fait deux jours qu'il a disparu de l'école. Je viens d'avoir un appel de ses ravisseurs. J'ai parlé à Boone aussi. Oui, j'en suis sûr.

– Seigneur. Vous avez prévenu la police ?

– Pas de police. Écoutez, il faut que je parle à Parker. Ils réclament dix millions de francs pour le relâcher et ils les veulent dans les vingt-quatre heures.

– Qu'est-ce que ça représente ?
– Près de deux millions de dollars. Donnez-moi le numéro de Parker à New York.
– Laissez tomber. Il est en route pour Tokyo. Il est parti ce matin.
– Merde.
– Ça, vous pouvez le dire.
Simon entendait le rire de quelques clients qui remontaient du bar et se souhaitaient mutuellement bonne nuit.
– Bob, je n'ai pas dix millions de francs au fond de ma poche. Est-ce que l'agence peut rassembler l'argent ?
Ziegler semblait manifester peu d'entrain :
– Ça fait un paquet de fric.
Simon décida de faire appel aux instincts humanitaires de Ziegler :
– Bob, c'est un gros client.
Il y eut un silence : Ziegler envisageait les avantages possibles que pourrait lui rapporter le fait de rendre à Hampton Parker un service personnel et urgent. Si ça ne verrouillait pas le contrat pour dix ans, c'était à désespérer.
Ziegler se décida :
– Ce qui compte d'abord, c'est le gosse, n'est-ce pas ? Une vie humaine est en jeu. Il ne sera pas dit que cette agence n'a pas un putain de cœur.
Tout en parlant, Ziegler prenait des notes. Ça ferait un communiqué formidable pour la presse.
– O.K. Nous allons virer l'argent à votre banque. Je vais m'arranger pour entrer en contact avec Parker et le mettre au courant. Ne vous éloignez pas du téléphone. Il va probablement vouloir vous parler.
Simon donna à Ziegler l'adresse de sa banque à Cavaillon et le numéro de son compte.
– Il faut que l'argent soit ici demain à cette heure-ci, Bob. D'accord ?

– Bien sûr, bien sûr.

Le ton de Ziegler avait changé :

– Il y a juste un petit détail.

– Quoi donc ?

– Une garantie pour l'argent. Je suis le P.-D.G. de cette agence, responsable devant les actionnaires. Si je me mets à piquer deux millions de dollars dans la caisse, ça pourrait chauffer pour mon matricule.

Simon n'en croyait pas ses oreilles :

– Bon sang, Bob. Ce garçon pourrait être tué pendant que vous merdoyez à arranger une putain d'hypothèque.

Ziegler poursuivit comme s'il ne l'avait pas entendu :

– Je vais vous dire ce que je vais faire.

Sa voix avait des accents désinvoltes, presque joyeux :

– Je vais faire quelque chose de pas très légal. Je vais demander au service juridique un accord d'une page. Vous le signez et vous me le faxez en retour. Comme ça, je serai couvert. Ensuite, nous virerons l'argent.

– Qu'est-ce que vous voulez que je signe et que je vous faxe ?

– Disons que c'est une assurance, mon vieux. Vous donnez en garantie vos parts de l'agence, et vous avez votre argent.

Simon était sans voix.

– Je m'en occupe tout de suite. Vous devriez avoir le fax d'ici une heure, O.K. ? Je vous rappelle très vite.

Simon descendit au bar et prit la bouteille de calvados. Nicole et Ernest étaient assis à une table en train de vérifier les additions de la soirée. Ils le regardèrent prendre un verre et une bouteille avant de venir les rejoindre. Il leur raconta la nouvelle d'un ton neutre. Puis ils restèrent assis là tous les trois, à se poser des questions sans réponse à propos des ravisseurs et de Boone, et à attendre.

Le fax arriva. Ce fut à peine si Simon le lut avant de le signer et de le renvoyer. Il avait entendu quelque part que les fax n'avaient aucune valeur légale, mais Ziegler devait en ce moment même avoir tout le département juridique en train de travailler là-dessus. Le petit salopard.

Simon dit à Nicole et à Ernest d'aller se coucher et s'installa dans le bureau avec un pot de café en attendant que le téléphone sonne.

L'appel finit par arriver à quatre heures du matin : Hampton Parker avait une voix vibrante d'inquiétude. Simon l'entendit tirer sur sa cigarette. Il était à l'aéroport de Tokyo et il attendait qu'on refasse le plein de son avion et qu'on approuve le plan de vol pour Paris. De là, il louerait un appareil plus petit pour descendre jusqu'en Avignon. Il amènerait deux hommes avec lui. Il faudrait leur trouver un endroit où coucher. Il parla d'un ton mécanique des détails jusqu'à la fin de la conversation.

– Vous ne pensez pas qu'ils lui aient fait le moindre mal ?

– Non, dit Simon, avec toute la conviction dont il était capable. Il a dit qu'il allait bien. Il m'a paru un peu secoué, c'est tout.

– C'est mon seul garçon, vous savez. Les autres sont des filles. Un brave gars, en plus.

– Nous l'aimons tous beaucoup.

– Les enfants de salaud.

– Tâchez de ne pas vous inquiéter. Nous ferons tout ce qu'ils demandent.

– Je vous en remercie. Je vous rappellerai de Paris.

Il n'y avait rien d'autre à faire que d'aller se coucher et attendre d'être au lendemain, mais Simon était bien réveillé, dans un grand état d'agitation provoqué par la tension et trop de café. Il rentra à la maison et remonta dans la chambre. Il entendit le souffle régulier de Nicole, endormie un bras bruni en travers de son oreiller à lui. Il se pencha pour lui poser un baiser sur l'épaule et elle sourit dans son sommeil.

Malgré les fenêtres ouvertes, il faisait chaud dans la chambre. Durant toute la première moitié de juillet, les températures avaient dépassé trente-cinq degrés : même les murs de pierre épais de la maison étaient tièdes. Simon se déshabilla, prit une longue douche froide et redescendit, drapé dans une serviette. Il ouvrit la porte de la terrasse et y installa un fauteuil pour pouvoir s'asseoir face au soleil levant en rêvant que c'était Caroline qu'on avait enlevée. Elle débiterait sans doute aux ravisseurs un de ses monologues, en leur donnant le numéro de téléphone de son avocat, et ils finiraient par payer pour se débarrasser d'elle. Peut-être qu'ils accepteraient Ziegler en échange. Simon bâilla, frotta ses paupières irritées et cligna des yeux tandis que le premier rayon de soleil aveuglant pointait au-dessus de la masse bleue de la montagne. Encore une chaude et belle journée qui s'annonçait : beau temps pour trouver une rançon de dix millions de francs. Il s'étira, sentit le rotin du fauteuil lui meurtrir le dos. Il entendit quelqu'un en bas dans le village qui saluait l'arrivée du matin d'une toux rauque et prolongée : une toux à quarante cigarettes par jour.

Quand Simon arriva à l'hôtel juste avant neuf heures, les deux inspecteurs l'attendaient. Le directeur de l'école de Lacoste, ne sachant rien de l'enlèvement, mais de plus en plus inquiet de la disparition de son élève, avait alerté la police. Quand on avait découvert la nationalité et la situation financière du père de l'étudiant, la gendarmerie locale avait transmis la responsabilité de l'enquête à la fine fleur de la police d'Avignon. Deux hommes petits et bruns, qui mouraient d'envie d'avoir un café, étaient arrivés pour s'occuper de l'affaire du jeune homme disparu.

– Avant que vous posiez la moindre question, dit

Simon, je crois qu'il faut que je vous raconte ce qui s'est passé.

Les inspecteurs étaient enchantés. Une personne disparue, appartenant à une riche famille américaine, c'était une chose. Mais un enlèvement, c'était beaucoup plus excitant. Ils n'enquêtaient plus sur un accident possible : ils étaient là sur la piste d'un crime certain. La gloire, de l'avancement, la gratitude d'un père milliardaire, voire une brève apparition à la télévision nationale : toutes ces pensées traversèrent l'esprit des policiers. Ils écoutèrent avec soin, prirent des notes, ne s'interrompant que pour demander encore un peu de café et jeter un coup d'œil au ravissant derrière et aux jambes hâlées de Françoise. Quel coup de chance, songeaient-ils, qu'on ne leur eût pas confié à la place l'affaire de la banque de L'Isle-sur-la-Sorgue.

Ils furent moins ravis de s'entendre annoncer par Simon que toute allusion à une intervention de la police pourrait être dangereuse pour la sécurité de l'otage.

– Malheureusement, monsieur Shaw, on nous a informés. Nous sommes intervenus, vous comprenez? C'est un fait accompli. Un fonctionnaire de la police ne peut ignorer un crime aussi grave?

L'inspecteur jeta un coup d'œil à son carnet et se frotta le menton d'un air songeur :

– Mais je peux vous promettre une chose.

Il prit une autre cigarette dans le paquet ouvert sur le bureau et signifia d'un coup d'œil qu'il n'avait pas de feu :

– Je peux vous promettre une chose, répéta-t-il. Nous allons mener cette affaire avec le maximum de délicatesse et de discrétion. Absolument le maximum. Nous avons une certaine expérience de ce genre d'enquête. Tenez, je me souviens, il y a trois ans, de l'enlèvement d'un touriste suisse pendant le Festival d'Avignon...

Françoise passa la tête par l'entrebâillement de la porte :

– Monsieur Shaw ? Il y a ici deux messieurs qui vous demandent.

Simon sortit du bureau et s'arrêta net en apercevant un homme avec deux appareils de photo autour du cou. Son collègue était plus modestement équipé : il n'avait qu'un magnétophone accroché à son épaule.

– Bonjour, monsieur Shaw. *Le Provençal.* Nous arrivons de l'école de Lacoste. Vous avez deux minutes ? Il paraît que vous connaissez le jeune homme qui...

Simon les arrêta d'un geste :

– Attendez.

Il retourna dans le bureau et regarda les deux inspecteurs en secouant la tête :

– Le maximum de discrétion, c'est bien ce que vous avez dit ?

Ils acquiescèrent en chœur.

– Alors dites-moi pourquoi il y a dans le hall un reporter et un photographe ?

Les policiers passèrent devant Simon et jetèrent aux journalistes un regard noir :

– Dehors, dit l'inspecteur-chef en désignant du pouce la porte. Pas d'article. C'est une affaire confidentielle qui ne concerne que la police.

Les journalistes se mirent à parler tous les deux à la fois : leurs sourcils, leurs épaules et leurs mains s'agitaient en une mimique scandalisée. La presse avait le devoir d'informer : bien mieux, le droit constitutionnel de le faire.

– Merde pour tout ça, dit le chef. Vous allez m'écouter.

Simon referma la porte du bureau et se prit la tête à deux mains. Après quelques minutes un peu bruyantes, la porte s'ouvrit.

– Pas de problème, dit le chef, souriant à Simon comme s'il lui avait rendu un service personnel.

– Comment ça, pas de problème ? Vous ne pouvez pas les empêcher d'écrire un article.

Le policier se tapota le bout du nez :

– Nous sommes en France, monsieur. Les journalistes savent rester à leur place.

Simon soupira.

– Bon. Et maintenant ?

– Les ravisseurs vont rappeler, non ? Nous allons prendre nos dispositions pour qu'on trouve l'origine de l'appel. D'ici là, nous attendons.

– Vous êtes obligés d'attendre ici ? Nous essayons de faire fonctionner un hôtel.

Non sans une certaine réticence, les inspecteurs se laissèrent persuader de quitter le bureau et de poursuivre leurs activités avec un téléphone sans fil sur la terrasse dominant la piscine.

– Oh, fit Simon, il y a une chose que vous pourriez faire en attendant.

Il désigna l'autre bout de la terrasse :

– Si vous voyez un homme en train de regarder pardessus ce mur, arrêtez-le.

Simon appela la banque pour annoncer qu'on allait lui virer de l'argent et que la somme soit prête afin qu'il puisse passer la prendre en fin de journée. Il fit de son mieux pour consoler Françoise qui venait d'apprendre la disparition de Boone. Il remercia sa bonne étoile de lui avoir envoyé Nicole et Ernest qui s'occupaient des clients et du personnel comme si de rien n'était. Il réveilla délibérément Ziegler à cinq heures du matin, heure de New York, pour s'assurer qu'on allait bien envoyer l'argent dès l'ouverture des bureaux. Il était étourdi de fatigue, mais incapable de dormir. Il savait qu'il devenait de plus en plus irritable. Le spectacle des deux policiers étudiant le menu du déjeuner sur la terrasse ne fit rien pour améliorer son humeur.

Il retourna dans le bureau et s'assit, les yeux fixés sur le téléphone. La police ne pouvait pas faire grandchose avant que les ravisseurs ne rappellent. Personne d'ailleurs ne pouvait faire grand-chose. Là-dessus, il se souvint d'Enrico. Qu'est-ce qu'il avait donc dit, celui-là ? Que si jamais il y avait un problème à l'hôtel, un problème que les autorités auraient peut-être quelque difficulté à régler par les voies officielles... quelque chose comme ça. Simon approcha le téléphone. Tout ça n'était probablement que du vent, mais ça valait la peine d'essayer. Tout plutôt que d'être assis là à se sentir inutile.

L'homme qui montait la garde auprès du téléphone d'Enrico grommela. Simon déclina son identité et alluma un cigare en attendant qu'on lui passe Enrico.

Celui-ci parut ravi de l'entendre. Il y avait justement certains problèmes en suspens dont il fallait discuter avant que ses gens puissent commencer à s'occuper de l'entretien de l'hôtel. Peut-être pourrait-on convenir d'un autre délicieux déjeuner ? Simon l'interrompit :

– Enrico, écoutez. Je ne sais pas si vous pouvez m'aider, mais un de mes amis a des problèmes. Un jeune Américain. Il a été enlevé.

– C'est navrant. En pleine saison touristique, par-dessus le marché. Du travail d'amateur. Il faut que vous me disiez tout ce que vous savez.

Une fois leur brève conversation terminée, Enrico quitta son bureau pour aller se promener sur le Vieux-Port. Il s'arrêta à deux reprises : une fois pour entrer dans un bar, et la seconde fois pour passer par la porte de service d'un restaurant de poisson. À peine était-il reparti que les hommes auxquels il avait parlé décrochèrent leur téléphone. Si c'étaient des gens du pays qui avaient fait le coup, quelqu'un serait bien au courant. Et si quelqu'un était au courant, on préviendrait Enrico. Il fit signe au chauffeur de la Mercedes qui l'avait suivi. Il allait déjeuner tranquillement et de bonne heure dans le jardin de *Passédat*, et prendre la brochette de langoustines, tout en réfléchissant aux possibilités commerciales que cette intéressante nouvelle pouvait présenter.

La banque appela en fin d'après-midi pour annoncer à Simon que l'argent était prêt. Il était déjà presque à la voiture quand l'idée lui vint que se promener tout seul dans Cavaillon avec dix millions de francs en espèces était peut-être une erreur. Il descendit sur la terrasse où les inspecteurs surveillaient attentivement les baigneuses qui prenaient le soleil.

– L'argent est arrivé. Il vaudrait mieux que vous veniez avec moi.

Les inspecteurs ajustèrent leurs lunettes de soleil et suivirent Simon jusqu'au parking. Ils montèrent dans la voiture de police banalisée : une fournaise où flottaient encore des relents de cigarettes de la veille. Le moins gradé décrocha le téléphone de voiture et eut un échange laconique de grognements et de monosyllabes avec le commissariat central.

Ils se garèrent en double file devant la banque. Les policiers inspectèrent la rue : ils ne virent rien d'immédiatement suspect dans la poignée de touristes au pas lourd et de ménagères faisant les courses pour le repas du soir. Ils entraînèrent Simon jusqu'au trottoir. Ils pressèrent le bouton de sonnette auprès de la porte vitrée et attendirent. Un vieil employé de banque arriva d'un pas traînant, secoua la tête et articula « Fermé », en désignant les heures d'ouverture affichées sur la vitre. L'inspecteur-chef plaqua sa carte de police contre la porte. L'employé l'examina, haussa les épaules et leur ouvrit.

Le directeur de la banque les accueillit devant son bureau, les fit entrer et referma la porte. Il poussa un grand soupir de soulagement. Ç'avait été un après-midi de cauchemar : Faire venir l'argent de succursales plus importantes d'Avignon et de Marseille. La crainte d'un hold-up. Des visions d'hommes armés de fusils. Maintenant, Dieu merci, c'était fini.

– Voilà, messieurs.

Il désigna son bureau :

– Si vous voulez bien compter.

Simon regarda les liasses de billets de cinq cents francs, réunies par des élastiques en briques de dix mille francs. Il aurait cru que dix millions de francs, c'était plus impressionnant, plus volumineux. Il s'assit et, tandis que les autres le regardaient en fumant, il disposa les briques en piles de cent mille francs, compta les piles, les fourra dans un gros sac en plastique et souleva le sac. Ça n'était pas plus lourd que le porte-documents bourré de dossiers qu'il rapportait en général de l'agence à chaque week-end.

– C'est bon ?

Le directeur déposa devant Simon un formulaire :

– Une petite signature, s'il vous plaît.

Il regarda Simon signer le reçu et se détendit. Maintenant, c'était la responsabilité de quelqu'un d'autre.

Ils échangèrent des poignées de main et se dirigèrent vers la porte d'entrée, Simon en sandwich entre les deux policiers, le sac lui battant la jambe.

– Merde !

Un des inspecteurs venait de voir un agent de ville glisser une contravention sous l'essuie-glace de leur voiture. Ils dévalèrent les marches sous l'œil narquois de l'agent qui les regardait en tapotant son stylo entre ses dents. Il était ravi quand le propriétaire de la voiture revenait quelques secondes trop tard. Ça venait rompre un peu la monotonie de son travail.

L'inspecteur-chef désigna la contravention :

– Vous pouvez enlever ça.

Il ouvrit la portière pour monter dans la voiture :

– Nous sommes du commissariat central d'Avignon.

L'agent eut un grand sourire :

– Je m'en fous complètement : vous pourriez bien être de l'Élysée. Vous êtes garés en double file.

L'inspecteur fit le tour de la voiture pour pouvoir

mieux foudroyer du regard le sergent de ville. Les deux hommes étaient plantés sur la chaussée, leurs lunettes de soleil se heurtant presque, et ils bloquaient la seule voie qui restait libre à la circulation. Un camion s'arrêta dans un sifflement furieux de ses freins pneumatiques : le chauffeur se pencha par la vitre ouverte, levant le bras d'un air exaspéré. Les clients assis à la terrasse du café d'en face se retournèrent pour mieux suivre la discussion. Un concert de klaxons impatients commença derrière le camion. Le directeur de la banque et son employé observaient la scène du haut du perron.

Simon lança le sac sur le siège arrière et prit place dans la voiture. Le maximum de discrétion. Seigneur. Ils auraient aussi bien pu l'annoncer au journal télévisé de vingt heures.

Le duel de haussements d'épaules et de gesticulations se conclut : l'inspecteur arracha la contravention du pare-brise et la déchira en morceaux. Deux consommateurs du café applaudirent. L'inspecteur remonta en voiture tandis que l'agent de ville lui lançait une ultime injure au milieu du hurlement des klaxons.

– Et ta mère ! lui jeta l'inspecteur par la vitre. Et ton chien ! Il ricana, satisfait d'avoir eu le dernier mot :

– Bon, allons-y.

Quand ils revinrent à l'hôtel, un message les attendait : Hampton Parker serait à Brassière aux premières heures de la matinée du lendemain. Comme le directeur de la banque avant lui, Simon éprouvait un sentiment de soulagement à l'idée de pouvoir bientôt transférer à d'autres mains l'argent et la responsabilité. Il appela Ziegler et attendit, le sac entre ses pieds.

– Pas de nouvelles du gosse ?

– Ils doivent appeler ce soir. Parker arrive très tôt demain matin. J'ai l'argent ici, qui l'attend.

Ziegler resta silencieux quelques secondes. Quand il parla, ce fut du ton sec et décidé qu'il utilisait pour exprimer à sa place l'opinion d'un client :

– Il ne faut pas que Parker soit mêlé à ça. Pas question.

– Il y est mêlé, bon sang. C'est le père du garçon.

– Je ne veux pas qu'il approche de ces dangereux crétins.

– Alors, comment vont-ils avoir leur argent ? Par Federal Express ?

– Seigneur, Simon, nous ne pouvons pas faire courir à Parker un risque pareil. Imaginez qu'ils décident de l'enlever aussi ? Imaginez qu'ils le refroidissent, bon sang. Non, il faut que vous fassiez ça vous-même.

Simon sentit son estomac se serrer :

– Merci beaucoup. Et si c'est moi qu'ils refroidissent ?

Ziegler changea de ton : sa voix vibrait de chaleur et de réconfort, comme quand il présentait une nouvelle campagne.

– Ne vous inquiétez pas de ça. Vous n'êtes pas un milliardaire, vous n'êtes que le type qui dépose le fric. Mettez de vieilles affaires, ayez l'air pauvre, vous voyez ? Ce n'est pas si terrible. Vous ne les verrez probablement même pas. Et puis dites donc, pensez à ce que ça va faire à nos relations.

– Nos relations ?

– Parker va nous manger dans la main. Ce putain de budget va être coulé dans du béton. Il s'agit d'une dette morale, mon vieux. Nous l'aurons comme client à vie.

Simon ne dit rien : il savait que Ziegler de toute façon n'aurait pas écouté. En ce qui le concernait, la décision était prise – et il avait sans doute raison, Simon devait en convenir. Si les ravisseurs croyaient pouvoir mettre la main sur un des hommes les plus riches d'Amérique, qui pourrait dire de quoi ils seraient capables ?

Ziegler semblait impatient :

– Alors, la balle est dans votre camp, d'accord ? Pas de conneries.

– Vous êtes un salaud au cœur tendre, n'est-ce pas ?
– Exactement. Le type le plus charmant de la profession. Je vous rappelle bientôt.

Nicole trouva Simon dans le bureau. Il fumait un cigare et regardait par la fenêtre, sans se soucier des inspecteurs. Il avait l'air hagard, les yeux cernés. Elle se planta derrière lui et lui massa lentement la base du cou.

– Quand tout ça sera fini, dit-elle, je vais t'emmener quelque part.

Simon ferma les yeux et renversa la tête en arrière contre le corps de la jeune femme :

– Promis ?
– Promis.

Assis dans leurs fauteuils, les inspecteurs les observaient, impassibles : ils se demandaient ce qu'on allait leur proposer pour dîner.

Enrico examina la pile de passeports sur son bureau et sourit. Des contacts, la cupidité et la peur. Ça marchait toujours quand on cherchait des informations. Quelques heures après qu'il eut donné l'alerte, un de ses hommes en Avignon avait entendu dire que la police essayait de garder le silence sur une histoire d'enlèvement. Si ces passeports n'avaient pas un rapport avec cette affaire, se dit Enrico, c'est qu'il perdait la main. Il avait décidé de s'occuper personnellement de ça. Il ne fallait jamais laisser passer une occasion de rencontrer des gens susceptibles d'être utiles. Il fourra les passeports dans un grand porte-documents en peau de crocodile, descendit jusqu'à sa voiture, s'installa confortablement à l'arrière et donna ses instructions au chauffeur.

Tandis que la Mercedes quittait Marseille en direction de l'aéroport, le Général poussait à fond sa voiture sur l'autoroute depuis Cavaillon. « Soyez dans le parking souterrain de Marignane à huit heures, lui avait-on dit, et cherchez une Mercedes 500 noire avec des plaques des Bouches-du-Rhône. »

Il trouva une place aussi loin que possible de l'entrée de l'aérogare, coupa le contact et alluma une cigarette. Il serra contre lui le sac en plastique de supermarché qui contenait l'argent. Cinq cent mille francs. Il avait failli s'évanouir quand on lui avait dit le prix : mais que pouvait-il faire d'autre ? D'ailleurs, il y en avait plus à toucher, beaucoup plus. Au moment où il regardait sa montre, il vit la Mercedes avancer lentement le long des rangées de voitures. Il prit une profonde inspiration, saisit le sac et descendit.

La vitre teintée de la Mercedes s'abaissa. Le chauffeur et le Général se regardèrent en silence. Le Général sursauta en se rappelant ce qu'on lui avait précisé de dire pour s'identifier :

– Je suis un ami de Didier. Il vous salue bien.

La portière s'ouvrit toute grande :

– Montez donc, mon ami, dit Enrico. Il fait plus frais à l'intérieur, avec la climatisation.

Le Général se pencha pour entrer et se jucha au bord de l'épaisse banquette de cuir. Enrico le dévisagea à travers la fumée de sa cigarette :

– Vous êtes un homme occupé, j'en suis sûr, dit-il. Je ne vais pas vous faire perdre votre temps.

Il écrasa sa cigarette et, d'une chiquenaude, chassa de la manche de son costume de soie quelques grains de cendre :

– Dites-moi, quand touchez-vous la rançon ?

Le Général sursauta, comme s'il avait reçu un coup de pied dans l'estomac. Comment diable savait-il ? Il ne pouvait pas savoir. Il disait cela au hasard.

Enrico se pencha et tapota le genou du Général :

– Allons, mon ami. Considérez-moi comme un collègue. Après tout, nous sommes déjà associés. J'ai vos passeports. Je dois dire que, compte tenu de la brièveté des délais, ils sont rudement bien. Des œuvres d'art. Vous n'aurez aucun problème de ce côté-là.

Il sourit et hocha la tête :

– Une cigarette ?

La main du Général tremblait si violemment qu'il faillit mettre le feu à sa moustache.

– Détendez-vous, mon ami, détendez-vous. Permettez-moi de vous féliciter. Les Américains se font rares de nos jours.

Enrico poussa un soupir :

– Entre la récession et la faiblesse du dollar... ils ne voyagent plus autant qu'autrefois.

Il ne quittait pas des yeux le visage du Général :

– Alors ? Quand allez-vous le rendre ?

Comment avait-il appris la chose, cet homme assis et immobile et qui avait l'air de ne jamais cligner des yeux ? On n'entendait dans la voiture que le chuchotement de la climatisation. Le Général sentit ses épaules s'affaisser. Il n'aurait pas les passeports avant d'avoir répondu à la question. Il regarda le large dos et le cou musclé du chauffeur :

– Ne vous inquiétez pas pour Alphonse, fit Enrico en souriant. Il est très discret. Nous sommes tous très discrets.

Le Général soupira :

– Nous faisons l'échange ce soir.

– Et ensuite ?

– On quitte le pays.

– Ah, oui. Bien sûr.

Enrico se pencha et ouvrit son porte-documents. Le Général ouvrit de grands yeux en apercevant des liasses soigneusement rangées de billets, des centaines de milliers de francs. Il y avait à peine la place pour les passeports. Enrico les prit et les lui tendit.

– Vous permettez ?

Il prit le sac en plastique que le Général avait sur ses genoux et se mit à compter l'argent, lançant au fur et à mesure qu'il comptait chaque brique de dix mille francs dans le porte-documents.

– C'est bon.

Non sans mal Enrico referma la mallette et se renversa en arrière tandis que le Général cherchait la poignée de la portière :

– Maintenant, dit-il, en ce qui concerne vos projets de voyage, je crois que je pourrais vous aider.

Le Général s'arrêta, la main posée sur la portière.

– J'ai une petite compagnie de navigation : surtout des cargos, mais de temps en temps nous rendons service à des passagers qui ont un voyage urgent à faire. Vous comprenez ?

Enrico n'attendit pas la réponse :

– J'ai pensé à une coïncidence bien opportune. Il se trouve qu'un de mes navires – pas luxueux, mais confortable – quitte Gênes après-demain pour Alger. C'est très agréable, la Méditerranée à cette période de l'année.

Le Général lâcha la poignée.

– Vous et vos amis seriez totalement en sûreté.

Enrico consulta sa montre :

– Justement, je pars maintenant pour l'Italie. Alphonse préfère rouler de nuit, surtout en juillet. Les routes sont impossibles pendant la journée.

Il offrit une autre cigarette au Général :

– Nous pourrions nous retrouver à Gênes. Vous n'avez qu'à aller sur les quais et demander mon collègue, le capitaine du *Principessa Azzura*. Il saura où me trouver.

Le Général fit de son mieux pour avoir l'air déçu :

– Merde, fit-il. Si j'avais su. Mais, évidemment, j'ai fait d'autres projets.

Sa main se tendit de nouveau vers la portière.

– Mon ami. (Enrico semblait aussi amical que la mort.) Je dois insister pour que vous profitiez de cette occasion inespérée. Ce serait bien triste si la police en venait à rechercher les noms qui figurent sur ces excellents passeports tout neufs. Quel gâchis. Et j'ai horreur du gâchis.

Le salaud. Le Général acquiesça et Enrico retrouva son sourire :

– Vous ne le regretterez pas. L'air de la mer est si bon pour la santé.

– Mais pas bon marché.

– Rien d'agréable dans la vie n'est bon marché.

Enrico haussa les épaules d'un air d'excuses :

– Mais, puisque vous êtes un groupe, je vous ferai un tarif de vacances. Disons cinq cent mille francs. Vous mangerez bien. Ils ont un très bon cuisinier à bord.

Le Général haussa les épaules à son tour :

– Je n'ai pas cinq cent mille francs sur moi.

– Bah, fit Enrico avec un geste désinvolte. Nous sommes des hommes d'affaires, vous et moi. Nous nous faisons mutuellement confiance : et nous nous comprenons. Vous pourrez me régler à Gênes, et ensuite nous déjeunerons.

Enrico se pencha pour ouvrir la portière :

– Je me ferai un plaisir de vous inviter.

Le Général resta planté là à regarder la grosse voiture s'éloigner. À mesure que la menace physique d'Enrico disparaissait, la peur et la stupéfaction cédaient la place à la colère. Un million de francs pour huit malheureux passeports et un passage pour Alger sur un rafiot rouillé, sans doute plein de bruyants macaronis. Le Général était un homme conciliant, mais c'était vraiment profiter de la situation, c'était du vol pur et simple. Il revint vers sa voiture, puis s'arrêta. Il s'obligea à réfléchir.

Il avait les passeports. Rien ne l'obligeait à aller à Gênes. Il pouvait s'en tenir à son plan primitif. « Qu'il aille se faire voir », se dit-il et il se sentit mieux. Des gens comme ça, des gens qui n'avaient pas de morale en affaires, ils ne méritaient pas de s'en tirer.

Le Général remonta jusqu'à l'aérogare, se fraya un chemin jusqu'au bar et commanda un calvados. Le courage lui revint quand il sentit la chaude morsure de l'alcool. Il se dirigea vers les cabines téléphoniques à côté du tabac et appela. Quand il raccrocha, il était en sueur. « Le salopard. Voyons comment il se tire de là. »

En regagnant le Luberon, le Général s'arrêta pour prendre un café à la station-service de Lançon et envisagea les effets possibles de son coup de téléphone. Enrico ne pourrait pas avoir de certitude. Des soupçons, peut-être, mais il ne voudrait pas parler. Non pas à cause de l'honneur entre les voleurs. Tous les vrais voleurs savent que c'est de la foutaise. Mais parce qu'il s'impliquerait alors dans un crime qu'il n'avait même pas commis. Il y avait là une certaine ironie, songea le Général en jetant sa tasse en plastique dans la poubelle. « Bien fait pour lui. D'ailleurs, le temps qu'il se tire de là, je serai loin de Marseille et il ne saura pas où. »

Il rentra prudemment à Cavaillon, observant les limitations de vitesse, et prit la N 100 jusqu'aux Baumettes. Il se gara auprès de la cabine téléphonique. Il avait des crampes d'estomac en voyant les gens attablés sur la terrasse du petit restaurant de l'autre côté de la route. Demain se dit-il, si tout allait bien, il fêterait ça. Il ferma sa voiture à clé avant d'entrer dans la cabine. Ce n'était qu'à quelques mètres, mais il y avait tant de gens malhonnêtes de nos jours : on ne saurait être trop prudent.

À la première sonnerie, on décrocha.

– Monsieur Shaw ?

– Oui.

– Vous avez l'argent ?

– Il est ici.

– Bon. Voici ce que vous devez faire...

Simon raccrocha et regarda les notes qu'il avait prises. L'inspecteur-chef troqua son cure-dents contre une cigarette et vint s'accouder au coin du comptoir, enchanté à l'idée qu'il allait enfin y avoir un peu d'action.

– Alors ?

Simon récita à partir de ses notes :

– Je me rends seul en voiture jusqu'au parking à l'entrée de la forêt des Cèdres. Je laisse la voiture là. Je prends le chemin forestier à pied. Au bout de quatre kilomètres, je verrai un panneau sur la droite indiquant le début de la forêt domaniale de Ménerbes. Je laisse l'argent sous le panneau. Si tout est en ordre, le garçon est relâché demain matin.

– Il nous faut une carte, dit l'inspecteur, et un homme du pays, quelqu'un qui connaisse la forêt.

Il fit un signe à son collègue :

– Appelle Avignon et dis-leur ce qui se passe. Dis-leur de surveiller les deux aéroports : mais pas d'uniformes, d'accord ?

On envoya Françoise chercher son père. Simon trouva une carte et il l'étalait sur le bureau quand Bonetto arriva, en short, maillot de corps et pantoufles, son visage couleur de betteraves arborant une expression grave. Les hommes se penchèrent sur la carte dans un nuage de fumée de cigarettes.

Oui, dit Bonetto, il connaissait bien la route, du temps où il chassait. Elle suivait la crête du Luberon, depuis Bonnieux jusqu'à juste avant Cavaillon : le service des Eaux et Forêts l'avait barrée à chaque extrémité pour empêcher les voitures de l'emprunter.

L'inspecteur l'interrogea sur les itinéraires par lesquels on pouvait filer. Bonetto se gratta la tête et se pencha davantage sur la carte en posant un gros doigt dessus.

– À pied, expliqua-t-il, on peut descendre le versant sud vers Lourmarin, par le côté nord vers Ménerbes, à l'ouest vers Cavaillon, à l'est vers les Claparèdes au-dessus de Bonnieux, ou n'importe où ici dans cette vallée.

Il haussa les épaules :

– Il y a de vieux sentiers muletiers, des douzaines.

La Résistance les utilisait pendant la guerre. Un homme pourrait se cacher là pendant des mois.

– Mais ils ne voudront pas se cacher.

L'inspecteur contempla sur la carte le labyrinthe des courbes de niveau et des chemins :

– Ils vont vouloir partir. Ils auront une voiture quelque part. Il faudra qu'ils regagnent une route.

– Ben oui, fit Bonetto en secouant la tête. Mais au début, ils feront le trajet à pied. Et à pied, ils peuvent prendre n'importe quelle direction.

L'autre inspecteur, un jeune homme qui avait un penchant pour la technologie et le spectaculaire, proposa un hélicoptère avec un projecteur et un groupe d'intervention des CRS. Lui-même se porta volontaire pour les accompagner.

Simon leva les mains.

– Écoutez, dit-il. Pas d'hélicoptère, pas de barrages sur les routes, rien. Rien tant qu'on ne l'aura pas récupéré. Ensuite, vous pouvez envoyer toute la Légion étrangère, les gardes du corps de Mitterrand, tout ce que vous voulez. Mais pas avant qu'on l'ait récupéré. Ils ont mis la chose au point. Ils ne vont pas l'amener avec eux. Ils l'auront caché quelque part et, au moindre signe d'un piège...

Il avait la voix rauque, et un goût bizarre dans la bouche, sec et déplaisant : il se demanda si c'était la peur ou l'abus de cigares.

Le douanier bâilla en regrettant que ce ne soit pas encore l'heure de quitter sa guérite exiguë pour rentrer chez lui. Il n'y avait pas beaucoup de circulation ce soir : le cortège habituel de camions, mais pas grand-chose d'autre. Si elle arrivait, cette Mercedes noire immatriculée dans les Bouches-du-Rhône, ils n'auraient aucun mal à la repérer. Si elle venait. Il bâilla encore et se tourna vers l'homme qui se tenait auprès de lui, arrivé une heure plus tôt.

– Tu ne crois pas que c'est un emmerdeur qui n'a rien d'autre à faire ?

L'autre haussa les épaules. Le regard fixé sur la route, il surveillait les véhicules qui entraient dans le feu des projecteurs marquant la fin du territoire français et le début du territoire italien.

– Dieu sait, pas moi. Tout ce que je sais, c'est qu'Avignon a pris ça au sérieux. Ils ont prévenu Nice et Nice a pris l'affaire au sérieux aussi. Ça pourrait être une vengeance. Le mec qui leur a donné le tuyau a dit qu'il s'agissait d'évasion fiscale et de trafic de devises. Un gros bonnet de Marseille. Apparemment, ça fait des années qu'ils sont après lui.

Le douanier s'étira. Ça changeait de contrôler le poids des chargements sur les camions.

– En général, on fait passer les voitures comme ça, dit-il. Sinon, ce serait à touche-touche depuis Menton.

– C'est sans doute là-dessus qu'il compte. Peut-être qu'il devient négligent. T'as une cigarette ?

– J'ai arrêté.

– Moi aussi.

Les deux hommes regardèrent le faisceau des phares qui balayait l'autoroute avant de s'étaler et de ralentir pour passer la rangée de barrières où on réglait le péage. Un camion de Turin qui rentrait. Un minibus Volkswagen avec des planches à voile attachées au toit. Deux motocyclettes voyageant ensemble.

Ils l'aperçurent en même temps qui entrait doucement dans le secteur éclairé par les projecteurs : une Mercedes 500 noire, vitres teintées, plaques des Bouches-du-Rhône.

– Voilà notre gars.

Le douanier se leva :

– Tu préviens les autres. Je m'occupe des formalités.

Il sortit de sa guérite et se dirigea vers l'endroit où la Mercedes attendait, derrière une caravane allemande.

Il frappa à la vitre du conducteur : elle s'abaissa lentement. Par-dessus l'épaule du chauffeur, il aperçut un homme endormi à l'arrière, une main sur le porte-documents posé auprès de lui sur la banquette.

– Bonsoir, monsieur. Vous êtes Français ?

L'homme acquiesça.

– Rien à déclarer ?

Le chauffeur secoua la tête.

– Pouvez-vous vous garer par là ?

Le blanc des yeux du chauffeur se détachait sur sa peau sombre quand il jeta un coup d'œil sur le côté de la route. Quatre hommes en civil attendaient sous les projecteurs. L'un d'eux fit signe à la Mercedes. Enrico continuait à ronfler doucement.

Simon consulta sa montre, se leva et tira le sac de sous le bureau.

– Il faut que j'y aille. Je suis censé être là-bas entre minuit et une heure.

Il prit une torche électrique, les clés de la voiture et se tourna vers les inspecteurs :

– Pas de blague, d'accord ?

– Monsieur Shaw, si vous aviez l'occasion de voir un visage...

Simon acquiesça. « Bien sûr, songea-t-il. Je vais faire mieux que ça. Je vais leur demander de passer prendre un verre quand je leur aurai remis l'argent et on pourra faire une petite fête. » Entre deux sursauts d'affolement, il se sentait étrangement calme, presque fataliste. Qu'est-ce qu'il faisait à trimballer un million de livres dans un sac en plastique au beau milieu d'une foutue forêt pour aller retrouver une bande de dangereux cinglés ? C'était de la folie. Il prit le sac et sortit du bureau. Il trouva Nicole et Ernest discutant calmement avec une Françoise en larmes. Ils l'accompagnèrent jusqu'à la voiture et, en s'éloignant, il les vit dans le rétroviseur, trio esseulé au milieu d'une rue plongée dans l'ombre.

Il s'arrêta au carrefour en dessous de Ménerbes, là où la D 3 remonte la vallée vers Bonnieux. Au-dessus du murmure du moteur qui tournait au ralenti, assez près pour lui faire dresser les cheveux sur la nuque, il entendit un son, entre le soupir et le grognement. Il se crispa, les mains soudain moites sur le volant. C'était l'un des ravisseurs : il allait l'attaquer et prendre l'argent. Il jeta un coup d'œil dans le rétroviseur. Personne. Rien. Mais il sentait une présence derrière lui, il entendait une respiration.

Ne pouvant plus y tenir, il dit :

– Qui est-ce ?

Il y eut un long bâillement bruyant. Très lentement, Simon tourna la tête et aperçut la forme trapue, couchée sur la banquette arrière, et les quatre pattes en l'air, sa queue s'agitant nonchalamment au son d'une voix familière. Mrs. Gibbons s'éveillait.

Simon sentit le soulagement l'envahir. Qu'est-ce que cette bête fichait là ? Il se rappelait maintenant qu'il l'avait souvent vue faire la sieste à l'arrière de la voiture, jusqu'au moment où il était temps de rentrer avec Ernest.

Mrs. Gibbons passa la tête entre les sièges avant et renifla le sac de billets. Simon le posa sur le plancher et elle vint s'installer à la place du passager. Elle posa sa lourde tête sur la cuisse de Simon : un poids chaud et réconfortant. Il caressa une de ses oreilles dépenaillées et poursuivit son chemin.

Il avait la route pour lui tout seul : les fermes de chaque côté étaient plongées dans l'obscurité derrière leurs volets clos, les phares de la voiture traçaient devant lui un long tunnel désert. Juste après le virage de Lacoste, une lueur dans le rétroviseur attira son regard : une lueur qui gardait ses distances tandis que la route serpentait parmi les vergers et les cerisaies, les feuilles pendant tristement après une autre journée aride. Il s'arrêta au pied de la colline, au-dessous de Bonnieux.

La voiture derrière lui en fit autant. Il se tourna vers Mrs. Gibbons.

– Le salaud nous suit, dit-il.

Le chien s'assit sur son séant et pencha la tête, sa queue battant doucement le cuir du dossier.

Ils traversèrent Bonnieux, passant devant des maisons endormies et des chats surpris, et suivirent le panneau indiquant la forêt des Cèdres. Des ténèbres de chaque côté, des ténèbres derrière. Ou bien l'autre avait éteint ses lumières ou bien il avait disparu, maintenant que Simon était bien seul.

La barrière apparut dans le faisceau des phares : elle bloquait la route forestière, une chaussée toute droite qui s'enfonçait entre les chênes-lièges et les entassements de rochers. Simon éteignit ses phares, coupa le contact et sentit son cœur battre à tout rompre. Mrs. Gibbons poussa des gémissements excités devant la perspective d'une promenade. Il lui frotta le crâne :

– Tu restes ici et tu surveilles la voiture.

Elle se remit à gémir et gratta la portière. Simon poussa un soupir :

– Bon, mais pour l'amour du ciel ne mords personne.

Il la laissa sortir, prit le sac et la torche et resta un moment immobile auprès de la voiture.

Le silence était immense, rompu seulement par les bruits métalliques du moteur qui refroidissait et la rumeur d'une cascade en miniature : Mrs. Gibbons se vidait la vessie. Sous le clair de lune, les ombres des buissons ressemblaient à des hommes accroupis. Simon alluma la torche, passa sous la barrière, s'humecta les lèvres et essaya en vain de siffler le chien. Il avait un goût d'étoupe dans la bouche.

Les semelles de corde de ses espadrilles faisaient moins de bruit que le frottement des pattes du chien auprès de lui. La route s'allongeait devant eux, d'est en ouest. De part et d'autre, de hautes et sombres cascades de cèdres masquaient la lune. Simon constata que le faisceau de sa torche tremblait. Merde. C'était vraiment de la folie. Personne sur des kilomètres sauf, quelque part devant lui, ou derrière lui, ou même l'observant maintenant des sombres profondeurs de la forêt, les ravisseurs. Ils pourraient le tuer et l'enterrer ici. Peut-être avaient-ils même déjà creusé le trou. Il frissonna dans l'air tiède de la nuit et hâta le pas.

Presque une demi-heure s'écoula avant qu'il aperçoive le panneau de bois sur le côté de la route, les lettres à demi effacées à la lueur de la torche : forêt domaniale de Ménerbes. Mrs. Gibbons s'arrêta soudain, sa large truffe frémissante, sa queue dressée à l'horizontale, un long grognement sortant des profondeurs de sa gorge. « Mon Dieu, se dit Simon, il ne me manquerait plus que ça : ce foutu chien plantant ses dents dans la jambe d'un ravisseur. » Il laissa tomber le sac, se pencha et passa les doigts dans le collier de Mrs. Gibbons. Son autre main tenait la torche vacillante. Il lui aurait fallu une troisième main pour le sac. Pouvait-il le laisser au milieu de la route ? Ils devaient être là, à le surveiller, armés sans doute de couteaux et de fusils et doués d'un caractère extrêmement méfiant. Sacré chien.

La forêt restait silencieuse : on n'entendait que le souffle léger du vent parmi les arbres et les grognements intermittents de Mrs. Gibbons. Simon prit entre les dents le bout de la torche, ramassa le sac, resserra son emprise sur le collier du chien et, marchant en crabe, à demi accroupi, il traversa la route. « C'est ridicule, se dit-il. Je suis un homme riche et qui a réussi. Au nom du ciel, qu'est-ce que je fiche ici ? » D'un grand geste, il lança le sac dans l'herbe au pied du panneau. Mrs. Gibbons tira sur son collier. Mordant toujours la torche, Simon la maudit : il ramassa trente kilos de muscles noueux et agressifs et entreprit de ramener le chien jusqu'à la voiture.

Jojo et Bachir regardèrent la lueur de la torche s'atténuer, puis disparaître enfin. Ils débouchèrent du couvert des arbres.

– J'ai horreur de ce clebs, dit Bachir. Il me regardait toujours sur le sentier. Je pense qu'il n'aime pas les Arabes. Je vais te dire une chose : j'avais une frousse terrible qu'il le lâche.

Jojo lui donna une claque dans le dos :

– N'y pense plus.

Il alluma sa torche et ouvrit le sac :

– Regarde-moi ça. Dix millions. Nous sommes riches.

Il prit le sac. « Martinique, se dit-il, me voici. » Les deux hommes s'avancèrent sur le sentier envahi de broussailles qui allait les conduire jusqu'à leur lieu de rendez-vous avec le Général, auprès de la carrière, non loin de Ménerbes.

Le pouls de Simon s'était un peu calmé : il ne battait guère plus vite que deux fois son rythme normal. Il reposa le chien et étira les bras. Il était navré de le reconnaître, mais Ziegler avait raison : les ravisseurs ne s'intéressaient qu'à l'argent. Et maintenant, Dieu merci, c'était fini. Il hâta le pas et commença à se sentir plus optimiste. Demain Boone serait de retour, les inspecteurs seraient partis, Nicole et lui...

Mrs. Gibbons se remit à grogner et Simon s'arrêta net. Il entendit des mouvements rapides et maladroits dans les buissons. Il braqua la torche dans la direction d'où venait le bruit : son cœur se remit à battre la chamade quand le faisceau éclaira une tête massive, sombre et velue.

Mrs. Gibbons aboya. Le sanglier, tête baissée, les regarda quelques longues secondes, puis s'éloigna d'un pas lourd dans la nuit, agitant furieusement la queue d'un côté à l'autre. Simon eut la sensation que tous ses os s'étaient ramollis. Il tremblait encore quand il regagna la voiture et il dut s'y prendre à deux mains pour mettre le contact.

Le comité d'accueil qui l'attendait à l'hôtel s'était augmenté de trois unités. Hampton Parker, les traits tirés et l'air sombre, était planté à l'entrée, flanqué de deux grands gaillards à l'air méfiant. Nicole, Françoise et Ernest étaient groupés autour du comptoir de la réception. Les inspecteurs arpentaient le hall. Quand Simon s'arrêta, ils se précipitèrent autour de la voiture et le bombardèrent de questions. Il était étourdi de fatigue et avait désespérément envie de prendre un verre. Mrs. Gibbons grimpa sur la banquette arrière et s'endormit.

Le Général les entendit arriver : des pas précipités glissant sur les pierres du sentier. Il écrasa sa cigarette et regarda sa montre. Sur des roulettes. Tout ça s'était passé comme sur des roulettes. Le garçon avait tout mangé et vingt minutes plus tard il s'était endormi grâce à la double dose de somnifère qu'on avait broyée dans son sandwich au pâté bien épicé. Quand il s'éveillerait, ils seraient sur la route de Barcelone, des hommes riches. Il se demanda comment Enrico se débrouillait avec le fisc. Il allait passer une soirée agitée.

Jojo et Bachir émergèrent de l'ombre et le Général devina leur large sourire :

– Tiens, fit Jojo. Attrape.

Dix millions le frappèrent en pleine poitrine et il serra le sac contre lui comme un bébé. Ils montèrent dans la voiture et s'en allèrent reprendre les autres à la grange.

Le hall de l'hôtel commençait à ressembler à la salle d'attente de la gare d'Avignon. Des gens vautrés sur des fauteuils, des verres et des tasses vides, des cendriers pleins. Les hommes avaient le visage assombri par la fatigue et par une barbe naissante. Il ne se passait rien, mais les respirations étaient comme suspendues.

Quand la sonnerie retentit, on aurait cru qu'ils

avaient tous reçu une décharge électrique. Simon se précipita pour décrocher :
– Alors, quoi de neuf ?
Simon secoua la tête vers les visages tournés dans sa direction. Ce n'était que Ziegler.
– J'ai remis l'argent. Maintenant, on attend. Il n'y a rien d'autre à faire.
– Parker est là ?
– Oui, il est ici. Vous voulez lui parler ?
Ziegler réfléchit :
– Ce n'est peut-être pas le moment.
– Comment ça ?
– Eh bien, deux millions de dollars, c'est deux millions de dollars, mon vieux. J'essaie de faire tourner une affaire, ici.
Simon baissa le ton :
– Bob, voulez-vous me rendre un service ?
– Ça dépend.
– Allez vous faire voir.
Simon reposa le combiné et traversa le hall pour rejoindre Hampton Parker, assis, la tête entre ses mains :
– C'était Bob Ziegler. Il... eh bien, il voulait simplement savoir si Boone était rentré.
Parker hocha la tête. Il avait l'air abruti.
– Vous ne voulez pas essayer de dormir un peu ? lui demanda Simon.
Le Texan desserra sa cravate et déboutonna le col de sa chemise. Simon remarqua les tendons crispés de son cou.
– Je crois que je vais rester ici, dit-il. Un peu de bourbon m'aiderait, si vous en avez.
Ils s'approchèrent du bar. Simon emporta sur la terrasse une bouteille et deux verres et ils s'assirent en silence : ils burent en regardant la longue bosse sombre du Luberon dont les contours se précisaient à mesure que la nuit cédait la place à l'aube. Simon pensa à une

douzaine de choses désagréables qu'il aimerait faire à Ziegler. « Deux millions de dollars, c'est deux millions de dollars, mon vieux. » Quel petit salaud.

L'autocar orange et marron était garé sur la place de la Bouquerie, à Apt. Son moteur Diesel lâchait des giclées de gaz d'échappement dans l'air du petit matin. VOYAGES GONZALES, APT-BARCELONE, TOUT CONFORT, W.-C. était prêt à embarquer les passagers. Ils attendaient au soleil par petits groupes, riant et bavardant, enchantés à la perspective de vacances en Espagne et de toutes ces pesetas qu'on avait pour une bouchée de pain.

Le Général leur avait dit de ne pas attendre tous ensemble en groupe et de ne pas s'asseoir les uns à côté des autres dans le car. Jojo et lui restèrent d'un côté tandis que les autres montaient à bord, chacun avec un sac à dos bien bourré, perdus dans la masse des voyageurs avec leurs blue-jeans anonymes. Seul Jojo s'était habillé pour la circonstance : chapeau de paille et T-shirt neuf avec la mention « Vive les vacances ! » imprimée sur le devant. Il était assez content de sa trouvaille, c'était le genre de chose que le Général apprécierait.

Il sentit la courroie de son sac peser plaisamment sur son épaule. Du bon argent. Ils étaient tous millionnaires, du moins en francs français. Il regarda autour de lui pour s'assurer qu'on ne pouvait pas l'entendre.

– Qu'est-ce qui t'a fait choisir le car ?

Le Général sourit et se lissa la moustache :

– Qu'est-ce que tu rechercherais si tu étais un flic ? Une voiture rapide, probablement volée, ou bien un groupe d'hommes achetant à la dernière minute des billets à l'aéroport, quelque chose comme ça, non ? Est-ce qu'ils vont rechercher un vieux car plein de touristes ? Et pas de tickets de bagages non plus. Ils ne se préoccuperont sans doute même pas des passeports à la frontière.

Le Général donna une tape sur la poitrine de Jojo :

– Parfois, la meilleure solution, c'est une fuite à petite vitesse.

Jojo rajusta son chapeau de paille et acquiesça :

– C'est pas con.

Ils grimpèrent dans le car, descendirent l'allée centrale sans se regarder et s'installèrent sur des sièges au plastique usé. Dans l'après-midi ils seraient à Barcelone. Puis un train pour Madrid. Et de l'aéroport de Madrid, on pouvait aller n'importe où. Le Général se sentait fatigué. Il ferma les yeux et pensa à Mathilde. Il lui donnerait un coup de fil de Madrid. C'était une brave fille. Ce serait bien de la voir avec un peu d'argent.

Dans le soupir des portes à fermeture hydraulique, le car démarra. Le chauffeur fit un signe de remerciement aux gendarmes qui avaient arrêté la circulation pour le laisser se déboîter.

Boone s'éveilla et le regretta aussitôt. Il avait un abominable goût de fourrure dans la bouche, la tête fragile comme un œuf poché : ça lui rappelait son voyage en Floride aux vacances de printemps, quand il avait avalé tous ces margaritas. Il ne se souvenait pourtant pas d'avoir rien bu. Rien que ce sandwich, et puis il avait piqué du nez. Il sentit le sol dur sous son corps, cambra le dos et ouvrit un œil. Qui allait être le baby-sitter aujourd'hui ? se demanda-t-il. Il tourna la tête avec précaution et ouvrit l'autre œil.

Il y avait toujours la table à tréteaux et quelques vieilles caisses. Là-bas, tout au fond de la grange, la porte fermée avec la lumière du jour qui filtrait par les fentes du bois. Il s'assit et regarda autour de lui. On avait tout rangé : plus de vélos, plus de bouteilles vides, pas trace de leur passage sauf quelques mégots de cigarettes sur le sol. Et pas de baby-sitter.

Il se leva et s'approcha de la porte d'un pas raide. Il essaya de la pousser, la vit s'ouvrir toute grande et se planta sur le seuil, tressaillant quand l'éclat du soleil lui pénétra jusqu'au fond des yeux et vint réveiller sa migraine. Il sortit de la grange. La clairière alentour était déserte. L'herbe couchée là où on avait garé les voitures. Pas un chat sur le sentier. Personne ne lui cria après quand il se dirigea vers la route. Il s'arrêta quelques instants sur l'asphalte brûlant en se demandant où il était et il partit à la recherche d'un panneau indicateur.

Mme Arnaud roulait avec entrain pour aller à son rendez-vous hebdomadaire chez les Sœurs de la Mission de Miséricorde. Elle ralentit en apercevant une silhouette sale qui lui faisait de grands signes au milieu de la route. Elle secoua la tête d'un air désapprobateur. C'était vraiment scandaleux, songea-t-elle. Partout de nos jours on trouvait des marginaux comme lui. Sales, pas rasés, espérant profiter de citoyennes respectables comme elle. Il était très jeune, d'ailleurs, observa-t-elle, faisant une embardée pour l'éviter. Elle accéléra. Vraiment scandaleux.

23

Ernest et Françoise distribuaient du café et des croissants aux occupants du hall, fripés et l'œil rouge. Un groupe de clients, vêtus en prévision d'une nouvelle journée de chaleur accablante, regardaient avec curiosité les gardes du corps de Parker et les policiers, en se demandant pourquoi l'hôtel était tout d'un coup plein d'hommes en tenue de ville.

La tête penchée sur leur café, aucun d'eux ne remarqua la silhouette qui passa derrière la fenêtre et s'arrêta sur le seuil.

– Salut, Ernie. Vous n'auriez pas une bière ?

Ernest pivota sur ses talons en entendant la voix de Boone. Il traversa le hall en courant et serra dans ses bras le jeune homme souriant et malodorant, le tapotant comme pour s'assurer qu'il était entier. Françoise éclata en sanglots. Les gardes du corps et les inspecteurs s'empressèrent de reposer leurs tasses. Nicole se précipita pour aller chercher Simon et Hampton Parker. Mrs. Gibbons émergea du bureau : elle examina une des jambes nues et sales de Boone et agita la queue en signe de bienvenue.

– Eh bien ! fit Ernest. De quoi avez-vous l'air, jeune Boone. Je pense qu'une douche et quelque chose à manger...

L'inspecteur-chef leva la main d'un geste impérieux rendu un peu moins officiel par le croissant à demi dévoré qu'il brandissait en même temps :

– Nous avons beaucoup de questions à poser au jeune homme.

Ernest le regarda d'un air sévère :

– Oui, cher, j'en suis certain. Mais laissez ce pauvre garçon souffler. D'abord une douche, les indices ensuite.

Le chef claqua des doigts en direction de son collègue :

– Appelle Avignon. Dis-leur que nous l'avons. Ils peuvent s'y mettre.

Hampton Parker arriva en courant, suivi de Nicole et de Simon. Il se planta, les mains sur les épaules de Boone, un large sourire plissant son visage :

– Content de te voir, mon garçon.

Il avala sa salive :

– Tu sais qu'on s'est fait du souci pour toi ? Ça va ?

Boone sourit et hocha la tête :

– Frais comme l'œil.

– Et maintenant, monsieur Parker dit Ernest, si nous laissions Boone faire un brin de toilette et que nous le nourrissions ensuite ?

– Bien sûr.

Parker donna une grande claque dans le dos de son fils et se tourna vers Simon :

– Vous savez, je n'avais rien dit à la mère du petit. Je me faisais assez de souci pour deux. Je vais peut-être l'appeler maintenant, si vous permettez. Oh, et ce serait sans doute une bonne idée de prévenir aussi Bob Ziegler. Il avait l'air un peu inquiet hier soir.

Simon regarda sa montre. Quatre heures du matin à New York. Il sourit :

– Non, fit-il, permettez-moi de m'en charger.

Les quelques heures suivantes se passèrent dans une brume de fatigue : Simon faisait l'interprète entre Boone et les inspecteurs. Ceux-ci avaient l'air de croire que s'ils posaient assez souvent les mêmes questions,

Boone finirait par fournir le nom et l'adresse des ravisseurs. Les journalistes du *Provençal* réapparurent, convaincus qu'ils tenaient là un scoop à l'échelle nationale : ils prirent des photos de quiconque voulait bien rester tranquille. Deux clients abasourdis et le facteur du village posèrent obligeamment dans le hall. Simon avait trouvé Ziegler tout éveillé, ce qui l'avait beaucoup agacé. Il voulait publier un communiqué décrivant son rôle capital dans le retour sain et sauf de la victime de l'enlèvement. Ernest insista pour organiser un dîner afin de fêter l'événement. L'oncle William, qui n'était pas homme à manquer une occasion de se gagner les bonnes grâces d'un milliardaire, s'offrit pour décorer les menus. Simon tombait de sommeil : quand Nicole vint l'arracher aux inspecteurs pour le ramener à la maison, ce fut à peine s'il parvint à se traîner jusqu'en haut de l'escalier avant de s'effondrer tout habillé sur le lit.

Six heures plus tard, il avait pris une douche, s'était rasé et se sentait étonnamment bien : il exultait même, comme si on lui avait ôté un fardeau pendant son sommeil. Il se sécha les cheveux et regarda Nicole passer une courte robe noire qu'il n'avait jamais vue. Tout en remontant la fermeture à glissière, il posa un baiser sur la peau brune de son dos.

– Ça veut dire qu'il faut que je mette une cravate ?

Nicole se parfuma le cou et l'intérieur des poignets :

– Ernest aimerait qu'on soit chics. Il est si adorable. Il veut une soirée spéciale en l'honneur de Boone.

– Bon. Je vais mettre une veste. Mais pas de cravate et certainement pas de chaussettes.

– Clochard.

Simon marmonna sans grande conviction en regardant Nicole lui choisir une chemise et un costume d'été, puis il donna un coup de chiffon à une paire de chaussures qu'il avait pour la dernière fois portées à Londres.

Elle recula pour le regarder au moment où il passait sa veste, la tête penchée de côté, ses cheveux blonds tombant le long de son visage, ses jambes et ses bras nus et hâlés ressortant contre la soie terne de sa robe. Simon n'avait jamais vu une plus belle femme. « Je suis peut-être un clochard, songea-t-il, mais au moins un clochard qui a de la chance. »

Il lui sourit :

– Ça ira, dit-il.

Bras dessus, bras dessous, ils descendirent vers l'hôtel en faisant tranquillement des projets pour le lendemain.

Mme Bonetto, qui les regardait par la vitrine du café, criait à son mari :

– Il a un costume, l'Anglais.

Bonetto poussa un grognement et contempla d'un air satisfait son short d'un bleu fané :

– Bieng, dit-il. Un homme élégant, ça me plaît.

On avait dressé sur la terrasse une table à part pour dix, ornée de petits bols emplis de roses blanches teintées de rose, les préférées d'Ernest. La lueur des bougies faisait briller les verres et l'argenterie ainsi que les longs goulots verts des bouteilles de champagne qu'on avait disposées dans des seaux à glace entre les fleurs. Les grenouilles qui étaient venues s'installer autour de la fontaine coassaient en un chœur intermittent, et une poignée d'étoiles était accrochée au ciel au-dessus du Luberon.

Nicole et Simon descendirent les marches en se laissant guider par le bruit des rires qui venaient du bar de la piscine. Simon entendit une voix forte et familière dominer la rumeur des conversations : il transféra ses cigares dans la poche intérieure de sa veste. L'oncle William tenait sa cour.

– J'imagine très bien, disait-il à un Hampton Parker qui souriait poliment, la vaste étendue du Texas, les canyons vertigineux de New York, la rustique simplicité de notre petit coin de Provence : un triptyque, quelque chose sur une grande échelle.

Il s'interrompit pour vider son verre et le tendit aussitôt au barman :

– Dès l'instant où votre fils m'en a parlé, j'ai été intrigué, que dis-je, fasciné. Et maintenant que j'ai vu votre tête...

– Ma tête ? fit Parker.

– On ne vous l'a jamais dit ? Vous ressemblez étonnament à un des Césars. Auguste, si je ne me trompe.

Ernest, qui passait par là, haussa les sourcils en levant les yeux au ciel. Il portait sa version personnelle du costume provençal traditionnel – chemise blanche, pantalon et gilet noirs –, auquel il avait ajouté le raffinement d'une large ceinture à rayures roses et vertes. Il glissa jusqu'au pied des escaliers, un verre dans chaque main, et regarda Nicole d'un air approbateur :

– Comme c'est agréable, dit-il, de voir une jolie robe. Madame, vous êtes l'image même de l'élégance.

Simon se pencha pour examiner de plus près la ceinture d'Ernest :

– Je ne savais pas que vous étiez membre du Garrick Club, Ern.

– Pas du tout, cher, mais j'adore les couleurs. Maintenant venez donc. Tout le monde est là.

Les gardes du corps de Parker, en costume de ville et bottes, écoutaient d'un air légèrement perplexe l'oncle William leur exposer ses vues sur les impressionnistes. Boone, récuré et tout joyeux, plongeait discrètement, mais avec un vif intérêt, le regard dans le corsage de la nouvelle robe que Françoise enfin pouvait exhiber, le champagne commençant à lui colorer les joues. Hampton Parker, qui parlait français avec un fort accent texan, était en grande conversation avec Mme Pons : celle-ci avait abandonné les derniers préparatifs à son assistant et arborait sa plus élégante et froufroutante tenue d'alépine, juchée sur des talons d'une hauteur vertigineuse. Mrs. Gibbons prospectait, en quête de cacahuètes égarées et de lézards endormis : le ruban bleu, blanc, rouge qu'Ernest avait passé autour de son collier lui donnait l'air d'une mascotte de régiment pas très fréquentable.

Nicole glissa une main sous le bras de Simon :

– Ça va mieux ?

Il acquiesça. Voilà comment il avait imaginé tout cela quelques mois plus tôt : un temps idéal, des gens heureux, un dîner sous les étoiles, l'idée qu'on pouvait se faire en rêve de diriger un hôtel. Il n'avait jamais pensé qu'il fallait beaucoup plus que de l'argent : une grande résistance physique, de la patience, du tact, une perpétuelle attention aux détails, la passion de l'hospitalité, toutes qualités qu'Ernest avait manifestées depuis l'ouverture de l'hôtel.

– C'est drôle, dit-il à Nicole. Quand je me suis réveillé ce soir, j'ai fini par m'avouer une chose. Je suis un des invités de la vie. Un invité formidable. Mais je ne crois pas que je ferai jamais un hôte acceptable.

Elle lui pressa le bras :

– Je sais. Mais tu as essayé.

On entendit le bruit d'un couteau frappant un verre : les conversations s'arrêtèrent. Ernest parcourut du regard le groupe et leva son verre :

– Avant que nous expirions de plaisir avec le dîner que la chère Mme Pons nous a préparé, j'aimerais proposer un toast à notre invité d'honneur.

L'oncle William arbora ce qu'il espérait être un sourire d'une modestie convenable et jeta un rapide coup d'œil pour s'assurer que sa braguette était boutonnée.

– À la santé du jeune Boone. À votre retour sain et sauf. Vous nous avez manqué.

Boone pencha la tête, s'agita sur son siège tandis qu'on portait un toast, et il leva sa boîte de bière dans un geste de muette gratitude. Hampton Parker offrit son bras à Mme Pons et ils ouvrirent la marche, suivis à trois pas derrière par les gardes du corps, vers l'escalier et le dîner.

Comme ils le dirent tous à Mme Pons, en français, en anglais ou en texan, c'était un chef-d'œuvre. Une terrine de légumes frais, digne de Troisgros, avec sa mosaïque en Technicolor de pois, de carottes, d'artichauts et de haricots fins comme des allumettes se détachant sur la farce pâle à base de jambon et de blanc d'œuf. Un caviar d'aubergine, enveloppé dans des rouleaux de saumon fumé piqué de ciboulette. Un sorbet au romarin pour laver le palais en préparation de la viande et du vin rouge. Un agneau de Sisteron, bien rosé, aromatisé aux herbes et à l'ail rôtis avec la galette de pomme de terre – que Boone adorait – pour saucer le jus. Une douzaine de fromages. Des pêches frappées avec un coulis de framboises au basilic. Du café, le marc de Châteauneuf – qui réchauffe sans brûler – et la fumée gris-bleu des cigares montant en volutes au-dessus de la flamme des bougies.

Même l'oncle William était suffisamment calmé par le plaisir de l'instant pour rester silencieux : oubliant sa carrière artistique, il tirait avec béatitude sur le dernier des havanes de Simon. La conversation, rendue moins animée par les estomacs pleins et le bon vin, était paisible et sporadique. Les serveurs arrivèrent avec une autre cafetière : Boone et Françoise s'excusèrent et disparurent dans l'ombre. Ernest et Mme Pons, son verre solidement vissé entre ses doigts, s'en allèrent fermer la cuisine. Hampton Parker regarda à l'autre bout de la table l'oncle William qui commençait à ronfler. Il sourit à Nicole et à Simon :

– Vous croyez qu'il ne risquera rien avec mes gars pendant que nous allons faire un tour ?

Ils abandonnèrent les gardes du corps et l'artiste au repos pour marcher dans le jardin. Hampton parlait d'un ton songeur, avec l'assurance d'un homme qui avait l'habitude d'être écouté. Le choc qu'avait été pour lui l'enlèvement de Boone l'avait amené à réfléchir à son existence : passée pour la plus grande partie dans des avions et des bureaux, à conclure des affaires, à gagner tant d'argent qu'il ne savait quoi en faire. Il était en train de diversifier ses activités, expliqua-t-il. Rien de gigantesque : une petite île dans les Caraïbes, un vieux et célèbre restaurant à Paris, quelques miles de rivière à saumon en Écosse. Le genre d'investissement de sybarite dont il pourrait profiter. Si jamais il en avait le temps. Il s'arrêta pour regarder les montagnes de l'autre côté de la vallée.

– Boone s'est vraiment entiché de cet endroit, dit-il. Nous en discutions cet après-midi. On a beaucoup bavardé. Vous savez une chose ? Il n'a pas envie de revenir tout de suite aux États-Unis. Il dit qu'il aimerait travailler avec Mme Pons et apprendre à être un vrai chef.

– Elle l'aime bien, dit Simon. Ce ne serait pas un problème.

Parker eut un petit gloussement :

– Je crois que cette petite jeune fille y est pour quelque chose. D'où vient-elle ?

– C'est une voisine : la fille du propriétaire du café.

– Elle a l'air d'une gentille gosse.

Parker soupira et son visage hâlé prit une expression grave :

– Il va falloir que vous me pardonniez. Avec l'âge, je n'ai plus de patience. J'ai une petite proposition à vous faire.

Ils arrivèrent au vestiaire de la piscine et s'assirent dans les fauteuils de rotin. Parker resta un moment silencieux, puis se tourna vers Simon en souriant :

– Vous pouvez toujours me dire d'aller me faire voir, dit-il, mais voici le projet que j'ai.

Il alluma une cigarette avec un vieux Zippo en argent et referma le couvercle d'un claquement sec :

– Il faut que je trouve un peu plus de temps dans ma vie, que je voie davantage ma famille, que j'aie un peu plus de soirées comme celle-ci.

Il tira une bouffée de sa cigarette et se pencha en avant :

– Je me suis trop dispersé. Je crois que c'est le cas de la plupart des gens qui bâtissent une affaire en partant de zéro. Nous nous croyons tous indispensables et nous essayons tous de nous mêler de tout. C'est idiot, mais c'est la nature humaine. Vous avez dû voir ça vous-même un certain nombre de fois.

Simon songea à un ou deux de ses vieux clients – des hommes brillants qui s'étaient faits eux-mêmes et qui ne pouvaient s'empêcher de se mêler des détails. Il hocha la tête.

– Les dictateurs ont du mal à déléguer, dit-il.

– Exact. C'est là où ils foutent tout en l'air.

Parker eut un large sourire :

– Eh bien, vous avez devant vous un dictateur qui devient intelligent sur ses vieux jours.

Il reprit un ton plus sérieux :

– Bon. Un de mes gros problèmes, c'est la publicité. Comme disait l'autre, la moitié de l'argent que je dépense en publicité est sans doute du gaspillage : l'ennui, c'est que je ne sais pas quelle moitié.

– Lord Leverhulme, dit Simon.

Parker acquiesça :

– Il a mis dans le mille. Or, pour l'année prochaine, nous envisageons un budget de près d'un demi-milliard de dollars. Ça fait un paquet d'argent et je n'ai tout simplement pas le temps de contrôler tout ça.

– Et vos gens du marketing ?

– Ils sont bons, compétents. Mais aucun d'eux n'a vos antécédents.

Parker se mit à énumérer sur ses doigts :

– Un : Vous connaissez la publicité de fond en comble. Deux : Vous avez rudement bien réussi dans ce domaine. Trois : Vous avez une fortune personnelle suffisante pour ne pas avoir peur d'être viré, vous pouvez donc vous permettre d'avoir un avis vraiment indépendant. Et quatre... eh bien, j'ai l'impression qu'on s'entendrait bien.

Parker sourit :

– Maintenant, vous pouvez me dire d'aller me faire voir.

Simon regarda Nicole, qui l'observait, un demi-sourire sur le visage. Il était flatté, surpris et – il devait en convenir – intrigué.

– Je ne sais pas quoi dire, vraiment. Par simple curiosité, où serait ma base ?

– Là où vous direz au pilote d'aller. Il y a un avion avec le poste. Et vous ne seriez responsable que devant moi, et personne d'autre.

– Et pour engager et virer ? Je parle des agences.

– Ce sera vous le patron.

Simon regarda la piscine en se grattant la tête. Ça vaudrait presque la peine d'accepter, rien que pour voir la tête de Ziegler quand il rencontrerait son nouveau client. « Un demi-milliard de dollars, mon vieux, et je vais vous avoir à l'œil. » C'était assurément tentant, tout comme l'idée de ce qu'on pourrait faire avec un budget aussi énorme. Si, avec ça, il n'arrivait pas à obtenir des résultats spectaculaires des agences...

Pris d'un brusque sentiment de culpabilité, Simon se retourna vers les lumières de l'hôtel où Ernest commençait à se préparer pour une nouvelle journée :

– Mon Dieu, je ne sais pas. C'est moi qui ai fait venir Ernest ici. Il adore ça.

– Un type bien, Ernest. Je l'ai vu au travail.

Parker fixa le bout rougeoyant de sa cigarette :

– J'ai pensé à lui aussi. Imaginez que je monte un autre accord, que je fasse un autre petit investissement ?

– Comment ça ?

– Supposons que j'achète l'hôtel et que je fasse entrer Ernest dans l'affaire ? Ça réglerait son problème. Ce serait de la folie de ne pas le faire.

Parker haussa les sourcils d'un air interrogateur et eut un grand sourire :

– Qu'est-ce que vous en dites ?

– C'est une façon extrêmement coûteuse d'engager quelqu'un.

– Je suis très riche, Simon.

Parker se leva et regarda Nicole :

– Réfléchissez-y de votre côté. J'espère que nous arriverons à mettre quelque chose sur pied.

Ils le regardèrent s'éloigner. Ils virent les gardes du corps se lever et lui emboîter le pas, laissant l'oncle William endormi sur son siège, des moucherons papillonnant autour de sa tête.

Nicole abandonna son fauteuil pour venir s'asseoir sur les genoux de Simon :

– Ça t'intéresse, n'est-ce pas ? Quelque chose de nouveau, et un gros poste comme ça ?

Simon caressa la peau si douce de son bras :

– Qu'est-ce que tu en penses ?

Elle secoua la tête :

– Tu t'imagines que je te laisserais partir comme ça, tout seul, avec une valise pleine de chemises sales ?

Elle se leva et lui prit la main :

– Allons voir Ernest.

Une demi-heure plus tard, ils étaient tous les trois assis dans la cuisine : le carrelage luisait encore après le passage de la serpillière, les plans de marbre et d'acier inoxydable étaient débarrassés et étincelants. Les notes de Mme Pons pour les menus du lendemain étaient punaisées à un tableau auprès de la porte.

Simon avait parlé à Ernest de la proposition de Parker, puis il s'était surpris à penser tout haut : il reconnaissait que l'idée le séduisait. Mais tout en l'avouant, il exprimait quelques inquiétudes à propos d'Ernest, de Nicole, de l'hôtel, de ses propres motivations : tout cela aboutit à un embrouillamini qui s'acheva dans le silence.

– Je crois que nous devrions terminer le champagne, dit Ernest en se levant et en se dirigeant vers le réfrigérateur. Il me semble que c'est un soir pour ça.

Il emplit trois coupes :

– C'est drôle, mais on dirait que nous sommes toujours dans des cuisines quand il y a une décision à prendre.

Il se tourna vers Nicole :

– Vous savez, tout a commencé dans une cuisine quand je l'ai harcelé pour qu'il prenne des vacances.

– Santé, Ern, fit Simon en levant son verre. Vous avez été un ami formidable.

– Espérons que nous avons encore quelques années devant nous, cher. Maintenant, il va falloir que vous me pardonniez ma sincérité : pour bien des amitiés, c'est le baiser de la mort, je le sais, mais c'est comme ça.

Ernest but une gorgée de champagne, fronçant les sourcils derrière sa coupe :

– En vérité, diriger un hôtel, c'est surtout une question d'intendance, et vous n'êtes tout simplement pas fait pour ça. Je sais que vous êtes incapable de tenir en place : dès que quelque chose est fait, vous voulez aller de l'avant et, si ça n'est pas possible, ça vous agace.

Il regarda Simon d'un air accusateur par-dessous ses sourcils froncés :

– Ne croyez pas que je ne m'en sois pas aperçu.

– C'est à ce point-là ?

– Absolument épouvantable. Je ne sais pas comment la pauvre Nicole vous supporte quand vous commencez à soupirer et à secouer vos mèches. Et, puisque nous parlons de Nicole...

Il se tourna vers elle en souriant :

– ... pardonnez-moi de parler comme ça, mais en mon temps j'en ai vu arriver et partir. Il n'en trouvera pas une autre comme vous.

Ernest s'interrompit pour boire une nouvelle gorgée :

– Et s'il vous rend folle avec toutes ses hésitations, il a bien tort.

Il renifla :

– Donc, cher, si vous me demandez mon avis, vous devriez accepter la proposition de Mr. Parker.

– Et vous ?

Ernest examina les bulles qui montaient du fond de sa flûte :

– Oh, je pense que c'est tout ce que j'ai toujours voulu. Au fond, j'ai l'âme d'un vieux sergent-major. J'adore organiser les gens et faire tourner les choses convenablement. Je vais continuer ici.

Il versa encore un peu de champagne et fit un clin d'œil à Nicole :

– Je ne peux pas vous dire quel soulagement ça va être de ne plus l'avoir dans les jambes toute la journée.

Simon tendit le bras par-dessus la table et prit la main de Nicole.

Clignant un peu des yeux, elle hocha la tête sans rien dire.

– J'espère bien, dit Ernest, que vous allez prendre quelques jours de repos. Vous ressemblez à un trophée rapporté par le chat.

Simon se frotta les yeux :

– Nous avons parlé de prendre des vacances. Pas de ravisseurs, pas d'inspecteurs, un endroit charmant et tranquille comme New York. Nicole ne connaît pas.

Ernest acquiesça en souriant et leva son verre :

– Vous reviendrez, je peux vous le dire.

– Oui, Ern, nous reviendrons.

L'avion vira au-dessus de la Méditerranée avant de prendre le couloir qui les amènerait à Paris. Simon avait retenu une table chez *L'Ami Louis* pour dîner, et une de ces chambres au Raphaël avec une baignoire de la taille d'une petite piscine. Ils prendraient le vol du matin pour New York.

Il sentit dans sa poche l'enveloppe qu'Ernest lui avait donnée quand ils s'étaient dit au revoir et la passa à Nicole :

– Il a précisé que c'est toi qui devais l'ouvrir.

Elle en sortit une clé avec une petite plaque en cuivre. Sur un côté étaient gravés les mots « Hôtel Pastis », sur l'autre face, le chiffre 1 : la chambre du haut, avec la plus belle vue sur le grand Luberon. Il y avait aussi une carte avec quelques mots de l'écriture d'Ernest :

Pour vous, quand vous voudrez.

Affections,

La Direction.

DU MÊME AUTEUR

Bébé contrôle
Ramsay, 1982

Chilly Billy, le petit
Flammarion-Père Castor, 1985

Chic
Hors collection, 1992

Conseils pour les petits dans un monde trop grand
Seuil, « Petit Point », 1993

Et moi, d'où viens-je ?
Christian Bourgois éditeur, 1993

Une année en Provence
NiL Éditions, 1994
Seuil, « Points », n° P252

Une année de luxe
Hors collection, 1995

Provence toujours
NiL Éditions, 1995
Seuil, « Points », n° P367

Une vie de chien
NiL Éditions, 1997
Seuil, « Points », n° P608

La Femme aux melons
NiL Éditions, 1998
Seuil, « Points », n° P741

La Provence à vol d'oiseau
Gründ, 1998

Le Diamant noir,
NiL Éditions, 1999
Seuil, « Points », n° P852

Le Bonheur en Provence
NiL Éditions, 2000
Seuil, « Points », n° P985

Aventures dans la France gourmande
NiL Éditions, 2002

IMPRESSION : S.N. FIRMIN-DIDOT AU MESNIL-SUR-L'ESTRÉE (10-99)
DÉPÔT LÉGAL : AVRIL 1998. N° 30743-5 (62693)

Collection Points

DERNIERS TITRES PARUS

P735. Sheol, *par Marcello Fois*
P736. L'Abeille d'Ouessant, *par Hervé Hamon*
P737. Besoin de mirages, *par Gilles Lapouge*
P738. La Porte d'or, *par Michel Le Bris*
P739. Le Sillage de la baleine, *par Francisco Coloane*
P740. Les Bûchers de Bocanegra
par Arturo Pérez-Reverte
P741. La Femme aux melons, *par Peter Mayle*
P742. La Mort pour la mort, *par Alexandra Marinina*
P743. La Spéculation immobilière, *par Italo Calvino*
P744. Mitterrand, une histoire de Français.
1. Les Risques de l'escalade
par Jean Lacouture
P745. Mitterrand, une histoire de Français.
2. Les Vertiges du sommet
par Jean Lacouture
P746. L'Auberge des pauvres, *par Tahar Ben Jelloun*
P747. Coup de lame, *par Marc Trillard*
P748. La Servante du seigneur
par Denis Bretin et Laurent Bonzon
P749. La Mort, *par Michel Rio*
P750. La Statue de la liberté, *par Michel Rio*
P751. Le Grand Passage, *par Cormac McCarthy*
P752. Glamour Attitude, *par Jay McInerney*
P753. Le Soleil de Breda, *par Arturo Pérez-Reverte*
P754. Le Prix, *par Manuel Vázquez Montalbán*
P755. La Sourde, *par Jonathan Kellerman*
P756. Le Sténopé, *par Joseph Bialot*
P757. Carnivore Express, *par Stéphanie Benson*
P758. Monsieur Pinocchio, *par Jean-Marc Roberts*
P759. Les Enfants du Siècle
par François-Olivier Rousseau
P760. Paramour, *par Henri Gougaud*
P761. Les Juges, *par Élie Wiesel*
P762. En attendant le vote des bêtes sauvages
par Ahmadou Kourouma
P763. Une veuve de papier, *par John Irving*
P764. Des putes pour Gloria, *par William T. Vollman*
P765. Ecstasy, *par Irvine Welsh*
P766. Beau Regard, *par Patrick Roegiers*

P767. La Déesse aveugle, *par Anne Holt*
P768. Au cœur de la mort, *par Lawrence Block*
P769. Fatal Tango, *par Jean-Paul Nozière*
P770. Meurtres au seuil de l'an 2000
par Éric Bouhier, Yves Dauteuille, Maurice Detry, Dominique Gacem, Patrice Verry
P771. Le Tour de France n'aura pas lieu
par Jean-Noël Blanc
P772. Sharkbait, *par Susan Geason*
P773. Vente à la criée du lot 49, *par Thomas Pynchon*
P774. Grand Seigneur, *par Louis Gardel*
P775. La Dérive des continents, *par Morgan Sportès*
P776. Single & Single, *par John le Carré*
P777. Ou César ou rien, *par Manuel Vázquez Montalbán*
P778. Les Grands Singes, *par Will Self*
P779. La Plus Belle Histoire de l'homme
par André Langaney, Jean Clottes, Jean Guilaine et Dominique Simonnet
P780. Le Rose et le Noir, *par Frédéric Martel*
P781. Le Dernier Coyote, *par Michael Connelly*
P782. Prédateurs, *par Noël Simsolo*
P783. La gratuité ne vaut plus rien, *par Denis Guedj*
P784. Le Général Solitude, *par Éric Faye*
P785. Le Théorème du perroquet, *par Denis Guedj*
P786. Le Merle bleu, *par Michèle Gazier*
P787. Anchise, *par Maryline Desbiolles*
P788. Dans la nuit aussi le ciel, *par Tiffany Tavernier*
P789. À Suspicious River, *par Laura Kasischke*
P790. Le Royaume des voix, *par Antonio Muñoz Molina*
P791. Le Petit Navire, *par Antonio Tabucchi*
P792. Le Guerrier solitaire, *par Henning Mankell*
P793. Ils y passeront tous, *par Lawrence Block*
P794. Ceux de la Vierge obscure, *par Pierre Mezinski*
P795. La Refondation du monde
par Jean-Claude Guillebaud
P796. L'Amour de Pierre Neuhart, *par Emmanuel Bove*
P797. Le Pressentiment, *par Emmanuel Bove*
P798. Le Marida, *par Myriam Anissimov*
P799. Toute une histoire, *par Günter Grass*
P800. Jésus contre Jésus, *par Gérard Mordillat et Jérôme Prieur*
P801. Connaissance de l'enfer, *par António Lobo Antunes*
P802. Quasi objets, *par José Saramago*
P803. La Mante des Grands-Carmes, *par Robert Deleuse*
P804. Neige, *par Maxence Fermine*
P805. L'Acquittement, *par Gaëtan Soucy*

P806. L'Évangile selon Caïn, *par Christian Lehmann*
P807. L'Invention du père, *par Arnaud Cathrine*
P808. Le Premier Jardin, *par Anne Hébert*
P809. L'Isolé Soleil, *par Daniel Maximin*
P810. Le Saule, *par Hubert Selby Jr.*
P811. Le Nom des morts, *par Stewart O'Nan*
P812. V., *par Thomas Pynchon*
P813. Vineland, *par Thomas Pynchon*
P814. Malina, *par Ingeborg Bachmann*
P815. L'Adieu au siècle, *par Michel Del Castillo*
P816. Pour une naissance sans violence
par Frédérick Leboyer
P817. André Gide, *par Pierre Lepape*
P818. Comment peut-on être breton ?
par Morvan Lebesque
P819. London Blues, *par Anthony Frewin*
P820. Sempre caro, *par Marcello Fois*
P821. Palazzo maudit, *par Stéphanie Benson*
P822. Le Labyrinthe des sentiments
par Tahar Ben Jelloun
P823. Iran, les rives du sang, *par Fariba Hachtroudi*
P824. Les Chercheurs d'os, *par Tahar Djaout*
P825. Conduite intérieure, *par Pierre Marcelle*
P826. Tous les noms, *par José Saramago*
P827. Méridien de sang, *par Cormac McCarthy*
P828. La Fin des temps, *par Haruki Murakami*
P830. Pour que la terre reste humaine
par Nicolas Hulot, Robert Barbault
et Dominique Bourg
P831. Une saison au Congo, *par Aimé Césaire*
P832. Le Manège espagnol, *par Michel Del Castillo*
P833. Le Berceau du chat, *par Kurt Vonnegut*
P834. Billy Straight, *par Jonathan Kellerman*
P835. Créance de sang, *par Michael Connelly*
P836. Le Petit Reporter, *par Pierre Desproges*
P837. Le Jour de la fin du monde…
par Patrick Grainville
P838. La Diane rousse, *par Patrick Grainville*
P839. Les Forteresses noires, *par Patrick Grainville*
P840. Une rivière verte et silencieuse
par Hubert Mingarelli
P841. Le Caniche noir de la diva, *par Helmut Krausser*
P842. Le Pingouin, *par Andreï Kourkov*
P843. Mon siècle, *par Günter Grass*
P844. Les Deux Sacrements, *par Heinrich Böll*
P845. Les Enfants des morts, *par Heinrich Böll*

P846. Politique des sexes, *par Sylviane Agacinski*
P847. King Sickerman, *par George P. Pelecanos*
P848. La Mort et un peu d'amour, *par Alexandra Marinina*
P849. Pudding mortel, *par Margarety Yorke*
P850. Hemoglobine Blues, *par Philippe Thirault*
P851. Exterminateurs, *par Noël Simsolo*
P852. Une curieuse solitude, *par Philippe Sollers*
P853. Les Chats de hasard, *par Anny Duperey*
P854. Les poissons me regardent, *par Jean-Paul Dubois*
P855. L'Obéissance, *par Suzanne Jacob*
P856. Visions fugitives, *par William Boyd*
P857. Vacances anglaises, *par Joseph Connolly*
P858. Le Diamant noir, *par Peter Mayle*
P859. Péchés mortels, *par Donna Leon*
P860. Le Quintette de Buenos Aires
par Manuel Vázquez Montalbán
P861. Y'en a marre des blondes, *par Lauren Anderson*
P862. Descente d'organes, *par Brigitte Aubert*
P863. Autoportrait d'une psychanalyste
par Françoise Dolto
P864. Théorie quantitative de la démence, *par Will Self*
P865. Cabinet d'amateur, *par Georges Perec*
P866. Confessions d'un enfant gâté
par Jacques-Pierre Amette
P867. Génis ou le Bambou parapluie, *par Denis Guedj*
P868. Le Seul Amant, *par Eric Deschodt*
Jean-Claude Lattès
P869. Un début d'explication, *par Jean-Marc Roberts*
P870. Petites Infamies, *par Carmen Posadas*
P871. Les Masques du héros, *par Juan Manuel de Prada*
P872. Mal'aria, *par Eraldo Baldini*
P873. Leçons américaines, *par Italo Calvino*
P874. L'Opéra de Vigata, *par Andrea Camilleri*
P875. La Mort des neiges, *par Brigitte Aubert*
P876. La lune était noire, *par Michael Connelly*
P877. La Cinquième Femme, *par Henning Mankell*
P878. Le Parc, *par Philippe Sollers*
P879. Paradis, *par Philippe Sollers*
P880. Psychanalyse six heures et quart
par Gérard Miller, Dominique Miller
P881. La Décennie Mitterrand 4
par Pierre Favier, Michel Martin-Roland
P882. Trois Petites Mortes, *par Jean-Paul Nozière*
P883. Le Numéro 10, *par Joseph Bialot*
P884. La seule certitude que j'ai, c'est d'être dans le doute
par Pierre Desproges

P885. Les Savants de Bonaparte, *par Robert Solé*
P886. Un oiseau blanc dans le blizzard
par Laura Kasischke
P887. La Filière émeraude, *par Michael Collins*
P888. Le Bogart de la cambriole, *par Lawrence Block*
P889. Le Diable en personne, *par Robert Lalonde*
P890. Les Bons Offices, *par Pierre Mertens*
P891. Mémoire d'éléphant, *par Antonio Lobo Antunes*
P892. L'Œil d'Ève, *par Karin Fossum*
P893. La Croyance des voleurs, *par Michel Chaillou*
P894. Les Trois Vies de Babe Ozouf, *par Didier Decoin*
P895. L'Enfant de la mer de Chine, *par Didier Decoin*
P896. Le Soleil et la Roue, *par Rose Vincent*
P897. La Plus Belle Histoire du monde
par Joël de Rosnay, Hubert Reeves, Dominique Simonnet, Yves Coppens
P898. Meurtres dans l'audiovisuel, *par Yan Bernabot, Guy Buffet, Frédéric Karar, Dominique Mitton et Marie-Pierre Nivat-Henocque*
P899. Tout le monde descend, *par Jean-Noël Blanc*
P900. Les Belles Âmes, *par Lydie Salvayre*
P901. Le Mystère des trois frontières, *par Eric Faye*
P902. Petites Natures mortes au travail, *par Yves Pagès*
P903. Namokel, *par Catherine Léprout*
P904. Mon frère, *par Jamaica Kincaid*
P905. Maya, *par Jostein Gaarder*
P906. Le Fantôme d'Anil, *par Michael Ondaatje*
P907. 4 Voyageurs, *par Alain Fleischer*
P908. La Bataille de Paris, *par Jean-Luc Einaudi*
P909. L'Amour du métier, *par Lawrence Block*
P910. Biblio-quête, *par Stéphanie Benson*
P911. Quai des désespoirs, *par Roger Martin*
P912. L'Oublié, *par Élie Wiesel*
P913. La Guerre sans nom
par Patrick Rotman et Bertrand Tavernier
P914. Cabinet-portrait, *par Jean-Luc Benoziglio*
P915. Le Loum, *par René-Victor Pilhes*
P916. Mazag, *par Robert Solé*
P917. Les Bonnes Intentions, *par Agnès Desarthe*
P918. Des anges mineurs, *par Antoine Volodine*
P919. L'Ingénieux Hidalgo Don Quichotte 1
par Miguel de Cervantes
P920. L'Ingénieux Hidalgo Don Quichotte 2
par Miguel de Cervantes
P921. La Taupe, *par John le Carré*
P922. Comme un collégien, *par John le Carré*

P923. Les Gens de Smiley, *par John le Carré*
P924. Les Naufragés de la Terre sainte, *par Sheri Holman*
P925. Épître des destinées, *par Gamal Ghitany*
P926. Sang du ciel, *par Marcello Fois*
P927. Meurtres en neige, *par Margaret Yorke*
P928. Heureux les imbéciles, *par Philippe Thirault*
P929. Beatus Ille, *par António Muñoz Molina*
P930. Le Petit Traité des grandes vertus
par André Comte-Sponville
P931. Le Mariage berbère, *par Simonne Jacquemard*
P932. Dehors et pas d'histoires, *par Christophe Nicolas*
P933. L'Homme blanc, *par Tiffany Tavernier*
P934. Exhortation aux crocodiles, *par Antonio Lobo Antunes*
P935. Treize Récits et Treize Épitaphes
par William T. Vollmann
P936. La Traversée de la nuit, *par Geneviève de Gaulle Anthonioz*
P937. Le Métier à tisser, *par Mohammed Dib*
P938. L'Homme aux sandales de caoutchouc
par Kateb Yacine
P939. Le Petit Col des loups, *par Maryline Desbiolles*
P940. Allah n'est pas obligé, *par Ahmadou Kourouma*
P941. Veuves au maquillage, *par Pierre Senges*
P942. La Dernière Neige, *par Hubert Mingarelli*
P943. Requiem pour une huître, *par Hubert Michel*
P944. Morgane, *par Michel Rio*
P945. Oncle Petros et la Conjecture de Goldbach
par Apostolos Doxiadis
P946. La Tempête, *par Juan Manuel de Prada*
P947. Scènes de la vie d'un jeune garçon, *par J.M.Coetzee*
P948. L'avenir vient de loin, *par Jean-Noël Jeanneney*
P949. 1280 Âmes, *par Jean-Bernard Pouy*
P950. Les Péchés des pères, *par Lawrence Block*
P951. Les Enfants de fortune, *par Jean-Marc Roberts*
P952. L'Incendie, *par Mohammed Dib*
P953. Aventures, *par Italo Calvino*
P954. Œuvres pré-posthumes, *par Robert Musil*
P955. Sérénissime assassinat, *par Gabrielle Wittkop*
P956. L'Ami de mon père, *par Frédéric Vitoux*
P957. Messaouda, *par Abdelhak Serhane*
P958. La Croix et la Bannière, par William Boyd
P959. Une voix dans la nuit, *par Armistead Maupin*
P960. La Face cachée de la lune, *par Martin Suter*
P961. Des villes dans la plaine, *par Cormac McCarthy*
P962. L'Espace prend la forme de mon regard
par Hubert Reeves

P963. L'Indispensable Petite Robe noire
par Lauren Henderson
P964. Vieilles Dames en péril, *par Margaret Yorke*
P965. Jeu de main, jeu de vilain, *par Michelle Spring*
P966. Carlota Fainberg, *par Antonio Munoz Molina*
P967. Cette aveuglante absence de lumière
par Tahar Ben Jelloun
P968. Manuel de peinture et de calligraphie
par José Saramago
P969. Dans le nu de la vie, *par Jean Hatzfeld*
P970. Lettres luthériennes, *par Pier Paolo Pasolini*
P971. Les Morts de la St Jean, *par Henning Mankell*
P972. Ne zappez pas, c'est l'heure du crime
par Nancy Star
P973. Connaissance de la douleur
par Carlo Emilio Gadda
P974. Les Feux du Bengale, *par Amitav Ghosh*
P975. Le Professeur et la sirène
par Giuseppe Tomasi di Lampedusa
P976. Éloge de la phobie, *par Brigitte Aubert*
P977. L'Univers, les dieux, les hommes
par Jean-Pierre Vernant
P978. Les Gardiens de la Vérité, *par Michael Collins*
P979. Jours de Kabylie, *par Mouloud Feraoun*
P980. La Pianiste, *par Elfriede Jelinek*
P981. L'homme qui savait tout, *par Catherine David*
P982. La Musique d'une vie, *par Andreï Makine*
P983. Un vieux cœur, *par Bertrand Visage*
P984. Le Caméléon, *par Andreï Kourkov*
P985. Le Bonheur en Provence, *par Peter Mayle*
P986. Journal d'un tueur sentimental et autres récits
par Luis Sepùlveda
P987. Étoile de mer, *par G. Zoë Garnett*
P988. Le Vent du plaisir, *par Hervé Hamon*
P989. L'Envol des anges, *par Michael Connelly*
P990. Noblesse oblige, *par Donna Leon*
P991. Les Étoiles du Sud, *par Julien Green*
P992. En avant comme avant !, *par Michel Folco*
P993. Pour qui vous prenez-vous ?
par Geneviève Brisac
P994. Les Aubes, *par Linda Lê*
P995. Le Cimetière des bateaux sans nom
par Arturo Pérez-Reverte
P996. Un pur espion, *par John le Carré*
P997. La Plus Belle Histoire des animaux
P998. La Plus Belle Histoire de la Terre

P999. La Plus Belle Histoire des plantes
P1000. Le Monde de Sophie, *par Jostein Gaarder*
P1001. Suave comme l'éternité
par George P. Pelecanos
P1002. Cinq Mouches bleues, *par Carmen Posadas*
P1003. Le Monstre, *par Jonathan Kellerman*
P1004. À la trappe !, *par Andrew Klavan*
P1005. Urgence, *par Sarah Paretsky*
P1006. Galindez, *par Manuel Vázquez Montalbán*
P1007. Le Sanglot de l'homme blanc
par Pascal Bruckner
P1008. La Vie sexuelle de Catherine M.
par Catherine Millet
P1009. La Fête des Anciens, *par Pierre Mertens*
P1010. Une odeur de mantèque
par Mohammed Khaïr-Eddine
P1011. N'oublie pas mes petits souliers
par Joseph Connolly
P1012. Les Bonbons chinois, *par Mian Mian*
P1013. Boulevard du Guinardo, *par Juan Marsé*
P1014. Des Lézards dans le ravin, *par Juan Marsé*
P1015. Besoin de vélo, *par Paul Fournel*
P1016. La Liste noire, *par Alexandra Marinina*
P1017. La Longue Nuit du sans-sommeil
par Lawrence Block
P1018. Perdre, *par Pierre Mertens*
P1019. Les Exclus, *par Elfriede Jelinek*
P1020. Putain, *par Nelly Arcan*
P1021. La Route de Midland, *par Arnaud Cathrine*
P1022. Le Fil de soie, *par Michèle Gazier*
P1023. Paysages originels, *par Olivier Rolin*
P1024. La Constance du jardinier, *par John le Carré*
P1025. Ainsi vivent les morts, *par Will Self*
P1026. Doux Carnage, *par Toby Litt*
P1027. Le Principe d'humanité
par Jean-Claude Guillebaud
P1028. Bleu, histoire d'une couleur
par Michel Pastoureau
P1029. Speedway, *par Philippe Thirault*
P1030. Les Os de Jupiter, *par Faye Kellerman*
P1031. La Course au mouton sauvage
par Haruki Murakami
P1032. Les Sept plumes de l'aigle
par Henri Gougaud
P1033. Arthur, *par Michel Rio*
P1034. Hémisphère nord, *par Patrick Roegiers*

P1035. Disgrâce, *par J.M. Coetzee*
P1036. L'Âge de fer, *par J.M. Coetzee*
P1037. Les Sombres feux du passé
par Chang Rae Lee
P1038. Les Voix de la liberté, *par Michel Winock*
P1039. Nucléaire chaos inédit.
par Stéphanie Benson
P1040. Bienheureux ceux qui ont soif..., *par Anne Holt*
P1041. Le Marin à l'ancre, *par Bernard Giraudeau*
P1042. L'Oiseau des ténèbres, *par Michael Connelly*
P1043. Les Enfants des rues étroites
par Abdelhak Sehrane
P1044. L'Ile et Une nuit, *par Daniel Maximin*
P1045. Bouquiner, *par Annie François*
P1046. Nat Tate, *par William Boyd*
P1047. Le Grand Roman indien, *par Shashi Tharoor*
P1048. Les Lettres mauves, *par Lawrence Block*
P1049. L'imprécateur, *par René-Victor Pilhes*
P1050. Le Stade de Wimbledon
par Daniele Del Giudice
P1051. La Deuxième Gauche, *par Hervé Hamon*
et Patrick Rotman
P1052. La Tête en bas, *par Noëlle Châtelet*
P1053. Le Jour de la cavalerie, *par Hubert Mingarelli*
P1054. Le Violon noir, *par Maxence Fermine*
P1055. Vita Brévis, *par Jostein Gaarder*
P1056. Le Retour des Caravelles
par António Lobo Antunes
P1057. L'Enquête, *par Juan José Saer*
P1058. Pierre Mendès France, *par Jean Lacouture*
P1059. Le Mètre du monde, *par Denis Guedj*
P1060. Mort d'une héroïne rouge, *par Qiu Xiaolong*
P1061. Angle mort, *par Sara Paretsky*
P1062. La Chambre d'écho, *par Régine Detambel*
P1063. Madame Seyerling, *par Didier Decoin*
P1064. L'Atlantique et les Amants
par Patrick Grainville
P1065. Le Voyageur, *par Alain Robbe-Grillet*
P1066. Le Chagrin des Belges, *par Hugo Claus*
P1067. Ballade de l'impossible
par Haruki Murakami
P1068. Minoritaires, *par Gérard Miller*
P1069. La Reine scélérate, *par Chantal Thomas*
P1070. Trompe la mort, *par Lawrence Block*
P1071. V'la aut'chose, *par Nancy Star*
P1072. Jusqu'au dernier, *par Deon Meyer*